KB039698

오만과 편견 1

오만과 편견 1

초판 1쇄 발행 2020년 12월 14일
초판 6쇄 발행 2023년 9월 15일

지은이 제인 오스틴
옮긴이 하소연
펴낸이 남기성

펴낸곳 주식회사 자화상
인쇄,제작 데이타링크
출판사등록 신고번호 제 2016—000312호
주소 서울특별시 마포구 월드컵북로 400, 2층 201호
대표전화 (070) 7555—9653
이메일 sung0278@naver.com

ISBN 979-11-91200-05-8 04840
     979-11-91200-04-1 (SET)

·파본은 구입하신 서점에서 교환해 드립니다.
·이 책은 저작권법에 의하여 보호를 받는 저작물이므로 무단 전재와 복제를 금합니다.

오만과 편견 1

제인 오스틴 지음

자화상

차례

제1부

제1 장

사람들은 많은 재산을 가진 미혼 남자라면 당연히 신붓감을 찾고 있을 거라고 믿는다. 이런 믿음은 사람들의 마음속에 보편적인 진리처럼 단단히 자리 잡고 있어서, 그런 남자가 이웃으로 이사라도 오게 되면 딸을 가진 집에서는 당사자의 감정이나 의사와는 상관없이 마음대로 그 남자를 자기 딸들 중의 하나와 결혼하기를 바라게 된다.

"여보, 네더필드 파크로 누가 이사 온다는 얘기 들어봤어요?"

베넷 여사가 남편에게 물었다.

"아니, 난 처음 듣는 얘긴데."

"조금 전에 롱 부인이 집에 놀러 왔었어요. 그런데 세 들어올 사람이 누군지 아세요?"

베넷 여사는 남편이 아무런 대꾸도 하지 않자 잔뜩 조바심이 난 표정이 되어 큰 소리로 말했다.

"당신이 말하고 싶다면 못 들어줄 것도 없지 뭐."

베넷 여사는 남편의 말이 떨어지기가 무섭게 수다를 늘어놓기 시작했다.

"롱 부인이 그러는데 네더필드에 세를 들어오기로 한 사람은 북쪽에서 온 갑부라는 거예요. 월요일에 말 네 마리가 끄는 마차를 타고 둘러봤는데, 집이 마음에 쏙 든다면서 그 자리에서 모리스 씨와 계약을 했대요. 미카엘 축일 전에 이사 올 거라는데 하인들은 다음 주말쯤 미리 들어온다고 하더라고요."

"그 남자 이름이 뭐라고 그랬소?"

"빙리라고 했대요."

"결혼은 했소, 안 했소?"

"미혼이래요. 게다가 갑부 총각이래요. 1년 수입이 4, 5,000파운드는 된대요. 우리 딸들한테 경사가 났지 뭐예요."

"경사라니? 그게 우리 애들하고 무슨 상관이 있다는 거요?"

"여보, 답답한 소리 좀 작작해요. 그 청년이 우리 애들 중에서 신붓감을 고를 수도 있잖아요. 몰라서 묻는 거예요?"

"그런 음흉한 속셈으로 이사 오는 거랍디까?"

"음흉하다니, 무슨 말을 그렇게 밉살스럽게 해요. 그 청년이 우리 딸 중에서 한 애한테 푹 빠져서 결혼이라도 하는 날이면 그보다 더 큰 경사가 어디 있겠어요? 하여튼 그 청년이 이사 오면 당신이 당장 찾아가 보세요."

"굳이 그럴 필요까지 있겠소? 당신이 아이들 앞세우고 가 보구려. 아니면 애들만 보내든지. 어쩌면 그게 나을지도 모르겠군. 당신 미모야 아이들한테도 뒤지지 않으니 빙리 씨가 당신한테 반하기라도 하면 난처한 일 아니요."

"마음에도 없는 아부 그만두세요. 나도 한때는 빠지지 않는 미모였지만 이젠 다 옛날 얘기예요. 말만 한 딸이 다섯이나 되는데 내 미모에 신경 쓸 여유가 어디 있어요?"

"하긴 딸이 다섯이면 자기 외모를 자랑할 처지는 아니

지."

"어쨌든 빙리 씨가 이사 오면 열 일 제쳐 놓고 찾아가
보세요."

"그건 약속할 수 없겠는걸."

"당신 딸들을 위한 일인데 그 정도 수고도 못한다는 거
예요? 우리 애들한테 그만한 결혼 상대가 어디 흔한가요?
윌리엄 씨와 루카스 부인도 빙리 씨를 방문하기로 했다고
하잖아요. 그런 꿍꿍이가 아니면 뭣 때문에 빙리 씨를 찾
아가겠어요? 그 사람들이 새로 이사 온 집에 인사하러 가
는 거 봤어요? 평소 같으면 어림도 없는 일이죠. 하여튼 당
신은 무조건 빙리 씨를 찾아가야 해요. 안 그러면 우리가
찾아갈 명분이 없으니 말이에요."

"당신은 지나치게 격식을 따지는 게 탈이요. 내가 안 가
도 빙리 씨는 당신을 반갑게 맞아 줄 거요. 우리 딸 중에서
누구를 골라 결혼하든 나는 진심으로 동의한다고 몇 자 적
어 줄 테니 챙겨 가든가. 우리 귀여운 엘리자베스 칭찬을
덧붙여도 되겠소?"

"그건 말도 안 돼요. 솔직히 엘리자베스가 다른 애들보

다 나은 게 뭐가 있어요? 제인의 반만큼이라도 예쁘길 해요, 그렇다고 리디아처럼 싹싹하길 해요. 그런데도 당신은 늘 엘리자베스 편만 들잖아요."

"다른 애들한테 내세울 만한 구석이 있어야 칭찬을 하지. 하나같이 둔하고 머리에 든 게 없는데 어쩌겠소. 그 애들에게 비하면 엘리자베스는 훨씬 민첩하고 영리한 데가 있질 않소."

"당신 딸들을 그렇게 헐뜯으면 속이 시원해요? 당신은 나를 약 올리는 재미로 사는 사람 같아요. 내가 얼마나 신경이 예민한지 알면서 불쌍하다는 생각은 눈곱만큼도 안 하죠."

"그건 당신이 오해하고 있는 거요. 내가 당신 신경과민을 얼마나 존중하는데. 적어도 20년 동안 당신 신경과민 얘기를 경청했더니 이젠 아주 오래된 친구처럼 느껴진다니."

"당신은 내가 겪는 고통이 얼마나 심한지 상상도 못 할걸요."

"왜 모르겠소? 하지만 당신이 그 고통을 잘 견뎌 내야 1년에 4,000파운드나 벌어들이는 젊은 녀석이 이사 오는 모습을 볼 수 있을 게 아니요?"

"그런 젊은 남자들이 스무 명이나 이사 온다고 해도 당신이 안 찾아가면 무슨 소용이 있겠어요?"

"염려 말구려. 그런 남자들이 스무 명이나 몰려오면, 그땐 맹세코 스무 명 다 방문하리다."

베넷은 머리가 좋고 유머 감각도 있어서 상대방을 비꼬는 말도 재미있게 하는 재주가 있었다. 그는 말수가 적고 내성적인 것 같으면서도 가끔 엉뚱한 행동을 하는 통에 도무지 종잡을 수 없는 사람이었다. 그와 스물세 해를 살아온 베넷 여사조차 도무지 그의 속내를 알 수 없다는 게 불만이었다. 그에 비하면 베넷 여사는 훨씬 단순한 성격이어서 자기 마음을 쉽게 남들에게 드러내 보였다. 그녀는 이해력이나 지적인 능력이 떨어지는 편이었고, 감정의 기복이 심하고 불안정했다. 뭔가 못마땅한 일이 있으면 그녀는 늘 신경 쇠약이 도졌다고 불평했다. 그녀에게 일생일대의 과업은 딸들을 좋은 데로 시집보내는 일이었고, 유일한 낙은 여기저기 이웃을 찾아다니며 새로운 소문을 수집하는 것이었다.

제2장

결국 베넷은 빙리 씨를 찾아간 첫 번째 방문자가 되었
다. 아내에게는 끝까지 가지 않을 거라고 말했지만, 속으
로는 줄곧 찾아갈 작정을 하고 있었던 것이다. 베넷이 빙
리 씨를 방문한 날 저녁때까지도 베넷 여사는 그 사실을
까맣게 모르고 있었다. 그런데 다음과 같은 방식으로 알려
지게 되었다. 베넷은 그날 저녁, 가족들이 빙리 씨 얘기를
하는 도중에 슬그머니 그 사실을 털어놓았다. 모자에 장식
을 달고 있던 둘째 딸을 보고 베넷이 불쑥 말을 걸었다.

"그 모자가 빙리 씨 마음에 들었으면 좋겠구나, 엘리자
베스."

"빙리 씨가 어떤 모자를 좋아하는지 어떻게 알아요. 찾

아가지도 못하는데."

베넷 여사가 신경질적으로 말했다.

"잊어버린 거예요, 엄마? 무도회장에서 빙리 씨를 만나
기로 했잖아요. 롱 부인이 소개해 준다고 약속했다면서
요."

"롱 부인이 소개해 줄 리가 없어. 자기도 조카딸이 둘씩
이나 되는데. 얼마나 이기적이고 위선적인 여자인 줄 아
니? 그 여자 말은 도통 믿을 수가 없어."

"그건 나도 동감이요. 당신이 그 부인 도움을 받지 않기
로 했다니 듣던 중 반가운 말이로구려."

베넷 여사는 대꾸를 안 하려고 했지만 도저히 참을 수
가 없었던지 엉뚱하게 딸을 야단치기 시작했다.

"키티야, 제발 기침 좀 그만해라. 내 신경 좀 생각해 줄
수 없겠니? 속이 갈기갈기 찢어지는 것 같다."

"걔가 조심성 없게 기침하는 때가 많기는 하지."

베넷이 말했다.

"제가 뭐 재미로 기침하는 줄 아세요?"

키티가 발끈해서 대꾸했다.

"엘리자베스, 그런데 다음 무도회는 언제야?"

"보름 후에요."

"맞아!"

베넷 여사가 큰 소리로 말했다.

"그런데 롱 부인은 그 전날에야 돌아올 텐데 어떻게 너를 빙리 씨에게 소개해 준단 말이냐? 자기도 모르는 남잔데 말이야."

"그럼 당신이 먼저 그 여자한테 빙리 씨를 소개시켜 주는 게 어떻겠소?"

"말도 안 되는 소리! 내가 빙리 씨를 잘 모르는데 어떻게 그렇게 할 수 있겠어요? 왜 당신은 사람을 놀리기만 하는 거지요?"

"당신의 신중한 태도는 정말 인정해야겠군. 근데 한 2주일 정도 알고 지내는 건 대수로운 일이 아니지. 2주 동안에 사람을 제대로 파악할 수는 없거든. 그렇지만 우리가 나서지 않으면 누군가 다른 사람이 그렇게 해버릴 거요. 그래서 롱 부인과 그 부인의 조카들에게 기회를 갖게 되겠지. 그러니까 하는 말인데, 당신이 소개하지 않을 것 같으면 내가 직접 맡아서 해야 되겠소."

딸들은 놀라서 휘둥그레진 눈으로 아버지를 바라보았
고, 베넷 부인은 큰 소리로 외쳤다.

"그건 말도 안 돼요!"

"당신이 그렇게 소리 지르는 건 무슨 의미요? 사람을 소
개시켜 주는 게 말이 안 된다는 거요? 그런 거라면 난 당
신 생각에 동의할 수 없구려. 메리, 네 생각은 어떤지 말해
보렴. 넌 생각이 깊은 애고 좋은 책도 많이 읽었으니 다른
사람하고 다를 거야."

메리는 뭐라고 말을 하고는 싶었지만 적당한 말이 머리
에 떠오르지 않았다.

"메리가 생각을 정리하는 동안 다시 빙리 씨 얘기로 돌
아가야겠군."

베넷이 말했다.

"이제 빙리 씨 얘기는 하기도 싫어요!"

베넷 부인이 소리를 질렀다.

"그래? 그것 참 성질하고는. 왜 진작 그런 말을 하지 않
았소? 당신 생각을 오늘 아침에라도 알았더라면 내가 거

기를 찾아가지 않았을 텐데 말이야. 정말 난처하게 되었군. 하지만 이미 방문을 했으니 모른 척 피할 수도 없을 테고."

그의 기대를 저버리지 않고 여자들은 깜짝 놀랐다. 그중에서도 베넷 부인의 놀라움이 가장 대단했다. 하지만 요란스럽게 한바탕 기쁨의 소용돌이가 지나간 후에, 그녀는 자기는 이미 그런 일이 벌어질 줄 알고 있었다고 생각하며 말했다.

"당신은 정말 좋은 사람이세요. 나는 당신이 결국에는 내 말을 들어 주실 거라고 생각했어요. 당신처럼 딸들을 사랑하는 분이 이런 기회를 놓칠 리가 없잖아요? 나 지금 너무 기분이 좋아요! 오늘 아침에 거기 가보고선 어쩌면 지금까지 한마디도 안 할 수가 있죠?"

"키티야, 이제 마음대로 기침을 해도 될 것 같구나."

베넷은 좋아서 어쩔 줄 모르며 호들갑을 떠는 부인에게 혀를 차면서 방에서 나갔다.

"너희들은 정말 훌륭한 아버지를 두었구나."

문이 닫히고 나자 베넷 부인이 말했다.

"그런 아버지에게 너희가 어떻게 보답할 수 있을지 모르겠다. 나도 마찬가지고. 실상 우리 나이가 되면 이 사람 저 사람 새로 사람을 사귀고 지낸다는 게 그리 즐거운 일만은 아니란다. 하지만 너희들을 위해서라면 무슨 일이든 할 거야. 그리고 리디아, 넌 막내지만 이번 무도회에서 빙리 씨와 춤출 기회도 생길 거야."

"아, 걱정하지 마세요. 내가 막내기는 해도 키는 제가 가장 크잖아요."

그날 밤은 빙리 씨가 베넷의 방문에 대한 답례로 얼마나 빨리 답방할 수 있을지 추측해 보고 어느 때 식사 초대를 하는 게 좋을지 의논하는 일로 지나갔다.

제3장

　베넷 여사는 다섯 딸들의 지원을 받아 가며 남편에게 빙리라는 사람에 대해 자세히 알아보려고 했지만 만족할 만한 대답을 얻어 낼 수 없었다. 그녀들은 여러 가지 방법으로 베넷을 공략했다. 뻔뻔하게 노골적인 질문을 하기도 하고, 교묘하게 유도신문을 하기도 하고, 얼토당토않은 가정을 하기도 했지만 베넷은 그녀들의 질문을 요리조리 피했다. 여자들은 결국 근처 마을에 사는 루카스 부인의 간접적인 정보에 의지해야 했다. 그녀에게서 들은 얘기는 매우 만족할 만했는데, 그녀의 남편 윌리엄 루카스 경이 빙리 씨에 대해서 호감을 갖게 되었다는 것이었다.

　빙리 씨는 아주 젊고 잘생긴 데다 성격도 쾌활한 청년

이라고 했다. 더구나 다음 모임에 많은 친구들을 대동하게 된다는 것이었다. 이보다 더 기쁜 소식이 있을까! 그가 춤을 좋아한다는 사실은 여자와 사귈 가능성이 많다는 점을 의미하기 때문이다. 여자들의 마음은 빙리 씨의 마음을 사로잡을 기대로 한껏 들떠 있었다.

"우리 딸들 중에서 하나가 네더필드에서 행복한 삶을 꾸미고 나머지 아이들도 시집만 잘 가게만 되면 나로서는 더 바랄 게 없어요."

베넷 부인이 남편에게 말했다.

며칠 후 빙리 씨가 베넷의 방문에 대한 답례로 찾아왔으며 10분 동안 서재에서 베넷 씨와 얘기하고 돌아갔다. 그는 미인으로 소문난 그 집의 딸들을 볼 수 있을 거라는 기대를 품고 있었지만 부친만 만날 수 있었다. 그러나 여자들은 운이 좋았다. 왜냐하면 위층 창문으로 파란 양복을 입고 검은 말을 탄 그의 모습을 볼 수 있었기 때문이다.

그 뒤로 곧 저녁 식사 초대장이 날아갔다. 베넷 부인은 자기 집의 솜씨를 뽐낼 식단까지 짜 놓았지만 모든 걸 연기하지 않을 수 없었다. 다음 날 아침 빙리 씨가 런던에 가야 하기 때문에 식사 초대에 응할 수 없다는 것이었다. 베 넷 부인의 실망은 이만저만 큰 게 아니었다.

그녀는 빙리 씨가 하트퍼드셔에 도착하자마자 런던에 볼일이 있다는 게 이해가 되지 않았다. 게다가 빙리 씨가 네더필드에 붙어 있지 않고 늘 이곳저곳 옮겨 다니는 방랑 벽이 있는 사람이라면 네더필드 저택에서 과연 정착할 수 있을지 의아스러워졌다. 루카스 부인이 그녀를 조금 안심 시켜 주었다. 빙리 씨가 성대한 무도회를 준비하기 위해서 런던에 갔을 거라고 말해주었다. 그리고 얼마 후 빙리 씨 가 열두 명의 숙녀와 일곱 명의 신사를 데려올 거라는 말 이 들려왔다. 베넷의 딸들은 그처럼 숙녀들이 많이 온다 는 말에 어리둥절했지만, 무도회 전날 빙리 씨가 열두 명 의 여자가 아니라 다섯 명의 누이들과 사촌 한 명을 데리 고 올 거라는 말을 듣자 겨우 안심되었다. 그리고 막상 파 티에 도착한 사람은 빙리 씨와 그의 두 누이, 가장 나이가 많은 큰누나의 남편, 그리고 다른 청년 한 명, 다섯 사람이 었다.

빙리는 신사다운 외모에, 자연스러운 몸가짐을 갖춘 청

년이었다. 상냥한 생김새에 편안하고 가식이라고는 없는 사람이었다. 그의 누이들도 상류 사회의 품위가 넘치는 미인들이었고, 빙리의 매형인 허스트 씨 역시 신사다운 풍모를 지니고 있었다. 그런데 빙리의 친구인 다아시가 큰 키에 멋지고 수려한 용모와 품위 있는 몸가짐으로 단숨에 사람들의 관심을 끌어 모았다. 게다가 그의 연 수입이 1만 파운드나 된다는 말이 금방 온 방 안에 퍼져 나갔다. 남자들은 그가 좋은 풍채를 가졌다고 칭찬했고, 여자들은 빙리 씨보다 훨씬 더 미남이라고 치켜세웠다. 그날 밤의 무도회가 절반쯤 진행될 때까지 다아시는 흠모의 대상이었다.

그런데 그 후로는 그의 태도가 사람들에게 혐오감을 주게 되었고, 그래서 그의 인기는 시들해졌다. 왜냐하면 그가 거만하고 사람들을 무시하며 상대하기가 까다롭다는 사실이 드러났기 때문이었다. 그리고 더비셔에 엄청나게 큰 영지를 소유하고 있다는 사실도 그의 오만한 표정과 불쾌한 태도를 덮어 줄 수는 없었다. 그는 친구인 빙리와는 비교할 상대조차 되지 못하는 인물로 전락해 버렸다.

빙리는 무도회에 참석한 중요한 사람들과 인사를 나누

었다. 그는 쾌활한 성격으로 적극적으로 사람들을 대했고, 파티가 진행되는 동안 단 한 번도 빼놓지 않고 춤을 췄다. 또한 파티가 너무 빨리 끝나는 것에 대해 아쉬움을 감추지 못하며 다음에는 자기의 저택이 있는 네더필드에서 무도회를 열겠다고 선언하기까지 했다. 그의 붙임성 있는 성격 때문에 그의 친구인 다아시와는 확연히 비교되었다. 다아시는 허스트 부인과 한 번, 빙리의 다른 한 누이와 한 번 춤을 추었을 뿐, 다른 여자를 소개받는 것조차 거절했다. 그는 나머지 시간을 내내 홀에서 이리저리 왔다 갔다 하면서 자기 일행에게만 말을 걸었다. 이제 그의 성격을 사람들이 모두 알게 되었다. 그는 세상에서 가장 거만하고 불쾌한 인물이었으며, 모든 사람들은 그가 다시는 그 고장에 오지 않았으면 하고 바라게 되었다. 그중에서도 다아시를 가장 마음에 들어 하지 않은 사람은 바로 베넷 부인이었다. 그녀는 다아시의 행동이 전반적으로 마음에 들지 않았지만, 특히 자기 딸들을 무시했다는 것 때문에 분개했다.

파티에 참석한 남자들의 숫자가 부족한 탓에 엘리자베스 베넷은 겨우 두 번밖에 춤을 출 수 없었다. 그녀는 다아시와 빙리 근처에 있었기 때문에 우연히 두 남자의 대화를 엿듣게 되었다. 빙리는 춤을 추고 있는 사람들에게서 빠져나와 친구에게 같이 춤을 추자고 권하려던 참이었다.

"이봐, 다아시. 춤 안 추고 뭘 하고 있어, 춤을 춰야지. 이렇게 혼자 떨어져 있지 말고 추자고. 이런 자리에선 춤을 추는 게 예의라는 걸 모르지 않을 텐데."

"나는 안 출 거야. 내가 춤을 별로 좋아하지 않는다는 걸 알잖아. 난 잘 아는 여자가 아니면 안 춰. 여기선 춤출 기분이 나지 않아. 자네 누이들은 벌써 파트너가 있고, 다른 여자와 춤추는 건 내겐 고역이야."

"자네는 참 까다로운 사람이로군! 난 오늘 저녁처럼 재미있는 여자들을 많이 만난 적이 없어. 아주 아름다운 여자들도 몇 명 있다고."

"자네가 함께 춤춘 여자 하나만 이 홀에서 미인이라고 할 수 있어."

다아시가 베넷 씨의 맏딸을 바라보며 말했다.

"자네 말이 맞아! 그 아가씨는 내가 지금까지 만나 본 여자들 중에서 가장 아름다운 여자야. 하지만 자네 뒤에

앉아 있는 그녀의 동생도 꽤 아름답고 성격도 좋아 보이는
군. 내 파트너에게 부탁해서 자네에게 소개시켜 달라고 하
지."

"누구를 말하는 건가?"

다아시는 그렇게 말하면서 뒤를 돌아보았고 엘리자베스
와 눈길이 마주치자 얼른 시선을 돌리고는 차갑게 말했다.

"못 봐 줄 정도는 아니군. 하지만 반할 정도도 아니야.
난 지금 다른 남자들이 무시해버리는 여자와 춤을 출 기분
이 아니라네. 나한테 시간 낭비하지 말고 자네는 계속해서
춤이나 추게."

빙리는 그의 충고에 따라 베넷 양에게 돌아갔고, 다아시
는 다른 쪽으로 걸어가 버렸다. 그 자리에 혼자 남은 엘리
자베스는 다아시에 대해 별로 좋지 않은 감정을 갖게 되었
다. 하지만 그녀는 우울해하는 대신 친구들에게 그 이야기
를 신나게 떠들어 댔다. 그녀는 성격이 활달하고 장난기가
많으며 어떤 우스운 사건을 가지고 얘기하기를 좋아했다.

그날 밤은 베넷 부인의 가족 모두에게 즐거운 시간이었
다. 베넷 부인은 네더필드 사람들이 맏딸을 매우 마음에

들어 하는 모습을 보고 흡족해했다. 빙리는 제인과 두 번이나 춤을 추었고, 그의 누이들도 그녀를 남다르게 대하는 것 같았다. 제인 역시 드러내 놓고 표현하지는 않았지만 엄마 못지않게 만족스러운 기색이었다. 엘리자베스는 제인이 즐거워하고 있다는 점을 느낄 수 있었다. 메리는 빙리 양에게서 자신이 이 근방에서 가장 교양을 갖춘 아가씨라고 소개되는 말을 들었고, 캐서린과 리디아는 끊임없이 파트너 제안을 받아가며 멈추지 않고 춤을 출 정도로 운이 좋았다. 그들의 기분은 들떠 있었다. 그녀들은 기분이 좋은 상태에서 그들의 본거지인 롱본으로 돌아왔다.

베넷은 아직 잠자리에 들지 않고 있었다. 워낙 책을 들면 시간 가는 줄 모르는 사람이기도 했지만, 가족들의 굉장한 기대감을 불러일으켰던 오늘 밤 무도회가 어땠는지 궁금하기도 했다. 그는 새로 이사 온 사람들에 대한 아내의 기대가 실망으로 바뀌기를 내심 바라고 있었지만 그가 아내에게 들은 이야기는 정반대였다.

"오! 당신 모르죠? 정말 즐거운 시간이었어요. 얼마나 훌륭한 무도회였는지 몰라요. 당신도 거기 갔어야 했어요.

제인은 인기가 최고였어요. 모두들 예쁘다고 난리들이었죠. 빙리 씨도 제인이 아름답다고 하면서 두 번이나 춤을 추었다니까요. 생각 좀 해 보세요, 여보. 제인과 두 번이나 춤을 추었는데 그 방에서 빙리 씨가 두 번이나 춤을 청한 여자는 제인밖에 없었어요. 빙리 씨는 처음에는 샬럿 양에게 춤을 청했죠. 그 여자와 일어서는 걸 보고 내 속이 얼마나 뒤집어졌는지 몰라요. 하지만 샬럿 양에게 반한 것 같지는 않더라고요. 하기는 그 여자에게 반할 남자가 어디 있겠어요? 그러다가 제인이 춤추는 걸 보고는 홀딱 반한 모양이에요. 제인이 누구냐고 물으며 소개해 달라고 하더니 다음에 춤을 청하지 뭐예요. 세 번째는 킹 양과 추었고, 네 번째는 마리아, 다섯 번째는 다시 제인, 여섯 번째는 리지, 그리고 블랑제 춤은……."

"빙리 씨가 나를 불쌍하게 여겼더라면 그렇게 열나게 춤을 많이 추지는 않았을 텐데. 제발, 그 파트너 얘기는 그만둘 수 없겠소? 빙리 씨가 첫 번째 춤을 출 때 발목을 삐었더라면 좋았을걸."

베넷은 참지 못하고 신경질적으로 말했다. 하지만 베넷

부인은 남편의 불평은 아랑곳하지 않고 계속 떠들어 댔다.

"오, 당신 말하는 것하곤. 난 그 청년이 정말 마음에 들어요. 어쩜 그렇게 잘생겼을까! 그의 누이들도 정말 멋진 아가씨들이었어요. 그처럼 아름다운 드레스를 입은 여자들은 내 평생 처음 봤어요. 루이사의 드레스에 달린 레이스는……."

이 대목에서 그녀는 다시 제지를 당했다. 베넷이 멋진 옷 같은 것에 대한 이야기는 그만두라고 말했다. 그녀는 어쩔 수 없이 다른 주제로 이야기를 돌렸다. 그녀는 다아시의 무례하기 짝이 없는 행동에 대해 몹시 언짢은 심정을 담아 과장해서 떠들어 댔다.

"하지만 다아시가 리지를 마음에 들지 않는다고 해서 나쁠 건 하나도 없어요. 정말 기분 나쁘고 몰상식한 그런 남자의 기분을 맞추어 줄 필요는 없는 거지요. 거만하고 잘난 체만 하는 그런 사람을 좋게 보아 줄 사람은 없어요. 같이 춤추고 싶을 만큼 잘생기지도 못한 주제에. 당신이 거기 있었다면 욕을 한 마디 해줬을 거예요. 정말 마음에 안 드는 남자예요."

제4장

제인과 엘리자베스가 단둘이 있게 되었을 때, 지금까지 빙리를 칭찬하는 데 주저하던 제인은 태도를 바꿔 그는 훌륭한 남자라고 실토했다.

"그 사람은 신사 중의 신사야. 교양 있고 재미도 있고 활달하더라. 난 그렇게 매너가 좋은 사람은 만나 본 적이 없어 까다로운 구석도 없고 정말 두루두루 교양을 갖춘 사람이야."

"게다가 미남이기도 하지. 남자라면 그 정도는 돼야지. 아주 완벽한 남자라고 볼 수 있지."

엘리자베스가 맞장구를 쳤다.

"그 사람이 두 번째로 춤을 청했을 때는 정말 기분이 좋았어. 그럴 거라고는 전혀 기대하지 못했거든."

"그건 당연한 거지. 언니는 누가 잘해 주면 깜짝 놀라는
데 난 그렇지 않아. 언니는 남자들의 관심을 받으면 항상
의외인 것처럼 놀라지만, 난 전혀 놀라지 않거든. 그 남자
가 언니에게 두 번째 춤을 신청한 건 너무도 당연한 일이
야. 그 홀에서 언니가 다른 여자들보다 다섯 배는 더 예쁘
다는 걸 그 남자가 모를 리 없잖아. 언니가 그걸 고마워할
필요는 전혀 없어. 어쨌든 빙리 씨는 꽤 호감이 가는 사람
인 건 분명해. 전에는 별 볼일 없는 남자들만 언니가 좋아
했지만 이번에는 제대로 된 사람이 걸린 것 같아."

"너, 약 올리지 마!"

"언니는 사람을 너무 쉽게 좋아하는 경향이 있어. 언니
는 상대가 누구든 결점을 보지 못하는 것 같아. 언니 눈에
는 세상 사람들이 모두 착하고 호의적일 거야. 난 언니가
누구에 대해서 나쁘게 얘기하는 소리를 한 번도 못 들어봤
어."

"난 함부로 남을 나쁘게 보고 싶지 않아. 그래도 항상 내
생각을 솔직하게 얘기하잖아."

"나도 알아. 그렇지만 그게 좋기만 한 것은 아니야. 언니는 올바른 판단력이 있으면서도 어쩜 그렇게 다른 사람들의 결점을 무조건 감싸 주는 거지? 남의 흠을 잡지 않는 것처럼 가장하는 사람들은 어디나 널려 있어. 하지만 언니처럼 가식 없이 순수하게 사람들의 좋은 점만 보고 나쁜 점은 눈감아 버리는 사람은 없을 거야. 언니는 빙리 씨 누이들도 좋아하지? 안 그래? 내가 보기에 누이들은 그 사람만큼 좋아 보이지 않던데."

"언뜻 보면 그럴 거야. 그런데 대화를 나눠 보니까 아주 좋은 여자들이더라. 캐롤라인 양은 오빠와 함께 살면서 집안일을 돌봐 주기로 했대. 내 생각엔 앞으로 우리와 좋은 이웃이 될 거야."

엘리자베스는 말없이 언니의 말을 듣고 있었지만 확신은 하지 못했다. 무도회에서 본 그들의 태도는 그다지 고상하다고 할 수 없었다. 언니보다 사람을 관찰하는 눈이 예리했고, 쉽사리 남의 말에 동요되거나 누군가의 호의 때문에 판단력이 흐려지는 일도 없는 엘리자베스는 빙리의 누이들이 좋게만 보이지 않았다. 사실 그들은 매우 훌륭한 숙녀들이었다. 그런데 기분이 좋을 때면 꽤나 유머 감각이 넘쳐흘렀지만 기분이 좋지 않으면 무뚝뚝해졌다. 그리고 자만심이 강했다. 상당히 뛰어난 외모를 지닌 편이었고 런던에 있는 일류 학교를 다녔으며 2만 파운드나 되는 재산을 소유하고 있었다. 그래서 과분하게 사치하는 경향이 있었고 상류층의 사람들하고만 어울리려고 했다. 그들은 모든 면에서 자신을 대단한 존재라고 여기고 남들을 얕보는 경향이 있었다. 자신이 영국 북부의 명문가 출신이라는 사실이, 그들의 재산이 장사로 벌어들인 거라는 사실보다 뇌에 더 깊이 박혀 있었다.

빙리는 선친에게서 거의 10만 파운드나 되는 재산을 물려받았다. 그의 부친은 시골에 토지를 구입하려고 했지만 뜻을 이루지 못하고 사망했다. 빙리도 땅을 사려는 생각이 없는 것은 아니어서 가끔 땅을 물색하기도 했다. 하지만, 그의 까다롭지 않은 성격을 잘 알고 있는 사람들은 빙리가 훌륭한 저택과 수렵권을 얻은 것으로 만족하고 여생을 네더필드에서 지내면서 토지 매입 건은 다음 세대에 맡길 거라고 생각했다.

그의 누이들은 속으로 빙리가 자기 소유의 토지와 저택을 갖기를 몹시 바라고 있었다. 그래서 빙리가 네더필드의 저택을 임대하자 빙리 양은 자기가 그 저택의 실제 부인인 것처럼 행동했으며 루이사 역시 자기 집으로 간주했다. 빙리는 성년이 된 지 2년이 채 안 되었을 때 우연히 네더필드의 저택을 구경해 보라는 권유를 받았는데, 이번에 방문하여 그 집을 보고 안으로 들어가 겨우 30분 동안만 돌아보고는 집의 위치와 방이 마음에 든다며 주인과 즉시 계약을 했었다.

그와 다아시는 성격이 아주 달랐음에도 불구하고 지속적인 우정을 유지하고 있었다. 빙리의 편안함, 개방성, 유연성은 다아시 자신의 성격과는 완전히 상반되는 것이었지만 다아시는 빙리가 싫지 않았다. 그리고 다아시는 자신의 성격에 대해서 스스로 만족해하고 있었다. 빙리는 다아시의 우정을 굳게 신뢰하고 있었고, 그의 판단력을 높이 평가했다. 영리한 면에 있어서는 다아시가 한 수 위였다. 빙리도 나무랄 데 없었지만 다아시에게는 미치지 못했다. 다아시는 다만 자존심이 무척 강하고 내성적이며, 까다로

왔다. 그의 태도는 교양은 있었지만 사람들에게 호감을 주는 성격이 아니었다. 그런 점에서는 빙리가 한결 나았다. 빙리는 어디에 가든 항상 사람들의 호감을 샀지만 다아시는 늘 사람들이 싫어하는 형이었다.

메리튼의 무도회를 놓고서 나누는 대화에서도 두 사람의 성격이 얼마나 다른지 충분히 드러났다. 빙리는 자기 생전에 그처럼 재미있는 사람들이나 아름다운 여자들은 만난 적이 없다고 말했다. 모든 사람이 자기에게 더할 수 없이 잘해 주었고, 까다롭게 격식을 차릴 일도 없었으며 사람들과 금방 친해질 수 있었다고 했다. 그리고 제인으로 말할 것 같으면 천사도 그녀만큼 아름답지는 않을 것이라고 칭찬했다. 반면에 다아시는 아름다운 여자라고는 없는 그저 한 무리의 사람들을 보았을 뿐이고, 그런 사람들에게 자기는 아무런 관심이나 즐거움을 가질 수 없었다고 말했다. 제인에 관해서는 얼굴은 아름답지만 너무 헤프게 웃는다고 논평했다.

루이사와 그녀의 동생인 캐롤라인은 다아시의 말에도 일리가 있기는 하지만, 제인은 친근감을 주는 여자이고 앞으로 더 사귀어 볼 가치가 있는 여자라며 더 깊이 사귀고 싶다고 말했다. 그래서 제인은 사랑스러운 여자로 인정받게 되었으며 빙리는 누이들의 찬사를 자신이 그녀를 선택해도 좋다고 인정하는 말로 받아들였다.

제5장

　롱본에서 얼마 떨어지지 않은 곳에 베넷 씨 가족이 특별히 친하게 지내는 가족이 살고 있었다. 윌리엄 루카스 경은 이전에 메리튼에서 장사를 해서 상당한 재산을 모았고, 시장으로 재직하는 동안 국왕에게 추천되어 기사 작위까지 받았다. 그 일로 자기 자신에 대해 다른 생각을 갖게 되었다. 장사 일과 좁은 시장 통에 있는 자신의 집이 싫어졌다. 그는 장사를 접어버리고 가족과 함께 롱본에서 1마일 정도 떨어진 곳으로 옮겨갔으며, 거기서 자신의 새로운 지위를 느긋하게 즐기면서 고고한 사람으로 행세하고 있었다. 그는 자신의 신분이 높아진 것을 자랑스럽게 여겼지만, 그것으로 인해 거만해지지 않았고 오히려 모든 사람들에게 친근하게 굴었다. 원래 악의가 없는 사람이었기 때문에 그는 세인트 제임스 궁에서 국왕을 알현한 뒤로는 예의의 화신처럼 되었다.

부인인 루카스 여사도 성품이 착하고 영리하지 않다는 점에서 베넷 부인에게는 안성맞춤인 이웃이었다. 루카스 부인은 자녀를 몇 두고 있었는데, 스물일곱 살인 첫딸은 현명하고 총명한 아가씨로 엘리자베스의 절친한 친구였다.

루카스 집안의 딸들과 베넷 집안의 딸들이 무도회에 대해 이야기하는 것은 당연했다. 무도회가 열린 다음날 아침 루카스 집안의 딸들이 롱본으로 찾아와서 이런저런 이야기를 했다.

베넷 여사가 샬럿에게 말했다.

"샬럿, 너 어젯밤에 시작이 좋았어. 빙리가 널 첫 번째 춤 상대로 찍었잖니?"

베넷 여사가 속마음을 감추고 조심스럽게 운을 뗐다.

"네, 하지만 그 사람은 두 번째 파트너를 더 좋아하는 것 같던데요."

"아, 제인 말이구나. 빙리가 제인하고 두 번이나 춤을 추긴 했지. 제인에게 호감이 있는 건 틀림없는 것 같기는 했어. 사실 나도 그렇다고 생각하긴 한다만. 내가 들은 얘기도 있고 해서 말이다. 하지만 로빈슨하고 한 말은……."

"제가 빙리와 로빈슨이 하는 얘길 엿들은 걸 말씀하시는 거죠? 제가 말씀 안 드렸던가요? 로빈슨이 빙리에게 메리튼의 파티가 어떠냐, 아름다운 여자들이 정말 많지 않느냐, 누가 가장 예쁜 것 같으냐고 물으니까 빙리라는 사람이 즉시 대답하기를, '말할 것도 없이 제인이 가장 아름답다. 그 점에 대해서는 누구라도 이의를 제기할 수 없다.'고 하더라고요."

"그래, 맞아. 그렇게 말하기는 했어. 그렇지만 그게 결국은 아무런 의미도 없는 말이 될지도 모르지."

"리지, 난 확실히 들었어. 그런데 다아시는 빙리 만큼 관심을 가질 가치도 없는 사람이야. 겨우 참을 수 있는 정도랄까?"

샬럿이 말했다.

"다아시가 리지한테 한 짓을 들먹이지 않았으면 좋겠구나. 그런 사람이 리지를 좋아한다면 아주 재수 없을 거야.

롱 아주머니가 엊저녁에 나한테 그러던데, 자기가 다아시라는 사람 옆에 반시간은 앉아 있었는데 입도 뻥긋하지 않았다는구나."

"엄마, 그게 정말이에요? 뭔가 잘못 아신 거 아니에요? 난 다아시가 롱 부인에게 얘기하는 걸 봤는데요."

제인이 말했다.

"아, 그거 말이냐? 롱 부인이 하도 답답해서 네더필드가 마음에 드냐고 물어봤다고 하더라. 그러니까 마지못해 대답하더란다. 롱 부인이 말을 거니까 볼멘소리를 하더래."

"캐롤라인 양한테 들은 얘긴데, 그분은 친한 사이가 아니면 별로 말을 하지 않는 성격이래요. 그래도 친한 사람들하고 있을 때는 아주 붙임성 좋은 사람이라던데요."

"난 그런 얘긴 못 믿겠다, 애. 그렇게 친절한 사람이라면 왜 롱 부인에게 한마디도 말을 붙이지 않았겠니? 근데 왜 그 사람이 무뚝뚝한지 짐작은 할 수 있지. 모두들 그 사람을 거만하기 짝이 없는 사람이라고 하더구나. 롱 부인이 마차가 없어서 무도회에 남의 걸 빌려서 타고 왔다는 얘길 그 사람이 들은 게 분명해."

"롱 부인에게 말을 걸지 않은 건 중요한 게 아니라고 봐요. 하지만 엘리자와 춤을 추지 않은 건 정말 화가 나요."

샬럿이 말했다.

"리지, 내가 너라면 다시 기회가 온다고 해도 절대 그런 사람하고는 춤추지 않을 거다."

엘리자베스의 어머니가 말했다.

"걱정 마세요, 어머니. 절대 그 사람하고는 춤을 추지 않겠다고 약속할게요."

"난 그 사람이 거만한 게 그렇게 역겹지는 않더라고. 그럴 만한 이유가 있거든. 가문도 좋고 재산도 많은 젊은 사람이 자기 자신을 고고하게 평가한다고 해서 이상한 건 아니야. 이렇게 표현해도 될지 모르겠지만 그런 사람은 거만할 자격이 있는 거지."

샬럿이 말했다.

"그건 맞는 말이야. 그 사람이 내 자존심을 구겨 놓지만 않았다면 나도 그 사람의 오만함을 쉽게 용서할 수 있었을 거야."

엘리자베스가 말을 받았다

"내 생각에 오만은……."

이번에는 메리가 자기의 학식을 드러냈다.

"내가 지금까지 읽은 책에 따르면 오만은 모든 인간에게 공통적인 성향이야. 누구한테나 있는 것이고 인간이라면 누구나 그쪽으로 기울게 되어 있어. 그리고 실제건 상상이건 자신의 특성에 대해 나름대로 자만심을 갖고 있지 않은 사람은 거의 없다고 봐야 해. 허영심과 오만은 흔히 같은 의미로 쓰이지만 사실은 전혀 다른 거야. 우리가 그걸 혼동해서 쓰고 있는 거지. 우린 허영심을 갖지 않고도 오만해질 수 있어. 오만함은 우리가 우리 자신에게 갖고 있는 견해와 관련된 것이고, 허영심은 다른 사람이 우리를 어떻게 생각해 주었으면 하는 부분과 관련이 있지."

누나들을 따라온 루카스 씨의 아들이 말했다.

"내가 다아시처럼 부자라면 남들이 오만하다고 해도 신경 안 쓸 거야. 사냥개도 여러 마리 갖다가 기르고 매일 술독에 빠져 살 거야."

"그렇게 술을 많이 마셔대면 금방 죽어. 내 앞에서 술만 마셨다 봐라. 가만 안 놔둘 테니."

베넷 여사가 말했다.

소년은 거기에 대해서 항변했고 베넷 여사는 자기주장을 굽히지 않았다. 술에 대한 논쟁은 헤어질 때에야 끝이 났다.

제6장

　얼마 후에 롱본의 숙녀들은 네더필드를 방문했다. 그리고 네더필드의 숙녀들도 신속하게 그에 대한 답방을 했다. 루이사와 빙리 양은 친근한 성격의 제인이 마음에 들었다. 베넷 여사는 호감이 가지 않는 사람이고 밑의 동생들도 말붙일 가치도 없는 여자들로 생각되었지만, 제인과 엘리자베스에게는 앞으로 더 친하게 지내고 싶다는 의사를 표시했다.

　제인은 그들의 호의를 더없이 기쁘게 받아들였다. 하지만 엘리자베스는 사람들을 대하는 그들의 태도가 거만하다는 느낌을 받은 데다, 제인에게도 역시 그런 태도로 대하는 걸 보고 그들을 좋게 생각할 수 없었다. 그들이 제인에게 그나마 호의적으로 대하는 건 빙리가 제인을 좋게 본데서 영향을 받았기 때문이다. 두 사람이 만날 때마다 빙리가 제인을 사모한다는 사실은 누가 봐도 분명해 보였다. 그리고 제인도 처음 그를 만났을 때 느꼈던 호감이 점점 좋아하는 감정으로 발전해서 어느 정도 사랑에 빠져 있는 게 분명했다. 하지만 엘리자베스는 그런 사실이 사람들에게 알려지지 않은 걸 다행스럽게 여겼다. 제인은 감정이 풍부하면서도 자제할 줄 알았고, 늘 쾌활한 성격이어서 남의 일에 끼어들기 좋아하는 사람들의 억측을 피해 갈 수 있었다. 엘리자베스는 이런 얘기를 샬럿에게 털어놓았다.

그랬더니 샬럿은 이렇게 말했다.

"사람들을 그렇게 만드는 것은 재미있을지도 모르지. 하지만 너무 자신의 감정을 감추는 건 자신에게 불리할 수도 있어. 그런 식으로 자기가 좋아하는 상대방에게까지 좋아하는 감정을 감추다 보면 그 남자를 붙잡을 기회를 놓칠 수도 있지 않니? 그럼 그 남자뿐만 아니라 세상 사람들이 까맣게 모른다는 게 무슨 위안이 되겠어. 모든 애정에는 감사하는 마음이나 허영심이 상당 부분을 차지하고 있어.

그러니까 애정이 저절로 자랄 거라고 생각해서 그냥 내버려 두는 건 위험천만한 일이지. 누구든 자유롭게 사랑을 시작할 수는 있어. 처음에 약간의 호감만으로도 충분히 사랑을 싹틔울 수는 있지. 하지만 애정이 더 커지도록 하지 않고 내버려뒀는데 상대방이 애정을 적극적으로 표현해오기를 바랄 수는 없어. 대부분의 경우 여자는 자신이 느끼는 것보다 더 많은 애정을 표현하는 게 좋아. 빙리 씨가 네 언니를 좋아하는 건 확실해. 하지만 네 언니 편에서 적극적인 반응을 보이지 않으면 언니를 그냥 좋아하는 감정 이상은 되지 않을 거야."

"근데 우리 언니도 자기 딴에는 적극적인 반응을 보이는 거야. 언니가 그 사람을 좋아하는 게 내 눈에도 빤히 보이는데 그걸 알아차리지 못한다면 그 남자가 바보인 거지."

"하지만 그 사람은 너만큼 네 언니의 성격에 대해서 잘 모르잖아."

"그렇지만 여자가 어떤 남자를 많이 좋아하고 굳이 그런 감정을 숨기려 들지 않는데, 어떻게 그런 감정을 알아차리지 않을 수 있겠니?"

"남자가 네 언니랑 자주 만난다면 당연히 그렇게 해야겠지. 하지만 두 사람이 자주 만나기는 해도 몇 시간씩 단둘이 있지는 않아. 게다가 많은 사람들 속에서 만날 때가 많기 때문에 둘만 대화하는 시간을 갖기가 어려워. 그러니까 내 말은 네 언니는 단 30분의 동안이라도 둘이 대화하는 기회를 얻어서 그 사람의 관심을 사로잡아야 하는 거야. 일단 관심을 갖게 만들어 놓으면 그제야 그 사람과 얼마든지 사랑에 빠질 수 있는 기회가 생길 거야."

"오직 결혼을 잘하는 것이 목적이라면 그렇게 하는 것도 좋겠지. 부자인 남편을 만나고 싶다면 당연히 그렇게 해야 할 거야. 하지만 우리 언니의 속셈은 그게 아닌 것 같아. 언니는 어떤 계획에 따라 행동하고 있는 게 아냐. 아직까지는 자기가 그 남자를 얼마나 좋아하고 있는 건지, 그런 감정이 바람직한 건지에 대해서도 확신이 없는 것 같아. 언니가 그 남자를 안지는 보름밖에 안 됐어. 메리튼에서 그 사람과 네 번 춤을 추었고, 그 사람 집에서 아침에 한 번 봤을 뿐이고, 다른 사람들과 함께 있는 데서 그 사람과 네 번인가 식사를 했을 뿐이야. 그거 가지고 그 사람에 대해서 완전히 파악할 수는 없는 거잖아."

"그렇다고 볼 수도 있겠지. 단순히 식사만 같이했다면 그 사람의 식욕이 좋은지 아닌지 그 정도만 알 수 있겠지? 하지만 네 번이나 함께 저녁 시간을 가졌다는 점을 알아야 해. 네 번의 저녁 시간이면 충분히 역사가 이루어질 수도 있어."

"그래, 네 번의 저녁 시간을 보내면서 두 사람 모두 커머스 게임보다 벵텅 게임을 더 좋아한다는 정도는 알아낸 것 같더라. 하지만 두 사람의 중요한 성격에 대해서는 잘 알아볼 수 없었던 게 문제지."

"글쎄, 어쨌든 난 네 언니가 잘되기를 항상 마음속으로 바라고 있어. 그리고 네 언니가 내일 결혼하든, 열두 달 동안 그 남자에 대해서 연구한 다음에 결혼하든 행복의 정도에는 차이가 없을 거라고 생각해. 결혼을 통해 행복해지는 건 완전히 운에 달려 있어. 상대방의 성격에 대해서 서로가 잘 알든, 두 사람의 성격이 서로 비슷하든 간에 그것이 결혼의 행복을 좌우하는 건 아냐. 행복은 나중에 어떻게 변할지 알 수 없는 거라고. 그리고 평생을 함께 지낼 사람의 결함에 대해서는 되도록 조금 알수록 좋은 거야."

"네 말은 정말 우습다. 하지만 그건 바람직하지 않아. 정상적인 방법은 아니야. 너도 그걸 알고 있을 거야. 그리고 너도 그런 식으로 행동하진 않을 거고."

엘리자베스는 언니에 대한 빙리의 관심에만 정신이 팔려서 자신이 그의 친구인 다아시의 관심을 끌고 있다는 사실을 전혀 알아차리지 못했다. 다아시는 엘리자베스에 대해 처음에는 거의 아름답다고 생각하지 않았다. 무도회에서 그녀를 보았을 때 별로 관심을 두지 않고 바라보았고, 다음에 만났을 때 그녀를 쳐다본 것도 단지 그녀가 어떤 여자인지 논평하기 위해서였다. 하지만 그와 그의 친구 빙리가 그녀의 이목구비가 그다지 잘생기지 않았다는 걸 확신하게 되는 순간, 검은 눈동자의 아름다운 표정을 짓는 그녀가 아주 지적으로 보인다는 점을 발견했다. 그런 발견에 이어서 다른 한 가지 사실도 인정하게 되었다. 그녀의 몸매에서 완벽한 균형을 깨뜨리는 결점을 찾아냈음에도 불구하고, 그녀의 몸매가 사실은 날렵하고 우아하다는 점을 인정하지 않을 수 없었다. 그리고 그녀의 행동이 상류층 세계에 안 어울려 보이기는 했지만 동시에 재미있어 보인다는 점이 마음을 끌리게 만들었다. 그녀 자신은 이런 사실을 까맣게 모르고 있었다. 그녀는 단지 그 남자가 누구하고나 어울리지 못하고 자신을 춤 상대로 여기지 않는다고 간주할 뿐이었다.

하지만 그는 엘리자베스에 대해서 더 많은 걸 알기를 바랐다. 그녀와 대화를 나누기 위해서 먼저 그녀가 다른 사람들과 나누는 대화에 귀를 기울이고 있었다. 그가 그렇게 행동하는 것이 그녀의 눈에 띄었다.

윌리엄 루카스 경의 저택에 사람들이 모여 있을 때였다.

"다시 씨는 내가 포스터 대령과 얘기하는 걸 엿듣고 있었는데 그게 무슨 의미일까?"

엘리자베스가 샬럿에게 물었다.

"그건 다아시만이 대답할 수 있는 질문이지."

"계속 그런 행동을 하면 무슨 수작을 하려는 건지 알고 있다고 쏴붙일 거야. 그 남자의 눈빛은 어쩐 빈정거리고 있는 것 같아. 다아시는 남을 헐뜯는 사람이라서 내가 도도하게 나가지 않으면 난 그 사람의 밥이 되고 말 거야"

그 말이 끝나자마자 공교롭게도 다아시가 그들이 있는 쪽으로 다가왔다. 하지만 그는 말을 걸 생각은 없는 것처럼 보였다. 그런데 샬럿이 엘리자베스에게 그 얘기를 꺼내지 말라고 했고 오히려 그 말에 자극을 받은 엘리자베스는 다아시를 향해 돌아서며 말했다.

"다아시 선생님, 방금 제가 포스터 대령에게 메리튼에서 무도회를 열어 달라고 요청했는데, 제가 잘한 거 아닌가요?"

"숙녀들은 원래 그런 일에 관심이 많지 않습니까?"

"항상 그런 식으로 말씀하시는군요."

"이제 엘리자베스가 당할 차례군요."

샬럿이 말했다.

"내가 피아노를 열 테니까 넌 뭘 해야 할지 알고 있지, 엘리자베스?"

"샬럿, 넌 항상 이상하게 구는구나. 언제나 내가 사람들 앞에서 악기를 연주하며 노래 부르게 하니 말이야. 내가 음악 쪽으로 발달했다면 연주하는 걸 고맙게 받아들이겠지만, 최고 음악가들의 연주만 들어왔을 텐데 이 양반 앞에서 재주 부리기는 싫어."

하지만 샬럿이 계속해서 고집하자 엘리자베스는 승낙하고 말았다.

"그럼 내가 한번 해보지."

엘리자베스는 다아시를 고약한 눈빛으로 잠시 바라보고 나서 말했다.

"여러분도 잘 아시는 속담이 있죠. 죽을 식히려면 잠시 숨을 멈춰라. 저도 목청을 가다듬기 위해서 숨을 고르는 게 좋겠네요."

그녀의 연주와 노래는 썩 훌륭하다고 할 수는 없었지만 듣기에 달콤했다.

두 곡을 부르고 나서 몇몇 사람들의 앙코르 요청에 응하기도 전에 그녀의 동생인 메리가 나서서 피아노 앞에 앉았다. 그녀는 가족들 중에서 가장 볼품없는 용모였기 때문에 그것을 보충하기 위해서 공부를 많이 했고 기회만 있으면 자기를 과시하고 싶어 안달이었다.

메리는 음악에 큰 재능이 없었다. 허영심이 몸에 배어

있어서 잘난 체만 했고 자기가 실지로 아는 것보다 더 많이 아는 척했다. 뛰어난 실력을 지닌 연주자라고 해도 그런 자만심은 흠이 될 만한 일이었다. 엘리자베스는 메리에 비해 절반도 소질이 없었지만 꾸밈없는 성격 때문에 사람들이 그녀에게 더 호감을 갖고 음악을 들어주었다. 메리는 길게 콘체르토(협주곡)를 연주한 뒤에 스코틀랜드와 아일랜드 가곡을 연주해서 기분 좋은 칭찬을 들었다. 그러나 그동안에 그녀의 여동생들은 루카스 집안의 여자들과 함께 장교 두세 명을 상대로 한쪽에서 춤을 추고 있었다.

다아시는 자신만 아무런 대화도 없이 저녁 시간을 보내는데 대해 속으로 분개하면서 그녀들 옆에 서 있었는데, 자기 생각에 너무 몰두한 나머지 윌리엄 루카스 경이 옆에 다가온 줄도 모르고 있다가 루카스가 하는 말을 듣게 되었다.

"다아시 선생님, 춤이라는 건 정말 좋은 오락이죠? 결국 춤만한 건 없다고 보아야겠지요. 사교계에서 춤이 없다면 얼마나 재미없겠어요?"

"물론이죠, 선생님. 그리고 야만적인 사회에서도 춤은

유행하죠. 야만인들도 춤은 출 줄 아니까요."

윌리엄 경은 그저 미소만 짓고 있었다.

"친구 분은 춤을 매우 즐기시는 것 같군요. 다아시 선생님도 춤을 잘 추실 것 같은데요."

그는 빙리가 다른 사람들과 춤추는 광경을 보며 말을 이었다.

"제가 메리튼에서 춤추는 걸 보셨을 텐데요."

"그랬죠. 아주 재밌게 추시더군요. 런던에서도 자주 추시나요?"

"아뇨, 거기선 안 춰요."

"춤을 추는 것이 그곳에 대한 적절한 경의의 표현이 아닌가요?"

"저는 피할 수만 있다면 안 추거든요."

"런던에도 집이 있으시죠?"

다아시는 고개를 끄덕였다.

"한때는 나도 런던에 정착할 생각을 한 적이 있었죠. 워낙 제가 상류 사회 사람들과 교제하는 걸 좋아하니까요. 하지만 런던의 공기가 집사람의 건강에 좋지 않을까봐 가지 못했어요."

그는 대답을 기다렸지만 다아시는 아무 말도 하지 않았다. 그때 마침 엘리자베스가 그들이 있는 쪽으로 다가오자 그는 갑자기 뭔가 좋은 일을 해야겠다는 생각이 들어 그녀를 불러 세웠다.

"엘리자베스, 같이 춤을 좀 추지. 다아시 선생님, 이 젊은 아가씨를 멋진 춤 파트너로 소개시켜 보려고 합니다. 눈앞에 이런 미인이 있는데 춤을 거절하진 않겠죠?"

그리고는 엘리자베스의 손을 잡고 그 손을 다아시에게 건네려고 했다. 다아시는 소스라치게 놀랐지만 거절할 생각은 없었는데, 엘리자베스는 당황해서 손을 뒤로 빼고서는 윌리엄 루카스 경에게 퉁명스럽게 말했다.

"전 출 생각이 없어요. 제가 춤출 상대를 구하러 이쪽으로 왔다고 생각하지 마세요."

다아시는 예의바른 태도를 하고는 그녀와 함께 춤출 기회를 달라고 요청했다. 그렇지만 소용이 없었다. 엘리자베스의 고집을 꺾을 수가 없었다. 윌리엄 경도 설득해보려고 했지만 소용이 없었다.

"엘리자베스, 그렇게 뛰어난 춤 솜씨를 가지고 있으면서 구경도 한번 못하게 하는 건 너무 잔인하군. 그리고 이 신사 분이 춤을 별로 좋아하지는 않지만 반시간 정도는 사람들을 즐겁게 해줄 수 있을 거야."

"다아시 씨는 워낙 예의가 바른 분이니까요."

엘리자베스가 미소를 지으며 말했다.

"그야 사실이죠. 하지만 이렇게 매력적인 상대라면 정중한 게 당연한 일이죠. 누가 이런 파트너를 거절할 수 있겠어요?"

엘리자베스는 짓궂은 표정으로 다른 곳을 바라보고는 돌아서 버렸다. 그녀가 그처럼 반박한 것이 다아시에게는 상처를 주었지만 다아시는 이상하게도 기분이 상하지 않았다. 오히려 그녀를 만족스럽게 생각했다. 그때 캐롤라인이 다가와서 "지금 무슨 생각을 하는지 알 수가 없네."하고 말을 걸었다.

"신경 쓸 필요 없어."

"이런 사람들과 어울려서 수많은 저녁을 보내야 하니 피곤하다고 생각할 테지? 나도 오빠처럼 생각한다고. 이렇

게 신경질 난 적이 없어. 따분하고 시끄럽기만 하고, 별 볼
일 없는 사람들이 잘난 체만 하고 있고, 그러니 다아시 오
빠가 싫어하는 것도 당연하지."

"오해했구나. 사실은 즐거운 생각을 하고 있었다. 아름
다운 여성의 눈에서 아주 즐거운 기분을 느끼고 있었거
든."

그 말에 캐롤라인은 그의 얼굴을 바라보면서, 그처럼 즐
거운 생각을 갖게 한 여자가 누구냐며 말해달라고 했다. 다
아시는 "엘리자베스 베넷"이라고 주저하지 않고 대답했다.

"엘리자베스 베넷이라고?"

캐롤라인은 소리를 질렀다.

"어머나, 정말 놀랍군요! 언제부터 그 여자를 그렇게 좋
아하게 됐어? 식은 언제 올리는 거지?"

"여자들은 항상 그런 생각만 한다니까. 여자들은 상상력
이 너무 빨라. 누가 어떤 여자를 좋아한다고 하면 그게 사
랑으로 이어지고 다음에는 결혼으로 이어지고, 너도 그런
식으로 생각할 거라고 짐작했다고."

"그렇게 진지하게 말하는 것을 보니 이미 속셈이 정해

져 있군. 이제 매력 있는 장모님도 생길 테고, 그럼 장모님
하고 펨벌리에서 함께 사시게 되겠군요."

  그녀가 이런 식으로 빈정대는 동안 다아시는 무관심한
태도로 듣고 있었고 무슨 말을 해도 될 거라고 안심한 빙
리 양은 계속해서 농담을 늘어놓았다.

제7장

 베넷의 재산은 연간 수입이 2,000파운드 정도 되는 토지가 거의 전부였다. 그것도 아들 없이 딸들만 있었기 때문에 먼 친척 앞으로 상속이 정해져 있었다. 그리고 베넷 여사의 재산은 여자의 입장으로는 많은 편이었지만 남편이 가진 재산의 부족분을 채워 주기에는 모자랐다. 베넷 여사의 아버지는 메리튼의 변호사였는데 그녀에게 4,000파운드의 재산을 물려주었다.

 그녀에게는 여동생이 한 명 있었는데, 아버지 밑에서 서기로 근무하던 필립스라는 사람과 결혼해서 그 일을 계속하고 있었다. 또 남동생도 하나 있었는데, 그는 런던에서 괜찮은 사업을 하고 있었다.

롱본은 메리튼에서 겨우 1마일밖에 떨어져 있지 않은 곳이어서 베넷의 딸들은 1주일에 서너 번씩 거기 사는 이모 집에 놀러 가거나 모자가게에 들르곤 했다. 언니들보다 생각이 단순하고 고민거리도 없는 그들은 더 재미있는 일이 없을 때는 메리튼으로 걸어가서 몇 시간씩 놀다가 저녁 때 나눌 화제를 물어 오는 게 중요한 일이었다. 시골 소식이라 그다지 특별한 관심을 둘 만한 것은 없었지만 그녀들은 이모 집에 놀러 가서 무언가 얘깃거리를 가져왔다. 더욱이 근래 이웃 마을에 군부대가 도착해서 새로운 소식과 흥밋거리는 전혀 부족하지 않았다. 메리튼에 본부를 둔 군부대는 겨울 내내 그곳에 주둔할 예정이었다.

필립스 여사의 집을 찾아갈 때마다 흥미로운 얘깃거리가 쏟아져 나왔다. 장교들의 이름이나 그들의 일과에 대해서도 많은 것을 알게 되었다. 사관들의 숙소 또한 오랫동안 비밀로 남아 있을 수 없었으며, 그녀들은 마침내 장교들을 직접 만나기까지 했다. 이모부인 필립스 씨는 장교들을 모두 방문했고, 그것은 조카딸들에게 전에는 맛보지 못했던 행복의 보고를 열어 주었다. 그녀들은 오로지 장교

들 얘기를 하기에 여념이 없었다. 그들의 어머니가 듣기만
해도 관심을 보이는 빙리의 재산 얘기도 그녀들에게는 소
위의 군복에 비하면 아무런 가치도 없어 보였다.

어느 날 아침, 그녀들이 그런 주제로 신나게 떠들고 있
을 때 베넷이 퉁명스럽게 말했다.

"너희들이 하는 얘기를 듣고 있자니 이 나라에서 제일
어리석은 여자들로 보이는구나. 난 너희들이 그렇게까지
어리석은 줄 몰랐는데 이젠 확신할 수 있겠다."

캐서린은 당황해서 아무런 대답도 하지 않았다. 그러나
리디아는 전혀 아랑곳하지 않고 카터 대위가 얼마나 멋있
는지 떠들어 대면서 그가 다음 날 아침 런던으로 떠나게
되어 오늘 꼭 만나야 한다고 말했다.

"당신은 어쩜 그렇게 아무렇지도 않게 자기 자식을 어
리석다고 말할 수 있어요? 정말 기가 막히네요. 어리석은
건 우리 애들이 아니라 다른 집 애들이라고요."

베넷 여사가 발끈해서 대들었다.

"우리 애들이 어리석다는 것을 알고는 있어야지."

"우리 아이들은 아주 똑똑하다고요?"

"우리의 의견이 일치하지 않는 게 이것 밖에 없어 다행이군. 우리가 모든 면에서 일치하기를 바라지만, 내가 우리 아이들을 아주 어리석다고 하는 점만은 당신과 차이가 있군. 난 우리 작은딸 둘이 특별히 멍청하다고 생각하니까."

"여보, 애들이 우리 어른들만큼 성숙한 생각을 할 거라고 기대하세요? 그 애들도 우리 나이가 되면 장교는 쳐다보지도 않을 거예요. 한때는 나도 빨간색 군복을 좋아하던 시절이 있었고 지금도 가슴속에는 그런 마음이 남아 있어요. 그리고 연 수입이 한 오육천 파운드 정도 되는 어떤 멋지고 젊은 장교가 우리 애들 중에서 하나를 사귀고 싶어한다면, 난 반대하지 않을 거예요. 저번에 윌리엄 경 댁에서 보니 포스터 대령의 군복 입은 모습이 꽤나 멋지게 보입디다."

그때 리디아가 큰 소리로 말했다.

"엄마, 이모가 그러시는데 포스터 대령과 카터 대위가 요즘엔 예전만큼 왓슨 양 집에 자주 가지 않는대요. 근래엔 클라크 도서관 앞에 있는 모습을 자주 봤다고 하던데요."

베넷 여사가 뭐라고 대꾸하려는데 하인 하나가 들어와 제인에게 편지를 전해 주었다. 그것은 네더필드에서 온 것이었고, 그 하인은 답장을 받아가려고 기다리며 서 있었다. 제인이 편지를 읽는 동안 베넷 여사는 좋은 소식을 기대하며 반색을 했고 제인에게 빨리 읽어달라고 재촉했다.

"제인, 어디서 온 거니? 무슨 내용이야? 뭐라고 쓰여 있어? 빨리 말 좀 해 봐라, 어서!"

"캐롤라인에게서 온 거예요."

제인은 대답하고는 큰 소리로 읽어주었다.

나의 벗에게.

루이사와 나를 불쌍하게 여긴다면 오늘 저녁 식사하러 와 줄래요? 안 그러면 우리 둘은 평생 서로 원수처럼 지내게 될지도 몰라요. 우리 두 여자는 항상 말다툼만 하고 지내거든요. 이 편지를 받는 즉시 달려와 줘요. 오빠와 남자들은 장교들과 외식하러 밖에 나갈 거랍니다.

캐롤라인 빙리

"장교들하고! 그렇다면 이모가 왜 그 얘기를 안 해 주셨담."

편지를 다 읽고 난 리디아가 소리를 질렀다.

"남자들은 다 나가 버린다고? 정말 운이 없구나."

베넷 부인이 약간 실망한 표정으로 말했다.

"마차를 타고 가게 해주실 거죠?"

"아니, 말을 타고 가는 게 낫겠다. 아무래도 비가 쏟아질 것 같구나. 그럼 그 댁에서 내내 머물러 있어야 할 테니까."

"그거 정말 좋은 생각이네요. 그 집에서 마차로 언니를 여기까지 데려다 주지는 않을 거니까요."

엘리자베스가 말했다.

"맞아. 빙리 씨의 마차는 메리튼에 가는 남자들이 타고 갔을 테고 허스트 부부한테는 마차가 없을 테니까."

"난 마차로 가고 싶어요."

"하지만 아버지가 말을 여러 마리 내주실 수 없을 거야. 농장 일을 할 수 없으니까. 여보, 그렇지 않아요?"

"농장에선 지금 말이 부족하지."

"오늘 노는 말들이 여러 마리 없다면 어머니의 목적이 달성되는 거겠지."

제인은 결국 농장에 남아도는 말이 없다는 사실을 인정할 수밖에 없었고, 그래서 말을 타고 가야 했다. 베넷 여사는 날씨가 나빠질 징조가 보여 속으로 즐거워하면서 딸을 배웅했다. 어머니의 소망은 이루어지게 되었다. 제인이 떠난 지 얼마 되지 않아서 장대비가 쏟아지기 시작했다. 동생들은 언니를 걱정하며 불안해했지만 어머니는 즐거워했다. 비는 저녁 내내 끊임없이 내렸고 제인은 이제 집에 돌아오는 게 불가능해 보였다.

"내가 정말 생각을 잘했군."

베넷 부인은 소리치면서 기뻐했다. 마치 자기가 비를 내리게 한 것처럼 생각되었다. 그렇지만 다음날 아침이 될 때까지 그녀는 얼마나 좋은 일이 닥쳤는지 알지 못했다. 아침 식사가 끝나기도 전에, 네더필드에서 온 하인이 엘리자베스에게 다음과 같은 내용의 쪽지를 전달했다.

엘리자베스에게,

어제 비를 흠뻑 맞았더니 오늘 아침에 몸이 너무 안 좋구나. 이곳 친구들은 내가 회복될 때까지 나를 집에 보내지 않겠다는 구나. 존스 씨도 보아야 한다는 거야. 그러니 그 사람이 여기 왔다는 소식을 듣게 되더라도 놀라지 마. 목이 좀 아프고 두통이 있는 것 외에는 괜찮으니 너무 걱정하지 말고.

제인이

엘리자베스가 편지를 읽고 나자 베넷이 말했다.

"당신, 딸이 만약 중병에 걸려서 죽기라도 한다면 그건 모두 당신 책임이오. 당신이 하라는 대로 빙리를 쫓아다니다가 그렇게 되는 거니까."

"죽긴 누가 죽는다고 그래요? 감기 때문에 죽는 사람 봤어요? 거기 사람들이 잘 보살펴줄 테고, 제인이 거기 있는 동안 좋은 일이 생길 거예요. 마차로 갈 수만 있다면 내가 가서 어떤 상태인지 보겠는데……"

그런데 엘리자베스는 너무 걱정이 되어서 마차를 쓸 수

없더라도 언니를 보러 가야겠다고 마음먹었다. 그녀는 말을 탈 줄도 몰랐기 때문에 걸어가는 것이 유일한 방법이었다. 그녀는 그런 생각을 가족들에게 말해주었다.

"넌 왜 그렇게 생각이 없니? 진흙탕 속을 걸어서 갔다가는 그 집에 발도 들여놓지 못할 거야."

어머니가 소리를 질렀다.

"그건 아무런 문제도 되지 않을 거예요."

"마차를 쓰게 해 달라는 소리냐?"

아버지가 물었다.

"아니에요. 걸어가도 상관없어요. 거리가 좀 멀다고 그만 둘 수 있겠어요? 3마일만 걸으면 되는데. 저녁 식사 전까지는 돌아올게요."

"언니의 생각이 좋기는 하지만 모든 문제는 머리로 해결해야 해. 어떤 행동을 하려면 그것에 합당한 요구 조건이 있어야 하는 거지."

메리가 말했다.

"우리가 메리튼까지 동행해 줄게."

캐서린과 리디아가 말했다. 엘리자베스는 그 제안을 받

아들였고 그녀들은 함께 출발했다.

"서둘러 간다면 카터 대위가 나가기 전에 잠시라도 볼 수 있을 거야."

그녀들이 걸어가는 도중에 리디아가 말했다.

메리튼에서 그녀들은 헤어졌다. 가장 나이 어린 두 동생은 한 장교 부인의 숙소가 있는 곳으로 갔다. 엘리자베스는 혼자서 길을 재촉하여 빠른 걸음으로 들길을 걸어갔다. 들길에 쳐놓은 울타리와 흙탕길을 지나치며 가축우리의 계단을 뛰어넘고, 웅덩이를 건너뛰었다. 드디어 그 집이 보이는 곳에 이르렀을 때 발목은 시큰거리고, 양말은 흙투성이였고, 얼굴은 화끈거리고 있었다.

엘리자베스는 아침 식사를 하고 있는 식당으로 안내되었다. 거기에는 제인을 제외한 다른 사람들이 모여 있었는데, 사람들은 그녀가 나타나자 무척 놀라워했다. 루이사와 캐롤라인은 이 새벽에 엘리자베스가 혼자 비가 내려서 진흙탕이 된 길을 3마일이나 걸어왔다는 사실을 도저히 믿을 수가 없었다. 엘리자베스는 그들이 그런 행동을 한 자신을 속으로 경멸하고 있다고 느꼈다. 그들은 겉으로는 정

069

중하게 그녀를 맞이했다. 그들 중에서 빙리가 가장 반갑고 친절하게 맞아주었다. 다아시는 고작 몇 마디만을 건넸고, 허스트는 거의 말이 없었다. 다아시는 먼 길을 걸어오느라 빨갛게 달아오른 그녀의 얼굴이 아름답게 빛나는 걸 속으로 감탄하면서 바라보았다. 한편으로는 그렇게 먼 길을 왜 혼자 걸어왔는지 궁금해서 견딜 수가 없었다. 허스트는 오직 아침을 먹는 일에만 열중하고 있었다.

엘리자베스가 언니의 몸 상태에 대해 묻자 별로 좋지 않은 답변이 돌아왔다. 제인은 간밤에 잠을 제대로 못 잤고, 지금은 깨어나기는 했지만 열이 높았으며 침실에서 나올 수 없다는 것이었다. 엘리자베스는 즉시 제인이 있는 방으로 안내되었다. 그녀가 방에 들어서자 제인은 매우 반가워했다. 속으로는 가족들이 와 주기를 바라면서도 가족들에게 수고를 끼치지 않으려고 그런 내색을 하지 못했던 것이었다. 그러나 몸이 불편하여 아직 얘기를 많이 하는 건 제인에게 무리한 일이었다. 캐롤라인이 두 사람만 남겨 두고 방을 나가자 제인은 이곳 사람들이 자상하게 돌봐 주고 있다는 말만 하고는 다른 얘기는 하지 않았다. 엘리자베스는 혼자서 언니의 곁을 지켰다.

아침 식사를 마치자 빙리 집안의 두 자매가 제인이 있는 방으로 들어왔다. 엘리자베스는 제인에게 진심 어린 애정과 관심을 보이는 그들에게 비로소 호감을 느끼기 시작했다. 얼마 지나지 않아서 의사가 도착했다. 의사는 제인이 심한 감기에 걸렸다면서 회복될 수 있도록 옆에서 잘 돌봐 주어야 한다고 말했다. 그리고 그녀에게 침대에 누우라고 하면서 약을 주겠다고 했다. 제인은 열이 더 오르고 머리가 깨질 것처럼 아파서 의사의 말대로 약을 먹었다. 엘리자베스는 줄곧 언니 옆에 앉아 있었고, 그 집안의 자매들도 거의 제인의 곁을 떠나지 않았다. 남자들이 모두 외출하고 없어서 달리 할 일이 없기도 했다.

시계가 3시를 알리자 엘리자베스는 이제 돌아가야겠다고 말했다. 내키지는 않았지만 그런 말을 하자 캐롤라인이 마차를 내주겠다고 말했다. 그래서 엘리자베스가 그녀의 제의를 받아들이려고 하는데 제인이 동생과 헤어지는 걸 너무 아쉬워하는 걸 보고 캐롤라인은 마차를 내주겠다는 제안을 네더필드에 더 머물러 달라는 부탁으로 바꿨다. 엘리자베스는 그 요청을 즐거운 마음으로 받아들였고 하인 한 사람을 롱본에 보내 그녀가 거기에 더 머물게 되었다는 소식을 전하고 옷가지를 가져오도록 했다.

제8장

 5시가 되었을 때 두 자매는 옷을 갈아입기 위해 제인이
있는 방에서 나갔고 6시 반이 되자 엘리자베스에게 저녁
식사를 하라는 전갈이 왔다. 식사를 하는 동안 여러 가지
질문이 쏟아졌다. 그 중에서도 빙리가 언니를 진심으로 걱
정하는 질문이 두드러졌는데 거기에 대해서 엘리자베스는
좋은 소식을 전해 줄 수 없었다. 제인은 별로 나아진 기색
이 없었기 때문이다. 두 자매는 그 소리를 듣고는 안됐다
는 말을 서너 번 되풀이하고, 독감에 걸리는 건 정말 끔찍
한 일이고, 자기네는 아픈 게 너무 싫다고 말했다. 그러고
나서는 더 이상 그 일에 대해 왈가왈부하지 않았다. 엘리
자베스는 제인이 면전에 없을 때 그녀들이 보이는 무관심

에 대해서 알아차리고는 그들이 다시 싫어졌다.

그중에서 빙리만이 엘리자베스가 유일하게 믿을 수 있는 사람이었다. 빙리는 진심으로 제인을 걱정하는 기색이 역력했고, 그 점이 엘리자베스에게는 만족할 만한 것이었다. 덕분에 그녀는 다른 사람들이 자신을 불청객으로 간주할 것이라는 생각에서 벗어날 수 있었다. 빙리만이 관심을 갖고 그녀를 상대해 주었다. 캐롤라인은 다아시에게 푹 빠져 있었고, 그녀의 언니도 역시 마찬가지였다. 엘리자베스 옆에 앉아 있는 허스트 씨는 오직 먹고 마시고 카드놀이를 하는 데만 인생의 목적이 있는 것 같은 나태한 인물이었다. 그는 엘리자베스가 라구(고기와 야채에 갖은 양념을 하여 끓인 음식)보다 담백한 음식을 더 좋아한다는 것을 알고 나자 더 이상 그녀에게 관심을 보이지 않았다.

저녁 식사가 끝나자 엘리자베스는 곧장 제인에게로 돌아갔고 캐롤라인은 엘리자베스가 자리를 뜨자마자 그녀를 헐뜯기 시작했다. 매너도 좋지 않고 오만하고 뻔뻔함으로 뭉쳤으며, 화술이나 옷차림이나 외모가 모두 형편없다고 했다. 루이사도 자기 역시 같은 생각이라고 거들었다.

"간단히 말해서 그 여자를 평하자면 잘 걷는다는 것밖에는 내세울 게 하나도 없어. 오늘 아침에 그 꼬락서니로 나타난 걸 나는 절대 잊지 못할 거야. 난폭한 여자 같아 보이더라고."

"정말이야. 난 도무지 표정 관리가 안 되더라니까. 도대체 여길 왜 왔는지 모르겠어. 자기 언니가 감기에 걸렸다고 온 들판을 쏘다녀야겠냐고. 그 엉망으로 흐트러진 머리 꼴이라니!"

"맞아, 속치마는 또 어떻고? 진흙탕에 빠져서 흙투성이가 되었더라. 겉치마로 가리려고 했지만 그게 감춰지나."

빙리가 대꾸했다.

"누나의 표현이 맞을지도 모르겠어. 하지만 내가 보기에는 그런 건 아무것도 아니야. 아침에 여기 왔을 땐 아주 멋있게 보이더라고. 속치마 같은 건 전혀 눈에 들어오지도 않았어."

캐롤라인이 말했다.

"다아시 오빠도 봤지? 오빠의 여동생이 그런 추태를 보였다면 가만 안 있었겠지?"

"물론 난 그런 걸 싫어하지."

"그렇게 발목을 진창에 빠져 가면서 3마일이나 걸어오다니. 말이 되는 거야? 그것도 혼자서 말이지. 도대체 그렇게 해서 뭘 어쩌겠다는 거야? 대단한 독립심이라도 보여 주려는 걸까 아니면 격식 같은 건 무시하는 여자라는 걸 선전하려는 걸까?"

"언니에 대한 애정이 각별하다는 걸 보여 주었으니까 좋은 일이지."

빙리가 말했다.

"다아시 오빠는 예전에 엘리자베스의 눈을 칭찬하시더니, 이번 일로 좀 달라지지 않으셨나요?"

캐롤라인이 은근히 속을 떠보는 것처럼 말했다.

"아니, 전혀. 오히려 운동을 해서 그런지 눈이 더욱 반짝이는 것 같던데."

다아시가 대답하자 잠시 동안의 어색한 침묵이 흘렀다.

루이사가 다시 말문을 열었다.

"난 제인 베넷만은 꽤 마음에 들어요. 아주 사랑스러운 여성이라고 생각해요. 하지만 부모도 그렇고 친척들이 모두 천박한 사람들이라서 좋은 집안과 결혼을 잘하기는 틀린 것 같아."

"이모부가 메리튼에서 변호사로 일하고 있다는 소리를 들었는데……"

"맞아요. 그리고 또 한 사람이 있는데, 런던의 후진 곳에서 사나 보더라고."

"정말 굉장한 거 아냐?"

라고 말하면서 두 자매는 크게 웃어댔다.

"별 볼일 없는 외삼촌이 깔려 있다고 하더라도 난 상관없다고 생각하는데."

빙리가 두 자매를 나무랐다.

"하지만 현실적으로 볼 때 신분이 높은 남자와 결혼할 가능성이 줄어드는 건 당연한 일이야."

빙리의 말에 다아시가 반박했다.

그 말에 빙리는 아무 대꾸도 하지 않았다. 하지만 그의 누이들은 신이 나서 맞장구를 치며 한참 동안 엘리자베스의 천한 가족이나 친척들을 비웃는 재미에 빠져있었다.

그런데 잠시 후에 잠시 후 제인에게 미안한 생각이 들

었는지 그들은 식당에서 나와 커피를 마시러 오라는 기별이 올 때까지 제인 곁에 앉아 있었다. 제인은 여전히 상태가 좋지 않아서 엘리자베스는 저녁 늦게까지 그녀의 곁을 떠날 수가 없었다. 제인이 잠든 것을 보고 겨우 마음이 놓인 엘리자베스는 내키지는 않지만 예의상 아래층으로 내려가야겠다고 생각했다. 응접실에 들어서니 모두들 카드놀이를 하고 있었다. 그녀에게도 같이 하자고 권했지만 큰 돈을 걸고 하는 내기 같아서 사양했다. 그녀는 언니를 핑계 삼아 잠시 아래층에서 책을 읽는 게 좋겠다고 말했다.

그러자 허스트 씨가 놀란 표정으로 그녀를 쳐다보며 말했다.

"카드놀이보다 책을 더 좋아하신다고요? 정말 특이한 분이시군요."

"엘리자베스 양은 카드를 경멸하는군요. 대단한 독서가이신가 봐요. 다른 일엔 전혀 흥미가 없으니."

캐롤라인이 빈정댔다.

"전 그런 칭찬의 말도, 비난의 말도 들을 이유가 없는 사람이에요. 전 대단한 독서가도 아니고 다른 데 취미도 많은 사람이거든요."

엘리자베스가 항변했다.

"언니를 간호하는 정성이 대단하시군요. 언니가 빨리 회복되셔서 더 큰 즐거움을 느끼실 수 있기를 바랍니다."

빙리가 다정하게 말했다.

엘리자베스는 빙리가 잘 대해 주는 것에 대해서 감사하다는 말을 하고 책이 몇 권 놓여 있는 탁자를 향해 걸어갔다. 빙리는 필요하다면 서재에 있는 다른 책도 갖다 주겠다고 제안했다.

"책이 많다면 엘리자베스 양에게도 좋고 저한테도 좋았을 텐데, 제가 책 읽는 데 게으르다 보니 가진 책이 많지 않아요. 그렇기는 해도 제가 읽을 수 있는 것보다는 많이 가지고 있습니다."

엘리자베스는 그 방 안에 있는 책만으로도 충분하다고 했다.

"난 아버지가 왜 책을 조금밖에 물려주지 않으셨는지 모르겠어. 다아시 오빠는 펨벌리에 굉장한 서재를 가지고 있어서 좋겠다."

캐롤라인이 다아시를 쳐다보면서 말했다.

"저희 집에 있는 서재는 몇 세대 동안 이어져 내려온 거니까요."

다아시가 캐롤라인의 말에 대답했다.

"거기에 다아시 오빠도 많이 보탰잖아. 항상 책을 구입하신다고 들었어요."

"이런 시대에 가문의 서가를 소홀히 한다는 건 나에게 용납되지 않는 일이니까."

"소홀히 한다니요? 다아시 오빠는 그 서재를 아름답게 꾸미는 일이라면 물불 안 가릴 거야. 오빠! 오빠도 다음에 집을 지으면 다아시 오빠네 집의 반만이라도 아름답게 꾸미면 좋겠어."

"그렇게 될 수도 있겠지."

"그 근처에 땅을 사서 펨벌리를 견본으로 해서 집을 짓는 게 어떨까? 우리나라에서 더비셔보다 더 나은 곳은 없으니까."

"좋은 생각이야. 만일 다아시가 펨벌리의 집을 팔기만 한다면 내가 사 버릴 생각도 있어."

"오빠, 좀 가능성 있는 얘기를 하라고."

"만약 펨벌리를 갖고 싶다면 모방하는 것보다 아예 사 버리는 게 더 낫겠지"

엘리자베스는 그들의 대화에 신경이 쓰여서 책을 제대로 읽을 수가 없었다. 그래서 책을 내려놓고 카드놀이를 하는 테이블로 다가가서 빙리와 그의 누이 사이에 자리를 잡고 앉아 카드놀이를 구경했다.

"다아시 오빠 동생은 지난봄보다 키가 많이 큰 것 같네요. 이제 내 키만 한가요?"

캐롤라인이 다아시에게 물었다.

"많이 컸지. 아마 엘리자베스 베넷 양만큼 클 거야. 아니 더 클지도 모르겠어."

"오랫동안 못 만나서 보고 싶군. 그렇게 내 맘에 꼭 드는 아가씨는 만나 본 적이 없어. 교양도 있고 매너는 또 얼마나 좋은데요. 어린 나이에 어쩜 그렇게 골고루 갖출 수 있죠? 피아노도 정말 잘 치고."

"그 어린 나이에 그만한 교양을 갖춘다는 게 정말 놀랍지. 다른 여자들도 마찬가지긴 하지만."

빙리가 말했다.

"다른 여자들도 모두 교양을 갖췄다고? 그게 무슨 말이야. 오빠?"

"내 생각엔 모든 여자가 다들 그런 것 같아. 누구나 그림을 그리고, 수놓고, 손지갑 짜는 정도는 할 수 있잖아. 그런 걸 할 줄 모르는 여자는 본 적이 없어. 그리고 아무것도 할 줄 모른다고 사람들에게 조롱받는 여자도 본 적이 없고."

다아시가 말했다.

"지금 자네가 교양을 갖춘 여자에 대해서 한 말은 일리가 있어. 핸드백도 짜고 수도 놓을 줄 아는 여자가 교양 있는 여자라는 점은 맞아. 하지만 나는 자네가 모든 여자에 대해서 평가하는 것에는 동의하지 않아. 내가 아는 여자 중에 진정으로 교양을 갖춘 여자는 여섯 명도 되지 않는다고."

"나도 그렇게 생각해. 다아시 오빠."

캐롤라인이 맞장구를 쳤다.

"그렇다면 교양 있는 여자라는 선생님의 관념에는 여러 가지 자질이 포함되는 것 같군요."

엘리자베스가 다아시를 보고 말했다.

"맞아요. 많은 자질이 포함되죠."

캐롤라인이 거들어 말을 했다.

"당연하죠. 보통 사람들이 갖춘 것을 훨씬 뛰어넘는 자질을 갖추지 않으면 교양 있는 사람이라고 볼 수가 없어요. 여자라면 음악, 노래, 그림, 춤, 외국어 등에 완전한 자질을 구비해야 한다고요. 그리고 태도에도, 목소리에도, 표현력에도 자질이 있어야 해요. 그렇지 않으면 제대로 된 여자라고 볼 수 없죠."

"그런 것도 갖추어야 하고, 거기에다 광범위한 독서로 지식을 추가하는 거죠."

다아시가 언급했다.

"전 교양을 갖춘 여자를 여섯 명밖에 모른다는 선생님의 말씀이 놀랍군요. 그런 여자를 한 명이라도 볼 수 있었는지 의심되네요. 그런 걸 의심하실 정도로 여성들에 대해서 가혹하게 평가하시나요? 선생님이 말씀하신 그런 능력, 취미, 우아함을 갖춘 여자를 한 번도 본 적이 없어요."

루이사와 캐롤라인은 엘리자베스의 말이 틀리다고 항변

했으며 자기들은 그런 교양 있는 여자들을 많이 알고 있다고 했다. 허스트는 사람들이 카드놀이에 열중하지 않는다며 조용히 해달라고 불평을 했다. 그래서 결국 그들의 논쟁은 끝을 맺었고 엘리자베스는 바로 자리를 떴다.

"엘리자베스 베넷은 다른 여자들을 비난하여 자기를 띄워보려는 여자로 보이는군. 그런 전략이 통할 때도 있겠지. 하지만 아주 비열한 전략이야."

엘리자베스가 나간 뒤에 캐롤라인이 말했다.

"여자들이 쓰는 술책은 비열한 경우가 많지 그런 비겁한 행동은 하지 말아야 하는 건데."

다아시가 맞장구를 쳤다.

캐롤라인은 다아시의 표현이 전적으로 마음에 드는 건 아니었지만 더 이상 그것에 대한 대화는 이어지지 않았다.

엘리자베스는 잠시 후에 다시 밑으로 내려와서는 언니의 병세가 악화되었으며, 그래서 자기는 언니 곁을 떠날 수 없다고 했다. 빙리는 의사를 부르자고 했지만, 그의 누이들은 시골 의사는 별로 도움이 안 될 테니 하인을 급히 런던으로 보내 저명한 의사를 불러오자고 우겼다. 엘리자베스는 런던으로 사람을 보내자는 말에는 동의하지 않았지만 빙리의 제안을 거절할 수가 없었다. 그래서 제인의 병세가 호전되지 않는다면 아침 일찍 존스라는 의사를 부르기로 결정을 보았다. 빙리는 아주 불안해하고 있었다. 그의 누이들도 불안하다고 겉으로는 말했다. 누이들은 저녁 식사가 끝난 후에 노래를 부르면서 조금은 불안한 마음을 떨쳤고 빙리는 하녀에게 제인과 엘리자베스를 잘 보살피라는 지시를 내리는 것으로 초조한 마음을 달랬다.

제9장

엘리자베스는 그날 밤을 언니가 있는 방에서 보냈다. 다음 날 아침 일찍 빙리가 하녀를 보내 언니의 안부를 물어 왔고, 잠시 후에는 그의 누이들을 시중드는 두 하녀가 안부를 물었다. 다행스럽게도 엘리자베스는 언니의 병세가 많이 호전되었다는 소식을 전할 수 있었다. 그렇지만 하인을 롱본으로 보내 그녀들의 어머니가 직접 오셔서 언니의 건강 상태를 확인해 주셨으면 좋겠다는 말을 했다. 그 쪽지는 즉시 롱본에 전달되었고, 네더필드의 아침 식사가 끝난 직후에 베넷 여사와 가장 어린 두 딸이 그곳에 도착했다.

만약 제인의 상태가 심각했다면 베넷 부인은 난리가 났

을 것이다. 그러나 딸이 그다지 위중한 상태가 아닌 걸 확인한 베넷 부인은 제인의 병이 금방 회복되지 않기를 바랐다. 병이 나아버리면 네더필드를 떠나야 했기 때문이다. 그래서 베넷 여사는 집으로 데려가 달라는 제인의 요구를 거절했다. 그리고 그녀와 거의 같은 시간에 도착한 의사도 그것이 바람직하지 않다고 했다. 제인과 잠시 시간을 보낸 후에 어머니와 세 딸은 캐롤라인의 요청에 따라 식당으로 내려갔다. 빙리는 제인의 병세에 대해서 걱정하는 말을 하면서 베넷 여사를 맞았다.

"실은 내가 생각했던 것보다 상태가 더 나쁘군요. 아직 움직이는 건 무리일 것 같아요. 존스 씨도 절대 움직이면 안 된다고 하시고, 염치없지만 좀 더 신세를 져야겠네요."

"집으로 데려가시다니요? 그건 절대 안 됩니다. 제 누이들도 그렇게 생각할 겁니다."

빙리가 대꾸했다.

"저희를 믿으셔도 됩니다. 여기 있는 동안 최선을 다해서 돌봐 드릴 테니 염려하지 마세요."

캐롤라인이 냉정하지만 예의바른 어조로 말했다.

베넷 여사는 진심으로 감사를 표시했다.

"만약 여기 계신 좋은 친구 분들이 없었더라면 걔가 어떻게 됐을지 모르겠어요. 생각만 해도 아찔하네요. 많이 참고는 있지만 고생이 심할 거예요. 걔가 성질이 좋아서 그럭저럭 견디고 있는 거예요. 저 애만큼 성품이 착한 사람은 한 번도 본 적이 없어요. 난 다른 딸들한테도 늘 입버릇처럼 너희들은 언니와는 비교도 안 된다고 말한답니다. 자갈길이 내다보이는 이 방은 정말 아름답군요. 이 근처에서 네더필드만 한 집은 없을 거예요. 임대 기간이 짧다는 말은 들었지만 서둘러 이곳을 떠나실 생각은 아니시죠?"

"전 무슨 일이든 신속하게 해치우는 편입니다. 네더필드를 떠날 마음만 먹으면 단 5분 안에 가버릴 겁니다. 하지만 지금은 거의 이곳에 정착했다고 봐야겠지요."

"제가 예상했던 그대로네요."

엘리자베스가 말했다.

"이제 저를 제대로 보기 시작하시는군요."

빙리가 엘리자베스를 돌아다보며 말했다.

"그래요, 이제 선생님을 잘 이해하기 시작했어요."

"그 말씀을 좋은 쪽으로 받아들이고 싶군요. 하지만 그렇게 쉽게 제 속마음을 들켜 버리는 것이 좋지만은 않은 것 같군요."

"그렇게 생각하실 것까진 없어요. 복잡하고 심각한 성격이라고 해서 빙리 씨 같은 성격보다 더 파악하기 어려운 건 아니니까요."

"얘야, 남의 집에 와서 그런 말하면 못써. 집에서 하는 것처럼 그런 말을 쓰는 게 아냐."

베넷 부인이 엘리자베스를 나무랐다.

"미처 몰랐습니다. 엘리자베스 양께서 사람들의 성격을 연구하시는 줄은. 사실 그게 흥미 있는 연구 대상이기는 하지요."

빙리가 즉시 말을 받았다.

"맞아요. 사람들의 성격을 연구하는 건 재미있는 일이에요. 연구할 만한 가치가 있지요."

다아시가 말했다.

"시골에선 그런 대상을 찾기가 쉽지 않을 텐데요. 만날 수 있는 사람들이라고 해 봐야 뻔하고 늘 똑같으니까 말이죠."

"하지만 사람들도 끊임없이 변해요. 그래서 새로운 사실을 관찰할 기회도 많지요."

베넷 여사가 다아시가 시골을 무시하는 투로 말한 점에 대해서 항의하는 투로 말했다.

"시골에서도 런던만큼 복잡한 일이 많이 생긴다고요."

그녀의 발끈하는 말에 모두들 깜짝 놀랐다. 다아시는 잠시 그녀를 쳐다보다가 조용히 고개를 돌렸다. 그를 완벽하게 눌렀다고 착각한 베넷 여사는 의기양양하게 말을 이었다.

"난 런던이 가게나 공공기관이 많다는 것 빼곤 시골보다 특별히 나은 게 뭐가 있는지 잘 모르겠어요. 시골이 훨씬 더 살기에 쾌적하지 않은가요, 빙리 선생님?"

빙리가 대답했다.

"전 시골에 있을 때는 시골을 절대로 떠나고 싶지 않고, 런던에 있을 때는 런던을 떠나고 싶지 않습니다. 각각 장단점이 있어요. 전 어느 곳에 있어도 좋더군요."

"그건 선생님이 워낙 성품이 좋아서 그런 거죠."

베넷 여사는 다아시를 보며 말했다.

"하지만 저 분은 시골을 형편없는 곳으로 생각하시는 것 같군요."

그 말에 엘리자베스가 얼굴을 붉히며 말했다.

"그건 어머니가 오해하신 거예요. 다아시 씨는 시골에서는 도시에서만큼 다양한 사람들을 만날 수 없다는 뜻으로 말씀하신 거예요. 그건 인정해야 되잖아요."

"누가 런던보다 사람들이 많다고 얘기했니? 그런데 많은 사람들을 만나는 것이라면 여기만큼 나은 곳도 없을 거야. 우리가 식사를 같이 할 수 있는 가족들도 스물네 곳은 되잖아?"

엘리자베스에 대한 배려만 아니었다면 빙리는 웃었을 것이다. 빙리의 여동생들은 의미 있는 웃음을 지으면서 눈길을 다아시에게 돌렸다. 엘리자베스는 어머니의 관심을 다른 데로 돌리기 위해 자신이 집을 떠난 뒤로 샬럿 루카스가 롱본을 방문하지 않았는지 물어보았다.

"그래, 어제 자기 아버지와 함께 다녀갔단다. 윌리엄 씨는 정말 좋은 분이야. 그렇지 않아요, 빙리 씨? 정말 신사다운 분이시죠. 점잖으시고 관대하시고, 누구하고든 대화를 나눌 수 있는 분이시잖아요. 저는 그런 분이 바로 제대로 된 교양 있는 사람이라고 생각해요. 자기가 대단한 사람이라고 생각하는 사람들은 교양이 뭔지도 모르면서 입을 꽉 다물고 있는 걸 훌륭한 매너로 착각하는 것 같더라고요."

"샬럿하고 같이 식사했어요?"

"아니, 집에 가야 한다고 하더라. 민스파이(갈아 놓은 고기를 넣어 구운 작고 동그란 파이)를 구워야 한다면서. 빙리 씨, 전 그런 집안일은 하인들에게 시킨답니다. 우리 딸들에게 직접 요리를 시키지는 않았어요. 사람마다 견해가 다르긴 하지만, 루카스 집안 딸들도 아주 훌륭한 아가씨들이죠. 별로 예쁘지 않다는 게 흠이긴 하지만. 그렇다고 샬럿이 특별히 못생겼다는 말은 아니에요. 그 아가씨는 우리 집하고는 매우 친하게 지내고 있답니다."

"성격이 아주 쾌활해 보이더군요."

빙리가 말했다.

"그건 그래요. 하지만 얼굴은 그럭저럭 생겼다는 건 인정해야죠. 루카스 부인도 늘 그렇게 말하면서 제인이 예쁜 걸 부러워한답니다. 제 딸을 자랑하는건 아니지만 사실 제인보다 외모가 뛰어난 아가씨는 흔치 않죠. 모두들 이구동성으로 하는 말이에요. 제 딸이라서 하는 말은 절대 아니지만 제인보다 예쁜 애는 별로 없을 거예요. 제인이 겨우 열다섯 살밖에 안 됐을 때 일이에요. 런던 시내에 살고 있던 제 동생 가드너 집에 묵고 있던 남자가 그 애한테 홀딱 반해 버렸죠. 제 올케는 그 남자가 그곳을 떠나기 전에 틀림없이 청혼할 거라고 했어요. 물론, 진짜 청혼을 하지는 않았죠. 아마 제인의 나이가 너무 어리기 때문이었을 거예요. 근데 그 사람은 내 딸을 위해 아주 아름다운 시를 지어 놓기도 했어요."

"그리고 그 시와 함께 그 사람의 애정도 식어버렸죠. 그런 식으로 사랑이 끝나버린 경우가 많아요. 시가 사랑을 몰아내는 데 효과적이라는 사실을 누가 맨 먼저 발견했는지 모르겠어요."

엘리자베스가 한마디 거들었다.

"저는 지금껏 시가 사랑의 밑거름이 된다고 생각하는데

요."

다아시가 한마디 했다. 그리고는 미묘한 미소를 지었다.

이어서 침묵이 계속되는 동안 엘리자베스는 어머니가 다시 아무 말이나 막 해버리지 않을까 조마조마해졌다. 어머니 대신 자기가 무슨 말을 하려했지만 특별히 할 말이 생각나지 않았다. 조금 후에 베넷 여사는 제인이 신세를 지고 있고 거기다가 엘리자베스까지 머물게 되어 미안하고 고맙다는 말을 빙리에게 했다. 빙리는 그녀의 말에 진심으로 공손하게 답변하고, 누이동생에게도 정중하게 인사를 드리게 했다. 캐롤라인은 별로 달갑지 않은 태도로 그렇게 했지만 베넷 부인은 그런대로 만족해했고 조금 있다가 자기네들 마차를 대기시켰다. 이 말을 신호로 베넷가의 어린 두 딸이 앞으로 나섰다. 그녀들은 방문하는 시간 내내 둘이서 잡담을 해댔으며, 결국에는 빙리에게 그가 시골로 올 때 네더필드에서 무도회를 열겠다고 한 약속을 지키라는 요구를 했다.

리디아는 열다섯 살의 소녀로 튼튼하고 잘 자란 처녀였으며 피부도 곱고 활달한 성격이었다. 베넷 여사가 가장

애지중지하는 그녀는 어머니의 배려로 일찍부터 사람들을 널리 사귀게 되었다. 성격이 활달한 관계로 이모부가 장교들을 불러서 식사를 대접하는 자리를 통해 그들과 사귀게 되면서 그녀도 남자들에게 점점 더 자신을 갖게 되었다. 리디아는 빙리에게 당당하게 무도회 얘기를 꺼내면서 그가 했던 약속을 상기시켰다. 그리고 약속을 지키지 않는다면 자기 생전에 가장 수치스러운 일이 될 것이라고 덧붙여 말했다. 리디아의 요구에 대한 빙리의 대답은 베넷 여사의 마음에 들었다.

"무슨 일이 있어도 반드시 약속을 지키겠습니다. 언니가 회복되면 리디아 양이 원하는 날짜를 지정해주시죠. 설마 언니가 아파서 누워 있는데 무도회를 열기를 바라는 건 아니겠죠?"

리디아는 흡족해졌다.

"물론이죠. 물론 언니가 나을 때까지는 기다려야죠. 그때쯤이면 분명 카터 대위님도 메리튼으로 돌아올 거예요. 그리고 선생님이 무도회를 열어 주시면 그분들에게도 무도회를 열어 달라고 졸라 댈 거예요. 포스터 대령님한테도

무도회를 열어 주지 않는 건 굉장히 수치스러운 일이라고
얘기해야죠."

베넷 부인과 두 딸은 이윽고 돌아갔고, 엘리자베스는 자
기와 자기의 가족들에 대해서 네더필드 집안의 두 숙녀와
다아시가 험담을 하도록 내버려두고 제인에게 돌아갔다.
캐롤라인은 다아시가 엘리자베스가 아름다운 눈을 가졌다
고 했던 말을 꼬투리삼아 놀려대면서 엘리자베스를 도마
위에 올려놓았지만 다아시는 거기에 끼어들지 않았다.

제10장

그날은 전날과 다름없이 지나갔다. 루이사와 캐롤라인은 오전에 제인과 몇 시간을 함께 보냈다. 제인은 서서히 나아지고 있었다. 저녁때 엘리자베스는 응접실에서 그들과 함께 시간을 보냈다. 다아시는 편지를 쓰고 있었고, 캐롤라인은 그의 곁에 앉아서 다아시가 편지 쓰는 모습을 지켜보면서 누이에게 이런저런 이야기를 쓰도록 하여 그의 주의를 산만하게 했다. 허스트와 빙리는 피케(카드놀이의 일종)를 하는 중이었고, 허스트 부인은 그것을 구경하고 있었다.

엘리자베스는 뜨개질을 하면서 다아시와 캐롤라인 사이에 오가는 이야기를 듣고 있었다. 캐롤라인은 다아시에게 글씨를 잘 쓴다느니 문장의 길이가 어떻다느니 하면서 칭찬해주고 있었지만 다아시는 그런 말에 별 관심을 보이지 않았다. 그래서 그들의 대화를 듣고 있던 엘리자베스는 자기가 평소에 짐작해오던 두 사람의 성격이 이번에도 그대로 드러나는 것이라고 생각되었다.

"이런 멋진 편지를 받으면 동생이 기뻐하겠네."

다아시는 묵묵부답이었다.

"편지를 아주 빨리 쓰네."

"아냐. 난 비교적 느리게 쓰는 편이야."

"1년에 편지 쓸 일이 얼마나 많겠어요. 사업상의 편지도 있을 거고. 그런 편지를 쓰는 건 정말 고역일 것 같아요."

"그런 일을 캐롤라인이 아닌 내가 하게 된 게 다행이로 군."

"동생한테 내가 무척 보고 싶어 한다고 전해 줘."

"이미 앞에서 써놓았다고."

"펜이 잘 나가지 않는 것 같아. 내가 고쳐 줄게. 난 펜 고치는 데는 재주가 있거든."

"난 펜을 스스로 고쳐가면서 쓰는 버릇이 있다고."

"그런데, 어쩜 그렇게 글씨를 고르게 쓰지?"

다아시는 아무 말도 하지 않았다.

"동생이 하프 연주하는 솜씨가 늘었다고 하는데, 내가 그 소식을 듣고 기뻐한다는 말도 해줘. 그리고 전에 탁자 도안을 보고 홀딱 반했다는 말도 전해 주고 내가 보기엔 그랜틀리의 디자인보다 더 낫다고 그러더라는 말을 써주라고."

"그런 얘기는 다음에 쓰면 안 되겠니? 지금은 그런 말을 쓸 공간이 안 남았거든."

"별로 중요한 내용도 아닌 걸 갖고 그래? 우리는 1월에 다시 만나게 될 거야. 그런데 동생 분한테 늘 그렇게 길고 멋진 편지를 쓰는 거야?"

"대부분 길기는 하지만 멋지게 쓰는 편지인지는 내가 판단할 문제가 아니지."

"긴 편지를 막힘없이 술술 써 내려가는 사람이라면 당연히 내용도 훌륭할 거라고 생각해."

그녀의 오빠가 큰소리로 끼어들었다.

"그건 다아시에겐 어울리지 않는 칭찬인 것 같다, 캐롤라인. 다아시는 편지를 쉽게 써 내려가는 편은 아니거든. 네 음절로 된 단어를 생각해 내느라고 머리를 쥐어짜곤 하지. 안 그런가, 다아시?"

"내가 쓰는 방식과 자네가 쓰는 방식은 좀 다르지."

"아이고, 오빠처럼 되는대로 편지를 쓰는 사람은 없을 걸. 단어는 반은 빼먹고, 그나마 쓴 것도 잉크가 번져서 엉망이라니까."

캐롤라인이 오빠를 놀려댔다.

"생각이 너무 빨리 흘러나와서 미처 표현하기도 전에 지나가 버리는 걸 어쩌겠니? 그래서 편지를 받는 사람에게 내 생각이 전혀 전달되지 않을 때도 있지."

"그렇게 겸손하시니 비난한 사람이 오히려 무안해질 것 같네요, 빙리 씨."

엘리자베스가 말했다.

"겸손을 가장하는 것보다 더 사람을 기만하는 건 없지. 그건 자기의 생각에 대한 부정이거나, 아니면 간접적인 자기 자랑이야."

다아시가 말했다.

"그럼 자넨 내가 방금 보인 게 뭐라고 생각하나?"

"간접적인 자랑이지. 사실 자네는 편지쓰기의 결함에 대해서 속으로는 자부심을 갖고 있거든. 생각은 빠르게 흘러 나오는데 실행으로 옮겨지지 않으니까 그런 결함이 나온다고 보고 있지. 그런 걸 자네는 흥미롭다고 생각하는 거야. 어떤 일을 신속하게 할 수 있는 자체는 바람직한 것이고, 그걸 제대로 수행하지 않는 결함은 중요한 게 아니라고 보는 거지. 자네는 오늘 아침에 만약 네더필드를 떠나기로 마음먹었다면 그걸 실행하는 데 5분도 걸리지 않을 거라고 말했는데, 분명히 자부심을 가지고 한 말일 거야. 그런데 그렇게 하면 필요한 일들을 처리하지 못하게 되고, 그러면 자네나 다른 사람들에게 이익이 되는 일이 없을 텐데, 그렇게 하는 것이 뭐가 좋겠나?"

"아, 오늘 아침에 내가 저질렀던 어리석은 일을 저녁때 와서까지 얘기하는 건 좀 너무하다 싶군. 그런데 내 명예를 걸고 말하지만 그때 한 말은 진실이라고 생각하네. 그러니까 내가 조급함을 보인 것은 적어도 숙녀들 앞에서 나를 과시하기 위함은 아닌 거지."

"나도 자네가 진실을 말했다고 생각하네. 그렇지만 자네는 그처럼 성급하게 떠날 사람이 아니야. 자네의 행동은 다른 사람들과 마찬가지로 상황에 따라 달라질 거야. 만약 자네가 말안장 위에 앉아있는데 누군가가 다음 주까지만 더 있다가 가라고 한다면, 자네는 아마도 그렇게 할 거야. 자넨 가지 않을 거야. 아니 한 달은 더 머물지 모르지."

엘리자베스가 말했다

"다아시 선생님은 빙리 선생님이 자기 성격대로만 행동하지 않는다는 것을 보여주셨군요. 선생님은 빙리 선생님 자신보다 더 빙리 선생님의 성격을 드러내 보였어요."

빙리가 말했다.

"제 친구가 저에 대해 한 말을 칭찬으로 바꾸어서 말해주시니 감사하군요. 하지만 제 친구의 말을 오해하신 것 같군요. 왜냐하면 저 친구는 그런 경우에 제가 단호히 거절하고 신속히 떠나버린다면 저를 더 높게 평가할 테니까요."

"그렇다면 다아시 선생님은 빙리 선생님이 원래 내렸던 성급한 결정을 끝까지 그대로 밀고 나가야만 빙리 선생님의 결점이 없어진다고 생각하신다는 건가요?"

"이 문제에 대해서는 제가 정확히 말씀드릴 수가 없군요. 다아시가 직접 얘기하는 게 맞을 것 같습니다."

"자네가 마음대로 내 성격을 규정해놓고 나한테 그걸 인정하라는 건가? 그런데 엘리자베스 양의 말씀이 맞는다고 치더라도, 빙리가 안 떠나기를 바라는 저는 단지 그걸 바라기만 했을 뿐이고, 제 의견이 옳다는 걸 주장하지 않았다는 점을 알아주셔야 할 것 같군요."

"다른 사람의 설득에 쉽게 넘어가는 사람에겐 높은 점수를 줄 수 없다 이거군요."

"어떤 확신 없이 무조건 굴복하는 건 좋은 게 아니죠."

"다아시 선생님은 우정이라든가 그런 점은 별로 고려하지 않으시는 것 같군요. 하지만 부탁하는 사람을 배려한다면 굳이 이유를 듣지 않고도 그 부탁을 들어줄 수 있을 거예요. 특별히 빙리 씨의 경우를 놓고 이런 말을 하는 건 아니라고 봐요. 빙리 씨의 행동이 신중했는지의 여부는 실제로 그런 경우가 발생해봐야 알 수 있을 거예요. 일반적인 상황을 가정해 보죠. 어떤 한 친구가 다른 친구에게 결심을 번복해 달라는 부탁을 할 때, 아주 중요한 문제가 아닌 경우 깊이 생각해보지 않고 그 부탁을 들어주었다면 다아시 선생님은 그 사람을 나쁘게 생각하실 건가요?"

"이 문제에 대해 더 논의하기 전에 두 친구가 얼마나 친밀한 사이인지, 그리고 그 부탁이 얼마나 중요한 일인지에 대해서 짚고 넘어가야 하지 않을까요?"

빙리가 큰 소리로 말했다.

"그렇다면 구체적인 사실들을 따져 봅시다. 두 사람의 키나 몸집도 고려해야 될 거예요. 베넷 양. 그런 점들이 엘리자베스 양이 생각하는 것보다 더 중요할 수도 있으니까요. 만약 다아시의 키가 저렇게 크지 않다면 다아시에 대한 제 존경심은 지금의 반도 되지 않을 거예요. 솔직히 어떤 때는 다아시가 무서울 때도 있어요. 특히 다아시가 집에서 어느 일요일 저녁에 아무런 할 일도 없이 우두커니 서 있을 때 말입니다."

다아시는 그냥 웃고만 있을 뿐이었다. 하지만 엘리자베스는 그가 약간 기분이 상했을 것이라고 생각했다. 캐롤라인은 오빠가 그런 말도 안 되는 소리로 다아시를 화나게 했다고 오빠를 나무랐다.

"자네 속셈이 뻔히 들여다보이는군. 자네는 토론을 싫어
하니까 이 얘기를 중단하려는 거 아닌가?"

다아시가 말했다.

"그럴지도 모르지. 토론은 논쟁과 너무나 비슷하니까.
내가 이 방에서 나갈 때까지 자네와 엘리자베스 양이 논쟁
을 미뤄 준다면 고맙겠어. 내가 나간 후에는 나에 대해 어
떤 말을 해도 괜찮네."

"그 부탁을 들어 드리는 건 조금도 어려운 일이 아니죠.
그리고 다아시 선생님도 쓰던 편지를 마저 쓰셔야 할 거고
요."

엘리자베스가 말했다.

다아시는 그녀의 말에 따라서 편지 쓰기를 마쳤다.

편지를 다 쓴 다아시는 캐롤라인과 엘리자베스에게 음
악을 듣고 싶다고 했다. 그 말에 캐롤라인은 신속하게 피
아노 쪽으로 움직였다. 그리고는 먼저 엘리자베스에게 권
했지만 엘리자베스는 공손히 사양했고, 그래서 캐롤라인
이 피아노 앞에 앉았다.

루이사가 자기 동생과 함께 노래를 불렀다. 그동안에 엘리자베스는 피아노 위에 있는 악보집을 넘겨보고 있었는데, 다아시의 눈이 계속해서 자기를 향하고 있음을 느꼈다. 그녀는 자기가 그렇게 대단한 사람의 관심의 대상이 될 거라고는 생각하지 못했다. 그렇다고 그가 자기를 싫어해서 쳐다본다는 건 더더욱 이상한 노릇이었다. 결국 그녀는 다아시가 자신에게 신경을 쓰는 건 그의 기준에서 볼 때 그 자리에 있는 사람들보다 자신에게 무언가 특별히 흠잡을 만한 점이 있기 때문일 거라고 결론을 내렸다. 그렇지만 그런 생각 대수롭지 않게 여겨졌다. 다아시에게 전혀 호감을 가지고 있지 않는 그녀로서는 그의 인정을 받아야 할 이유가 없었던 것이다.

캐롤라인은 이탈리아 가곡을 몇 곡 연주한 다음에 분위기를 바꿔 경쾌한 스코틀랜드 민요를 연주했다. 그러자 다아시가 엘리자베스 옆으로 다가와서 말을 건넸다.

"엘리자베스양, 릴(스코틀랜드 고지인의 경쾌한 춤)을 출 수 있는 좋은 기회를 즐기지 않으시겠습니까?"

그녀는 아무 대답 없이 미소만 지었다. 그는 그녀가 아무 대답도 하지 않자 약간 당황해하며 다시 그 말을 반복했다.

"아! 그 말씀을 못 들은 건 아니에요. 하지만 어떻게 대답해야 좋을지 얼른 생각해낼 수 없었어요. 선생님은 제가 즉시 응해서 날 경멸할 즐거움을 가졌으면 하셨을 거예요. 하지만 전 그렇게 의도적으로 저를 경멸하려는 사람의 계략을 뒤집어엎는 취미가 있어요. 그래서 난 지금 릴을 출 마음이 전혀 없다고 대답하기로 결정했으니 절 경멸하든지 말든지 마음대로 하세요."

"아니, 그럴 마음은 조금도 없습니다."

다아시가 몹시 모욕감을 느낄 거라고 예상했던 엘리자베스는 그가 의외로 쾌활하게 나오자 놀라지 않을 수 없었다. 그런데 사실 그녀의 태도에는 상냥함과 경멸감이 뒤섞여 있어서 상대방을 모욕하는 것으로만 보이지는 않았다. 그리고 다아시는 지금까지의 다른 어느 여성보다도 그녀에게 매혹되어 있었다. 만약 그녀의 환경이 열악하지만 않다면 지금 자기가 그녀에게 정신없이 빠져들지 않았을까 하고 생각했다.

캐롤라인은 두 사람의 수상쩍은 모습을 보고 질투심이 발동했다. 그래서 제인이 빨리 회복되어 엘리자베스가 그 집에서 떠나버렸으면 하는 생각을 하며 몸이 달아올랐다.

그녀는 일부러 다아시가 엘리자베스와 결혼하면 어떤 상황을 맞게 될 것인가에 대해서 언급함으로써 그가 엘리자베스를 싫어하게 만들려고 노력해보기도 했다.

다음 날 두 사람이 함께 숲속을 산책하고 있을 때 캐롤라인이 다아시에게 말했다.

"만일 다아시 오빠가 엘리자베스와 결혼하게 된다면 오빠의 장모님께 몇 마디 귀띔을 해드려야 할 걸요. 말씀을 자제하시는 것이 여러 모로 이득이라고 말예요. 그리고 어린 처제들에게 장교들 뒤를 쫓아다니는 버릇을 고치라고 단단히 타이르셔야겠네요. 또 오빠의 부인이 될 사람의 건방짐이나 뻔뻔함도 교정하도록 노력해야 될 거야."

"그밖에 우리 가정의 행복을 위한 또 다른 제안거리는 없는 건가?"

"아, 있어. 펨벌리에 있는 저택에서 지낼 때 필립스 이모와 이모부 초상화를 전시실에 걸어 놔야지. 그건 증조부님 옆에 걸어둬야 될 거야. 같은 직업이잖아? 다만 계통이 다를 뿐이지. 아, 그리고 엘리자베스로 말할 것 같으면, 그녀의 초상화는 그릴 생각도 말아야 될 걸. 그 아름다운 눈을 누가 그려낼 수 있겠어?"

"그 표정을 정확히 그려내는 건 불가능하겠지. 하지만 눈동자의 색깔과 모양, 속눈썹이야 제대로 그릴 수 있겠지."

마침 그때 두 사람은 다른 산책로를 걸어오던 루이사하고 엘리자베스와 마주치게 되었다.

"두 분이 산책하고 계신 줄 몰랐네요."

캐롤라인은 혹시 자기들이 한 말을 그들이 들었을까 봐 약간 당황하며 말했다.

루이사가 대답했다.

"정말 너무했어. 우리만 쏙 빼놓고 나가버리다니."

그녀는 그렇게 말하고 나서 다아시의 다른 한쪽으로 붙어서 두 여자가 다아시의 팔짱을 끼고 걸어갔고 엘리자베스는 외톨이로 남게 되었다. 산책로는 세 사람이 간신히 걸을 수 있을 만한 폭이었다. 다아시는 두 여자가 교양 없이 엘리자베스만 남겨둔 사실을 알고는 얼른 말했다.

"이 길은 세 사람이 걷기에는 너무 좁은 것 같군요. 큰길로 나가자고요."

하지만 엘리자베스는 그들과 함께 있고 싶은 마음이 전혀 없었기 때문에 큰 소리로 웃으며 말했다.

"아니에요. 가던 길 계속 가세요. 세 분이 함께 계신 모습이 정말 보기 좋네요. 네 번째 사람이 끼어들면 그림을 망칠 것 같아요. 그럼 안녕히 가세요."

그렇게 말하고서 그녀는 이제 하루 이틀만 지나면 집으로 돌아갈 수 있다는 기대에 부풀어 혼자서 산책을 즐겼다. 제인은 상당히 회복되어 있어서 그날 저녁에는 두 시간 정도 자기가 있는 방에서 나갈 수도 있었다.

제11장

    저녁 식사가 끝나고 여자들이 다른 방으로 나갔을 때, 엘리자베스는 제인이 있는 방으로 올라가서 언니가 추위를 타지 않도록 옷을 단단히 입히고 응접실로 데리고 갔다. 루이사와 캐롤라인은 제인이 나아져서 반갑다는 말을 했다. 남자들이 들어오기 전, 여자들만 있는 동안에 루이사와 캐롤라인이 제인을 아주 상냥하게 대해 주었다. 루이사와 캐롤라인은 상당한 화술을 가지고 있었다. 어떤 연극 같은 것에 대해서 정확히 묘사할 줄 알았고, 여러 가지 이야기를 재미있게 할 줄도 알았다. 자기들이 아는 사람들에 대해서 즐겁게 이야기할 줄도 알았다.

    하지만 남자들이 들어오자 제인은 빙리의 친구들에게

더 이상 관심거리가 아니었다. 캐롤라인은 다아시에게 눈길이 쏠려 그가 들어오자마자 얘기를 걸었다. 다아시는 제인에게 병이 호전되어 기쁘다는 말을 했는데 허스트도 기쁘다는 말을 했는데, 가장 장황하고 열렬하게 축하 인사를 보내며 반가워하는 사람은 빙리였다. 빙리는 진심으로 즐거워하며 이런 말 저런 말을 늘어놓았다. 그러고는 방이 바뀌어서 제인이 춥지 않을까 염려하여 반시간 동안은 난로의 장작불을 더 활활 타게 만드는 데 보냈다. 또한 제인이 문 쪽에서 장작불 바로 옆으로 이동하도록 했다.

그런 다음에는 제인의 옆자리에 앉아서 거의 그녀하고만 대화를 나눴다. 엘리자베스는 반대편 구석에 앉아 뜨개질을 하며 그런 모습을 흐뭇하게 바라보고 있었다.

차를 마시고 나자 허스트 씨는 처제에게 카드놀이를 하자는 신호를 보냈지만 캐롤라인은 응하지 않았다. 그녀는 다아시가 카드놀이를 좋아하지 않는다는 정보를 은밀히 수집해 두었던 것이다. 그래서 허스트 씨가 공개적으로 카드놀이를 제안했지만 효력이 없었다. 그녀는 다른 사람들이 모두 카드놀이를 하고 싶어 하지 않는다고 말했고, 모두들 침묵을 지킴으로써 그 말이 사실이라는 점을 입증해 주었다. 그래서 할 일이 없어진 허스트 씨는 소파에 드러누워 잠이 드는 수밖에 없었다. 다아시는 책을 집어 들었고, 캐롤라인도 책을 펼쳤다.

루이사는 자기가 끼고 있는 팔찌와 반지를 만지작거리면서 이따금 빙리와 제인 사이의 대화에 끼어들었다. 그가 읽는 책을 들여다보면서 책에 대해 이런 저런 질문을 하기도 했다. 그렇지만 다아시는 간단하게 대답만 하고는 책에 집중하고 있어서 다른 관심을 갖도록 유도할 수 없었다. 그녀는 다아시가 다음에 읽을 책을 집어 들었지만 그 책에 큰 관심이 없었으므로 하품을 하면서 말했다.

"아, 이렇게 저녁 시간을 보내는 것도 정말 좋은걸. 독서만큼 훌륭한 취미 생활은 없다니까. 독서처럼 싫증나지 않는 일도 없어. 내가 집을 갖게 되면 반드시 훌륭한 서재를 꾸밀 생각이야."

그녀의 말에 대꾸하는 사람은 아무도 없었다. 그러자 그녀는 다시 하품을 하더니 책을 옆으로 밀어 놓고 뭔가 재미있는 걸 찾아 방 안을 두리번거렸다. 그러다가 자기 오빠가 제인에게 무도회에 대해 얘기하자 갑자기 뒤를 돌아보며 참견을 했다.

"그런데 오빠, 네더필드에서 무도회를 열겠다는 게 사실이야? 결정하기 전에 여기 있는 사람들의 의견을 들어 보는 게 좋지 않겠어? 우리 가운데 일부는 무도회가 조금도 즐겁지 않고 오히려 벌 받는 것처럼 고역이라고 생각한다는 점을 알아둬야 한다고."

"만약 다아시가 그렇다면 그냥 잠이나 자면 될 거다. 무도회는 이미 결정된 일이야. 니콜스가 음식 준비를 마치는 대로 난 초대장을 돌릴 예정이야."

빙리가 말했다.

"난 무도회를 개선했으면 좋겠어. 좀 다른 방식으로 진행하면 훨씬 더 낫지 않겠어? 보통 무도회가 진행되는 걸 보면 지루해서 참기 힘들 더라고. 춤을 추는 대신 대화를 나누게 하면 더 나을 거라고 생각되는데."

"물론 그렇게 되면 더 이상적이지. 하지만 그건 무도회라고 볼 수 없지."

캐롤라인은 대답을 하지 않고 잠시 후에 자리에서 일어

나 방 주위를 걸어 다녔다. 그녀의 자태는 우아했고 걸음
걸이도 품위가 있었다. 그렇지만 그런 걸 보아주어야 할
다아시는 책에만 몰두하고 있었다. 캐롤라인은 다아시의
관심을 끌기 위해서 다른 한 가지 시도를 해보기로 했다.
그녀는 엘리자베스를 돌아보며 말했다.

"엘리자베스양, 나랑 함께 방 안을 거닐면서 돌아다니지
않겠어요? 한 자리에 계속 앉아 있었으니 기분 전환을 해
야 할 거예요."

엘리자베스는 그녀의 갑작스러운 제안에 어리둥절했지
만 곧 자리에서 일어섰다. 캐롤라인은 정중하게 엘리자베
스를 끌어들이는 방법으로 소기의 목적을 달성할 수 있었
다. 다아시가 고개를 들고 그녀들에게 눈길을 주었던 것이
다. 다아시 역시 엘리자베스만큼이나 그녀의 제안이 엉뚱
하다고 생각해서 무의식적으로 책을 덮고 그들을 쳐다보
았다. 캐롤라인은 다아시에게도 일어나서 같이 걷자고 말
했다. 그러나 그는 그녀의 제안을 거절하면서 두 사람이
방 안을 걸어 다니는 두 가지 목적이 무엇인지 짐작은 가
지만, 자기가 함께 걸으면 그 목적에 방해가 될 거라고 말

했다. 캐롤라인은 다아시가 무슨 뜻으로 그런 말을 하는지 궁금했다. 그래서 엘리자베스에게 그의 말이 이해되느냐고 물었다.

"난 전혀 모르겠는데요. 하지만 틀림없이 우리를 비난하는 의미일 테니 우리가 다아시 선생님을 실망시키는 가장 확실한 방법은 아무것도 물어보지 않는 것일 거예요."

그러나 캐롤라인은 어떤 일이든 다아시를 실망시키는 일은 할 수 없었다. 그래서 그녀는 끈질기게 두 가지 목적이란 게 무슨 뜻이냐고 물었다.

그녀가 졸라 대는 바람에 어쩔 수 없이 다아시가 말했다.

"설명하는 건 별로 어렵지 않지. 둘이서 방 안을 거닐면서 시간을 보내기로 한 이유는 둘이서만 따로 할 이야기가 있어서이거나, 아니면 서서 거니는 게 자기 모습을 가장 아름답게 나타내 보일 수 있어서지. 만약 전자의 경우라면 내가 끼는 것이 전적으로 방해가 될 테고, 후자의 경우라면 내가 여기 난로 옆에 앉아 있어야 두 사람을 잘 감상할 수 있을 거야."

"오, 그런 말도 되지 않는 소리를 하다니. 그렇게 모욕적인 말은 처음 들어 봐요. 그렇게 무례한 말씀을 하시다니, 우리가 저 오빠를 어떻게 혼내주면 좋을까요, 엘리자베스 양?"

캐롤라인이 당황한 듯 큰 소리로 말했다.

"그거야 어려운 일이 아니지요. 사람들을 괴롭히고 벌주는 건 누구나 할 수 있어요. 다아시 선생님에 대해서 잘 아시니까 약 올리는 방법도 캐롤라인 양이 더 잘 알고 계실 거예요."

엘리자베스의 말에 캐롤라인이 대답했다.

"아뇨, 저도 몰라요. 그런 걸 알 만큼 친한 사이는 아니에요. 하지만 저렇게 성격이 조용하고 냉정한 분을 어떻게 약 올릴 수 있겠어요? 그건 안 될 말이죠. 그래 봤자 우리만 거꾸로 당할 거예요. 우리가 비웃게 되면 우리 입장만 더 난처해질 테고요. 다아시 오빠만 기분이 우쭐해질 거예요."

"다아시 선생님은 비웃을 상대가 아니라고요? 그건 드문 장점일 거예요 그런 사람들은 계속 적었으면 좋겠어요. 그런 사람을 많이 알면 나한테 손해니까요. 난 웃음이 많은 사람이거든요."

엘리자베스가 비꼬는 말을 듣고 다아시가 말했다.

"엘리자베스 양은 저를 너무 과대평가하시는군요. 가장 현명하고 최고인 남자라도, 아니 그런 사람들의 가장 현명하고 최고인 행동도 농담을 즐겨하는 사람들에게는 우습게 보일 수가 있어요."

"물론 그렇게 현명한 사람들이 있을 거예요. 하지만 제가 그런 사람이 아니길 바랍니다. 전 현명하고 좋은 사람을 비웃는 짓은 절대 하지 않으니까요. 하지만 어리석고 이치에 맞지 않는 행동이나 변덕스럽고 앞뒤가 맞지 않는 행동은 언제나 저에게 웃음거리를 선사해 주죠. 할 수만 있다면 그런 행동들은 실컷 비웃어 준답니다. 하지만 다아시 선생님은 그런 것을 찾아볼 수 없는 분이라고 생각돼요."

"그런 결점은 누구나 갖고 있을 거예요. 하지만 남에게 비웃음의 대상이 되는 약점을 피하는 게 제가 평소에 해온 노력이라고 봐요."

"허영심이나 오만 같은 거 말씀이죠?"

"그렇습니다. 허영심이야말로 분명한 약점이죠. 하지만 오만함은 자기의 정신 상태를 제대로 제어함으로써 얼마든지 좋은 쪽으로 유도할 수 있을 거예요."

엘리자베스는 웃는 모습을 감추기 위해 다아시로부터 시선을 돌렸다.

캐롤라인이 말했다.

"이제 다아시 오빠에 대한 심문이 끝난 걸로 보이네요. 그럼 도출된 결과가 뭐라고 생각하세요?"

"다아시 선생님은 전혀 결점이 없는 분이라고 절대적으로 확신하게 됐습니다. 다아시 선생님도 그걸 인정하고 있는 걸로 보이고요."

"아닙니다. 전 그렇게 주장한 적이 없어요. 저 역시 결점이 많은 사람입니다. 단지 그것이 지성에 관한 결점이 아니길 바랄 뿐이죠. 저의 성격에 대해서는 저도 보증할 수 없습니다. 사실 제겐 양보심이 부족합니다. 세상을 편하게 살아가기엔 너무 고집이 세죠. 저는 다른 사람들의 어리석은 행동이나 부족한 점을 빨리 잊지 못합니다. 저한테 부당하게 대한 사람들의 행동 역시 마찬가지죠. 그런 감정을 없애려고 아무리 애를 써도 쉽사리 사라지지 않더군요. 저는 남을 잘 용서하지 못하는 성격인 것 같습니다. 화를 잘 내고 한번 남을 나쁘게 보면 영원히 간직하게 돼요."

"그건 확실한 결점으로 보이는군요. 한번 품은 분노를 풀지 못하는 건 성격적인 결함일 거예요. 하지만 선생님은 결점을 잘 집어내셨네요. 전 그런 결점을 비웃을 수가 없거든요. 그러니 제가 관련되는 한 안심하셔도 되겠어요."

엘리자베스가 말했다.

"모든 사람에게는 최상의 교육으로도 고칠 수 없는 천성적으로 나쁜 기질이 있을 거예요."

"그렇다면 선생님의 결점은 모든 사람을 싫어한다는 것이라고 볼 수 있겠군요?"

"그럼 엘리자베스 양의 결점은 고의적으로 사람들을 오해하는 걸로 보이는군요."

다아시가 웃으며 대꾸했다.

캐롤라인은 두 사람만의 대화에 자신이 끼지 못해서 다소 신경질적으로 말했다.

"이제 그만하고 음악이나 듣는 게 어떨까요? 언니, 형부

깨워도 되겠어?"

루이사는 전혀 반대하지 않았고, 그래서 피아노 뚜껑이 열리고 연주가 시작되었다. 다아시는 조금 생각해보니 음악을 듣는 것도 나쁘지 않았다. 그는 자신이 엘리자베스에게 너무 관심을 많이 가지는 게 아닌가 하고 생각했던 것이다.

제12장

다음 날 아침 엘리자베스는 언니와 의논하여 그날 중으로 마차를 보내 달라고 어머니에게 편지를 보냈다. 그러나 베넷 부인은 제인이 네더필드에 간 지 꼭 일주일이 되는 다음 주 화요일까지는 딸들이 돌아오지 않을 것으로 계산하고 있었기 때문에 그 편지를 즐거운 마음으로 받아들일 수 없었다. 그녀의 대답은 한시바삐 집으로 가고 싶어 하는 엘리자베스의 입장에서는 반갑지 않았는데, 화요일 전에는 마차를 보낼 수 없다는 전갈이었던 것이다. 그리고 만약 빙리나 그 자매들이 더 머물기 원한다면 자신은 쾌히 승낙하겠다는 추신까지 덧붙여 있었다. 이 이상 머무는 데 대해 엘리자베스는 확고한 결심이 서 있었고, 그들이 더 있어 달라고 할 거라고 기대하지도 않았다. 필요 이상 오래 머무는 것은 그들의 사생활을 방해하는 일인 것 같았다. 둘이서 남의 집에 너무 오래 신세를 지고 있는 데 대해서 불안해진 그녀는 제인을 설득하여 원래 자기들이 떠나기로 했던 계획을 집주인에게 알리고 빙리의 마차를 빌리기로 작정했다.

그런 계획을 알리자 사람들이 걱정을 했다. 다음 날까지는 네더필드에 있어야 한다는 사람들의 말 때문에 제인도 마음이 돌아섰다. 그래서 그녀들이 집으로 돌아가는 시기가 늦춰졌다. 그런데 캐롤라인은 더 오래 머물도록 말한 사실을 후회하게 되었다. 왜냐하면 제인에 대한 애정보다도 엘리자베스에 대한 질투심이 커졌기 때문이었다.

그 집의 가장인 빙리는 그녀들이 그렇게 빨리 떠난다는 사실에 대해 아쉬워하면서, 그렇게 하면 몸에 좋지 않으며 아직 충분히 회복되지 않았다고 제인을 설득하려 했다. 하지만 제인은 떠나기로 한 마음을 바꾸지 않았다.

다아시에게는 자매가 떠난다는 것이 반가운 소식이었다. 왜냐하면 그는 엘리자베스가 이미 네더필드에 오래 머물렀다고 생각했기 때문이다. 그녀는 다아시가 생각했던 것 이상으로 그의 마음을 사로잡아버렸다. 그리고 캐롤라인은 엘리자베스를 함부로 대했고, 다아시 자신에게도 놀리는 투로 대하는 경우가 많았다. 그는 엘리자베스에게 그녀에 대한 자신의 애정을 드러내지 않는 게 현명한 행동이라고 판단했다. 자신의 행동이 그녀의 기분을 좌우한다는 걸 알고 엘리자베스가 자만심을 갖게 될지도 모르는 일이었다. 그런 위험을 피하려면 마지막 하루 동안 특별히 조심해야 한다고 단단히 마음먹었다. 그날 하루 동안 자신의 행동이 엘리자베스가 자신의 애정을 확인하거나 부정하는 데 중요한 영향을 줄 거라고 생각했다. 그는 자신의 계획을 충실하게 이행하기 위해서 토요일 내내 그녀에게 채 열마디도 건네지 않았고, 그들 둘만 있는 시간이 반시간 정도 있었지만 책에만 몰두한 채 그녀는 쳐다보지도 않았다.

일요일 아침 식사가 끝난 후 기분 좋은 작별이 이루어졌다. 캐롤라인은 제인에 대한 애정을 갖고 있었을 뿐만 아니라 엘리자베스에 대한 좋지 않은 마음도 눈 녹듯이 사라졌다. 헤어질 때 제안에게는 롱본이나 네더필드에서 다시 만나기를 바란다고 말하면서 다정하게 포옹을 했고 엘리자베스와도 악수를 하면서 헤어졌다. 엘리자베스도 즐거운 마음으로 모두에게 작별 인사를 했다.

집에서는 어머니가 그들을 반기지 않았다. 베넷 여사는 깜짝 놀랐고 제인이 다시 감기에 걸릴 것이라고 했다. 아버지는 별로 말을 많이 하지는 않았지만 두 딸이 돌아온 걸 진심으로 기뻐하는 것 같았다. 집안에서 그녀들의 중요성을 실감하고 있었던 것이다. 제인과 엘리자베스가 없으니까 저녁 시간에 가족들이 모여 있을 때에도 대화에 활기도 없고 무의미했기 때문이다.

메리는 평소와 다름없이 통주 저음법(건반 악기 주자가 저음 위에 즉흥으로 화음을 보충하면서 반주 성부를 완성시키는 방법)과 인간 본성에 관한 연구에 몰두하고 있었다. 그리고 새로운 인용문을 발췌해서 혼자 연신 감탄하며 진부한 도덕론의 글귀를 가족들에게 읊어 주었다. 캐서린과 리디아는 새로운 소식을 알려 주었다. 지난주 수요일부터 부대 안에서 일어난 많은 일을 말해 주었다. 몇몇 장교들이 이모네 집에서 식사를 하고, 졸병 하나가 매질을 당했으며 포스터 대령은 결혼하게 되었다는 소식들을 전했다.

제13장

"당신, 오늘 저녁은 좀 특별하게 준비하구려. 우리 식구
외에 한 사람이 더 오기로 되어 있거든."

다음 날 아침 식사를 하는 도중에 베넷이 부인에게 말
했다.

"그게 무슨 말이에요? 올 사람이 아무도 없잖아요. 샬럿
루카스가 갑자기 들른다면 우리 집 평소 식사면 충분하지
요. 자기 집보다 더 좋은 식사를 하게 될 텐데요. 뭐."

"내가 말하는 사람은 남자고, 우리에겐 이방인이오."

베넷 부인의 눈이 반짝거렸다.

"남자고 이방인이라고요? 그럼 빙리겠네요. 틀림없어
요. 제인, 왜 그런 말을 한마디도 하지 않았니? 앙큼한 것

같으니라고. 빙리가 온다면야 정말 반갑지. 그런데 이를 어쩐다. 오늘은 생선이 한 마리도 없는데. 얘, 리디아야, 전화 좀 걸어라. 당장 힐에게 얘기해야겠다."

"빙리가 아니오. 내가 전에 한 번도 본 적이 없는 사람이오."

베넷이 말했다.

그의 말에 식구들은 깜짝 놀랐다. 그래서 베넷은 아내와 다섯 딸들이 한꺼번에 질문해 오는 즐거움을 누리게 되었다.

잠시 가족들의 애를 잠시 태운 후에 베넷이 이렇게 말했다.

"한 달쯤 전에 내가 이 편지를 받았소. 그리고 보름 전에 답장을 보냈지. 그게 좀 묘한 문제이고 빨리 처리를 해야 했어. 내 사촌인 콜린스라는 사람이 보낸 편지인데 그 사람은 내가 죽게 되면 언제든지 우리 식구들을 이 집에서 내쫓을 수 있는 사람이요."

베넷의 부인이 소리를 질렀다.

"맙소사! 도저히 참고 들어 줄 수가 없네요. 제발 그런 사람 얘기는 하지 말아요. 당신 애들이 아닌 다른 사람이 우리 재산을 상속받는다는 게 말이나 돼요? 내가 당신이라면 무슨 수를 써도 벌써 오래전에 썼을 거예요."

제인과 엘리자베스는 어머니에게 아들이 없어서 재산이 다른 사람에게 상속되는 제도에 대해서 설명하려고 했다. 이전에도 몇 번이나 시도했던 일이었지만, 베넷 부인의 머리로는 도저히 이해할 수 없는 일이었다. 그녀는 아무도 모르는 한 남자에게 딸이 다섯 명이나 되는 집안에서 재산을 모두 넘겨주어야 하는 잔인한 제도에 대해서 분통을 터뜨렸다.

"그건 분명 부당한 일이지. 그러나 콜린스가 우리 집을 소유하도록 되어 있는 걸 막을 수가 없소. 그런데 이 편지를 읽어보면 당신도 콜린스라는 사람에 대한 감정이 좀 누그러질 거요."

"아뇨. 난 절대 안 읽을 거예요. 그 사람이 당신에게 편지를 쓴다는 것 자체가 뻔뻔하고 위선적이잖아요. 난 그런 인간은 꼴도 보기 싫어요. 차라리 전에 그의 아버지가 그랬던 것처럼 당신하고 싸우는 편이 낫죠."

"당신도 편지를 읽어 보면 그 사람도 자식 된 도리로 고민이 많았다는 걸 알 수 있을 거요."

켄트 주(州)웨스터햄 근교의 헌스포드에서
10월 15일

존경하는 어르신께.

어르신과 저의 돌아가신 선친 사이에 있었던 불화 때문에 저는 항상 마음이 불편했습니다. 그리고 선친이 돌아가신 후로 저는 두 분의 관계가 치유되기를 늘 바라왔습니다. 하지만 어떤 의구심이 들어 망설였습니다. 선친께서 불협화음을 냈던 분과 제가 좋게 지내면 어떤 의미에서 선친을 배반하는 것이 아닐까 하는 생각 때문에 한동안 연락을 드리지 못했습니다. 이제 저는 그 문제에 관해 마음의 결정을 내리게 되었습니다.

제가 부활절에 루이스 드 버그 경의 미망인이신 캐서린 드 버그 여사님으로부터 성직 임무를 받게 되었습니다. 그분의 은총을 받아서 교구의 목사직을 임명받았으니 그 은혜에 보답하기 위해서라도 제 소임을 다하고 우리나라의 교회에서 규정하는 직책을 성실히 수행하고자 합니다. 그리고 이제 목사로서 저는 저와 관련된 모든 가족과 친척들에게 축복을 심어 주기를 바라고 있습니다. 저는 제 시도가 바람직한 일이라고 보고 있으며, 제가 롱본 마을 재산의 한정 상속인이 되는 상황을 너그럽게 이해해 주시기 바랍니다. 또한 제가 드리는 올리브 가지(화해의 말이나 행위)를 거절하지 않으실 것을 부탁드립니다. 제가 어르신의 사랑스러운 따님들께 누를 끼치게 되는 점을 사과드리지 않을 수가 없으며 그런 관계로 제가 할 수 있는 범위에서 보상을 해드리려고 마음먹고 있습니다. 제가 어르신의 댁을 방문하는 것을 거절하지 않으신다면 11월 18일 월요일 4시까지 방문해서 그다음 주 토요일까지 폐를 끼치게 될 것 같습니다. 다른 목사가 저 대신 제가 없는

동안에 일을 봐줄 수 있도록 캐서린 드 버그 여사
님께서 조정하실 수만 있다면 제가 자리를 뜨는
것에는 반대하시지 않을 것입니다. 아주머님과
따님들께도 제 마음을 잘 전달해 주시기를 바랍
니다.

윌리엄 콜린스 드림

"그러니까 오늘 오후 4시에 이 평화의 사도가 우리 집을
방문한단 말이요."

베넷 씨가 편지를 접으며 말했다.

"내가 생각하기에는 틀림없이 가장 양심적이고 예의 바
른 청년일 거 같아. 우리에게도 좋은 이웃이 될 거고 말이
요. 물론 캐서린 드 버그 여사가 방문을 허락해서 이 청년
이 우리를 방문할 수 있도록 허락해 주셔야 가능한 일이겠
지만."

"우리 딸들에게 보상해 줄 생각이 있다는 걸 보니 경우

는 좀 있는 사람 같군요. 그런 생각이라면 굳이 막을 필요
는 없죠."

"그 사람이 생각하는 보상이 어떤 건지는 알 수 없지만
그 의도만큼은 훌륭하네요."

엘리자베스의 입장에서 관심이 가는 부분은 그가 캐서
린 드 버그 여사에 대해서 존경심을 표하고 있는 점, 그리
고 자기의 임무를 성실히 수행할 계획을 가지고 있다는 점
이었다.

"그는 이상한 사람일 거예요. 난 그런 사람을 이해할 수
없어요. 오만해 보이는 말투라고요. 그리고 우리 집안의
상속자가 된 데 대해서 사과한다는 건 또 무슨 말이죠? 그
럴 수 있다고 하더라도 상속권을 포기할 리는 없잖아요.
그런 사람이 온당한 사람이라고 볼 수 있을까요?"

"아냐, 난 괜찮은 사람이라고 생각하는데. 네 생각과는
반대일 것 같아. 편지를 보면 공손한 부분도 있고 자기를
치켜세우는 부분도 있는데 전반적으로 좋은 것 같아. 속히
만나고 싶군."

메리가 말했다.

"문장력으로 본다면 그 사람의 편지에는 결점이 없어요. 올리브 가지에 대한 비유는 그다지 독창적인 건 아니지만 아주 적절하게 사용된 것 같아요."

캐서린과 리디아에게는 그 편지나 편지를 쓴 사람은 전혀 관심의 대상이 아니었다. 그 사촌이 주홍색 군복을 입고 올 가능성은 거의 없었고, 그들은 군복이 아닌 다른 옷을 입은 남자에게는 아무런 흥미도 느낄 수 없었던 것이다. 베넷 부인으로 말하자면 콜린스의 편지를 읽고 나자 그에 대한 맹렬한 적대감이 상당히 누그러진 상태였다. 그녀는 남편과 딸들이 놀랄 정도로 침착하게 그를 맞이할 준비를 하고 있었다. 그래서 그런 점이 남편이나 딸들을 상당히 놀라게 만들었다.

콜린스는 제때 시간을 맞춰 도착했고 온 가족의 환영을 받았다. 베넷은 말을 거의 하지 않았지만 여자들은 얼마든지 대화를 나눌 용의가 있었고, 콜린스 역시 일부러 말을 시키지 않아도 침묵을 지킬 생각이 전혀 없는 사람이었다.

그는 스물다섯의 나이에 키가 크고 몸집도 있어 보이는 사람이었다. 표정은 엄숙하고 당당해 보였으며 격식을 갖추고 있었다. 그는 베넷 여사에게, 좋은 따님들을 두었고 그녀들의 미모에 대해서 많이 들었지만 직접 대해보니 소문보다 더 아름답다고 치하해 주었다. 그리고 딸들이 제때에 결혼을 잘할 것을 의심치 않는다고 말해 주었다. 이런 정중한 인사말은 일부 사람에게는 취향에 맞지 않는 역겨운 것이었지만, 칭찬이라면 어떤 말도 달게 받아들이는 베넷 부인은 기분이 좋아져서 이렇게 말했다.

"그렇게 말해 주시니 고맙군요. 저도 제 딸들이 결혼을 잘하기를 빌고 있답니다. 결혼을 잘못하면 곤란해질 테니까요. 일이 이상하게 꼬여 있잖아요."

"재산을 다른 사람이 상속받는 데 대해서 말씀하시는 것이겠죠?"

"네, 그래요. 그건 우리 딸들한테 너무 심한 제도예요. 물론 선생님 잘못이 아니라는 건 알아요. 세상이 그렇게 돌아가니까요. 우리 가족이 아닌 다른 사람에게로 재산이 돌아가면 그게 결국 어디로 가게 될지 아무도 모르잖아요?"

"제 아름다운 사촌들에게 어떤 어려움이 닥칠지 잘 알

고 있습니다. 그래서 이 문제에 대해서 많은 얘기를 하려고 하지만 지금 당장은 제가 너무 나서지 않는 게 좋지 않을까 생각합니다. 그렇지만 제가 따님들에게 경의를 표할 준비가 돼 있다는 것을 알아주시면 좋겠습니다. 현재로서는 그 이상의 말씀을 드릴 수가 없군요. 하지만 우리가 좀 더 가까워지면⋯⋯."

그때 식사하러 오라고 부르는 말에 그의 말은 중단되었다. 딸들은 그의 말을 듣고서 미소를 짓고 있었다. 콜린스가 칭찬을 한 것은 딸들의 미모만이 아니었다. 그는 응접실과 식당, 가구, 등 모든 것들을 자세히 살펴보고 칭찬을 아끼지 않았다. 만약 그가 이 모든 것을 미래에 자기가 소유할 재산으로 여길 거라는 억울한 마음만 없었다면 베넷 부인은 그의 칭찬에 기분이 좋았을 것이다. 그는 저녁 식사에 대해서도 칭찬을 아끼지 않았다. 그는 이렇게 훌륭한 요리를 아름다운 따님들 중 누가 준비했는지 물었다. 하지만 베넷 부인이 자기네가 요리사를 고용할 만한 여유가 있고 딸들은 부엌일을 하지 않는다고 말하여 콜린스가 잘못 생각하는 점을 지적해 주었다. 그래서 콜린스는 자기가 잘못 말한 점에 대해서 사과했다. 베넷 부인이 부드러운 목소리로 화가 난 게 아니라고 말했지만, 그는 15분 동안이나 사과를 계속했다.

제14장

저녁 식사 도중에 베넷은 거의 말을 하지 않았다. 그러
나 식사가 끝나고 하인들이 물러가고 나자, 그는 콜린스가
후원자를 잘 만난 것 같다는 말을 하면서 대화를 시작했다.
콜린스에 대한 캐서린 드 버그 여사의 배려나 콜린스가 잘
되기를 바라는 그녀의 후원은 좋은 화젯거리가 되었다.

그는 캐서린 여사를 치하하는 데 열을 올렸다. 그는 캐
서린 여사만큼 친근함과 겸허함을 갖춘 사람을 자기 일생
에서 만난 적이 없다고 말하면서 그녀를 칭찬했다. 자신
의 설교가 훌륭했다고 그녀가 자기를 칭찬하더라는 말도
했다. 그녀의 저택에 이미 두 번이나 초대받아 식사를 함
께 했으며 지난 토요일 저녁에는 카드리유 게임을 할 사람

이 모자란다면서 그를 부르러 사람을 보내셨다고 했다. 많은 사람들이 그녀를 거만하다고 하지만, 그는 그분이 온화하지 않은 모습은 한 번도 본 적이 없다고 했다. 그 부인은 자기한테 말을 걸 때도 다른 신사들을 대할 때와 똑같은 태도로 대해 주셨고, 그가 가끔 이웃 사람들과의 모임에 참석하거나 친척의 집을 방문하기 위해 한두 주 동안 교구를 비우는 것도 반대하지 않았다고 했다.

게다가 콜린스가 신중하게 선택하기만 한다면 가능한 한 빨리 결혼하도록 마음을 써주겠다는 말을 했다고도 전해 주었다. 한번은 초라한 그의 목사관을 찾아와 진행 중이던 개조 공사를 잘했다며 칭찬을 아끼지 않으셨고, 2층에 있는 벽장의 선반을 어떻게 만들면 좋겠다는 제안까지 해 주셨다고 했다. 그의 장황한 말을 듣고 나서 베넷 여사가 말했다.

"참으로 점잖은 분이시군요. 아주 상냥한 분 같아요. 지체 높은 부인들이 다 그분 같기만 하다면야 얼마나 좋겠어요. 그분이 가까운 곳에 사시나요?"

"그분이 사시는 로싱스 파크와 제가 사는 곳하고는 조

그만 길 하나만이 가로막고 있죠."

"그분은 미망인이라고 하셨죠? 가족이 있으신가요?"

"따님만 한 분이 있으시죠. 로싱스 저택을 상속받을 분이십니다. 그밖에도 상속받을 다른 재산이 많아요."

"아, 그렇군요. 대단한 분이네요. 그 여자 분은 어떤 부류인가요? 미인인가요?"

"정말 매력적인 분이시죠. 진정한 아름다움으로 치자면 캐서린 여사는 자기 따님만 한 미인은 세상에 없다고 말씀하신답니다. 그분의 생김새에는 특별한 가문에서만 볼 수 있는 특징이 있으니까요. 허약한 체질을 타고나지만 않았다면 여러 방면에서 두각을 나타냈을 겁니다. 이건 아가씨의 교육을 담당해 왔고 지금도 그분들과 함께 거주하시는 부인에게서 들은 얘기입니다. 그 부인은 정말 상냥하신 분이죠. 이따금 작은 쌍두마차를 타고 잠깐씩 제 초라한 처소에 들르기도 하십니다."

"그분은 국왕 폐하를 알현하셨나요? 궁궐을 드나드는 귀부인들 중에서 그런 이름은 들어 보지 못한 것 같은데."

"불행하게도 건강 상태가 좋지 않은 탓에 런던에는 가

실 수가 없답니다. 제가 언젠가 캐서린 영부인께 말씀드린
적이 있지만 영국 궁정은 가장 빛나는 보석 하나를 잃었다
고 생각한답니다. 그런 말씀을 드리면 캐서린 여사님이 좋
아하십니다. 저는 기회가 있을 때마다 이런 적절한 칭찬을
해 드려서 귀부인들을 기쁘게 해 드리기도 하지요. 그리고
저는 캐서린 여사에게 아름다운 따님은 공작부인이 되기
위해 태어나신 것 같다고, 그리고 그 어떤 높은 지위도 그
분의 품위를 높여 드릴 수는 없을 거라고, 오히려 그 지위
가 그분 때문에 돋보일 거라고 여러 차례 말씀드렸죠. 이
런 말로 그 여사님을 기쁘게 해 드리는 게 제가 할 수 있는
최소한의 임무라고 생각하고 있고 제가 하지 않으면 안 되
는 일이라고 간주하는 거지요."

베넷이 말했다.

"그건 아주 적절한 행동이라고 생각되는군. 그처럼 남의
기분을 맞춰 주는 능력은 아무나 갖는 게 아니지. 근데 그
처럼 기분을 맞춰 주는 게 즉흥적으로 나오는 건가, 아니
면 머리를 써서 생각해 내는 건가?"

"대부분 그 자리에서 순간적으로 생각나는 대로 얘기합

니다. 가끔은 취미 삼아 일반적인 경우에 모두 적용될 수 있는 품위 있는 찬사를 연구해서 정리하기도 합니다만, 가능하면 미리 준비한 말이 아닌 것처럼 들리게 하려고 노력합니다."

콜린스는 베넷이 기대했던 바와 같은 사람이었다. 그가 바라던 대로 멍청하고 아둔한 인물이었다. 베넷은 속으로 무척 재미있어하며, 이따금 엘리자베스에게 시선을 보내는 것 이외에는 줄곧 진지한 표정을 잃지 않고 그의 이야기를 들어 주었다.

차를 마실 시간이 되자 베넷은 손님을 응접실로 안내했다. 차를 마신 후 그는 콜린스에게 숙녀들을 위해 책을 한 권 읽어 달라고 부탁했다. 콜린스는 흔쾌히 승낙했고 그에게 책이 한 권 주어졌다. 그는 책을 보는 순간, 순회도서관에서 빌려 온 것임을 알고는 기겁을 하며 자신은 소설책 같은 것은 읽지 않는다고 말했다. 키티는 그를 빤히 쳐다보았고 리디아는 깜짝 놀라서 자기도 모르게 소리를 질렀다. 다른 책들이 몇 권 주어졌는데 콜린스는 좀 생각을 한 다음에 『포다이스의 설교집』을 집어 들었다. 리디아는 그가 책을 펼쳐 들자 하품을 했고 그가 엄숙한 목소리로 세 페이지를 읽기도 전에 이런 말을 하면서 낭독을 가로막았다.

"엄마, 필립스 이모부가 리처드를 해고할 예정이고 만약에 그렇게 되면 포스터 대령이 그 사람을 고용할 것이라는 사실을 알고 계세요? 이모가 토요일에 그 말을 했어요. 내일은 메리튼에 가서 그 소식을 들어보고 데니가 언제 런던에서 오는지도 알아봐야겠어요."

두 언니가 리디아에게 조용히 하라고 주의를 주었지만, 이미 기분이 상한 콜린스는 책을 내려놓으며 말했다.

"젊은 여성들이 교양을 갖추도록 써 놓은 책을 얼마나 무시하는지를 난 알아. 어떤 땐 놀랄 정도지. 그런 책보다 더 도움이 되는 게 어디 있겠어? 하지만 나는 이제 더 이상 나이가 어린 사촌들을 귀찮게 하지 않을 생각이야."

그리고 그는 베넷을 바라보며 주사위 놀이를 하자고 했다. 베넷은 그 제안을 받아들이면서, 젊은 여자들이 그들만의 오락을 즐기도록 배려한 것은 잘한 일이라고 콜린스에게 말해 주었다. 베넷 부인과 다른 딸들은 리디아의 무례한 행동을 정중하게 사과하면서 다시 책을 읽어 준다면 방해하지 않겠다고 말했다. 콜린스는 어린 사촌의 행동을 모욕적으로 생각하지 않을 거라는 말로 그들을 안심시켰다. 그리고 다른 테이블에서 베넷과 함께 앉아 주사위 놀이를 할 준비를 했다.

제15장

콜린스는 양식을 갖춘 사람이 아니었다. 교육이나 다른 사람들과의 교제를 통해서 그러한 결함을 보충하지도 않았다. 일자무식인 데다 인색하기 짝이 없는 무식하고 욕심이 많은 아버지 밑에서 자랐고, 대학을 다니기는 했지만 졸업에 필요한 과목만 이수했으며, 자기에게 도움이 되는 사람들과 사귀지도 못했다. 무조건적인 복종을 강요하는 아버지의 교육 방식으로 인해 그는 비굴한 성격을 형성하게 되었고, 이런 성향은 머리가 아둔한 데다 사람들과 교류할 수 있는 기회마저 거의 없는 탓에 상당한 반작용을 일으켜 기묘한 자만심으로 변질되었고, 거기에 예기치 않게 일찍 성공한 사람 특유의 오만함이 더해졌다. 그는 헌스포드의 목사직이 비어 있을 때 운 좋게도 캐서린 드 버그 여사의 추천을 받았다. 그래서 부인의 높은 신분에 대한 존경심과 후원자에 대한 숭배심이 교만과 성직자의 권위 의식과 교구 목사의 책임감과 뒤섞여 그를 오만하면서도 아첨하기 좋아하고, 잘난 체하면서도 비굴한, 복잡한 성격이 고루 혼합된 인물로 만들었다.

그는 이제 좋은 집과 충분한 수입이 보장되었으니 결혼을 해야겠다고 생각했다. 그래서 롱본 집안의 딸과 결혼하는 것이 그 집안과 화해할 수 있는 가장 좋은 방법이라고 생각하게 되었다. 만일 소문대로 그 집 딸들이 아름답고 상냥하다면 그중 한 명과 결혼하는 것이야말로 그 부친의 재산을 상속받는 것에 대한 보상이라고 생각했던 것이다.

베넷의 딸들을 보고 난 후에도 콜린스의 계획은 달라지지 않았다. 제인의 아름다운 얼굴을 보고서 그는 자기 생각을 확신할 수 있었고, 그래서 그는 서열에 충실히 따르기로 했다. 그러나 불행하게도 다음 날 아침 그는 자신의 계획을 수정할 수밖에 없었다. 아침 식사를 하기 전 15분 동안 베넷 여사와 가벼운 대화를 나누는 도중에 그는 목사관 얘기부터 시작해서 자연스럽게 목사관의 안주인은 롱본에서 찾게 될 것 같다는 속내를 은근히 암시했다. 베넷 여사는 더없이 상냥한 미소를 지으며 그의 말에 맞장구를 치면서도 그가 마음속으로 점찍은 제인은 안 된다고 못 박았다.

"내가 다른 딸들에 대해서는 딱히 뭐라고 말씀드릴 수는 없지만, 마음속에 정해 둔 남자가 있는 것 같지는 않아요. 하지만 큰애는 곧 결혼할 사람이 나타날 것 같아요."

콜린스로서는 단지 신붓감을 제인에서 엘리자베스로 옮기기만 하면 되는 일이었다. 이 일은 베넷 부인이 난롯불을 지피고 있는 짧은 동안에 즉시 이루어졌다. 엘리자베스는 제인 다음으로 태어났을 뿐만 아니라 아름다움에 있어서도 언니 다음이었던 것이다.

베넷 여사는 그러한 사실을 마음속에 간직하고서는 이제 곧 두 딸을 시집보낼 수 있을 거라고 믿게 되었다. 그래서 전날까지는 이름만 들어도 참을 수 없던 사람이 이제는 꽤 괜찮은 사람으로 보였다

리디아는 메리튼으로 놀러 가려던 계획을 잊지 않고 있

었다. 메리를 제외한 모든 딸들이 그녀와 동행하기로 했다. 베넷은 콜린스를 쫓아 버리고 혼자 조용히 서재에 있고 싶어서 그에게 딸들과 함께 갈 것을 권유했다. 왜냐하면 콜린스가 아침 식사를 끝낸 후에 서재로 따라 들어와 서가에서 제일 큰 책을 꺼내 들고 읽는 척하면서 쉴 새 없이 헌스포드에 있는 자기 집과 정원에 관한 자랑을 늘어놓아 그를 귀찮게 만들었기 때문이다. 그러한 점이 베넷에게는 극도로 마음에 들지 않았다. 그는 늘 서재에서만큼은 그런 것들에서 해방되어 평온하고 여유롭게 자신의 시간을 즐기고 싶어 했다. 그래서 베넷은 이런 속마음을 감추고 콜린스에게 딸들과 함께 동행하기를 정중하게 권했고, 콜린스도 책을 읽는 것보다는 나들이하는 일이 더 좋았기 때문에 즐거운 마음으로 책을 덮고는 밖으로 나갔다.

콜린스는 대단치도 않은 일을 과장해서 잘난 척했고, 그의 사촌들은 형식적으로 맞장구를 쳐주면서 메리튼으로 갔다. 그런데 메리튼에 들어서자 가장 어린 두 자매는 더 이상 콜린에게 관심을 두지 않았다 그녀들은 장교들을 찾아서 거리를 돌아다녔는데, 아주 아름다운 모자나 진열장

안에 보이는 옷을 제외하고는 어떤 것도 그녀들의 관심의 대상이 아니었다.

그런데 모든 여자의 관심은 길 건너편에서 한 장교와 함께 걷고 있는, 그녀들이 한 번도 본 적이 없는 귀족적인 용모의 남자에게 기울었다. 장교는 리디아가 언제 런던에서 돌아올까 하고 궁금해 하던 데니였는데, 그는 여자들과 눈이 마주치자 인사를 했다. 여자들은 처음 보는 사람이 누구일까 궁금해졌고, 키티와 리디아는 그 사람에 대해서 알아보려고 건너편 가게에서 물건을 살 것이 있다면서 그쪽으로 갔는데, 다행히도 그들은 두 남자가 우연히 길을 되돌아가서 마주치게 되었다. 데니가 그녀들에게 말을 걸었고, 자신과 그 처음 보는 사람은 어제 런던에서 메리튼으로 왔으며 그 새로운 위컴이라는 사람은 메리튼의 부대에서 장교로 임관하게 되었다고 하면서 소개했다. 여자들에게는 아주 반가운 일이었다. 그 군복을 입은 새로 온 장교는 매력이 넘쳐흐르는 사람이었기 때문이다. 그는 수려한 이목구비와 잘빠진 몸매와 유쾌하게 말할 줄도 아는 사람이었다.

소개를 받자마자 그는 예의 바르고 자연스럽게 대화를 시작했다. 다른 사람들도 합류하여 아주 재미있게 이야기를 하고 있었는데, 사람들의 관심을 끄는 말발굽 소리가 들려서 보니 다아시와 빙리가 말을 타고 거리를 지나가고 있었다. 두 사람은 숙녀들을 알아보고는 즉시 그녀들에게 다가가 인사말을 건넸다. 빙리가 주로 얘기했고 그가 얘기하는 상대는 주로 제인이었다. 그는 제인의 안부를 묻기 위해서 롱본으로 가는 길이라고 했다. 다아시는 겨우 목례만 건네며 엘리자베스와 시선을 마주치지 않으려고 고개를 돌렸는데, 그때 이방인의 모습을 보게 되었다. 엘리자베스는 그들 두 사람이 서로 눈길이 마주치자 깜짝 놀라는 모습을 볼 수 있었다. 두 사람 모두 얼굴색이 변했는데, 한 사람은 하얗게 질렸고 다른 사람은 벌겋게 달아올랐다. 조금 후에 위컴이 모자에 가볍게 손을 대는 걸로 인사를 대신했고 다아시는 마지못해 겨우 인사에 응답하는 기색이었다. 그런 상황이 무엇을 의미하는지 엘리자베스로서는 도무지 짐작할 수 없었다. 그녀는 갑자기 호기심이 발동했다.

잠시 후에 빙리는 두 사람 사이에 벌어진 일을 알지 못한 채 여자들과 헤어져 자기 친구와 함께 떠났다.

　데니와 위컴은 여자들과 함께 필립스의 집까지 동행했다. 거기서 리디아가 집 안으로 들어가자고 보채고, 심지어 필립스 여사도 거실 창문을 열고 큰 소리로 들어오라고 청했지만, 그들은 그냥 인사만 하고는 가 버렸다.

　필립스 여사는 항상 조카딸들을 반겼는데, 특히 이번에는 두 처녀가 네더필드에 가 있다가 왔기 때문에 더 그러했다. 그렇게 갑자기 돌아와 놀랐다고 하면서, 존스의 가게에서 일하는 소년이 아니었다면 자기는 아무것도 몰랐을 것이라고 말했다. 그 소년이 네더필드로 약을 배달해 주었는데, 제인이 떠나게 되었기 때문에 이제 더 이상 약을 배달하지 않게 되었다고 말하더라는 것이었다. 제인은 필립스 여사에게 콜린스를 소개했고 필립스 여사는 아주 반갑게 맞이했다. 콜린스는 초면에 불쑥 찾아오게 된 것을 사과하며, 아가씨들과 친척 관계이니 양해해 주실 거라고 믿는다며 더욱 공손하게 대했다. 필립스 부인은 지나치게 깍듯한 그의 예의범절에 경외심마저 들었다. 그러나 초면의 신사에 대한 관심은 곧 다른 등장인물에 대한 조카 딸들의 감탄과 궁금증 때문에 중단되고 말았다. 그런데 그 새로 온 사람은 런던에서 데니가 데려왔고 이번에 중위로 임관하게 되었다는, 처녀들이 이미 알고 있는 내용 이상의 소식을 전해 주지는 못했다. 필립스 여사는 자기가 한 시간 동안이나 거리를 지켜보면서 그 새로 온 사람이 거리를 돌아다니는 모습을 보았다고 말했다. 만일 그때 위컴이 거리를 지나갔다면 키티와 리디아는 창문을 통해 넋을 잃고 그를 쳐다보았을 것이다. 그러나 거리에는 불행하게도 위컴에 비하면 형편없이 멍청하고 못생긴 남자들만 지나가고 있었다.

다음 날에 필립스 부부가 군인들을 초대해서 식사를 함께할 예정이었으므로 필립스 여사는 만약에 롱본의 처녀들도 다음 날 저녁에 올 수 있다면 자기 남편에게 위컴도 초대하도록 하겠다고 말했다. 그녀의 제안은 기꺼이 받아들여졌고 필립스 여사는 신나게 제비뽑기 게임을 하고 나서 따끈한 저녁 식사를 들자고 말했다. 그들은 다음날에 즐거운 시간을 보낼 것을 기대하면서 메리튼을 떠났다. 콜린스는 헤어질 때도 자기 같은 불청객이 와서 미안하다고 말했고 전혀 사과할 이유가 없다는 공손한 답변을 연거푸 들었다.

집으로 돌아오는 길에 엘리자베스는 아까 두 남자 사이에 벌어졌던 일에 대해서 제인에게 얘기했다. 제인은 만약 그런 일이 있었다면 두 사람 중 한 명이나 두 사람 모두에게 그럴 만한 이유가 있을 거라고 그들의 입장을 옹호했다. 그러나 그녀 역시 그들의 수상적은 행동을 설명할 방법이 없었다.

콜린스는 집에 돌아오자 필립스 부인의 정중한 예의범절을 입이 마르도록 칭찬해서 베넷 부인을 기쁘게 해주었다. 그는 캐서린 드 버그 여사와 그의 따님을 빼놓고는 그처럼 상냥 여성을 대한 적이 없다고 말했다. 자신을 더없이 정중하게 환영해 주었을 뿐 아니라, 초면임에도 불구하고 다음 날 저녁 초대에 끼워 주었다고 했다. 물론 자기가 베넷 집안과 친척이어서 그랬을 테지만 지금까지 그런 환대는 받아본 적이 없다고 말했다.

제16장

베넷 부부는 집안사람들이 메리튼으로 가는 것에 반대
하지 않았고, 콜린스는 두 사람만 남겨 놓고 자기들만 가
는 게 마음에 걸린다고 했지만 두 사람은 거듭 신경 쓰지
말라고 했다. 그리하여 콜린스와 그의 다섯 친척들은 다음
날 저녁나절에 마차를 타고 메리튼으로 갔다. 여자들은 응
접실에 들어서자 위컴이 이모부의 초대에 응해서 이미 도
착했다는 기쁜 소식이 그들을 기다리고 있었다.

그들이 모두 자리에 앉자, 콜린스는 여유롭게 주위를 둘
러보며 넓은 방과 훌륭한 가구에 감탄을 아끼지 않으면서
마치 로싱스 저택의 여름용 응접실에 와 있는 것 같다며
치하의 말을 했다. 주인으로서는 처음에 그 말을 달갑게

받아들일 수가 없었다. 하지만 로싱스 저택이 어떤 곳이고 집주인이 누구이며, 특히 캐서린 여사의 응접실에 있는 벽난로와 선반을 설치하는 데만 800파운드가 들었다는 등의 말을 듣자, 필립스 부인은 그 말이 얼마나 과분한 칭찬인가를 깨달았다. 그리고 자기 집을 로싱스 저택의 가정부방과 비교해도 기분이 상하지 않을 정도가 되었다.

콜린스는 다른 남자들이 합류할 때까지 캐서린 드 버그 여사의 저택에 대해 치하하면서, 자신이 단장한 자기 집에 대해서도 자랑을 늘어놓았다. 필립스 여사는 그의 이야기를 주의 깊게 귀담아 들으면서 콜린스를 더욱 대단한 사람으로 생각하게 되었다. 그리고 최대한 빨리 자신이 들은 이야기를 이웃 사람들에게 널리 전해 주어야겠다는 생각을 했다. 롱본의 처녀들은 사촌의 얘기를 듣는 것이 따분해서 속으로 악기라도 연주하면 덜 따분하겠다는 생각을 하며 벽난로 선반 위에 놓여 있는 자기네들이 만든 솜씨 없는 복제품 도자기들을 감상하고 있었다.

이윽고 다른 남자들이 나타났다. 위컴이 응접실로 들어왔을 때 엘리자베스는 그를 처음 보는 것 같고 전에 한 번도 생각해 본 적이 없는 것처럼 느껴졌다. 그 부대의 장교들은 일반적으로 평판이 좋았으며 그 집에 모인 장교들은 그들 중에서도 나은 사람들이었다. 그중에서도 위컴은 체격이나 용모, 몸가짐, 그리고 걸음걸이에 있어서 누구보다 훌륭했다. 그 차이는 시큼털털한 포도주 냄새를 피우며 숨을 헐떡이면서 그들의 뒤를 따라 들어온 펑퍼짐한 얼굴에 땅딸막한 필립스 이모부와 젊은 장교들의 차이만큼이나 큰 것이었다.

위컴은 대부분 여자들의 시선을 한 몸에 받는 사람이었는데, 그런 그가 엘리자베스의 옆에 앉게 되어 그녀는 속으로 기뻐했다. 자리에 앉자마자 위컴은 그녀에게 자연스럽게 말을 건넸다. 대화는 그날 밤 비가 내리고 있고, 곧 장마가 시작될 것 같다는 내용이었지만, 엘리자베스는 지극히 평범하고 따분하고 케케묵은 화제도 말하는 사람의 화술에 따라 얼마든지 흥미로워질 수 있다는 사실을 새삼 확인하게 되었다.

위컴이나 다른 장교들 같은 경쟁자들이 나타나자 콜린스는 이제 여자들이 아무런 관심도 보이지 않는 보잘것없는 존재로 추락해 버렸다. 젊은 여자들에게 그는 그 자리에 없는 존재나 다를 바 없었다. 그러나 필립스 부인이 이따금 그의 말을 친절하게 들어 주면서 관심을 쏟았기 때문에 그는 배부르게 식사를 하고 커피도 마실 수 있었다.

카드 테이블이 펼쳐지자 콜린스는 휘스트 게임에 끼는 걸로 그녀의 호의에 보답할 기회를 얻게 되었다.

"저는 휘스트를 잘 알지 못합니다. 하지만 열심히 배워 보겠습니다. 저와 같은 처지에 있는 사람으로서는……."

필립스 여사는 콜린스가 카드놀이에 끼어서 반가운 마음이 들었지만 계속적으로 이어지는 그의 말을 들어줄 수는 없었다.

위컴은 카드게임을 하지 않았고 다른 테이블에서 환영을 받으면서 엘리자베스와 리디아 사이에 자리를 잡았다. 리디아는 한 번 말을 하기 시작하면 누구도 끼어들지 못하게 하는 성격이어서 처음에는 리디아가 그와의 대화를 독차지할 위험성이 컸다. 그러나 그녀는 제비뽑기 게임 역시 수다를 떠는 것 못지않게 열광했기 때문에 곧 게임에 몰두했고, 상금을 타겠다고 열을 올리느라 특별히 누군가에게 관심을 기울일 여유가 없었다. 위컴은 게임에 신경을 쓸 필요가 없게 된 덕분에 엘리자베스와 대화를 나눌 시간이 있었고, 그녀는 기꺼이 그와 대화를 나누었다. 엘리자베스는 속으로 위컴이 다아시를 알게 된 경위가 가장 궁금했지만 직접 그의 이름을 언급할 용기는 나지 않았다. 그러나 뜻밖에도 위컴이 먼저 다아시 얘기를 꺼내 주었기 때문에 그녀는 궁금증을 해소할 수 있게 되었다. 위컴은 네더필드가 메리튼에서 얼마나 떨어져 있는지에 대해서 물었다. 그녀가 대답해주자 약간 망설이면서 다아시가 그곳에 머문지 얼마나 되었느냐고 물었다.

"한 달 정도 된 것 같아요."

엘리자베스는 이렇게 대답하고 나서 위컴이 화제를 다른 곳으로 돌릴까 봐 얼른 덧붙였다.

"그분은 더비셔에 많은 재산을 가지고 있다더군요."

"맞아요. 더비셔에 엄청난 토지를 갖고 있죠. 아마 연 수입이 1만 파운드는 될 겁니다. 그 점에 대해서는 저보다 더 자세한 정보를 알고 있는 사람은 없을 거예요. 제가 어릴 때부터 그 사람 가족들과 가깝게 지내왔으니까요."

엘리자베스는 놀라지 않을 수 없었다.

"어제 우리가 마주쳤을 때 썰렁해진 걸 보고 놀라셨을 거예요. 그런데 다시 씨하고 잘 알고 계신가요?"

"알 만큼은 알지요. 그 사람과 같은 집에서 나흘 동안을 지낸 적이 있거든요. 그때 저는 그분을 무척 기분 나쁜 사람이라고 생각했어요."

엘리자베스가 말했다.

"그 사람이 기분 나쁜 사람인지 기분 좋은 사람인지 판단할 권리는 제게 없습니다. 제겐 그럴 자격이 없는 거지요. 공정한 판단을 하기에는 그를 너무 오래 알아왔고, 너무 잘 알고 있으니까요. 그러니 당연히 제 판단이 편파적일 거라고 생각합니다. 하지만 엘리자베스 양의 그런 견해는 의외군요. 다른 곳에서는 그렇게 강렬한 표현을 하지 않으실 테죠. 여긴 친하게 아는 사람들만 모인 곳이니 상관없겠지만 말입니다."

"저는 네더필드만 아니면 어느 곳에서도 그런 말을 할 수 있어요. 하트퍼드셔에서는 그를 좋아하는 사람이 없거든요. 그 사람이 오만해서 모두 싫어하더라고요. 좋게 얘기하는 사람이 없다는 걸 결국 알게 될 거예요."

잠시 사이를 두었다가 위컴이 말했다.

"그 사람이나 다른 사람이 실제 됨됨이보다 높은 평가를 받든 말든 상관할 일은 아니죠. 하지만 그 사람은 높이 평가받는 때가 많은 걸로 보여요. 재산이 많아서 그런지, 아니면 신분이 높아서 그런지, 아니면 그 사람의 고압적인 태도에 눌려서 그런지 사람들은 그를 좋게만 보는 것 같더라고요."

"전 그 사람을 조금밖에 알지 못하지만 성질이 나쁜 사람인 것 같아요."

그 말에 위컴은 고개를 젓기만 했다.

"그 사람이 여기 오래 머물지 알 수가 없군요."

위컴이 말했다.

"거기에 대해서 저는 전혀 아는 게 없어요. 하지만 제가 네더필드에 있을 때 그분이 그곳을 떠날 거라는 얘기는 못 들었어요. 그 사람이 가까운 곳에 있다는 사실 때문에 위컴 씨가 부대에 주둔하시려는 계획을 바꾸지 않으셨으면 좋겠네요."

"그런 일은 없을 겁니다. 제가 다아시 때문에 쫓겨 갈 이유는 없으니까요. 나를 만나는 걸 피하고 싶다면 그가 떠나야죠. 우리는 결코 좋은 사이가 아니고 그를 만나는 게 저로서는 달갑지 않지만 그렇다고 굳이 그를 피해 다녀야 할 이유는 없습니다. 하지만 한 가지는 세상 사람들 앞에서 거리낌 없이 말할 수 있습니다. 그 사람이 저를 부당하게 취급했고 그렇게 돼 있는 게 유감이지만요. 그 사람의 돌아가신 아버지는 이 세상에서 둘도 없는 선량한 분이셨고 저와는 아주 좋게 지냈었지요. 그래서 그분 생각만 하면 지금의 다아시가 저렇게 돌아다니는 게 저로선 안타까울 뿐입니다. 저한테 한 행동이 아주 고약했으니까요. 그 사람이 자기 아버지의 기대를 저버리고 그분에 대한 기억을 욕되게 하는 건 참을 수 없습니다."

엘리자베스는 그의 이야기에 점점 더 흥미를 느꼈다. 그래서 진지하게 듣고 있었다. 그러나 워낙 미묘한 사안이라 더 이상 물을 수는 없었다.

위컴은 메리튼이나 그 주변 사람들과 사교계에 관한 평범한 얘기로 화제를 돌렸다. 그는 자기가 경험한 모든 게 마음에 들었다고 말했으며, 특히 사람들의 모임에 대해서는 아주 좋은 평가를 내렸다.

"제가 여기에 온 주요한 이유는 이곳에서 좋은 사교 모임을 지속할 수 있을 거라는 기대감이 크게 작용했기 때문입니다. 이 부대가 평판이 좋고 분위기도 좋다는 이야기를 이미 들어서 알고 있었지요. 그런 데다 데니가 현재 주둔하고 있는 부대가 메리튼에서 큰 관심과 인기를 끌고 있다고 하더군요. 제겐 사교 생활이 절실하게 필요합니다. 지금까지 실의에 빠져 있었기 때문에 혼자 있는 걸 견디기 힘들어요. 그래서 직업과 사교 생활이 꼭 필요합니다. 군대 생활은 제가 원래부터 원했던 건 아니었죠. 하지만 제 상황이 어쩔 수 없었습니다. 그렇지 않았다면 저는 당연히 목사가 되었겠죠. 전 목사가 되도록 교육을 받았습니다. 만약 방금 전에 말한 그 사람이 허락해 주었다면 지금쯤 저는 성직자로서 상당한 수입을 보장받으며 살고 있을 겁니다."

"어머나, 세상에 그럴 수가!"

"그의 부친께서는 유언장에 당신이 증여할 권리 중에서

가장 중요한 직위를 제게 물려주도록 명시하셨습니다. 그분은 저의 아버지 같은 존재였고, 저를 무척 사랑하셨죠. 그분의 친절하신 배려는 제가 갚을 길이 없을 정도입니다. 그분은 저에게 뭔가 충분히 남겨주시려고 했고 실제로 그렇게 해 놓았다고 믿으셨죠. 하지만 막상 목사 자리가 났을 때 그 자리는 다른 사람에게 넘어가고 말았습니다."

"세상에! 어떻게 그럴 수가 있죠? 그분의 유언을 무시한다는 게 말이 되나요? 법적으로 해결하지 그랬어요?"

"유언장에 형식적으로 미비한 점이 있어서 법적인 도움을 받을 수가 없었어요. 양심이 있는 사람이라면 고인의 의도를 저버리지 않았겠지만, 다아시는 일부러 의심하기로 작정하고 단지 권고 사항 정도로 취급한 거죠. 그리고 제가 무절제하고 방탕한 인간이라는 말도 안 되는 이유를 갖다 붙여서 양도받을 자격을 상실했다고 주장했죠. 그래서 2년 전 목사 자리가 났을 때 제가 목사가 될 수 있는 나이가 됐는데도, 그 자리는 다른 사람에게 돌아가고 말았던 겁니다. 분명한 건 제가 그 자리를 박탈당할 만큼 잘못한 일이 없다는 겁니다. 제가 좀 다혈질이라 급한 성미를

참지 못하고 다아시에게 마구 말을 한 적은 있습니다. 그
렇지만 그 외엔 아무런 잘못도 저지르지 않았어요. 문제는
그와 내가 너무 다른 종류의 사람이고 그가 저를 아주 싫
어한다는 사실이에요."

"정말 놀라운 얘기네요. 그 사람은 공개적으로 망신을
당해야겠어요."

"언젠가는 그렇게 되겠죠. 하지만 제가 나서서 그렇게
할 생각은 없습니다. 제가 그의 부친을 기억하는 한 그 사
람을 무시하고 비밀을 폭로할 수는 없어요."

엘리자베스는 그런 마음씨를 가진 그가 정말 훌륭한 사
람이라고 평가했고, 그렇게 말할 때 그의 모습이 더욱 매
력적으로 보였다.

"그런데, 그분은 왜 그런 행동을 했을까요? 무엇 때문에
그렇게까지 비열하게 구는 거죠?"

"저를 철저히 싫어하기 때문이죠. 저는 질투심 때문일
거라고 생각합니다. 돌아가신 그의 아버지가 저를 덜 위해
주셨더라면 그렇게까지는 하지 않았을 겁니다. 어릴 때부
터 그의 아버지가 워낙 저를 사랑하셨기 때문에 그 사람이

오래전부터 저를 미워한 것 같아요. 저 같은 사람하고 경쟁하게 되는 걸 싫어했던 거지요."

"다아시가 그렇게까지 나쁜 사람일 줄은 몰랐군요. 좋은 사람이라고 생각한 적도 없지만 그런 사람이라고 생각하지도 않았어요. 그가 다른 사람을 함부로 무시한다고는 생각했지만 그처럼 악의적으로 복수하고 비인간적인 행동을 하리라고는 생각하지 못했어요."

그녀는 잠시 생각에 잠겼다가 다시 말을 이었다.

"그 사람이 언젠가 네더필드에서 자기는 한번 화가 나면 쉽게 풀어질 수 없고 절대로 남을 용서하지 못하는 성격이라고 말한 적이 있어요. 이제 보니 아주 고약한 성질이군요."

"그 점은 제 판단을 신뢰할 수가 없군요. 그 사람에 대해서는 제가 공정해지기가 힘드니까."

위컴이 말했다.

엘리자베스는 다시 골똘히 생각하다가 말했다.

"자기 아버지가 그토록 소중히 여기던 사람을 그런 식으로 취급하다니!"

그러고 나서 그녀는 이렇게 덧붙이고 싶었다.

"선생님처럼 얼굴만 봐도 좋은 사람이라고 확신할 수 있는 사람을 그렇게 대하다니요!"

하지만 대신 이런 말을 해주었다.

"어린 시절부터 그토록 가깝게 지내온 사람을 어떻게 그처럼 할 수 있는 거예요?"

"우리는 같은 교구 안에서 그것도 같은 장원 안에서 태어났죠. 같은 집에서 같은 놀이를 하며 놀았고 둘 다 부모들의 좋은 보살핌을 받으며 자랐어요. 제 부친은 엘리자베스 양의 이모부이신 필립스 씨하고 같은 일을 하셨는데, 다아시 아버님을 위해 모든 걸 포기하고 펨벌리 재산을 관리하는 데 일생을 바치셨어요. 그래서 다아시의 아버님은 우리 아버님을 굉장히 소중하게 여기셨을 뿐만 아니라 서로 아주 가깝고 신임하는 친구로 지내셨어요. 다아시의 아버님은 제 아버님께 많은 신세를 지고 있다고 간주하셨고, 그분은 제 아버지가 돌아가시기 직전에 저를 보살펴주겠다고 자진해서 약속하셨어요. 그분이 저를 아꼈기 때문이기도 하지만 제 아버님에 대한 빚을 갚는다는 뜻에서 그러신 거죠."

엘리자베스가 소리를 질렀다.

"정말 이해할 수가 없네요. 어떻게 그런 가증스러운 짓을 할 수가 있을까요? 다아시는 자존심 때문에라도 선생님께 그런 부당한 짓을 할 수는 없을 텐데요. 그토록 자만심이 가득 찬 사람은 자기 자신에게만큼은 정직해야 할 텐데 말이죠."

"정말 놀랄 만한 일이죠. 다아시의 행동은 모두가 자존심에서 비롯된 것이니까요. 자존심은 그의 둘도 없는 친구니까요. 다른 어떤 감정보다도 자존심이 가장 강력하게 그를 미덕으로 이끄는 원동력이 되었죠. 하지만 모든 인간은 한 가지 감정을 일관성 있게 유지할 수는 없는 법입니다. 그 친구가 내게 한 짓은 자존심보다 더 강한 충동에서 비롯된 행동이었을 겁니다."

"그런 가증스러운 자만심이 그 사람에게 도움이 된 적이 있나요?"

"그렇습니다. 그것 때문에 사람들에게 관대하고 아낌없이 돈을 주기도 하고 친절을 베풀고, 소작인들이나 가난한 사람들을 구제하기도 합니다. 가문의 자존심, 말하자면 부친의 아들로서의 자존심 같은 거죠. 부친에 대해 대단한 자부심을 가지고 있으니까요. 가문의 명예를 떨어뜨리거나, 좋은 평판에 먹칠을 하거나, 펨벌리 가의 세력을 잃지 않는 것이 그의 행동의 가장 강력한 동기라고 할 수 있죠. 다아시는 형제에 대한 자존심 또한 무척 강합니다. 오빠로서 여동생에게 친절하고 든든한 보호자 역할을 단단히 하고 있죠. 엘리자베스 양도 그가 누이동생을 끔찍하게 아끼고 사랑하는 좋은 오빠라는 소리를 들을 수도 있을 거예요."

"다아시의 여동생은 어떤 사람이에요?"

위컴은 그녀의 말에 고개를 저었다.

"상냥한 여자라고 말할 수는 없겠군요. 다아시 집안사람들을 나쁘게 볼 수밖에 없는 제 심정을 이해해 주세요. 그 여자도 다아시와 너무 닮았어요. 아주 거만하죠. 어렸을 적에는 붙임성도 있고 아주 재미있었는데 저를 많이 따르기도 했어요. 저는 몇 시간씩 그 애와 놀아 주곤 했지요. 하지만 지금은 저하고 아무 상관도 없는 사람입니다. 나이는 열다섯이나 열여섯 살쯤 되었을 거고, 외모나 교양은 뛰어난 아가씨죠. 부친이 돌아가신 후로는 런던에서 어떤 여자와 같이 살고 있는데, 그 여자가 돌봐 주고 교육도 맡아서 하고 있지요."

잠시 얘기가 끊어지기도 하고 다른 화젯거리로 넘어가기도 했지만 엘리자베스는 다시 원점으로 돌아가서 이렇게 말했다.

"그 사람이 빙리라는 사람과 친하게 지낸다는 게 정말 놀라워요. 빙리처럼 선량한 분이 어떻게 그런 사람과 친구가 될 수 있을까요? 그런 사람들이 어떻게 서로 맞춰서 살까요? 혹시 빙리 씨를 아시나요?"

"저는 그분을 전혀 모릅니다."

"그는 아주 친절하고 매력이 넘치는 분이세요. 그는 다아시가 어떤 사람인지 모르는 거 같군요."

"그럴지도 모르죠. 그런데 다아시도 자기가 원하면 얼마든지 남의 마음에 들게 행동할 수 있는 사람이에요. 그럴 만한 능력이 있는 친구죠. 필요하다고 판단되면 갑자기 다른 사람으로 돌변해서 좋은 친구가 될 수도 있는 사람이에요. 자기와 신분이 동등한 사람들 사이에 있을 때면 자기보다 못한 사람들을 대할 때와는 전혀 다른 사람이 됩니다. 자만심을 버리지는 않지만, 부자들을 대할 때는 온건하고 합리적이고 명예를 존중하고 상냥할 수 있죠. 상대방의 재산과 지위에 따라 차이가 있기는 하지만요."

휘스트 게임을 하던 사람들이 자리에서 일어나 다른 테이블 주위에 모여 앉았다. 콜린스는 엘리자베스와 필립스 부인 사이에 자리를 잡았다. 필립스 부인은 그에게 많이 땄느냐고 의례적인 질문을 했고, 그는 계속 잃기만 해서 별로 재미가 없었다고 대답했다. 필립스 부인이 걱정스러워하자 그는 정색을 하면서 그깟 돈은 아무것도 아니며 전혀 염두에 두지 않는다고 말했다.

"사람들이 카드 테이블에 앉으면 돈을 잃을 수도 있다는 생각을 해야지요. 하지만 전 5실링쯤 잃어도 걱정할 형편은 아닙니다. 물론 저처럼 말할 수 있는 사람이 많지 않다는 것도 잘 압니다만, 저는 캐서린 드 버그 여사님의 후원 덕분에 그런 사소한 문제에 신경 쓰지 않을 정도는 됩니다."

이때 위컴이 그의 말에 주의를 기울였다. 그는 잠시 동안 콜린스를 바라보고는 엘리자베스에게 그가 드 버그 일가와 가까운 사이냐고 물었다.

엘리자베스가 대답했다.

"캐서린 드 버그 여사가 최근에 콜린스 씨에게 목사직을 임명해 주셨다나 봐요. 콜린스 씨가 어떻게 부인의 눈에 들게 되었는지는 모르지만, 오래 알고 지낸 사이 같지는 않아요."

"캐서린 드 버그 여사와 앤 다아시 여사가 자매간이라는 것도 물론 알고 계시겠죠? 그러니까 캐서린 여사가 다아시의 이모가 되는 거죠."

"아니요, 그건 전혀 몰랐어요. 캐서린 여사의 친척에 대해선 전혀 아는 게 없었어요. 그저께까지만 해도 그런 부인이 있다는 것조차 몰랐는걸요."

"그분의 따님은 아주 많은 재산을 상속받을 예정인데, 그녀는 나중에 다아시와 합칠 거라는 말이 있어요."

엘리자베스는 그 말을 듣자 가엾은 캐롤라인 빙리의 얼굴이 떠올라 자기도 모르게 쓴웃음을 지었다. 다아시가 이미 다른 여자와 결혼할 마음을 먹고 있다면 캐롤라인의 관심은 모두 헛수고에 지나지 않을 것이고, 다아시의 여동생에 대한 그녀의 애정과 다아시에 대한 칭찬도 모두 물거품이 될 것이었다.

"콜린스는 캐서린 여사와 그분의 따님에 대해서 입에 침이 마르도록 칭찬하시더군요. 하지만 상세한 내막을 들어 보면 여사에 대해 감사하는 마음이 지나쳐서 여사에 대해 오해하고 있는 것 같다는 생각도 들었어요. 그분은 콜린스 씨의 후원자이긴 하지만 거만하고 잘난 체만 하는 여자가 아닌지 모르겠어요."

"실제로 그런 사람일 겁니다. 오랫동안 만나 보진 못했지만 전 그분을 전혀 좋아하지 않았습니다. 독단적이고 오만불손했던 그분의 태도가 지금도 똑똑히 기억납니다. 사리 분별이 바르고 현명한 것처럼 평판이 나 있긴 하죠. 하지만 그건 부분적으로 여사의 지위와 재산에서 비롯된 것이죠. 게다가 자기 친척은 누구든 최고의 지성인이라고 믿는 그분 조카의 오만함이 그런 평판을 얻는 데 한몫을 거들었죠."

엘리자베스는 위컴의 설명이 매우 타당하다고 생각했다. 두 사람은 저녁 식사를 하느라고 카드놀이를 끝낼 때까지 서로 관심 있는 대화를 계속했다. 그제야 다른 아가씨들도 위컴의 관심을 나눠 받을 기회가 있었다.

필립스 부인의 저녁 식사 시간은 너무 시끌벅적해서 대화를 나눌 수 없었지만, 위컴의 예의 바른 태도는 모든 사람의 호감을 샀다. 그가 하는 말은 모두 설득력이 있었고, 그의 행동은 무엇이든 기품이 넘치는 것 같았다.

이모 집을 나설 때 엘리자베스의 머릿속은 온통 위컴에 대한 생각으로 가득 차 있었다. 집으로 가는 동안 줄곧 그녀는 위컴과 그가 했던 말 이외에는 아무것도 생각할 수 없었고 그가 자기에게 해준 말만 머리에 떠올랐다. 그러나 집으로 돌아오는 동안 리디아와 콜린스 씨가 한순간도 입을 다물지 않고 와자지껄하게 떠들었기 때문에 위컴의 이름은 입 밖에 낼 수도 없었다. 리디아는 끊임없이 제비뽑기 놀이에서 얼마를 잃었고 얼마를 땄다는 얘기를 떠들어댔고, 콜린스는 필립스 부인의 예절 바른 태도를 칭찬하며 자기는 카드놀이에서 잃은 돈을 전혀 개의치 않는다고 말했고, 자기 때문에 사촌들이 앉을 자리가 비좁을 거라고 거듭 미안하다고 말하며 마차가 롱본 하우스에 멈춰 설 때까지 하고 싶은 말이 너무 많아 어쩔 줄 몰라 했다.

제 17장

　다음 날 엘리자베스는 위컴과 나눈 이야기를 언니에게 말해주었다. 제인은 놀라기도 하고 걱정스러운 표정을 지으면서 동생의 이야기를 들었다. 그녀로서는 다아시가 빙리와 우정을 나눌 만한 자격이 없는 사람이라고 생각할 수 없었다. 그렇다고 위컴처럼 선량해 보이는 청년의 진실성을 의심하는 것도 그녀의 천성이 아니었다. 그녀는 위컴이 그런 부당한 취급을 당했다는 사실 자체만으로도 동정심을 느꼈다. 그래서 그녀는 두 사람을 모두 좋게 생각하면서, 어떤 잘못이 있다면 그건 서로의 오해 때문이라고 간주해 버리기로 했다.

　"내 생각에는 두 사람이 모두 속고 있는 거야. 그것이 뭔지 알 수는 없지만, 다른 사람들이 두 사람을 서로 오해하게 만들었을 수도 있지. 우리는 두 사람이 어떻게 소원해졌는지 그 원인이나 상황은 알 수가 없잖아."

제인이 말했다

"그건 언니 말이 맞아. 그런데 두 사람을 이간질한 사람들에 대해서는 어떻게 평가해야 하지? 그 사람들은 죄가 없는 걸가? 아니면 그들이 나쁜 사람들일까?"

"네가 좋을 대로 생각해. 그렇지만 내 말을 듣고 비웃지는 말아 줘. 자기 아버지가 그토록 아끼고 생계를 책임져 주기로 했던 사람을 그처럼 부당하게 취급하면 그 사람 입장이 어떻게 되겠니? 그건 불가능한 일이야. 인간이라면, 그리고 자기 인격에 대해서 생각하는 사람이라면 그렇게 할 수가 없는 거야."

"내 생각에는 위컴이 모든 얘기를 꾸며냈다기보다, 빙리가 속고 있는 것 같아. 만약 그렇지 않다면 다아시는 그걸 증명해야 할 거야. 그리고 위컴의 표정에는 진실이 들어 있었어."

"너무 어려운 문제로구나. 정말 딱한 일이야. 난 어떻게 생각하는 게 옳은 건지 모르겠다."

"언니에겐 미안한 말이지만, 난 어떻게 생각하는 게 맞는지 분명하게 알 것 같아."

그렇지만 제인은 한 가지 사실만은 확신할 수 있었다. 즉 빙리가 만일 속아온 거라면 그 사실이 밝혀질 경우 그가 많은 고통을 당하게 된다는 것이었다.

두 자매가 정원 숲길에서 이런 얘기를 나누고 있을 때 때마침 화제의 주인공들이 그곳에 찾아와서 두 사람을 불러냈다. 네더필드에서 고대하던 무도회가 다음 화요일에 열리게 되어 빙리와 그의 누이들이 그녀들을 초대하기 위해서 왔던 것이다. 빙리의 두 누이는 제인을 다시 만나게 된 것을 매우 기뻐했다. 지난번 만난 게 벌써 오래전 일처럼 여겨진다며 그동안 어떻게 지냈느냐고 물었다. 그들은 다른 사람들에게는 거의 관심을 보이지 않았다. 베넷 여사와의 접촉은 될 수 있는 대로 피하는 눈치였고, 엘리자베스에게는 겨우 몇 마디 말을 건넸을 뿐이었다. 다른 자매들에게는 전혀 이야기를 하지 않았다. 그들은 베넷 여사의 장황한 인사말을 피하려는 것처럼 황급히 그곳을 떠나 버렸다.

　네더필드에서 열리는 무도회에 대한 기대감으로는 베넷 집안의 모든 여자들은 즐거운 시간을 보낼 수 있었다. 베넷 여사는 그 무도회가 맏딸인 제인을 위해 열리는 무도회라고 혼자 결론을 내렸고, 빙리가 형식적으로 초대장을 보내지 않고 직접 찾아와 준 것에 대해 특히 의기양양해했다. 제인은 그날 저녁 빙리의 두 누이와 함께 어울려서 빙리와 함께 시간을 보내는 모습을 머릿속으로 그리며 행복해했다. 한편 엘리자베스는 위컴과 마음껏 춤을 출 수 있을 거라는 기대와 다아시의 표정과 행동을 지켜보면서 사건의 내막을 확인할 수 있는 기회가 오기를 기대했다. 캐서린과 리디아는 어느 특정한 사람에 대한 기대가 없었다. 그들 역시 무도회에서 절반은 위컴과 춤을 출 작정이었지만, 위컴이 그들을 만족시켜 줄 수 있는 유일한 파트너라고 생각하지는 않았다. 무도회는 무도회답게 많은 남자들과 춤을 춰야 한다는 게 그들의 생각이었다. 심지어 메리도 무도회에 대해 전혀 이의가 없다고 선언했다.

　"오전에만 내 시간을 가질 수 있다면 저녁때 그런 모임에 참가하는 것도 나쁘지는 않을 거야. 누구에게나 사교 생활은 필요한 거니까. 그리고 나도 이따금 오락이나 놀이를 즐기는 것도 바람직하다고 생각하는 사람들 중 하나라는 걸 인정해."

엘리자베스는 무도회 일로 너무 들떠 있었다. 그래서 지금까지는 필요한 일이 아니면 말을 걸지 않던 평소와는 달리 콜린스에게 빙리의 초대에 응할 생각이냐고 물었다. 그리고 무도회에 참석할 생각이라면 저녁 시간에 춤을 추며 즐기는 걸 옳은 일이라고 생각하느냐고 물어보았다. 그런데 그는 놀랍게도 그런 일을 전혀 나쁘게 생각하지 않으며 대주교나 캐서린 여사께서도 그 일로 전혀 책망하지 않으실 거라고 대답했다.

"분명히 말씀드리지만 저는 훌륭한 인품을 지닌 젊은 신사 분께서 점잖은 분들을 위해 베푸는 이런 무도회는 전혀 해로울 게 없다고 생각합니다. 저는 춤추는 걸 전혀 반대하지 않습니다. 그날 저녁 아름다운 사촌들의 손을 모두 잡아 보는 영광을 누릴 수 있기를 바랄 뿐입니다. 그리고 이 기회를 빌려 드리는 말씀인데, 엘리자베스 양에게 처음

두 번의 춤을 청하고 싶습니다. 제인 양도 제가 춤을 청하지 않는 것이 타당한 이유가 있기 때문이고 제인 양을 무시해서가 아니라는 걸 양해해 주시리라 믿습니다."

엘리자베스는 콜린스에게 완전히 역전당한 느낌이었다. 위컴과 추기로 단단히 마음먹고 있었기 때문이다. 처음 두 번의 춤을 대신 콜린스와 춰야 하다니. 자신의 발랄한 성격이 이런 불운한 결과를 가져온 건 처음 당하는 일이었다. 하지만 위컴과의 즐거운 시간은 잠시 미룰 수밖에 없게 되었다. 그녀는 최대한 예의를 갖춰서 콜린스의 청을 받아들였다.

그러나 엘리자베스는 그가 춤을 청한 이면에 다른 의미가 담겨 있을지도 모른다는 불길한 예감이 들었다. 그제야 자신이 베넷 집안의 딸들 중에서 헌스포드 목사관의 여주인이 될 자격을 갖춘 여성으로 선택되었다는 생각이 들었다. 자신이 로싱스 저택에서 카드놀이를 할 인원이 부족할 때 머릿수를 맞출 사람으로 선택되었다는 사실에 그녀는 소스라치게 놀랐다. 콜린스가 그녀에게 점점 더 예의 바르게 대하고, 그녀의 재치 있고 쾌활한 성격을 자주 칭찬하는 걸 보면서 그런 불길한 추측은 점점 확신으로 굳어져 갔다. 콜린스가 자신의 매력에 끌렸다는 사실이 그녀에게 는 기쁘기보다는 그저 놀라울 뿐이었다. 게다가 그녀의 어머니는 두 사람이 결혼한다면 자기로서는 매우 흡족하다고 넌지시 언급하는 말을 듣게 되었다. 엘리자베스는 어머니의 언질에 반응을 보였다가는 심각한 언쟁이 벌어질 게분명할 것 같아서 못 들은 척 넘어가고 말았다. 콜린스가 청혼을 하지 않을지도 모르는 일이었고, 청혼을 한다고 해도 미리 논쟁을 벌일 필요는 없다고 생각했다.

네더필드에 갈 준비와 무도회 얘기로 분주하지 않았더라면 베넷가의 두 막내 딸들은 매우 비참한 처지에 빠질 뻔했다. 초대를 받은 날부터 무회 당일까지 줄기차게 비가 내려서 메리튼에 한 번도 갈 수가 없었다. 이모를 보러 갈수도, 장교를 만날 수도, 새로운 소식을 들을 수도 없었다. 네더필드에 신고 갈 구두에 장식할 장미꽃 모양의 리본도하인을 시켜서 구해야 했다. 엘리자베스도 날씨 때문에 위컴과 가까워질 기회가 단절되자 인내심이 한계에 이르는 느낌이었다. 화요일의 무도회가 아니었다면 키티와 리

181

디아는 금요일, 토요일, 일요일 그리고 월요일을 견뎌내기
힘들 뻔했다.

제18장

네더필드의 응접실에 들어서서 그곳에 모여 있는 붉은
옷을 입은 군인들 사이에서 위컴을 찾아보려고 했을 때에
야 비로소 엘리자베스는 그가 참석하지 않았다는 사실을
깨달았다. 그와 나누었던 대화 내용을 돌이켜 보면 충분히
그럴 가능성이 있었지만, 그녀는 당연히 그를 만날 것이
라고 확신하고 있었다. 그녀는 평소보다 더 신경 써서 옷
을 차려입었고 그날 저녁 안으로 아직 자신에게 완전히 넘
어오지 않은 그의 마음을 정복해 버릴 요량이었다. 하지만
빙리가 장교들을 초대하면서 다아시가 불편해할 걸 염려
하여 의도적으로 위컴을 초대하지 않았을 수도 있다는 생
각이 들었다.

사실은 그러한 생각이 정확히 맞는 건 아니었지만 리디아가 데니에게 물어본 결과 위컴이 하루 전에 런던으로 가서 아직 돌아오지 않았다는 사실을 알게 되었다. 그러면서 데니는 의미심장한 웃음을 띠고 덧붙여 말했다.

  "만약 그가 여기 있는 어떤 신사와의 만남을 피하고 싶지만 않았더라면 하필 이때 런던에 가야 할 필요가 있었는지 모르겠군요."

  리디아는 그 말의 의미를 생각해 보지도 않았지만, 엘리자베스는 무슨 말인지 짐작할 수 있었다. 위컴이 오지 않은 이유가 자신의 짐작대로 다아시 때문이라는 확신이 들자 순간적으로 그에 대해 불쾌한 감정이 치밀어 올랐다. 그녀에게 다가와 정중하게 인사를 건네는 다아시를 예의 바르게 상대할 수도 없었다. 다아시에게 관심을 갖거나 그를 이해해 주는 것은 위컴을 모독하는 일이라는 생각이 들었다. 그녀는 다아시와 아무 말도 하지 않겠다고 마음먹고 불쾌한 기분으로 돌아섰다. 빙리와 대화를 나누는 동안에도 그에 대한 불쾌한 감정을 억누를 수가 없었다.

  하지만 엘리자베스는 나쁜 기분을 계속 가슴에 품고 있

는 성격은 아니었다. 그날 저녁 무도회에 대한 부푼 기대가 모두 무너져 버렸지만, 그런 실망감도 그녀를 오랫동안 우울하게 만들지는 못했다. 그녀는 일주일이나 만나지 못했던 샬럿 루카스에게 속상한 사정을 모두 털어놓고 콜린스의 괴팍한 성품에 대해서도 이야기했다. 그러나 콜린스와 두 번 춤을 추면서 엘리자베스의 기분은 다시 나빠져버렸다. 두 번의 춤이 고역이었기 때문이다. 그는 춤에 집중하지 못하고 어색하게 점잔을 빼면서 춤을 잘 못 추는 것에 대해 온갖 변명을 늘어놓았다. 게다가 실수를 하고서도 자신이 실수한 것조차 알아차리지 못할 만큼 둔감했다. 그녀에게는 마음에 들지 않는 파트너와 춤을 출 때 경험할 수 있는 온갖 수치심과 참담한 기분을 맛보는 시간이었다. 그래서 그에게서 해방되고 나자 엘리자베스는 날아갈 듯 가벼운 기분이었다.

엘리자베스는 다음에 한 장교와 춤을 추었는데, 그에게서 모든 사람이 위컴에 대해 호감을 가지고 있다는 말을 듣고는 기분이 조금 좋아졌다. 그 춤이 끝난 후 그녀는 샬럿에게 돌아가 대화를 나누고 있었는데 그때 갑자기 다아시가 다가와 그녀에게 춤을 청했고 그녀는 얼떨결에 승낙을 하고 말았다. 다아시는 말을 끝내자마자 다른 곳으로 갔고, 그녀는 자신이 그토록 당황했다는 사실에 대해서 분개했다. 그런데 샬럿이 씩씩대는 엘리자베스에게 말을 건넸다.

"그분도 알고 보면 좋은 사람일 거야."

"그런 끔찍한 소리 마. 만일 그렇게 된다면 그건 최악의 불행한 사건이야. 미워하기로 작정한 사람이 알고 보니 좋은 사람이었다, 이거 아냐? 그런 악담은 제발 그만둬."

다시 춤이 시작되자 다아시가 다가와 그녀에게 춤을 청했다. 샬럿은 귓속말로 엘리자베스에게 위컴을 좋아한다고 해서 그 남자보다 열 배는 더 지위가 높은 남자를 불쾌하게 대하는 숙맥 같은 짓은 하지 말라고 충고했다. 엘리자베스는 친구의 말에는 아무 대답도 하지 않고 춤추는 사람들 속에서 마주서게 되었다. 그런데 다아시와 마주 서자 이상하게도 갑자기 자신의 지위가 높아지기라도 하는 것처럼 기분이 붕 떠오르는 것 같았다. 그들을 지켜보는 사람들의 표정에서도 그런 감정이 읽혔다. 두 사람은 잠시 동안 한마디도 대화를 나누지 않고 서 있었다. 그녀는 그러한 침묵 상태가 두 번 춤을 추는 동안 계속 이어질 것 같았다고 생각하면서 자기가 먼저 침묵을 깨지는 않겠다고 작정했다. 그런데 문득 상대방이 말을 하지 않을 수 없게 만드는 게 그를 더 괴롭히는 방법이라는 생각이 들어 춤에 대한 가벼운 이야기를 그녀가 먼저 하게 되었다. 그러나 다아시는 짤막하게 몇 마디 대답하고는 입을 다물어 버렸다. 몇 분간 침묵이 흐른 뒤 그녀는 또다시 먼저 말을 꺼냈다.

"이젠 그쪽에서 뭔가 말씀을 하셔야 할 차례인 것 같은데요. 제가 춤에 대해 얘기를 했으니까 다아시 씨도 이 방의 크기라든지 아니면 춤추는 커플의 숫자라든지 뭐 그런 얘기라도 하셔야죠."

그는 미소를 지으며 무엇이든 그녀가 원하는 이야기를 하겠다고 했다.

"좋아요. 현재로선 그 대답이면 되겠어요. 하지만 조금 후에 제가 이런 공식적인 무도회보다는 개인적인 무도회가 훨씬 더 재미있다는 말을 할 것 같네요. 어쨌든 지금은 침묵하는 게 좋겠군요."

"춤을 출 때도 그런 규칙에 따라 말을 하시나요?"

"경우에 따라서는요. 말을 조금이라도 해야 하잖아요?
30분 동안이나 춤을 추면서 아무 말도 하지 않는다면 이상
하잖아요? 물론 상대방에 따라서 가능한 말을 하는 수고
를 하지 않게 하는 것이 좋을 수도 있죠."

"그럼 지금의 경우는 엘리자베스 양의 기분에 맞추어
나가는 것인가요, 아니면 제 기분을 맞춰 주시는 건가요?"

"둘 다죠. 왜냐하면 우리 두 사람의 성격이 아주 비슷하
다고 느꼈으니까요. 우리 둘 다 사교적이지 못하고 무뚝뚝
한 편이잖아요? 사람들의 박수갈채를 받거나 후대까지 전
해질 훌륭한 격언이 아니면 입을 열기 싫어하니 말이죠."

"그건 엘리자베스 양의 성격에 꼭 들어맞는 얘기 같군
요. 제 성격에 얼마나 근접했는지는 잘 모르겠지만, 엘리
자베스 양께서는 그 말씀이 저를 정확하게 묘사했다고 생
각하시나 봅니다."

"제가 한 묘사가 맞는다고는 하지 않겠어요."

다아시는 그 말에는 아무 대답도 하지 않았다. 이윽고

춤이 끝나자 다아시가 엘리자베스에게 자매들과 함께 자주 메리튼에 가느냐고 물었다. 그녀는 그렇다고 대답하고 나서 더 이상 참지 못하고 이렇게 말해 버렸다.

"지난번에 저희를 만났던 날 기억하시죠? 그때 전 어떤 남자 분을 막 소개받은 참이었어요."

그녀의 말에 다아시는 즉각적인 반응을 보였다. 그의 얼굴에는 평소보다 더 짙은 오만의 그림자가 드리워졌고 입술은 더욱 굳게 다물어졌다. 그렇지만 말은 하지 않았다. 엘리자베스는 자신감의 부족으로 더 이상 무슨 말을 할 수가 없었다. 결국 다아시가 어색한 표정으로 말했다.

"위컴이 쉽게 친구를 사귀는 편이기는 한데 그 사귐을 길게 유지할 능력이 있는지는 의문입니다."

"그분은 불행하게도 다아시 씨와의 우정을 잃어버리셨죠. 그것도 그것 때문에 평생 고통을 당해야 할 테고요."

엘리자베스는 목소리에 힘을 줘 말했다.

다아시는 아무 대답도 하지 않았다. 화제를 다른 것으로 바꾸길 바라는 눈치였다. 그때 윌리엄 루카스 경이 춤추는 사람들을 통과해서 방 반대쪽으로 가다가 그들에게 가까이 다가왔다. 그는 다아시를 보자 가벼운 목례를 보낸 다음 그의 춤 솜씨와 파트너에 대해 칭찬했다.

"정말 감탄했습니다, 다아시 씨. 이렇게 훌륭한 춤은 좀처럼 보기 힘들죠. 제게 정말 최고의 춤 솜씨를 보여 주셨습니다. 이런 말씀드리면 실례가 될지 모르지만, 아름다운 파트너께서도 뒤지지 않을 만큼 훌륭하게 춤을 추시는군요. 이런 즐거운 기회가 자주 있게 되겠죠? 그 일이 잘 되었으면 좋겠습니다. 엘리자베스 양."

그는 그렇게 말하면서 제인과 빙리를 힐끔 쳐다보았다.

"그렇게 되면 얼마나 축하할 일이겠습니까? 다아시 씨, 잘 부탁드립니다. 아! 더 이상 두 분을 방해하지 않겠습니다. 젊은 아가씨와 즐거운 대화를 나누시는데 제가 끼어들면 반가울 리가 없죠. 저 여자 분도 속으로 날 나무라고 있는 것 같으니까요."

다아시는 그 말의 후반부는 거의 듣지 않았다. 그렇지만 자기의 친구에 대해서 윌리엄 루카스 경이 언급한 점이 그를 강하게 자극했고, 그래서 그는 함께 춤추고 있는 빙리와 제인을 심각한 표정으로 바라보았다. 하지만 곧바로 엘리자베스에게 시선을 돌리며 이런 말을 했다.

"윌리엄 경이 방해하시는 바람에 우리가 무슨 얘기를 하고 있었는지 잊어버렸네요."

"아무 얘기도 하지 않았던 것 같은데요. 윌리엄 경이 방해한 두 사람은 이 방 안에서 가장 할 말이 없는 사람들이 었죠. 두어 가지 화제를 시도해 봤지만 모두 실패했고, 이젠 무슨 얘기를 해야 할지 모르겠네요."

"책 얘기는 어떨까요?"

다아시가 어색하게 미소를 지으며 말했다.

"책이라니요? 그건 아닌 것 같은데요. 우리가 같은 책을 읽었을 리도 없고, 똑같은 감정으로 책을 읽지도 않았을 거 아녜요?"

"그렇게 생각하신다면 유감이군요. 책 얘기를 하면 적어도 화젯거리가 궁하진 않을 것 같은데요. 서로 다른 견해를 비교할 수도 있을 테니까요."

"전 사양하겠어요. 무도회장에서 책 이야기를 하고 싶진 않아요. 제 머릿속은 다른 생각으로 가득 차 있거든요."

"이런 장소에서는 당장 눈앞에 보이는 것들을 생각하신

다는 말씀인가요?"

그는 이해할 수 없다는 표정으로 물었다.

"네, 전 항상 그래요."

엘리자베스는 그와 나누고 있는 대화와는 전혀 상관없는 일에 정신이 팔려 있어서, 자신이 무슨 말을 하고 있는지 의식하지 못했다. 그녀가 다른 생각을 하고 있다는 것은 그녀가 불쑥 던진 말로 탄로가 나고 말았다.

"언젠가 이런 말씀을 하신 적이 있죠? 본인이 다른 사람의 잘못을 잘 용서하지 못하는 편이고, 한번 화가 나면 쉽게 풀리지 않는 성격이라고 말이에요. 그렇다면 다아시 씨는 될 수 있으면 화를 내지 않으려고 조심하시겠군요."

"네, 그렇습니다."

그는 단호한 어조로 말했다.

"그럼 편견 때문에 판단력이 흐려지는 걸 스스로 용납하지 않으시겠네요?"

"그러기를 바랍니다."

"자신의 생각을 절대 바꾸려고 하지 않는 사람들은 특별히 처음부터 올바른 판단을 해야 할 의무가 있는 거지요."

"어떤 의미에서 그런 질문을 하시는지 여쭤 봐도 되겠습니까?"

"그냥 선생님의 성격을 파악하고 싶어서 그러는 거예요."

그녀는 무거운 표정을 짓지 않으려고 애쓰면서 말했다.

"그래서 어떤 결론을 얻으셨나요?"

그녀는 고개를 저으며 말했다.

"아직 아무것도 없어요. 다이시 씨에 대한 사람들의 견해가 너무 상반된 것들이라 혼란스럽네요."

"사람들이 저에 대해서 서로 엇갈린 말을 할 거라는 건 저도 쉽게 짐작할 수 있습니다. 하지만 지금 당장은 나에 대한 그림을 그려주시지 않았으면 좋겠군요. 그래야만 우리 두 사람 사이에 쓸데없는 오해가 없을 테니까요."

다이시가 정색을 하면서 말했다.

"하지만 지금 평가를 하지 않는다면 다시는 그런 기회가 없을 것 같군요."

"그렇다면 굳이 막을 의도는 없습니다."

그가 냉랭하게 말했다. 엘리자베스는 더 이상 말을 하지 않았고 두 사람은 말없이 춤을 끝내고 헤어졌다. 둘 다 기분이 좋지 않은 상태였는데 그 정도가 같지는 않았다. 다아시의 마음속에는 그녀에 대한 상당한 호감이 있었기 때문에 금방 풀어질 수 있었다. 하지만 그는 대신 다른 사람에게 분노의 화살을 돌렸다.

두 사람이 헤어지고 나서 잠시 후 캐롤라인 양이 엘리자베스에게 다가와서는 예의를 갖추는 척하면서 약간 경멸적인 태도로 말했다.

"엘리자베스 양, 조지 위컴 씨에게 호감을 갖고 있다면서요? 제인 양이 그분 얘기를 하면서 이것저것 묻더군요. 그런데 그 사람은 엘리자베스 양에게 자기 아버지가 돌아가신 다아시 아버지 밑에서 일했다는 얘기는 잊어버리고 하지 않았나 보죠? 제가 친구로서 충고하는 건데, 그 사람 얘기를 무조건 다 믿지 않는 게 좋을 거예요. 다아시 씨가 그 사람에게 부당한 행동을 했다는 건 새빨간 거짓말이에요. 오히려 조지 위컴 씨가 지독히 파렴치한 짓을 했는데도 다아시 씨는 그 사람에게 더할 나위 없이 관대하게 대해 주셨죠. 자세한 내막은 저도 잘 모르지만 다아시 씨에게 아무 잘못도 없다는 건 분명해요. 다아시 씨는 조지 위컴의 이름이 사람들의 입에 오르내리는 것조차 참기 힘들어 했어요. 그리고 우리 오빠는 그 사람을 빼고 다른 사람들만 초대할 수 없었는데 그 사람이 알아서 자리를 피해줘서 다행으로 생각하고 있어요. 그 사람이 이곳에 오는 것부터가 뻔뻔하기 짝이 없는 일이죠. 엘리자베스 양은 자기가 좋아하는 사람의 치부가 드러나서 속이 상하실 테죠. 하지만 그 사람의 혈통을 생각하면 그런 행동을 하는 게 당연한 일인지도 모르죠."

"캐롤라인 양이 지금 하는 말은 그러니까 그분의 집안과 그분의 잘못된 행동이 동일하다는 뜻인가요? 그분이 다아시 씨 집사의 아들이라는 게 가장 비난받을 일이라도 되는 것처럼 얘기하는군요. 그런 사실은 위컴 씨가 본인 입으로 직접 제게 말씀해 주셨어요."

엘리자베스가 화난 표정으로 말했다.

"미안해요. 제가 공연한 참견을 했네요. 전 좋은 뜻으로 말했던 건데."

캐롤라인 양은 비꼬는 듯한 미소를 머금으며 돌아섰다.

'뻔뻔스러운 여자로군.'

엘리자베스는 속으로 중얼거렸다.

'그런 식으로 공격해서 날 골탕 먹이려고 한다면 큰 오산이지. 네가 얼마나 고집스럽고 무식한 여자인지, 다아시가 얼마나 악랄한 인간인지 드러내기만 할 뿐이야.'

그러고 나서 그런 문제에 대해서 빙리에게 물어보기로 되어 있던 언니를 찾았다. 제인은 지극히 만족스럽고 행복한 미소를 지으며 엘리자베스를 맞았다. 그날 저녁 무도회가 제인에게 얼마나 즐거운 시간인지 한눈에 알 수 있었다. 언니가 행복한 기분에 젖어 있다는 걸 확인하자 위컴에 대한 염려와 그의 적들에 대한 분노가 눈 녹듯 사라지는 것 같았다. 언니가 순탄하게 행복한 길을 갔으면 좋겠다는 생각이 일었다.

"언니, 위컴 씨에 대해서 어떤 얘기를 들었어? 물론 빙리 씨에게 푹 빠져서 다른 사람 생각할 여유가 없었겠지. 그렇다고 해도 너그럽게 용서해 줄게."

엘리자베스가 언니 못지않은 즐거운 표정으로 말했다.

"아니야. 잊지는 않았어. 그렇지만 네가 만족할 만한 얘기는 듣지 못했어. 빙리도 위컴의 신상 문제에 대해 잘 모른다는구나. 더구나 다아시가 무엇 때문에 화가 났는지도 모르고 있어. 그렇지만, 다아시가 정직하고 올곧은 사람이고, 명예를 무척 소중하게 여기는 친구라는 건 보증할 수 있다고 하더라. 그리고 위컴이 다아시에게 나쁘게 행동한 걸로 알고 있더라. 네게는 미안한 얘기지만 빙리나 그의 누이동생 말을 들으면 위컴은 존경할 만한 사람은 못 되는 것 같아. 몰지각한 행동을 해서 다아시로부터 완전히 신뢰를 잃은 거지."

"빙리가 위컴을 직접적으로 아는 건 아니잖아."

"그건 그래. 요전 날 아침에 메리튼에서 만나기 전에는 본 적도 없대."

"그럼 빙리가 한 얘기는 전부 다 다아시에게서 들은 거겠네. 이제 좀 알 것 같아. 그런데 목사직에 대해서는 뭐라고 했대?"

"다아시에게서 여러 번 듣기는 했다는데 어떻게 된 건지 구체적인 상황은 기억이 안 난대. 어떤 조건하에서 위컴이 그 목사직을 받기로 되어 있었는가 보던데."

"빙리를 믿지 못하면 안 되겠지. 그렇지만 그 사람이 확인하는 것만 가지고는 내 마음이 바뀌지 않아. 빙리가 자기 친구를 변호하는 건 당연한 일이고……. 잘 모르는 부분은 친구를 통해서 알게 된 거잖아. 그러니까 나는 두 사람에 대해 이전과 다르게 생각하지는 않을 거야."

엘리자베스가 흥분된 어조로 말했다.

그다음에 그녀는 두 사람 모두가 흥미를 갖고 공감할수 있는 주제로 넘어갔다. 제인은 자신에 대한 빙리의 관심에 대해서 다소간 희망이 섞인 말을 했고, 엘리자베스는 제인의 기운을 북돋는 말을 했다. 그리고 빙리가 그들사이에 끼어 들어서 엘리자베스는 샬럿에게 옮겨갔다.

샬럿이 엘리자베스에게 파트너가 어땠느냐고 물었는데, 엘리자베스가 미처 대답을 하기도 전에 콜린스가 그녀들에게 다가와서는 자기가 아주 중요한 사실을 알게 되었다고 흥분해서 말했다.

"내가 방금 아주 우연히 이 무도회에 제 후원자와 가까운 친척이 와 있는 걸 알게 됐지요. 그분이 이 집의 여주인과 함께 그분의 사촌인 드 버그 아가씨와 그 아가씨의 어머니 캐서린 여사에 대해 언급하는 걸 들었다고요. 어떻게 이런 일이 벌어질 수 있는지 모르겠군. 이런 모임에서 캐서린 드 버그 여사님의 조카와 만나게 될 줄 예상이나 했겠냐고요. 그분한테 이제 경의를 표할 기회를 갖게 되어 얼마나 다행인 줄 모르겠어요. 그분이 내가 좀 더 일찍 그렇게 하지 않은 걸 용서해 주시겠지요? 내가 완전히 모르고 있었다는 게 변명은 될 테니까."

"다아시 선생님께 직접 가서 인사하실 건가요?"

엘리자베스가 물었다.

"물론이지요. 진작 인사드리지 못한 걸 용서해 달라고 간청할 참입니다. 그분은 캐서린 여사의 조카분이 틀림없어요. 지난주까지 여사께서 매우 건강하셨다는 걸 알려 드리는 게 제가 해야 할 도리입니다."

엘리자베스는 콜린스의 계획을 단념시키려고 열심히 그를 설득했다. 다아시는 콜린스가 누구의 소개도 없이 그렇게 하는 걸 이모에 대한 예의가 아니라 몰상식한 행동으로 생각할 것이며, 두 사람이 아는 척해야 할 필연적인 이유가 없고, 인사를 한다고 해도 신분이 높은 다아시가 먼저 나서는 게 맞는 일이라고 말했다. 하지만 콜린스는 무슨 말을 해도 자신의 생각을 실행하겠다는 결연한 표정으로 엘리자베스의 말을 듣고 나서 이렇게 응수했다.

"엘리자베스 양의 이해력의 범위 안에서 모든 문제에 대해 탁월한 판단력을 지닌 것에 대해 무한한 존경심을 표하지만 평신도들의 세속적인 관습과 성직자들의 행동방식 사이에는 차이가 있다는 걸 인정해 줬으면 좋겠군요. 나는 성직자의 직분이 가장 높은 지위와 그 위엄이 맞먹는다고 감히 말하고자 합니다. 물론 겸손한 행동이 병행되어야 마땅하다고 생각하지만, 이번 경우는 내 양심의 명령에 따라서 의무로 여기는 일을 행할 수 있도록 허락해 주기를 바라오. 그리고 다른 문제에 관해서는 엘리자베스 양의 충고가 나의 지속적인 안내자가 되어 주겠지만, 이번만은 충고를 따르지 않는 걸 용서해 주기 바라오. 이번 경우는 엘리자베스 양 같은 젊은 숙녀 분보다 교육과 몸에 밴 학습에 의해 옳은 것을 판단할 수 있는 제가 더 적격인 것 같군요."

그는 정중하게 인사를 하고 다아시를 공략하기 위해 그녀의 옆자리를 떠났다. 엘리자베스는 콜린스의 행동을 다아시가 어떻게 받아들이는지 유심히 지켜보고 있었다. 그의 얼굴은 당돌한 콜린스의 소개에 놀라는 표정이 역력했다. 그녀의 사촌은 먼저 깍듯이 인사를 한 다음 말문을 열었는데 말소리는 들리지 않았지만 그가 어떤 말을 하는지 모두 알아들을 수 있을 것 같았다. 그의 입술 움직임을 보면, '사과드립니다'니 '헌스포드'니 '캐서린 드 버그 여사님' 같은 말들을 읽을 수 있었기 때문이다. 엘리자베스는 그가 다아시 같은 사람에게 비굴하게 행동한다는 사실에 화가 치밀어 견딜 수가 없었다. 다아시는 어이없는 표정으로 콜린스를 바라보다가 콜린스가 그에게도 말할 기회를 주자, 냉담하게 대답했다. 그러나 콜린스는 전혀 아랑곳하지 않고 다시 말을 하기 시작했으며, 그의 말이 길어질수록 다아시는 더욱 경멸하는 눈초리로 그를 노려보았다. 그의 이야기가 끝나자 다아시는 가볍게 목례를 하고 다른 쪽으로 가 버렸다. 그제야 콜린스는 엘리자베스에게로 돌아왔다.

"내가 지금 받은 대접에 대해서 조금도 불만을 품을 이유는 없다고 생각해요. 다아시 씨는 내가 인사드린 걸 무척 기뻐하시는 것 같았고요. 그분은 제게 예의를 갖춰 답변해 주셨고, 캐서린 여사가 얼마나 신중하신 분인지 잘 알기 때문에 그분이 나에게 호의를 베푸셨다면 그럴 만한 자격이 있기 때문일 거라면서 칭찬의 말씀까지 해 주셨습니다. 정말 사려 깊은 분이더군요. 내가 만나보기를 아주 잘한 것 같아요."

엘리자베스는 자기와 관련되는 일이 더 이상 없었기 때문에 언니와 빙리를 관찰하는 일에 관심을 쏟기로 했다. 두 사람의 모습을 바라보며 그들에게 펼쳐질 즐거운 일들을 상상하는 동안 엘리자베스는 언니 못지않게 행복한 기분에 빠져들어 갔다. 그녀는 제인이 파티가 열리고 있는 이 집에 정착해서 진실한 애정으로 맺어진 결혼의 모든 행복을 누리며 사는 모습을 그려 보았다. 그렇게 될 수만 있다면 빙리의 두 누이동생을 좋아하려는 노력도 마다하지 않을 것 같았다. 베넷 부인 역시 같은 생각을 하고 있는 게 분명했다. 그녀는 어머니가 수다 떠는 행동을 보지 않기 위해 어머니 옆으로 가면 안 된다고 생각했다. 그러나 공교롭게도 저녁 식탁에서 한 사람 건너 어머니 옆자리에 앉게 되었다. 어머니가 루카스 부인에게 제인이 곧 빙리 씨와 결혼하게 될 거라는 얘기를 공개적으로 하는 걸 듣자 그녀는 화가 치밀어 올랐다. 베넷 여사에게는 너무도 신나는 화제가 아닐 수 없었다. 그녀는 두 사람 결혼의 좋은 점을 끝도 없이 늘어놓았다. 빙리 씨가 매력적인 청년이고, 굉장한 부자인 데다 자기 집에서 겨우 3마일밖에 떨어지지 않은 곳에 살고 있다는 점이 그녀가 축하할 첫 번째 이유였다. 다행스럽게도 빙리 씨의 두 누이동생 역시 제인을 무척 마음에 들어 해서 자기 못지않게 이 결혼이 성사되기를 바라고 있다고 했다. 두 사람의 결혼은 어린 두 딸에게도 무척 바람직한 일이었다. 제인이 그렇게 훌륭한 집안으로 시집을 가게 되면, 동생들도 부자 청년을 만날 수 있는 기회가 많을 게 분명했다. 마지막으로 자신의 연배에 아직 시집 안 간 딸들을 언니에게 맡기고 내키지 않는 모임에 억지로 갈 필요가 없게 된 것도 정말 다행이라고 했다. 사실 베넷 부인은 나이와 상관없이 집에만 있는 걸 좋아하지 않을 사람이었다. 그녀는 루카스 여사에게도 하루 빨리 그런 행운이 찾아왔으면 좋겠다는 말로 끝을 맺었다. 그러나 그런 일은 절대로 없을 거라고 생각하면서 우쭐해하는 속마음이 빤히 드러나 보였다.

엘리자베스는 어머니가 그처럼 황당한 말을 못하게 말리면서 남들이 못 알아듣게 작은 소리로 얘기하게 하려고 애썼지만 소용이 없었다. 더욱 견디기 힘든 건 하필이면 맞은편에 다아시가 앉아 있어서 어머니가 하는 말을 대부분 다 듣고 있다는 사실이었다. 베넷 부인은 엘리자베스에게 쓸데없는 소리를 한다며 오히려 나무랐다.

"다아시 씨가 대관절 나랑 무슨 상관이 있다고 내가 그 사람 눈치를 봐야 한다는 거냐? 그 사람이 싫어하는 말을 하면 안 될 만큼 우리가 빚진 거라도 있다는 거니?"

"어머니, 제발 좀 작은 소리로 얘기하세요. 다아시 씨의 마음을 상하게 해서 어머니한테 좋을 게 뭐가 있다고 그러세요? 그러면 저분 친구한테 어머니가 좋게 보일 리 없잖아요."

엘리자베스가 어떤 말을 해도 베넷 여사는 꿈쩍도 하지

않았다. 그녀는 여전히 사람들에게 다 들릴 만큼 큰 소리로 떠들어 댔다. 엘리자베스는 창피하고 화가 나서 얼굴이 점점 더 붉어졌다. 자기도 모르게 다아시 쪽으로 눈길이 갔고 그럴 때마다 자신이 염려했던 사실을 확인할 수 있었다. 그는 줄곧 베넷 여사를 쳐다보고 있지는 않았지만 그녀의 말에 신경을 집중하고 있는 게 분명했다. 처음에 그는 분개하고 경멸하는 듯한 표정을 짓더니 나중에는 심각한 표정으로 굳어져 갔다.

드디어 베넷 여사의 수다도 바닥을 드러냈다. 그리고 전혀 공감할 수 없는 베넷 여사의 그런 이야기를 계속해서 듣느라 하품만 하고 있던 루카스 여사는 그제야 해방되어 식어 빠진 햄과 닭고기를 맛볼 수 있었다. 엘리자베스도 기분이 새로워지기 시작했다. 그러나 평온의 시간은 길지 않았다. 저녁 식사가 끝나고 노래에 대한 이야기가 나오자 누구의 권고도 받지 않은 메리가 노래를 부르겠다고 나서는 바람에 엘리자베스는 창피스러워졌기 때문이다. 메리에게 의미심장한 눈길을 보내기도 하고 말없이 애원하는 눈빛을 보이기도 하면서 허영에 들뜬 과시적인 행동을 막아 보려고 안간힘을 썼지만 소용이 없었다. 메리는 언니가 보내는 신호를 읽어 낼 생각이 전혀 없었다. 메리는 자신의 재능을 과시할 수 있는 기회가 주어진 것이 즐거웠고 노래를 부르기 시작했다. 엘리자베스는 가슴이 조마조마해서 동생에게서 한순간도 시선을 뗄 수가 없었다. 메리가 몇 소절을 부르는 동안 엘리자베스는 어서 노래가 끝나기만을 마음 졸이며 기다렸다. 그러나 그녀의 노심초사는 물거품이 되어버렸다. 사람들이 칭찬의 말을 좀 해준 뒤로 누군가가 한 번 더 불러주면 좋겠다는 말을 넌지시 던지자 불과 30초도 안 돼 메리는 다시 노래를 시작했다. 메리의 노래 실력은 결코 그런 자리에서 자랑할 만한 게 못 되었다. 무엇보다 목소리에 힘이 부족하고 노래 부르는 태도도 좋지 못했다. 엘리자베스에게는 그 시간이 견디기 힘든 고역이었다. 제인도 힘들어할 거라고 생각해서 그녀가 있는 쪽을 바라보니, 그녀는 아무렇지도 않은 표정으로 빙리와 얘기를 나누고 있었다. 다음으로 빙리의 누이들을 보자서로 비웃는 듯한 표정을 교환하고 있는 모습이 눈에 들어왔다. 다아시는 전혀 동요하는 기색 없이 여전히 진지하고

심각한 표정을 짓고 있었다. 엘리자베스는 메리가 저녁 내
내 노래를 부를까 봐 아버지에게 제발 말려 달라는 애원의
눈길을 보냈다. 그녀의 생각을 알아차린 베넷 씨는 메리가
두 번째 곡을 끝내자 큰 소리로 말했다.

"정말 잘했다. 그만하면 충분히 우리를 즐겁게 해 준 것
같구나. 다른 아가씨들에게도 실력을 발휘할 기회를 줘야
지."

메리는 못 들은 척했지만 약간은 당황한 기색이었다. 엘
리자베스는 메리에게나 아버지에게 미안한 생각이 들었
다. 공연히 조바심을 낸 게 결국 아무 이득도 되지 못한 것
같았다. 이제 다른 사람들이 노래를 부를 기회가 찾아왔
다. 그때 불쑥 콜린스가 나서서 말했다.

"만일 제게 노래에 소질이 있다면 여러분에게 노래를
한 곡 선사하는 기쁨을 누릴 겁니다. 저는 음악을 대단히
순수한 오락이라고 생각하고, 목사라는 직업과 완벽하게
양립할 수 있다고 생각합니다. 그렇다고 우리 같은 성직
자들이 음악에 너무 많은 시간을 할애해야 한다고 주장하
는 건 아닙니다. 분명히 신경 써야 할 다른 일들이 많으니

까요. 교구 목사들은 일이 많습니다. 무엇보다 자신과 후원자를 위해서 십일조를 거둬야 합니다. 설교 원고도 직접 작성해야 하고, 교구의 일을 하고 사택을 돌보는 데도 시간을 할당해야 합니다. 자신의 처소를 최대한 안락하게 가꾸는 일 또한 게을리해서는 안 되는 거죠. 또한 모든 사람들에게, 특히 자신을 임용해 주신 분들에게 관심을 쏟고 양보하는 자세를 취하는 것도 결코 가볍게 생각할 일은 아닙니다. 그것은 목사로서 빼놓을 수 없는 의무입니다. 그분의 친척분들에게 경의를 표할 기회를 놓치는 목사라면 훌륭한 목사라고 할 수 없겠죠."

그는 다아시에게 목례를 하는 것으로 말을 마쳤다. 그의 목소리는 무도회장 안에 있던 사람들이 반 정도는 들었을 정도로 크고 우렁찼다. 많은 사람들이 놀라서 그를 쳐다보거나 미묘한 미소를 지었다. 그러나 그중에서 가장 재미있어 하는 사람은 베넷 씨였다. 그의 아내는 콜린스 씨의 연설이 정말 적절한 내용이었다고 진심으로 칭찬하면서 루카스 여사에게 콜린스 씨가 정말 현명하고 좋은 청년이라고 반쯤 속삭이는 목소리로 말했다.

엘리자베스에게는 그날 저녁 자기 가족이 망신을 당하려고 단단히 작정하고 온 것처럼 보였다. 자신이 맡은 역할을 그보다 더 신나고 훌륭하게 성공적으로 해낼 수는 없을 것 같았다. 그나마 다행스러운 건 빙리가 이런 구경거리를 일부 못 보고 지나쳤다는 것과 제인에게 푹 빠져 있어서 분명히 목격했을 한심한 광경에 그다지 신경을 쓰지 않았다는 점이었다. 그러나 빙리의 누이들과 다아시에게 엘리자베스의 가족을 조롱할 빌미를 제공했다는 건 그녀에게 너무도 자존심 상하는 일이었다. 다아시가 보인 무언의 경멸과 여자들의 조롱하는 미소 중 어느 것이 더 견디기 힘든 모욕인지 분간하기 힘들었다.

그날 저녁의 남은 시간에도 엘리자베스에게는 즐거운 일이 거의 일어나지 않았다. 콜린스는 집요하게 옆에 붙어서 그녀를 귀찮게 했고, 그녀를 설득해서 다시 춤을 추는 데 성공하지는 못했지만 다른 사람들과 춤을 출 수 없게 만들었다. 콜린스에게 다른 여자와 춤을 추라고 권유하기도 하고, 무도장 안에 있는 다른 아가씨를 소개해 주겠다고도 했지만 소용이 없었다. 그는 춤에는 전혀 관심이 없으며, 엘리자베스를 자상하게 배려해서 호감을 얻는 것이 목적이기 때문에 저녁 내내 그녀의 곁을 지키겠다고 말했다. 그의 단호한 결심은 어떤 말로도 흔들리지 않았다. 엘리자베스를 구원해 준 사람은 샬럿 양이었다. 그녀는 자주 그들의 대화에 끼어들어 콜린스를 자연스럽게 자신의 대화 상대로 만들었다.

그나마 다행스러운 건 다아시의 집요한 관심에서 벗어날 수 있다는 점이었다. 그는 그녀와 아주 가까운 거리에 서 있었지만 그녀에게 말을 걸 수 있을 만큼 가까이 다가오지는 않았다. 그녀는 그것이 자기가 위컴에 대한 얘기를 꺼냈기 때문일 거라고 생각하며 속으로 고소하다고 여겼다.

롱본 일행은 모든 손님 중에서 마지막으로 그 집을 떠났다. 그들은 베넷 여사의 묘책으로 다른 사람들이 모두 떠난 후 15분 동안이나 마차를 기다려야 했다. 이 시간은 그들이 돌아가기를 네더필드 사람들이 얼마나 간절히 바라고 있는지 확인할 수 있는 시간이었다. 루이사와 캐롤라인은 입만 열면 피곤하다고 불평을 해 대면서 빨리 집 안

에 자기들만 남기를 바라는 기색을 감추지 않았다. 그들은
다시 대화를 시작하려는 베넷 부인의 노력을 번번이 묵살
하면서 그 자리에 있는 사람들을 지루하게 만들었다. 게다
가 콜린스까지 한술 더 떠서 파티가 정말 품위 있었고, 손
님들을 환대하고 예의 바르게 대하는 태도가 돋보였다며
지리멸렬하게 칭찬을 늘어놓았다. 다아시는 입을 굳게 다
물고 있었다. 베넷 씨 역시 침묵을 지키고 있었지만 그 장
면을 즐기는 것처럼 보였다. 빙리와 제인은 다른 사람들과
조금 떨어진 곳에 서서 둘이서만 얘기를 나누고 있었다.
엘리자베스는 루이사나 캐롤라인과 마찬가지로 침묵을 지
켰다. 리디아까지 가끔 입이 찢어질 것처럼 하품을 하며
피곤해서 죽을 것 같다고 불평을 했다.

　드디어 그들이 일어나서 떠나려고 하자 베넷 여사는
빙리의 가족 모두와 롱본에서 다시 한 번 보기를 바란다
고 말했다. 특별히 빙리를 보며 정식으로 초대하지 않더
라도 언제든 저녁 식사에 참석해 준다면 기쁘겠다는 말을
했다. 빙리는 감사하고 기쁘다면서 다음 날 잠시 런던에
가는데 돌아온 후 가능한 한 빠른 시일 내에 찾아뵙겠다

고 약속했다.

베넷 부인은 더할 나위 없이 만족스러웠다. 그녀는 결혼식에 필요한 준비와 새 마차와 결혼식에 입을 옷을 준비하는 데 걸리는 시간을 생각해서 서너 달 안에는 큰딸이 네더필드에 살림을 차리는 모습을 볼 수 있을 거라고 확신하며 기쁨에 가득 차서 그 집을 떠났다. 그녀는 둘째 딸도 콜린스와 결혼할 거라고 굳게 믿고 있었다. 그 결혼은 큰딸의 결혼만큼은 아니지만 그래도 기쁜 일이었다. 엘리자베스는 그녀가 가장 호감을 갖지 않는 딸이었다. 그래서 그 남자와의 결혼이 그만한 신랑감이면 엘리자베스에게는 꽤 괜찮은 편이지만, 빙리와 네더필드에 비하면 수준이 엄청나게 떨어지는 건 어쩔 수 없다고 생각했다.

제19장

다음 날 롱본에서는 완전히 새로운 일이 벌어졌다. 콜
린스가 엘리자베스에게 정식으로 청혼을 한 것이다. 토요
일이면 휴가가 끝나는 점을 고려하여 시간을 낭비하지 않
기로 결심했고, 또한 전혀 주저하거나 어려워하는 기색 없
이 자신이 의례적인 절차라고 믿는 순서를 밟아 청혼했다.
아침 식사가 끝난 뒤 베넷 여사와 엘리자베스와 가장 어린
딸 중의 하나가 있을 때 그는 다음과 같은 말을 베넷 여사
에게 했다.

"오늘 오전 중에 제가 아리따운 따님 엘리자베스 양과
단둘이 대화를 나누고 싶은데 허락해 주시겠습니까?"

엘리자베스가 깜짝 놀라서 얼굴을 붉히며 뭐라고 대구

하기도 전에 베넷 여사가 대답했다.

"아, 그럼요. 엘리자베스도 틀림없이 아주 기뻐할 거예요. 거절 같은 걸 할 리가 있겠어요. 애, 키티야, 너는 2층으로 올라가 있으렴."

베넷 여사가 서둘러 뜨개질거리를 챙겨서 자리를 뜨려고 하자 엘리자베스가 다급하게 말했다.

"어머, 어머니, 가지 마세요. 제발 여기 있어 주세요. 콜린스 선생님이 나한테 무슨 할 말이 있겠어요? 다른 사람들은 모두 빼놓고 나한테만 할 말이 있을 리 없어요. 어머니가 가시면 저도 나갈래요."

엘리자베스가 당황스럽고 화난 표정으로 방에서 나가려고 하자 베넷 여사가 단호하게 말했다.

"아냐, 넌 여기 그대로 남아 있어."

그런데도 엘리자베스가 정말로 신경질이 나고 당황스런 표정을 보이면서 나가려고 하자 그녀가 소리쳤다.

"엘리자베스, 넌 여기 남아서 콜린스 선생님이 하시는 말씀을 들어야 해."

엘리자베스는 어머니의 그런 말까지 듣고 거역할 수가

없었다. 그리고 다음 순간 이런 일은 최대한 신속하고 조용하게 끝내는 게 현명한 방법이라는 생각이 들었다. 그녀는 다시 자리에 앉았다. 괴롭기도 하고 우습기도 한 사이에서 오락가락하는 감정을 삭이려고 노력했다. 베넷 여사와 키티가 방에서 나가자마자 콜린스가 얘기를 시작했다.

"엘리자베스 양, 진심으로 하는 말이에요. 그대의 겸손한 태도는 당신에게 누가 되는 것이 아니라 오히려 당신의 완벽함을 빛내 주는군요. 엘리자베스 양이 조금 주저하는 태도를 보여 주지 않았다면 제 눈에 조금은 덜 사랑스럽게 보였을 겁니다. 그런데 지금부터 제가 하려는 말은 존경하는 어머님의 허락 하에 하는 말이라는 걸 알아주었으면 해요. 고결한 성품 때문에 모른 척하셨겠지만, 제 말의 취지를 의심하지는 않으실 겁니다. 내가 엘리자베스 양에 대한 관심을 분명하게 표현했기 때문에 모르실 리가 없지요. 이 집에 들어서는 순간 저는 엘리자베스 양을 미래의 반려자로 점찍었습니다. 이 문제에 대해 감정에 휩쓸리기 전에 내가 결혼하려는 이유를, 더 나아가서 아내를 고르기 위해 하트퍼드셔에 들어온 이유를 먼저 말하는 게 옳은 일일 것 같군요."

콜린스 씨가 엄숙하고 침착한 태도로 감정에 휩쓸릴지
도 모른다는 말을 하자 엘리자베스는 하마터면 웃음을 터
뜨릴 뻔했다. 그러나 콜린스는 그녀가 웃음을 터뜨려서 그
의 애기를 중단할 틈도 주지 않고 곧바로 말을 이었다.

"우선 제가 결혼하려는 첫 번째 이유는 저처럼 편안한
환경에서 목회를 하는 성직자들은 교구 안에서 훌륭한 결
혼 생활의 모범을 보이는 것이 옳은 일이라고 생각하기 때
문이지요. 둘째로, 저는 결혼이 저의 행복을 크게 증진시
켜 줄 거라고 확신합니다. 셋째로, 아마 전에도 말했겠지
만 제가 후견인으로 모시고 있는 부인께서 각별하게 권고
하고 충고하신 일이기 때문이에요. 그분께서는 두 번씩이
나 제게 당신의 의견을 친히 말씀해 주시더군. 내가 아무
런 언급을 하지도 않았는데 말이지요. 제가 헌스포드를 떠
나기 전 토요일 밤에 젠킨슨 여사와 캐서린 드 버그 여사
님 따님의 발 받침대를 놓아주려고 하는데 이렇게 말씀하
시더군요. '콜린스 씨, 자네는 꼭 결혼을 해야 하네. 자네
같은 성직자는 결혼을 하는 게 마땅한 일이야. 적절한 양

216

갓집 규수를 고르게. 자네를 위해서는 활동적이고 능력 있는 여자를 골라야 해. 너무 고상한 척해도 안 되고 적은 수입으로도 살림을 잘 꾸려 갈 수 있는 여자를 고르는 게 좋을 거야. 이게 내 충고야. 될 수 있는 대로 빠른 시간 내에 그런 여자를 골라서 헌스포드로 데려온다면 내가 만나보겠네.'라고 말입니다. 한 가지 더 덧붙여 말하자면 캐서린 드 버그 여사의 자상한 마음씨는 제가 엘리자베스 양에게 줄 수 있는 혜택 중에서 결코 작지 않은 것이라고 생각합니다. 그분의 매너는 제가 도저히 말로 표현할 수 없을 정도지요. 그리고 엘리자베스 양의 재치와 활달한 성격이 그분의 높은 지위 앞에서 과묵함과 존경심으로 정화된다면 틀림없이 그분의 마음에 드실 거라고 확신합니다. 제가 결혼하려는 이유는 대략 이런 것들입니다. 이제는 왜 내가 사는 가까운 곳에도 좋은 여자들이 많은데 하필이면 롱본에서 고르려고 하는지 그 이유를 말해야겠군요. 존경하는 그대의 아버님께서, 그야 물론 오래 사시겠지만, 그분이 돌아가셨을 때 이 집의 재산을 제가 상속받게 되어 있으니, 이 댁 따님들 중에서 제가 아내를 선택해야만 앞으로 그 슬픈 상속 사건이 발생했을 때, 물론 이건 가까운 시일에 일어날 일은 아니지만, 이 댁의 따님들에게 닥칠 손실을 가능한 줄여주지 않으면 제 마음이 편치 않기 때문이지요. 이것이, 바로 제가 그대에게 청혼을 하는 동기인데, 이런 말을 한다고 해서 그대가 나를 깔아뭉개는 일은 벌어지지 않으리라고 확신해요. 이제는 그대에게 가장 감정적인 언어로 그대에 대한 저의 애정을 표현하는 일만 남은 것 같군요. 재산에 관해서라면 나는 아무런 관심도 없어요. 그 문제에 대해 그대의 아버님께 어떤 요구도 하지 않을 작정입니다. 그분에게는 제 요구를 들어주실 능력이 없다는 것을 잘 알고 있으니까요. 그리고 그대의 아버님이 돌아가신 후 엘리자베스 양이 받게 될 재산은 연이율 4퍼센트의 1,000파운드가 전부라는 것도 알고 있어요. 그러나 우리가 결혼하면 그 문제에 대해 치졸하게 입 밖에 내지 않을 거라고 믿어도 될 겁니다."

이제 그의 말을 어떻게든 중단시킬 필요가 있었다.

"선생님, 너무 서두르시는군요. 전 아직 아무런 대답도 하지 않았어요. 시간 낭비할 필요 없이 지금 말씀드리죠.

저에게 그처럼 찬사를 보내 주신 것에 대해서는 감사드립니다. 제게 청혼해 주신 것 역시 큰 영광으로 생각하지만 저로서는 이 제안을 거절할 수밖에 없습니다."

콜린스는 점잖게 손을 저으며 말을 이었다.

"여자들은 남자가 처음으로 청혼할 때 속으로 받아들일 마음이 있으면서도 겉으로는 거절할 때가 많다는 점을 전 알고 있어요. 때로는 두 번이나 세 번까지 거절하는 수도 있고. 그러니 저는 그대가 지금 한 말 때문에 실망하지 않을 겁니다. 그리고 머지않아 엘리자베스 양을 결혼식장으로 데리고 가겠다 희망을 잃지 않고 있을 거고요."

엘리자베스가 큰 소리로 말했다.

"제가 거절했는데도 희망을 버리지 않으신다니 정말 의외로군요. 그런 여자가 있는지 모르지만 난 두 번째 청혼에 자신의 행복을 거는 모험을 할 정도로 당돌한 여자가 아니에요. 제가 거절한 건 진심입니다. 당신은 저를 행복하게 해줄 수 없고, 저 또한 결코 당신을 행복하게 해줄 수 있는 여자가 아닙니다. 후견인이신 캐서린 여사께서도 저를 보신다면 모든 면에서 제가 그런 역할을 할 자격이 없다는 걸 아시게 될 겁니다."

"캐서린 여사께서 그렇게 생각하실 게 분명하다면 문제가 되겠지만……."

콜린스의 표정이 약간 어두워졌다.

"하지만 그 부인께서 엘리자베스 양을 반대하실 거라고는 전혀 상상할 수가 없어요. 다음번에 여사님을 다시 뵐수 있는 기회가 허락된다면, 엘리자베스 양의 겸손하고 알뜰한 성격과 다른 훌륭한 성품을 할 수 있는 대로 좋게 말씀드리겠습니다."

"선생님, 정말로 저를 그렇게 칭찬하실 필요 없습니다. 저에 대한 판단은 제가 할 거예요. 제가 하는 말은 모두 다진실이에요. 저는 선생님이 아주 행복하고 부유하게 사시길 바랍니다. 그리고 제가 이 청혼을 거절하는 것이 콜린스 씨를 도와 드릴 수 있는 유일한 방법이라고 생각해요. 제게 청혼하신 것으로 제 가족에 대해 미안해하는 마음을 가질 필요도 없고요, 나중에 롱본의 재산을 물려받게 되실 때에도 전혀 자책하실 필요가 없습니다. 그러니까 이 문제는 다 끝난 걸로 알겠습니다."

엘리자베스는 그렇게 말하고 자리에서 일어나 방에서 나가려고 하는데 콜린스가 다시 이런 말을 하는 것이었다.

"다음번에 이 문제를 다시 꺼낼 때는 지금보다 좋은 반응을 보여주었으면 좋겠군요. 지금 제게 잔인하게 대했다고 해서 그대를 비난하는 건 아닙니다. 여성들이 처음 청혼 받았을 때 거절하는 게 관례라는 걸 알고 있으니까. 그리고 지금 그대는 여자다운 섬세함을 유지하면서 나에게 고무적인 말을 하는 걸로 보이는군요."

엘리자베스가 화가 난 어조로 소리쳤다.

"정말, 이해할 수 없는 분이로군요. 지금까지 내가 한 말이 고무적으로 받아들여졌다면 진짜 내 마음을 보이기 위해서 어떻게 해야 하는지 알 수가 없네요."

"내 청혼을 거절하는 것이 단지 의례적인 말에 지나지 않는다고 나 자신을 위안하고 싶군요. 내가 그렇게 믿을 수밖에 없는 이유는 간단합니다. 제게는 이 청혼이 엘리자베스 양이 수락하지 않을 만큼 가치 없는 것으로 생각되지 않기 때문입니다. 제가 보장해 줄 수 있는 결혼 생활의 조건도 꽤 훌륭한 것이라고 생각하고요. 제 사회적인 지위나

드 버그 집안과의 친밀한 관계나 또 엘리자베스 양 가족과의 관계를 생각해 보더라도 상당히 유리한 조건입니다. 물론 엘리자베스 양은 많은 매력을 갖추고 있지만, 결혼할 수 있는 기회가 다시 주어질지 확실하지 않다는 점을 더 깊이 고려해야만 할 겁니다. 불행하게도 엘리자베스 양의 지참금이 너무 적기 때문에 그 점이 엘리자베스 양의 아름다움이나 다른 자질이 격하될 것이 확실해 보이니까. 그러니 저로서는 제 청혼을 거절하는 게 진심이 아니라 다른 여성분들이 보통 그러하듯이 제 마음을 초조하게 해서 나의 애정을 더 증대시키려는 마음 때문에 청혼을 거절하는 거라고 단정하는 수밖에 없지."

"진심으로 말씀드리는 건데요, 선생님. 저는 존경할만한 사람을 괴롭히는 그런 방식의 거절에는 전혀 관심이 없어요. 그런 칭찬보다는 저의 진심을 믿어 주는 호의를 베풀어 주세요. 제게 청혼해 주신 건 영광으로 생각하고 거듭 감사드립니다. 하지만 청혼을 수락하는 건 진짜로 불가능합니다. 내 감정이 모든 면에서 그걸 가로막고 있으니까요. 더 분명하게 무슨 말씀을 드릴 수 있을까요? 지금 저를 일부러 선생님을 고문하는 고상한 여성으로 생각하지 마시고, 마음에서 우러나오는 진실을 말하는 이성적인 존재로 생각해 주세요."

"그대는 무슨 말을 해도 항상 매력적인 여자로군요."

그는 억지로 태연한 척하며 어색하게 큰 소리로 말했다.

"이제 그대의 훌륭하신 부모님께서 두 분의 권위로 내 청혼을 허락하신다면, 결국은 제 청혼이 받아들여질 거라고 확신합니다."

엘리자베스는 그런 악의적인 자기기만에 빠진 남자에게 더 이상 대응할 필요가 없다고 생각하고 말없이 그 자리를 빠져나왔다. 아무리 거절을 해도 그것을 끝까지 자신을 부추기는 말로 받아들인다면 아버지에게 부탁하는 수밖에 없다고 판단했다. 아버지가 단호하게 거절한다면 결정적인 판단으로 받아들여질 것이고, 품위 있는 여성의 가식적인 거절이 아니었음을 알게 될 거라고 보았기 때문이다.

제20장

콜린스는 자신의 성공적인 사랑에 대해 조용히 사색할
시간이 그리 길지 않았다. 식당 입구에서 대화가 끝나기를
기다리며 서성거리던 베넷 여사가 엘리자베스가 문을 열
고 총총걸음으로 자신의 앞을 지나 계단이 있는 곳으로 가
는 것을 보고는, 부리나케 식당으로 들어와, 이제 콜린스
씨와 더 가까운 사이가 될 거라면서 치하해 주었기 때문이
었다.

콜린스 역시 기뻐하며 그녀에게 축하 인사를 건넸다. 그
리고 둘 사이에 나눈 대화 내용을 말해 주고는, 그녀가 거
절한 이유가 단지 그녀의 겸손함이나 섬세한 성격에서 기
인했다고 믿기 때문에 대화의 결과에 대해서 충분히 만족

하고 있다고 말했다.

그러나 베넷 부인은 그의 말을 듣고 깜짝 놀랐다. 엘리자베스가 단지 콜린스의 마음을 더 달아오르게 하려고 그런 말을 했다면 그녀도 기뻤겠지만 그렇게 생각되지는 않았다. 그래서 그녀는 이렇게 말하는 수밖에 없었다.

"엘리자베스도 곧 제정신으로 돌아올 거예요. 내가 직접 그 문제에 대해서 얘기해 보겠어요. 걔가 워낙 아둔해서 자기한테 뭐가 이로운지 해가 되는지 모른다고요. 내가 걔한테 잘 가르쳐줄 거예요."

콜린스가 대꾸했다.

"말씀 도중에 죄송합니다만, 엘리자베스 양이 정말 고집이 세고 어리석은 여성이라면 행복한 결혼을 바라는 저 같은 사람에게 매우 바람직한 아내가 될 수 있을지 모르겠군요. 그러니 엘리자베스 양이 끝까지 제 청혼을 거절한다면 억지로 강요하지 않는 편이 좋을 것 같습니다. 그런 성격적인 결함이 있다면 제 행복에 별로 도움이 되지 않을 테니까요."

"콜린스 씨, 제 말을 크게 오해하신 것 같군요."

베넷 여사가 깜짝 놀라면서 말했다.

"선생님, 그건 오해라고요. 엘리자베스는 이런 문제에만 고집이 세지 다른 일에는 정말 온순한 아이랍니다. 내가 당장 남편에게 가서 엘리자베스와 함께 이 문제를 매듭지 어야겠어요."

그녀는 콜린스가 대답할 겨를도 주지 않고 황급히 남편 이 있는 서재로 가서 소리쳤다.

"여보, 지금 당신이 필요해요. 큰일이 벌어졌어요. 당신 이 나서서 엘리자베스가 콜린스 씨와 결혼할 수 있게 하서 야 해요. 그 애가 절대 콜린스 씨와 결혼하지 않겠다고 했 대요. 당신이 서두르지 않으면 콜린스 씨의 마음이 변해버 릴 거예요."

베넷은 아내가 서재로 들어오자 책에서 눈을 떼고 무심 한 표정으로 그녀의 얼굴을 빤히 쳐다보았다. 그녀의 말을 듣는 동안 그의 표정은 전혀 달라지지 않았다. 베넷 부인 이 말을 끝내자 그가 말했다.

"당신 지금 무슨 말을 하는 건지 모르겠소. 도대체 무슨 일이 벌어진 거요?"

"콜린스 씨와 엘리자베스 얘기지 누구 얘기겠어요. 엘리자베스가 콜린스 씨와 결혼하지 않겠다고 선언했다니까요. 그래서 콜린스 씨도 엘리자베스와 결혼하지 않을 수도 있다고 했단 말이에요."

"그래서 대체 내가 어떻게 해야 한다는 거요? 내가 나서도 가망 없는 일처럼 보이는데."

"엘리자베스한테 당신이 직접 얘기해요. 콜린스 씨와 꼭 결혼해야 한다고 그러란 말이에요."

"그 애를 이리로 불러서 내 의견을 듣게 합시다."

베넷 여사는 벨을 울려 하인에게 엘리자베스를 서재로 불러오게 했다.

"애, 어서 오렴."

엘리자베스가 서재에 들어서자 베넷이 큰 소리로 말했다.

"널 부른 건 아주 중대한 일 때문이다. 콜린스 씨가 네게 청혼했다는구나. 그게 사실이냐?"

엘리자베스는 그렇다고 대답했다.

"좋아. 그런데 너는 그 청혼을 거절했단 말이지?"

"네, 그랬어요. 아버지."

"좋아. 그럼 우리는 이제 본론으로 들어가야겠다. 네 어머니는 네가 그 청혼을 받아들여야 한다고 주장하시는구나? 그렇지 않소, 여보?"

"그래요. 그렇지 않으면 난 그 애를 다시는 안 볼 작정이에요."

"엘리자베스, 네 앞에 불행한 선택이 놓여 있구나. 오늘부터 넌 네 부모 중 한 사람과 남남이 될 수밖에 없다. 네가 콜린스 씨와 결혼하지 않으면 네 어머니가 널 다시는 보지 않을 거고, 네가 그와 결혼한다면 내가 널 보지 않을 테니 말이다."

엘리자베스는 자신이 예상했던 것과는 전혀 다른 결과에 너무 기뻐서 갑자기 얼굴이 환하게 밝아졌다. 그러나 남편이 자신과 같은 생각을 하고 있을 거라고 확신했던 베넷 여사의 낙심은 이만저만 큰 게 아니었다.

"여보, 도대체 왜 그런 식으로 말씀하시는 거예요? 엘리자베스를 콜린스 씨와 결혼하도록 설득하겠다고 나하고 약속하셨잖아요."

"여보, 당신에게 부탁할 게 두 가지 있소. 하나는 이 문제에 대해서 내 견해를 자유롭게 표현할 수 있도록 허용해 달라는 거고, 또 하나는 내 방에 대한 자유요. 즉 여기 서재를 내 마음대로 이용할 자유를 줬으면 좋겠다는 거요."

그렇지만 베넷 여사는 남편에게 실망했음에도 불구하고 포기하지 않았다. 그녀는 엘리자베스를 달랬다가 협박하기를 반복하면서 설득했다. 그녀는 엘리자베스가 콜린스 씨와 결혼하는 게 그녀에게 이득이 된다며 제인을 자기 편으로 끌어들이려고 했지만, 제인은 그 문제에 끼어들고 싶지 않다고 완곡하게 거절했다. 그리고 엘리자베스는 베넷 부인의 공격에 때로는 진지하게 때로는 장난스럽게 대처했다. 그녀의 방식은 다양했지만 결심은 바뀌지 않았다.

한편 콜린스는 그동안 일어났던 일들을 조용히 되짚어 보고 있었다. 그는 자신을 꽤 대단한 존재로 생각하고 있었기 때문에 그의 엘리자베스가 무슨 이유로 자신의 청혼을 거절했는지 도저히 이해할 수가 없었다. 그래서 자존심은 약간 상처를 입었을지 몰라도 다른 점에서는 전혀 고통을 받지는 않았다. 그녀에 대한 사랑은 단지 그의 상상 속에서 이루어진 것이어서 그녀가 어머니에게 호되게 질책을 당하는 게 당연하다고 생각했을 뿐 아니라 속으로 고소하기까지 했다.

그 집의 온 가족이 이처럼 혼란 속에 빠져 있을 때 샬럿 루카스가 찾아왔다. 리디아는 현관에서 그녀와 마주치자 반쯤 속삭이는 목소리로 말했다.

"마침 잘 왔어요. 지금 우리 집에서 정말 재미난 일이 벌어졌다고. 오늘 아침에 무슨 일이 일어났는지 알아요? 글쎄, 콜린스 씨가 엘리자베스 언니에게 청혼을 했는데 언니가 그와 결혼하지 않겠다고 했지 뭐예요."

샬럿이 뭐라고 대꾸하기도 전에 키티가 끼어들어 같은 소식을 전했고 그들이 식당에 들어섰을 때 혼자 앉아 있던 베넷 부인이 다시 같은 얘기를 꺼내며 샬럿에게 동정을 구했다. 또한 베넷 여사는 샬럿이 친구로서 엘리자베스에게 청혼을 받아들이도록 설득해 달라고 간청했다.

"샬럿 양, 제발 내 편이 좀 되어 줘. 내 편을 들어주는 사람이 아무도 없어. 아무도 내 신경이 약한 걸 안쓰럽게 생각하지 않아."

샬럿의 대답은 제인과 엘리자베스가 등장하는 바람에 생략되었다.

"마침 본인이 오는군."

베넷 여사가 다시 말을 이었다.

"우리한테는 아무런 관심도 없다는 듯이 아주 태연하게. 뭐든지 자기 맘대로 할 수 있다 이거지. 하지만 그런 식으로 들어오는 청혼들을 죽죽 퇴짜를 놓으면 넌 평생 남편감을 얻지 못할 거야. 네 아버지가 돌아가시면 누가 널 돌봐 줄지 모르겠구나. 난 널 끼고 있을 능력이 없어. 그리고 경고하는데 오늘부터 너하고는 남남이다. 서재에서 말했다시피 난 다시는 너와 말을 섞지 않기로 했다. 내가 한번 말한 건 반드시 지키는 사람이란 걸 보여 주지. 배은망덕한 자식한테 뭘 바랄 게 있어서 말을 하겠니? 난 부모 말도 안 듣는 애와 얘기하는 데 관심이 없어. 나처럼 신경 쇠약으로 고통 받는 사람은 말 안 듣는 애하고 얘기하는 걸 좋아하지 않을 수밖에 없어. 아무도 내가 얼마나 고통스러운지 관심이 없단 말이야. 항상 그래."

딸들은 그녀의 푸념을 조용히 듣고만 있었다. 어머니를

설득하거나 달래려고 해 봤자 오히려 화를 부추기는 결과
만 가져온다는 걸 이미 잘 알고 있었다. 그래서 베넷 여사
는 누구의 방해도 받지 않고 계속 넋두리를 늘어놓고 있었
는데, 그러다가 콜린스가 평소보다 엄숙한 태도로 방으로
들어오는 것을 보자 황급히 딸들에게 말했다.

"이제부터 모두 입을 다물고 내가 콜린스 씨와 잠깐 얘
기를 나눌 수 있게 해주렴."

엘리자베스는 조용히 방에서 나갔고, 제인과 키티도 따
라 나갔지만, 리디아는 그 자리에 그대로 남아서 들을 수
있는 말을 모두 듣기로 마음먹었다. 그리고 샬럿은 콜린스
가 자기와 가족들의 안부를 묻는 바람에 붙잡혀 있다가,
약간의 호기심이 발동하자 잘됐다 싶어서 창문 쪽으로 걸
어가 그들의 대화를 듣지 않는 척하고 서 있었다. 베넷 여
사가 애절한 목소리로 대화를 시작했다.

"오! 콜린스 씨!"

그런데 콜린스가 이렇게 말하는 것이었다.

"아주머님, 이 문제에 대해서는 이제 언급하지 않는 것
이 좋겠군요. 영원히 침묵하는 편이 좋을 것 같습니다."

그러고는 불쾌한 기색이 역력한 목소리로 계속 이어갔다.

"저는 따님의 태도에 대해 분개하거나 하지 않습니다. 불운을 피할 수 없을 때는 포기하는 것이 우리 모두의 의무죠. 특히 저처럼 운이 좋아 일찍 출세한 젊은이에게는 더더욱 그렇습니다. 전 이제 단념하기로 했습니다. 엘리자베스가 제 청혼을 받아들였다 해도 제가 반드시 행복하지 않을 수도 있을 거라는 회의가 든 것도 한 원인이랍니다. 저는 거절당한 축복이 그만한 가치가 없다고 느껴지기 시작할 때가 단념하기에 가장 적절한 시점이라는 걸 여러 번 목격했습니다. 아주머님과 베넷 씨에게 저를 대신해서 부모의 권위로써 따님을 설득해 주십사 하는 저의 요청을 들어주신 것에 대해 충분한 감사를 표하지 않고 저의 청혼을 거두어들이는 것에 대해 무례를 범했다고 생각하지 말아 주시기를 바랍니다. 아주머님의 말씀에 따르지 않고 따님의 거절을 받아들인 제 행동을 못마땅하게 생각하실 수도 있을 겁니다. 하지만 누구나 실수는 하게 마련이죠. 저는 처음부터 끝까지 분명히 좋은 의도를 가지고 그렇게 했습니다. 제 목적은 마음에 드는 반려자를 만나는 것뿐만 아니라. 베넷 가족 모두의 이익을 고려하는 것이었죠. 만일 저의 태도에 조금이라도 비난받을 만한 점이 있었다면 이 자리에서 용서를 구하겠습니다."

제21장

　콜린스가 청혼한 사건에 대한 논란은 이제 거의 끝이 났고, 엘리자베스는 그에 따르는 다소 불쾌한 감정이나 어머니가 이따금 뱉어내는 말만 참아 내면 되었다. 콜린스로 말할 것 같으면 당황해 하거나 우울해 하거나 엘리자베스를 피하려 하지 않았고, 다만 골이 난 상태로 있거나 조용히 입을 다물고 있을 뿐이었다. 엘리자베스에게 말을 붙이지 않고 주도면밀한 성격을 샬럿에게만 드러내 보였는데, 샬럿은 그의 말을 예의 바르게 들어줌으로써 모든 사람을 구해 주었다. 특히 그녀의 친구인 엘리자베스를 안도하게 만들어 주었다.

　이튿날에도 베넷 여사의 울적한 기분은 풀리지 않았고

건강도 호전되지 않았다. 콜린스는 여전히 화가 잔뜩 난 상태로 오만한 태도를 보였다. 엘리자베스는 그가 그러한 불쾌감 때문에 방문 일정을 단축시키기 바랐지만 그 부분에서는 전혀 변동이 없었다. 그는 예정대로 토요일까지 머물 작정인 것 같았다.

아침 식사를 마친 후에 베넷 집안의 딸들은 위컴이 돌아왔는지 알아보기 위해서, 그리고 그가 네더필드의 무도회에 참석하지 못한 것 등에 대해 하소연할 작정으로 네더필드로 나갔다. 그녀들이 네더필드에 도착했을 때 위컴이 나타났고 이모 집까지 그들과 동행해 주었다. 이모 집에서 위컴은 자기가 무도회에 참석하지 못해서 얼마나 속이 상했는지 얘기했고, 여자들은 그가 오지 않아서 얼마나 걱정했는지 등에 대해서 말했다. 그러나 위컴은 자기가 가지 않은 이유가 일부러 자리를 피하기 위한 것이었다고 솔직하게 말해 주었다.

"시간이 점점 다가올수록 내가 다아시를 만나지 않는 편이 낫겠다는 생각이 들었습니다. 그렇게 오랜 시간 동안 그와 함께 같은 방에서 파티에 참석하는건 도저히 참아

내기 힘들었을 테고, 그런 장면을 보이면 다른 사람한테도 부담만 될 것 같았죠."

엘리자베스는 위컴의 자제력에 진심으로 찬사를 보냈다. 그들이 롱본으로 돌아가는 길에는 위컴과 다른 장교 한 사람이 동행해 주었다. 걸어가는 동안 위컴은 엘리자베스하고만 대화를 나누었는데, 두 사람은 그 문제에 관해 충분히 논의할 시간이 있을 거라면서 이런저런 이야기를 했다. 위컴과 동행하는 동안 엘리자베스는 그가 진심으로 자신에게 호감을 가지고 있다는 걸 느낄 수 있었고, 부모님께 그를 소개할 수 있는 기회도 갖게 되었다.

그들이 집에 돌아온 직후에 제인 양에게 한 통의 편지가 전달되었다. 네더필드에서 온 것이었다. 봉투 안의 편지에는 여성 특유의 아름답고 유려한 글씨가 가득 쓰여 있었다. 엘리자베스는 편지를 읽는 동안 언니의 안색이 달라지는 것을 알아차렸다. 어떤 구절은 천천히 읽는 모습도 보였다. 이윽고 제인은 편지를 내려놓고 곧 평소처럼 쾌활하게 그들의 대화에 끼어들었다. 그러나 엘리자베스는 뭔가 불안한 점을 직감했고, 그래서 위컴에게도 신경을 쓸 여유가 없었다. 잠시 후 위컴 일행이 돌아가고 나자 제인은 곧 엘리자베스를 2층으로 데리고 올라갔다. 제인은 방으로 들어서더니 편지를 꺼내며 말했다.

"캐롤라인한테서 온 거야. 편지를 읽고서 얼마나 놀랐는지 몰라. 지금 이 시간에 그 집 사람들이 모두 네더필드를 떠나 런던으로 가고 있대. 다시 돌아올 계획도 없단다. 한번 들어 봐."

그러고 나서 제인은 편지의 첫 구절을 소리 내서 읽었다. 내용은 그들이 지금 오빠를 따라 런던으로 가고 있으며 허스트의 집이 있는 그로스베너 가에서 저녁을 먹을 예정이라는 내용이었다. 다음에는 이런 말들이 적혀 있었다.

"나의 가장 소중한 친구여, 사실 그대와 헤어지는 것을 제외한다면 하트퍼드셔를 떠나는 게 아쉬울 건 없답니다. 나중에라도 우리가 다시 즐거웠던 시간을 함께했으면 하는 바람입니다. 그때까지는 자주 서신을 왕래하면서 이별의 아쉬움을 달랠 수 있기를 기대합니다. 그대가 기꺼이 그렇게 해줄 것이라고 믿겠습니다."

그러한 표현에 대해서 엘리자베스는 불신감만이 밀려

드는 것을 느낄 수 있었다. 그들이 갑작스럽게 떠났다는 데 대해서 놀라기는 했지만 그렇다고 애석해할 일도 아니라는 생각도 들었다. 그들이 네더필드에 없다고 해서 빙리마저 오지 않을 거란 법은 없었다. 제인이 그들과 교제할 수 없는 건 빙리를 만나는 즐거움으로 대신할 수 있을 거라고 생각했다.

엘리자베스는 잠시 사이를 두었다가 말했다.

"그 사람들이 이곳을 떠나기 전에 언니가 볼 수 없었다는 점은 서운한 일이긴 해. 하지만 캐롤라인 양이 고대하는 행복한 날이 생각보다 빨리 올 수도 있지 않을까? 친구로서 나눴던 즐거운 관계가 시누이와 올케 사이로 더 큰 기쁨을 줄 수도 있잖아. 빙리 씨도 누이들 때문에 런던에 머무르지는 않을 거야."

"캐롤라인은 이번 겨울에는 가족들 중 아무도 네더필드에 돌아오지 않을 거라고 분명히 말하고 있다고. 내가 그 부분을 읽어 줄 테니 들어 봐. '어제 오빠가 런던으로 떠날 때는 사나흘이면 일이 마무리될 거라고 생각했답니다. 하지만 생각했던 대로 되지 않았고, 오빠도 일단 런던에 도착하면 다른 곳으로 급히 가야 할 이유가 없다는 것을 알았기 때문에 오빠가 호텔에서 혼자 쓸쓸하게 지내지 않도록 우리가 따라가기로 했지요. 내가 아는 사람들 중에도 그곳에 겨울을 보내러 간 사람들이 많아요. 나의 가장 친한 친구인 제인 양도 거기에 낄 의향이 있다면 좋겠지만 그럴 가능성은 없을 것 같군요. 하트퍼드셔에서 맞이하는 크리스마스가 온갖 즐거움으로 넘쳐나기를 빌고요. 우리가 떠나는 것 때문에 당신의 기분이 상하지 않았으면 하고 진심으로 바라고 있습니다.'"

이어서 제인이 다시 말을 이었다.

"이걸로 그 사람들이 이번 겨울에 돌아오지 않는다는 게 분명해 보이지?"

"분명하게 알 수 있는 건 캐롤라인 양이 자기 오빠가 이 곳으로 와서는 안 된다고 생각한다는 점이지."

"왜 그렇게 생각하지? 그건 그 사람 독자적으로 생각하는 거야. 하지만 지금 네가 들은 게 전부가 아니야. 내 마음을 제일 아프게 하는 부분을 읽어 줄게. 너한테 감출 건 아무것도 없어. '다아시 선생님은 여동생을 무척 보고 싶어

하고요, 솔직히 말하자면 우리도 그에 못지않게 보고 싶어 하고 있답니다. 미모나 우아함이나 교양 면에서 다시 선생님의 여동생인 조지아나를 따라갈 사람은 아마 없을 거예요. 그리고 그 여동생이 우리에게 특별히 소중한 이유는 그녀가 앞으로 루이사와 저의 올케가 되기를 바라고 있기 때문이랍니다. 그 문제에 관해서 내가 그대에게 얘기해 드린 적이 있는지 모르겠지만, 제 솔직한 감정을 털어놓지 않고 이곳을 떠나고 싶지는 않네요. 그대도 그게 얼토당토 않은 얘기라고 생각하지는 않을 것이라 믿어요. 우리 오빠가 이미 그 아가씨를 무척 흠모하고 있고 그쪽 집안에서도 우리만큼이나 두 사람의 결합을 원하는 상황에서 서로 친밀하게 만날 기회가 자주 있을 테니까요. 그리고 내가 누이동생으로서 오빠를 과대평가하는 게 아니라 우리 오빠는 어떤 여자의 마음도 얻을 만한 능력이 있지요. 이처럼 좋은 점들을 갖추고 있고 방해받을 아무런 요인도 없으니 두 사람의 결합이 많은 사람들에게 행복을 가져다줄 거라고 기대하는 게 잘못은 아니겠죠?'"

"엘리자베스, 넌 이 부분을 어떻게 생각하니?"

편지를 다 읽고 나자 제인이 말했다.

"너무 분명하잖아? 캐롤라인은 내가 자기 올케가 될 거라는 기대도 하지 않고, 더구나 바라지도 않는다는 걸 명백히 밝히고 있어. 캐롤라인은 자기 오빠가 내게 무관심하다고 믿고 있는 거야. 그리고 만일 내가 혹시라도 그 사람에게 관심을 갖고 있다면 일찌감치 포기하라고 말해주려는 게 아니겠어? 다른 견해가 나올 수 없잖아?"

"물론 다른 견해가 있을 수 있지. 내 생각은 전혀 달라. 한번 들어 보겠어?"

"물론이지."

"길게 설명할 필요도 없어. 캐롤라인은 자기 오빠가 언니를 사랑한다는 것을 알고 있지만, 오빠가 다아시의 여동생과 결혼하기를 바라는 거지. 그래서 오빠를 붙들어두기 위해 런던으로 따라가는 것이고, 언니한테는 자기 오빠가 언니에게 관심이 없다는 것을 알려주려고 하는 거야."

제인은 머리를 저었다.

"언니, 내 말을 믿어야 해. 두 사람이 함께 있는 모습을 본 사람이라면 누구라도 그 사람이 언니를 사랑하고 있다는 걸 의심할 수 없을 거야. 내가 보기엔 캐롤라인 양도 마찬가지일 거고. 그 아가씨도 그렇게 멍청하지는 않으니까. 자기 오빠가 언니를 사랑하는 것의 반만큼이라도 다아시가 자기를 사랑한다고 느꼈다면 벌써 결혼식 드레스를 주문했을 거라고. 하지만 현실은 이래. 우리는 그 집안에 어울릴 만큼 부자도 아니고 신분도 높지가 않아. 캐롤라인은 두 집안이 맺어지면 두 번째 결혼이 성사될 가능성이 더 높아질 거라고 판단한 거지. 그래서 캐롤라인 양이 다아시의 여동생이 자기 오빠와 결혼하기를 바라는 거야. 분명 영리한 생각이긴 해. 드 버그 양이 방해만 하지 않는다면 성공할 수도 있는 일이지. 하지만 언니, 자기 오빠가 다아시의 동생을 흠모하고 있다는 캐롤라인의 말을 심각하게 생각해서는 안 돼. 그분이 화요일에 언니와 헤어질 때보다 언니를 조금이라도 덜 좋아할 거라고 생각하지 마. 캐롤라인에게 자기 오빠가 언니를 사랑하지 않게 하고 자기 친구를 사랑하도록 설득할 수 있는 힘이 있을 리 없잖아."

"빙리 양에 대한 우리 두 사람의 생각이 같다면 네 말을 듣고 내 마음이 한결 편해질 수 있겠지. 하지만 난 네가 말하는 기본적인 전제가 틀렸다고 생각해. 캐롤라인은 고의적으로 남을 속이는 사람이 아냐. 그러니까 내가 가질 수 있는 희망은 단지 캐롤라인 자신도 속고 있다는 것뿐이야."

"그 말은 맞아. 그보다 더 좋은 생각은 할 수 없을 거야. 왜냐하면 내 말로는 언니가 위안을 찾을 수 없을 테니까. 정 그렇다면 언니는 캐롤라인이 속고 있다고 믿는 게 좋을 거야. 그걸로 캐롤라인에 대한 언니의 의무는 다한 거니까. 더 이상 속 태우지 말고."

"그렇지만 엘리자베스, 최선의 상황을 가정한다고 해도 그 사람의 누이들과 친구들이 모두 다른 여자와 결혼하기를 바라고 있는데 내가 그 사람과 결혼한다고 해서 과연 행복해질 수 있을까?"

"그건 언니가 알아서 결정해야겠지. 신중하게 생각해봐. 그분 누이들의 뜻을 따르지 않을 때 따르는 불행이 언니와 그분과 결혼함으로써 얻을 수 있는 행복보다 더 크다고 여겨지면, 당연히 그런 결혼은 거절해야겠지."

제인이 가볍게 미소를 지으며 말했다.

"너는 무슨 말을 그렇게 하니? 그 사람들이 반대한다면 아주 슬픈 일이기는 하지만, 그렇다고 해서 우리가 결혼을 망설이지 않을 것이라는 걸 너도 알고 있잖니."

"나도 언니가 그럴 거라고 생각한 건 아니야. 그러니까 언니가 처한 상황을 그다지 동정하지는 않아."

"하지만 그분이 이번 겨울에 여기 아예 오지 않는다면 내 선택은 더 이상 필요하지 않을 거야. 여섯 달이면 수많은 일이 벌어질 수 있으니까."

엘리자베스는 그가 돌아올지 않을 가능성은 완전히 배제하고 있었다. 그것은 단지 캐롤라인이 혼자서 속으로 생각하는 것에 지나지 않는 것에 불과하고, 그녀가 어떻게 생각하든 간에 독립적으로 자신의 일을 결정할 수 있는 그녀의 오빠가 거기에 말려들 것 같지는 않았다.

그녀는 자신의 생각을 언니에게 강조해서 말해 주었고, 그 말이 효과가 있는 듯하자 내심 마음이 흐뭇해졌다. 제인은 때때로 낙담하는 모습을 보이기도 했지만 어떤 일에 의기소침해지는 성격이 아니었으므로 앞으로 빙리가 네더필드로 다시 돌아와 자기의 모든 소망을 채워줄지도 모른다는 희망을 조금이나마 품게 되었다.

두 자매는 베넷 부인에게는 빙리 가족이 떠났다는 얘기만 전하고 빙리의 근황을 말해서 어머니를 놀라게 할 필요는 없을 것 같다는 점에 합의했다. 하지만 베넷 부인은 빙리 가족이 떠났다는 얘기만 듣고서도 풀이 죽어서 걱정했다. 두 집안이 이제 겨우 친해지기 시작했는데 그 사람들이 런던으로 떠나야 하는 일이 발생한 데 대해 너무 재수 없는 일이 발생했다며 속상해했다. 그러나 얼마 지나지 않아서 빙리 씨가 곧 다시 내려와 롱본에서 함께 저녁 식사를 할 거라고 말하며 마음을 달랬다. 그리고 그런 모든 소요 사태는 그녀가 빙리를 가족 식사에 초대해서 만찬 코스를 두 가지나 준비할 것이라고 선언하는 걸로 매듭지어졌다.

제22장

　베넷 집안의 사람들은 루카스 집안의 사람들과 저녁 식
사를 함께 했는데, 그때도 샬럿은 콜린스의 모든 말을 잘
들어주는 호의를 보였다. 그래서 엘리자베스는 기회를 보
아서 샬럿에게 "덕분에 저 사람 기분이 좋아진 걸로 보여.
정말 고마워."라고 말했다. 샬럿은 자기가 도움이 되어서
다행이라고 대답했다. 약간의 시간을 내준 걸로 친구가 기
뻐한다면 자기는 그걸로 만족한다고 했다. 아주 친근한 대
답이었지만 샬럿의 대답은 엘리자베스가 전혀 생각하지
못하는 지경에 이르러 있었다. 그녀는 콜린스가 이제 엘리
자베스 대신 자기에게 청혼하게 하려는 뜻을 가지고 있었
던 것이다. 하지만 제인은 샬럿의 친절이 다른 속셈에서

나온 것이라고 꿈에도 생각하지 못했다. 그러한 샬럿의 계획은 잘 풀려나갔다. 샬럿은 콜린스가 하트퍼드셔를 빨리 떠나야만 하지 않는다면 자기 뜻대로 되리라고 생각하고 있었다. 그런데 그녀의 예상과 다르게 콜린스가 먼저 밀어붙였다.

콜린스는 다음 날 아침 탄복할 만한 교활함을 발휘해서 서둘러 롱본 저택을 빠져나와 루카스의 집으로 찾아가서 그녀에게 청혼했다. 롱본의 집에서 나오면서 그는 사촌들의 눈길을 끌지 않으려고 노력했다. 만약에 그녀들이 본다면 틀림없이 자신의 계획을 눈치챌 수도 있다고 생각했기 때문이다. 그는 자신의 계획이 성공하기 전에 미리 사람들에게 알려지는 걸 원하지 않았다. 물론 샬럿의 태도가 매우 고무적이었기 때문에 성공을 거의 확신하고 있었지만, 수요일의 그 사건이 있은 이후로 전보다 자신감을 잃어버렸기 때문이었다. 그러나 그가 샬럿 양에게서 받은 대접은 매우 고무적이었다. 그녀는 2층 창문으로 콜린스가 집으로 걸어오는 모습을 보자 부리나케 샛길로 달려 나가 우연히 마주친 것처럼 가장하고 그를 맞이했다. 그러나 그 자리에 그렇게 뜨거운 사랑의 고백이 자신을 기다리고 있을 줄은 꿈에도 몰랐다.

콜린스의 장황한 구애의 연설이 끝나자 두 사람 모두 만족할 만큼 빠르게 모든 일이 추진되었다. 그래서 집에 들어서자마자 콜린스는 자기를 세상에서 가장 행복한 남자로 만들어 줄 날을 정해 달라고 열렬히 간청하기에 이르렀다. 그런 청혼은 처음에는 거절하는 게 관례였지만, 이 숙녀 분은 그의 행복을 놓고 장난질하고 싶은 생각이 전혀 없었다. 콜린스는 타고난 천성이 둔감해서 여자들이 반할 만한 구애를 할 능력이 없었다. 샬럿 양 역시 구애 기간을 길게 끌어볼 생각이 전혀 없었다. 샬럿은 오직 남자의 재산이랄까 그런 형편만을 보고서 청혼을 수락하는 것이었기 때문에 날짜가 아무리 당겨져도 상관이 없었다.

그들은 곧바로 윌리엄 경과 루카스 부인의 동의를 구하게 되었다. 그리고 부모는 기꺼이 허락해 주었다. 물려줄 유산이라고는 거의 없는 딸에게 콜린스는 현재의 지위로 볼 때 꽤 적합한 남편감이었으며, 앞으로 부자가 될 가능성도 있으니 정말 좋은 일임에 틀림없었다. 루카스 부인은 전에 없던 관심을 갖고 속으로 베넷 씨가 앞으로 얼마나 더 오래 살 수 있을지 점처보기 시작했다. 그리고 루카스 경은 콜린스가 롱본의 토지를 소유하게 되면 그들 부부가 세인트 제임스 궁에서 국왕을 알현하는 게 당연하다는 자신의 견해를 피력했다. 요컨대, 이 일은 온 가족이 기뻐할 만한 일이었다. 샬럿의 여동생들은 언니가 결혼하면 한두 해 더 빨리 사교계에 나갈 수 있을 거라는 희망을 품게 되었고, 남동생들 입장에서는 누나가 언제까지나 노처녀로 자기들한테 얹혀 살다 늙어 죽는 게 아닌가 하는 걱정에서 벗어날 수 있었다.

샬럿 자신은 오히려 담담한 편이었다. 이미 목적을 달성한 터라 그녀는 그 문제에 대해 곰곰 생각해 볼 여유가 있었다. 아무리 따져 보아도 이 결혼은 대체로 만족스러운 결혼이 틀림없었다. 물론 콜린스는 현명한 위인이 아니었고, 남자로서 호감이 가는 것도 아니었다. 그와 함께 있으면 담담하고 지루했고, 그녀에 대한 그의 애정이 확고한 것이라고 믿을 수도 없었다. 그러나 어쨌든 그는 그녀의 남편이 될 사람이었다. 그녀에게 남자나 결혼 생활은 그다지 중요하지 않았다. 오직 결혼만이 그녀의 목표였다. 교육은 잘 받았지만 재산이 별로 없는 여자로선, 결혼만이 명예를 유지할 수 있는 유일한 생활 대책이었고, 그 결혼이 가져다줄 행복이 아무리 불확실한 것이라 해도 궁핍한 생활을 모면할 수 있는 최상의 방지책이었다. 이제 그녀는 그 방지 수단을 획득한 셈이니 스물일곱의 나이에 예쁘다는 말 한 번 들어 본 적 없는 그녀로서는 아주 좋은 기회를 잡은 것이 분명해 보였다.

가장 마음에 걸리는 건 자기가 콜린스와 결혼한다는 말을 들으면 엘리자베스가 경악할 것이라는 점이었다. 그녀는 엘리자베스와의 우정을 소중하게 생각하고 있었지만 이번 사건으로 엘리자베스가 자신을 책망할지도 몰랐다. 그렇다고 해서 자신의 결심이 흔들리지는 않겠지만 감정이 어쨌든 상처를 입게 될 것이었다. 그녀는 엘리자베스에게 직접 이 일을 알리기로 마음먹었고 콜린스에게 저녁 식사 때 롱본에 돌아가더라도 베넷 씨 가족에게 오늘 있었던 일을 비밀로 해 달라고 당부했다. 물론 콜린스는 비밀을 지키겠다고 연인으로서 약속했지만 그것을 지키는 것은 쉬운 일이 아니었다. 롱본의 식구들은 그가 오랜 시간 동안 보이지 않다가 돌아오자 모두 어디에 있었느냐고 물었고, 그는 솔직하게 말하는 것을 피하기 위해 기지를 발휘하지 않으면 안 되었다. 그리고 자신의 사랑이 성공했다는 걸 알리고 싶은 마음이 간절한 그로서는 입을 다물기 위해 대단한 자제력이 필요했다.

콜린스는 다음 날 일찍 떠나야 할 몸이었기 때문에 아침에 가족 모두에게 작별 인사를 할 수 없었다. 그래서 여자들이 잠자리에 들기 전에 떠나는 인사를 해두어야 했다. 베넷 여사는 더없이 공손하고 예의 바르게, 사정이 허락되는 대로 다시 롱본을 방문해 주면 기쁘겠다고 말했다.

"존경하는 아주머님, 제가 듣고 싶은 말씀만 해주시니 어떻게 감사를 드려야 할지 모르겠군요. 가능한 한 빠른 시일 내에 다시 방문드릴 것을 약속드리겠습니다."

모두 그의 대답에 놀라워했다. 그리고 그런 일이 빨리 이루어지기를 바라지 않는 베넷이 이렇게 말해 주었다.

"그렇게 하면 캐서린 여사님의 비위를 거스르지 않겠나? 후견인의 비위를 거스르는 위험을 감수하는 것보다는 우리하고의 관계를 소홀히 하는 게 더 낫지 않을까 싶은 데."

"어르신, 그처럼 저를 염려해 주시니 정말 감사합니다. 하지만 제가 여사님의 허락을 받지 않고 행동하는 경우는 없을 겁니다."

"최대한으로 주의를 하는 게 좋을 걸세. 여사님의 비위를 거스르는 일은 절대로 하지 말게나. 우리 집을 다시 방문하면 그분이 좋지 않게 생각할 수도 있을 것 같으니, 조용히 집에 있는 편이 나을 걸세. 우리도 전혀 불쾌하게 생각하지 않을 테니."

"그렇게 저를 생각해 주시다니 감사의 마음이 절로 솟구치네요. 이렇게 자상하게 신경 써 주신 것과 제가 하트 퍼드셔에 머무르는 동안 베풀어 주신 친절에 대해 감사하는 편지를 속히 올리겠습니다. 엘리자베스를 비롯해 아름다운 사촌들께는 제가 이런 인사를 드릴 정도로 오래 헤어지지는 않겠지만, 모두 건강하고 행복하시길 빌겠습니다."

숙녀들도 공손하게 인사를 하고 물러갔다. 그들도 콜린스가 곧 다시 방문할 거라는 말에 놀라기는 마찬가지였다.

베넷 여사는 콜린스가 엘리자베스의 동생 중에서 한 명에게 청혼을 할 작정일 거라고 생각하고 싶었다. 어쩌면 메리가 이미 그의 설득에 넘어갔을지도 모르는 일이라고 내심 기대에 부풀었다. 메리는 다른 딸들보다 콜린스를 높게 평가하고 있었다. 그의 견실한 사고방식에는 종종 그녀의 마음을 울리는 점이 있었다. 물론 콜린스가 자기만큼 똑똑하지는 않지만 자신을 본보기로 삼아 독서를 많이 하고 자신을 향상시키도록 자극을 받는다면 꽤 훌륭한 배필이 될 수도 있을 거라고 생각했다.

그러나 이런 그녀의 희망은 다음 날 아침 물거품이 되고 말았다. 아침 식사를 끝낸 지 얼마 지나지 않아 샬럿이 방문했다. 그녀는 엘리자베스에게 전날 밤에 있었던 일을 털어놓았다.

하루 이틀 전 콜린스가 자기 친구를 사랑한다는 착각을 하고 있을지도 모른다는 생각이 엘리자베스의 머리를 스쳐 지나간 적은 있었다. 그러나 샬럿이 그의 구애를 받아들인다는 건 자신이 그의 구애를 받아들이는 것만큼이나 도저히 있을 수 없는 일이었다. 그녀는 너무 놀란 나머지 예의를 차릴 경황도 없이 큰 소리로 말했다.

"콜린스하고 결혼하기로 했다고? 샬럿, 그런 말도 안 되는 소리 하지 마!"

친구에게 전모를 털어놓으며 줄곧 침착함을 유지했던 샬럿은 친구의 노골적인 비난을 듣자 잠시 어리둥절해지지 않을 수 없었다. 그러나 어느 정도는 예상하고 있었기 때문에 마음의 평정을 되찾고 이렇게 응수했다.

"왜 그렇게 놀라는 건데, 엘리자? 콜린스 씨가 네게 청혼했다가 성공하지 못했다고 해서 다른 여자한테도 성공하지 말라는 법이 있니?"

그렇지만 엘리자베스는 이내 이성을 되찾고 침착하게 콜린스 씨와 결혼하게 된 것이 매우 감사할 만한 일이며 그녀가 행복하기를 진심으로 바란다고 말했다

샬럿은 이렇게 말했다.

"나도 네가 어떻게 생각할지 짐작하고 있었어. 놀라는 게 당연하지. 콜린스가 네게 청혼한 게 불과 얼마 되지 않은 일이니까. 그렇지만 나중에 차분하게 생각해 보면, 내가 잘한 일이라고 생각하게 될 거야. 나는 낭만적인 여자

255

가 아니야. 예전부터 그랬어. 내게 필요한 건 안락한 가정이야. 그리고 콜린스의 성격이나 사회적인 지위를 고려해볼 때 난 우리가 결혼해서 행복하게 살 수 있을 거라고 생각해."

엘리자베스가 조용한 목소리로 대답했다.

"물론 그럴 수 있을 거야."

잠시 어색한 침묵이 흐른 뒤 두 친구는 다른 식구들이 있는 곳으로 돌아갔다. 샬럿은 오래 머무르지 않았고, 엘리자베스는 혼자 남아서 샬럿이 했던 말을 곱씹어 보고 있었다. 두 사람이 전혀 어울리지 않는 상대라는 생각을 접기까지에는 꽤 오랜 시간이 걸렸다. 콜린스가 겨우 사흘 동안에 두 번이나 청혼을 했다는 사실이 이상한 일이기도 했지만, 샬럿이 그의 청혼을 받아들인 사실에 비하면 대수로운 게 아니었다. 그녀는 평소에 결혼에 대한 샬럿의 생각이 자신의 생각과 똑같지 않다는 건 알고 있었다. 그러나 샬럿이 막상 결혼을 결정하는 순간에 세속적인 이익을 위해 그보다 중요한 모든 감정을 희생할 수 있을 거라고는 생각하지 못했다. 콜린스의 아내가 된 샬럿의 모습은 너무도 볼품없는 그림이었다. 그녀는 친구가 수치스러운 선택을 해서 자신을 실망시킨 것이 너무 가슴 아팠다. 그러나 그보다 더 고통스러운 건 샬럿이 스스로 선택한 운명을 행복하게 살아 낼 수 없을 거라는 우울한 확신이었다.

제23장

엘리자베스는 어머니와 자매들과 함께 응접실에 앉아
있었다. 그녀는 샬럿의 일을 곰곰이 생각하며 그 일을 가
족들에게 알리는 게 맞는 일인지 생각하는 중이었다. 그때
뜻밖에도 윌리엄 루카스 경이 등장했다. 그는 샬럿의 부탁
으로 베넷 일가에게 딸의 약혼 소식을 직접 알리기 위해
찾아온 것이었다. 그는 두 집안이 결합하게 된 것에 대해
감사하는 인사와 더불어 장황하게 자축하는 말을 늘어놓
으며 결혼 소식을 전했다. 베넷 가족은 그 이야기가 도저
히 믿어지지 않았다. 베넷 여사는 심하다 싶을 정도로 끈
질기게 루카스 경이 뭔가 잘못 알고 있는 게 틀림없다고
항변했고, 리디아는 평소처럼 제멋대로 버릇없이 나서서

거침없이 내뱉었다.

"맙소사! 아저씨께서는 어떻게 그런 말씀을 하실 수 있
으세요? 콜린스 씨가 엘리자베스 언니와 결혼하고 싶어
한다는 거 모르세요?"

궁전의 예법을 익히지 않은 사람이었다면 루카스 경은
이런 말을 듣고 분명 화를 냈을 것이다. 그러나 그는 훌륭
한 품성을 발휘하여 끝까지 잘 참아냈다. 그리고 자신이
하는 말이 모두 사실이라는 걸 긍정적으로 생각해 달라고
부탁하며 그들의 무례함을 받아들였다.

엘리자베스는 그러한 상황에서 루카스 경의 편을 들어
주는 것이 자신의 의무라고 생각하여 자기는 샬럿에게 들
어서 이미 알고 있었다고 말했다. 그리고 윌리엄 경에게
진심 어린 축하 인사를 건네는 것으로 어머니와 자매들의
입을 막아 버렸다. 엘리자베스의 축하 인사에 제인도 합세
해서 두 사람의 결혼에서 기대할 수 있는 여러 가지 좋은
점을 얘기했다. 그녀는 콜린스 씨의 성품이 훌륭하다는 것
과 헌스포드와 런던에서 가까워서 여러 가지로 편리할 거
라는 점 등에 대해서 얘기해 주었다.

베넷 여사는 너무나 큰 충격을 받았기 때문에 윌리엄 루카스 경이 있는 동안에는 제대로 말을 할 수도 없었다. 그러나 그가 떠나자마자 드디어 분통을 터뜨렸다. 그녀는 무엇보다 이 일을 처음부터 끝까지 다 믿을 수 없고, 둘째로 콜린스가 샬럿에게 속아 넘어간 게 틀림없고, 셋째로 두 사람이 결혼하면 절대로 행복해질 수 없다고 했다. 넷째로 그 언약은 분명히 깨질 거라고 주장했다. 그리고 이 일에서 두 가지 결론을 유추해 낼 수 있는데, 하나는 엘리자베스가 이 모든 재앙을 불러왔다는 것이고, 다른 하나는 가족들 모두가 자신을 너무나 부당하게 대한다는 사실이었다. 그녀는 그날 내내 이 두 가지 점을 되씹으며 불만을 터뜨렸다. 어떤 말로도 베넷 여사를 달래주고 위로할 수 없었다. 그날 하루가 다 지나가도록 그녀는 화를 삭이지 못했다. 일주일 동안 엘리자베스가 눈에 뜨일 때마다 책망하는 것을 잊지 않았고, 윌리엄 경이나 그의 부인에 대해 무례한 욕설을 마구 내뱉었다. 그녀가 샬럿을 용서하기까지는 여러 달이 걸렸다.

베넷은 이번 사건에 대해 아주 침착한 반응을 보였으며,

그는 오히려 이번 일이 더 잘된 일이라고 생각했다. 왜냐하면 현명한 여자인 줄 알았던 샬럿이 자기 아내만큼이나 어리석게 보였고, 엘리자베스보다 더 어리석어 보인 점을 확인할 수 있었기 때문이다.

제인은 두 사람의 결혼 소식에 놀라기는 했지만, 놀랐다는 점은 내색하지 않은 채 두 사람의 행복을 빈다는 말을 더 많이 했다. 엘리자베스는 두 사람이 행복해질 수 없다고 제인을 설득하려 했지만 마음대로 되지 않았다. 키티와 리디아는 콜린스가 단순히 목사에 불과하다면서, 자기들은 그러한 결합을 절대 부러워하지 않는다고 했다. 그녀들에게는 그 사건이 단지 메리튼에 퍼뜨릴 하나의 소문거리에 지나지 않았다.

루카스 여사는 딸을 좋은 자리로 시집보내게 된 걸 베넷 여사에게 자랑함으로써 베넷 여사에게 약을 올리는 기회를 놓칠 수가 없었다. 그녀는 자신의 행운을 자랑하기 위해 평소보다 더 자주 롱본을 찾아왔다. 그러나 베넷 여사의 심통 난 표정과 악의에 찬 대꾸는 그녀의 즐거운 기분을 망쳐 버리기에 충분했다.

이에 엘리자베스와 샬럿 사이에는 그 문제에 대해 서로 언급을 자제하는 묘한 분위기가 감돌았다. 엘리자베스는 자신과 샬럿 사이에 앞으로 다시는 예전과 같은 신뢰가 있을 수 없을 것이라고 느꼈다. 샬럿에 대한 실망감으로 인해 엘리자베스는 이제 제인에게 더 많은 애정과 관심을 쏟았다. 자기 언니의 굳건함이나 우아함에 대해서는 의심을 가질 수가 없었다. 그런데 빙리가 런던에 간 지 일주일이 지났는데도 돌아온다는 기별이 없자 엘리자베스는 언니의 행복에 대해 점점 더 조바심이 일기 시작했다.

제인은 캐롤라인에게 일찍 답장을 보냈고 다시 그녀에게서 편지가 오기를 기다리고 있었다. 콜린스가 약속했던 감사 편지는 화요일에 도착했다. 베넷에게로 온 것이었는데, 한 열두 달 동안은 묵었다 간 사람에게서 받을 만한 온갖 감사의 말이 담겨 있었다. 그처럼 말을 늘어놓은 뒤에 자기가 베넷 집안의 가까운 이웃인 샬럿의 애정을 알게 되었다고 써 나갔다. 그리고 자기가 롱본에 다시 와 달라는 친절한 요청에 기꺼이 응한 것은 단지 샬럿을 다시 만날 즐거움을 기대했기 때문이라고 하면서, 2주일 후 월요일에 다시 방문할 수 있기를 바란다고 덧붙였다. 왜냐하면 캐서린 여사가 자기의 결혼식을 최대한 빨리 치르기를 바라고 있으며, 샬럿 역시 자기를 세상에서 가장 행복한 남자로 만들어 줄 수 있도록 가능한 한 빨리 날짜를 잡을 것이라고 자기는 확신하고 있다고 덧붙였다.

콜린스가 다시 하트퍼드셔를 방문할 거라는 소식은 더이상 베넷 여사에게 즐거운 일이 아니었다. 이젠 오히려 남편보다도 그의 방문을 불만스러워했다. 콜린스가 윌리엄 루카스의 집으로 가지 않고 롱본으로 오는 건 이해할 수 없는 일이며 불편하고 귀찮기 짝이 없을 뿐이라고 했다. 그녀는 자신의 건강이 좋지 않을 때 손님을 맞이하는 건 무엇보다 싫은 일이라면서, 더구나 연인들은 가장 눈꼴사나운 사람들이라고 했다. 베넷 여사는 이런 불평을 쉴 새 없이 해 댔고, 그렇지 않을 때는 빙리가 계속 출타 중이어서 걱정이라며 한숨을 내쉬었다.

제인이나 엘리자베스도 마음이 편치 않기는 마찬가지였다. 빙리가 겨울 동안 네더필드에 돌아오지 않을 것이란 얘기만 메리튼에 퍼져 있었고, 빙리에 대한 다른 어떤 소식도 들리지 않은 채 하루하루 시간이 흘러갔다. 베넷 여사는 그런 소문을 듣고 분개하면서도 가당치 않은 헛소문이라고 반박하기만 했다.

엘리자베스도 점점 걱정이 되기 시작했다. 빙리가 무심해졌을까 봐 걱정된 게 아니라 그의 누이들이 그를 붙잡아두는 데 성공한 게 아닌가 생각되는 것이었다. 언니의 행복을 짓밟고 연인의 믿음을 훼방하는 그들의 계략이 성공할 거라고 인정하고 싶지는 않았지만, 문득문득 그런 걱정이 드는 건 어쩔 수 없었다. 야멸찬 두 누이와 빙리의 친구인 다아시의 힘이 합쳐지고 다아시의 여동생의 아름다움과 런던의 즐거움이 더해진다면 아무리 제인에 대한 빙리의 사랑이 강렬하다 해도 소용이 없을 걸로 생각되었다.

이런 상황에서 엘리자베스보다 더 힘들어하는 사람은 당연히 제인이었다. 그러나 제인은 자신의 감정을 드러내고 싶어 하지 않아서 그녀와 엘리자베스 사이에 이 문제는 거론조차 되지 않았다. 그러나 그녀의 신중한 태도도 어머니를 제지할 수는 없었다. 베넷 여사는 한 시간이 멀다 하고 빙리에 대해서 계속 언급했고, 그가 빨리 돌아오지 않는다고 신경질을 냈다. 심지어 빙리에게 빨리 돌아오지 않는다면 자신에 대한 모욕으로 받아들이겠다고 얘기하라면서 제인을 몰아세웠다. 그러나 제인은 온화한 성품을 잃지 않고 어머니의 모진 말들을 참아 내며 평정을 유지했다.

콜린스는 정확히 2주일 후 월요일에 다시 롱본을 방문했는데, 그는 처음으로 찾아왔을 때만큼 환영을 받지는 못했다. 그러나 그는 다른 일로 들떠 있었기 때문에 그 집에서 환대를 받지 못하는 것에 대해서 구애받지 않았다. 게다가 연애 사건으로 인해 그가 롱본에서 박혀 지내는 시간이 길지 않았기 때문에 그 집의 사람들에게는 다행스러운 일이었다. 그는 대부분의 시간을 루카스의 집에서 보냈고, 롱본으로 돌아왔을 때는 그곳의 식구들에게 자기가 늦게 와서 미안하다는 소리를 할 수 있을 정도의 시간만 남겨놓는 일이 많아졌다.

베넷 부인은 극도로 비참한 상태가 되어 있었다. 콜린스의 결혼 얘기를 들을 때마다 기분이 엉망이 되었는데, 외부 사람들과 마주칠 적마다 그 사실에 대해서 그들이 이러쿵저러쿵하는 것이었다. 샬럿을 보는 건 더욱 참기 힘든 일이었다. 샬럿이 나중에 자기 집을 상속받게 될 거라는 생각을 할 때마다 울화가 끓어올라 미칠 것만 같았다. 샬럿이 롱본에 올 때마다 그 애가 자기 집을 소유하게 될 날을 손꼽아 기다리는 걸로 생각되었다. 그리고 샬럿이 콜린스와 낮은 목소리로 대화를 나누고 있는 것만 보아도 앞으로 베넷이 죽게 되었을 때 자기 집에서 자기와 자기 딸들을 쫓아내 버리는 것에 대해서 얘기하는 것 같았다. 그녀는 남편에게 그런 점에 대해서 가련한 목소리로 하소연했다.

"여보, 아무리 생각해도 샬럿 루카스가 이 집 안주인이된다는 건 참을 수가 없어요. 내가 그 애한테 쫓겨나고 그애가 내 집을 차지하는 사태가 어떻게 일어날 수 있냐고요?"

"여보, 그렇게 나쁘게만 생각지 않는 게 좋겠소. 좀 더좋은 쪽으로 생각해 봅시다. 내가 당신보다 더 오래 살 수도 있는 것 아니요? 그렇게 위안을 삼읍시다."

그러나 이 말은 베넷 여사에게는 그다지 위안이 되지못했다. 베넷 여사는 그 말에는 대꾸도 하지 않고 좀 전에

266

하던 말만 되풀이했다.

"그 사람들이 우리 것을 몽땅 가져간다는 건 있을 수 없는 일이에요. 콜린스네가 우리 재산을 차지하지만 않는다면 난 뭐든 참을 수 있어요."

"뭘 참을 수 있단 말이오?"

"다른 건 모두 견뎌낼 수 있다고요."

"그렇다면 당신이 덕분에 그렇게 아무 걱정도 없는 무감각한 상태에 빠지지 않게 된 걸 다행으로 여깁시다."

"나는 한정 상속 문제에 대해서는 절대 좋게 생각할 수가 없어요. 내 딸들에게서 재산을 빼앗아 가다니 그렇게 양심 없는 법이 어디 있어요. 아무리 생각해도 도저히 이해가 안 돼요. 그것도 다른 사람이 아닌 콜린스 같은 사람에게 뺏기다니! 왜 그 사람이 우리 재산 대부분을 가져야 되느냐고요!"

"그건 당신이 좋을 대로 판단하구려."라고 베넷은 대꾸해 주었다.

제2부

제1장

　캐롤라인의 편지가 도착했다. 편지에는 그동안의 모든 궁금증을 풀어주는 내용이 담겨 있었다. 첫 문장은 그들이 모두 겨울 내내 런던에 머물 작정이라는 소식이었고, 마지막 문장은 오빠가 하트퍼드셔를 떠나기 전에 친구들에게 작별 인사를 할 시간이 없었던 점에 대해서 미안해한다는 언급으로 끝을 맺고 있었다.

　모든 희망이 완전히 사라지고 말았다. 제인이 편지의 나머지 부분을 자세히 읽어 보았지만, 겉치레에 지나지 않는 다아시의 여동생에 대한 애정 표현을 제외하고는 위안이 될 만한 내용을 찾아볼 수 없었다. 편지는 다아시 양에 대한 칭찬 일색이었다. 캐롤라인은 그녀의 좋은 점을 있는 대로 나열하면서, 그녀와 더 친해진 걸 자랑스럽게 떠벌리며 이전에 보낸 편지에서 언급했던 자신의 소망이 이루어질 것 같다고 했다. 그리고 오빠가 다시 집에 머무르고 있어서 정말 다행이고, 다아시가 새 가구를 들여놓을 계획이라는 말까지 신이 나서 전해 주었다.

제인은 그 편지에 대해서 엘리자베스에게 곧바로 이야기해 주었고, 엘리자베스는 언니가 들려주는 편지의 내용을 묵묵히 듣고 있었지만, 속으로는 화가 치밀어 참을 수가 없었다. 엘리자베스의 마음은 언니에 대한 걱정과 그쪽 사람들에 대한 분개심으로 나뉘어 있었다. 그녀는 빙리가 다아시 양에게 호감을 가지고 있다는 캐롤라인의 말을 전혀 믿지 않았다. 오히려 이전과 다름없이 빙리가 언니를 진심으로 좋아한다고 확신했다. 엘리자베스는 언제나 빙리에 대해 호의적으로 생각해 왔지만, 이제는 그의 성격이 지나치게 유약하고 우유부단하다는 생각이 들었다. 때문에 주변 사람들의 변덕과 계략에 휘둘려 자신의 행복을 놓치고 있는 빙리에게 분노와 경멸감마저 느꼈다. 빙리가 놓치고 있는 것이 자신의 행복뿐이라면 그가 어떻게 행동하든 상관할 바가 아니었다. 하지만 그것이 언니의 행복과 결부된 문제라는 걸 알고 있다면 빙리는 더 현명하게 행동해야 할 것이었다. 그러나 엘리자베스가 아무리 머리를 쥐어짜도 뚜렷한 해답은 나오지 않았다. 그걸 알면서도 엘리자베스는 그 이외의 일은 아무것도 생각할 수 없었다. 언니를 향한 빙리 씨의 애정이 식어 버린 걸까, 아니면 주위 사람들의 방해 때문에 그가 자신의 마음을 자제하고 있는 걸까, 제인이 자기를 좋아하고 있다는 사실을 알고는 있을까, 아니면 제인이 좋아한다는 걸 전혀 눈치채지 못하고 있는 것일까? 이런 가정 중에 빙리에 대한 그녀의 판단이 달라질 수밖에 없었다. 그렇다고 해도 언니의 처지가 달라지는 건 아니었다. 어떤 경우라도 언니는 어쩔 수 없이 상처를 받게 될 거고 마음의 평안을 잃게 될 것이었다.

이틀 후 제인은 용기를 내서 자신의 감정을 엘리자베스에게 털어놓았다. 베넷 여사가 네더필드와 그 집의 주인에 대해 평소보다 더 오래 불평을 털어놓고 나서 두 딸을 남겨 두고 자리를 떠났을 때였다. 제인과 엘리자베스 둘만이 남게 되자 제인은 이렇게 말했다.

"어머니가 이제는 좀 그만해 주셨으면 좋겠어. 그렇게 끊임없이 빙리에 대해서도 이러쿵저러쿵 말하면 내 속이 더 뒤집히기만 할 뿐이지. 하지만 어머니가 그런다고 해서 내가 뭐라고 말할 입장도 아니고, 결국 시간이 가면 빙리도 잊힐 테고 우린 이전의 상태로 돌아갈 거야."

엘리자베스는 근심하는 표정으로 언니를 바라보았을 뿐 아무런 말도 하지 않았다.

"너, 내 말을 못 믿겠다는 표정이구나!"

제인이 약간 얼굴색이 달라지면서 말했다.

"넌 그렇게 생각할 수밖에 없을 거야. 그는 내가 지금까지 알았던 사람들 중에서 가장 훌륭한 분으로 내 기억 속에 언제나 살아 있을 거야. 하지만 그것으로 끝이야. 난 더 이상 바라는 것도, 두려워하는 것도 없어. 그분을 욕할 이유는 더더욱 없어. 마음의 고통 같은 건 나한테 없어. 시간이 흐르면 모두 극복할 수 있을 거야."

제인은 잠시 말을 멈추었다가 다시 목소리에 힘을 주어 말했다.

"내가 잘못 생각한 것뿐이니까 걱정할 건 하나도 없어.

나 이외에 다른 사람에게는 상처를 주지 않았으니까 말이
야."

엘리자베스가 소리를 질렀다.

"언니! 언니는 맘씨가 너무 좋아. 정말 천사가 따로 없
어. 언니한테 무슨 말을 해 줘야 할지 모르겠어. 언니가 얼
마나 좋은 사람인지 지금까지는 잘 몰랐던 것 같아. 언니
를 제대로 평가하지 못하고 언니를 격하시키기만 한 것 같
아."

제인은 동생이 자기를 높여 주는 것을 사양하면서 오히
려 동생의 현명한 머리를 칭찬해주었다.

"아니야. 그건 언니가 잘못 생각한 거야. 남들은 언니를
세상 사람들이 모두 존경할 만한 사람이라고 여기는데 그
반대로 이야기하면 안 되지. 난 언니가 완벽한 사람이라
고 여기고 있고, 그러니 언니는 세상을 다시 보아야 한다
고 생각해. 내가 과격하게 말을 하더라도 두려워할 필요가
없고, 언니가 세상을 모두 좋은 식으로 해석하는데 대해서
내가 반대하더라도 언니는 날 나쁘게 생각할 필요가 없어.
내가 이 세상에서 진정으로 좋아하는 사람은 아주 적어.

그리고 그중에서도 내가 선량하다고 보는 사람은 더 적어. 세상 사람들을 보면 볼수록 거기에 만족할 수 없다는 게 내 생각이야. 그리고 내가 세상을 살아갈수록 사람들은 믿을 수가 없고 사람들의 장점이나 이성 같은 것도 전혀 믿을 게 못 된다는 확신만 커져 가더라고. 겉으로는 선량하고 현명한 척해도 속을 알 수 없어 실망스러울 뿐이야. 근래에 있었던 두 가지 일만 봐도 그렇지 않아? 한 가지는 지금 얘기하고 싶지 않지만, 다른 한 가지는 언니도 무슨 일인지 알겠지. 그래, 바로 샬럿의 결혼 사건이야. 그건 이루어질 수 없는 일이야. 난 아무리 다른 쪽으로 생각해 보려고 해도 납득할 수가 없어."

"엘리자베스, 그런 식으로 생각하면 안 좋아. 그러면 결국 너만 힘들어지니까. 사람마다 처한 상황이 다르고 타고난 성격도 다르다는 걸 인정해야 해. 콜린스가 세상 사람들로부터 존경받을 만한 사람이고 샬럿은 신중하고 강한 성격이라는 점을 생각하면 그럴 수도 있지 않니? 게다가 샬럿네 집안은 대가족 출신이라는 점도 고려해 봐. 재산으로 따지면 두 사람이 적합한 결혼 상대자라고 생각할 수도 있을 것 같아. 그리고 샬럿이 우리 사촌인 콜린스에게 존경심을 갖고 있을 거라고 생각하도록 노력해 봐."

"난 언니를 위해서 다른 건 다 이해해 줄 수 있어. 하지만 그런 식으로 믿는다면 다른 누구에게도 좋을 것이 없어. 샬럿이 콜린스를 존경하고 있다고 믿는다면 그건 그 친구의 판단력을 더 형편없게 생각하는 것밖에 안 돼. 난 샬럿의 감정을 이해할 수 없는 것보다 그게 더 실망스러울 것 같아. 언니, 콜린스 씨는 잘난 체하고, 거만한 데다, 편협하고, 게다가 아둔하기까지 한 사람이야. 언니도 나만큼 그 사람을 잘 알잖아. 언니도 분명히 그런 남자와 결혼하는 여자라면 정상적인 사고력을 가졌을 리가 없다고 생각할 거야. 샬럿 루카스의 일이라고 해서 무조건 변호하는 건 옳지 않아. 언니가 샬럿 한 사람을 옹호하기 위해서 삶의 원칙과 고결함 같은 단어의 의미를 바꿀 수는 없어. 이기심을 신중함으로 미화하고, 자신의 위험에 대한 무감각함을 행복에 대한 확신으로 말하는 건 언니 자신과 나를 속이는 일이야."

"넌 두 사람에 대해 너무 냉정하게 말하는 것 같구나. 네가 두 사람이 행복하게 사는 모습을 볼 수 있게 된다면 그 사실을 확신할 수 있을 거야. 그럼 내 말이 맞는다는 걸 확인할 수 있겠지. 그 두 사람 얘기는 그만하는 게 좋겠다. 넌 아까 다른 한 가지 일에 대해서도 암시를 줬어. 네가 무슨 말을 하고 싶어 하는지 나도 알아. 그렇지만 빙리를 비난하거나 그 사람에게 실망했다는 말을 해서 내 마음을 아프게 하지는 말아 줘. 그가 고의적으로 그렇게 한 거라고 생각하지 말자. 그처럼 생기 넘치는 남자가 항상 신중하고 사려 깊은 행동만 할 거라고 기대할 수는 없는 거야. 우리는 우리 자신의 허영심 때문에 스스로 속는 경우가 많아. 여자들이 남자들의 관심을 너무 부풀려서 받아들이는 게 문제야."

"남자들은 그런 식으로 여자를 유혹하는 거야?"

"고의적으로 그렇게 한다면 정당한 행동이라고 할 수 없겠지. 하지만 세상에 그렇게 계획적으로 여자들을 현혹하려 드는 남자는 많지 않다고 봐."

엘리자베스가 말했다.

"나도 빙리의 행동이 의도적인 거라고 생각하지는 않아.

하지만 남에게 일부러 상처를 주거나 불행하게 만들려는 의도가 없었다고 해도, 어떤 잘못이 생기고 불행한 일도 생겨난다고. 생각이 둔하거나 다른 사람들의 감정에 대한 관심이 부족하면 그런 일이 발생하는 거야."

"그럼 엘리자베스 넌 그중의 하나가 이번 사건의 원인이라고 생각하는 거니?"

"그래, 내가 가장 나중에 말한 이유가 그 원인이 되는 거지. 하지만 내가 얘기를 더 하다 보면 언니가 좋게 생각하는 사람들을 비난하게 될 것 같아. 그러면 언니도 기분이 상할 테니까 그만 얘기하는 게 좋겠어. 그러니 말하지 말라고 하면 안 할게."

"넌 아직도 빙리 씨가 누이들 때문에 마음이 변했다고 생각하는 거로구나."

"그렇지. 그 사람의 친구인 다아시도 협조해서 말이지."

"난 그렇게 생각할 수가 없어. 그 사람들이 왜 그분의 마음을 바꾸려고 그런 영향력을 준다는 거니? 그 사람들은 빙리가 행복해지기만을 바랄 거야. 그리고 그분이 정말 나를 사랑하고 있다면 다른 여자가 그의 사랑을 가로챌 수 없다는 걸 모를 리 없을 텐데."

"언니의 첫 번째 가정은 맞지 않아. 그 사람들은 빙리의 행복 말고도 다른 여러 가지 것을 바라거나, 빙리가 더 부유해지고 지위도 더 높아지기를 바랄 수도 있어. 돈도 많고 사회적 지위도 높고 자존심도 강한 여자와 결혼하기를 바랄 수도 있지."

제인이 응수했다.

"물론 그 사람들은 빙리가 다아시의 여동생과 결혼하기를 바라고 있을 거야. 하지만 그건 네가 생각하는 것처럼 그렇게 불순한 동기에서 그걸 바라는 건 아닐 거야. 그들은 나보다 다아시 양을 더 오래 알고 지냈으니까 다아시 양을 더 좋아하는 건 자연스러운 현상이지. 하지만 그들이 바라는 게 무엇이든 간에 자기 형제자매의 뜻을 거스르는 일은 벌이지 않을 거야. 반대할 만한 뚜렷한 이유가 없는데 어떻게 그렇게 할 수 있겠어? 만약 빙리가 나를 좋아한다는 걸 그들이 안다면 우리를 떼어 놓으려 하지 않을 거야. 그렇게 한다고 해서 성공하지도 못할 테니까. 넌 우리 두 사람 사이에 애정이 있다고 간주함으로써 사람들이 부당하고 몰상식한 행동을 한다고 생각하고, 결국 나도 불행하게 만드는 거야. 그런 생각으로 날 속상하게 하지 말아줘. 나는 내가 그분의 마음을 오해했다고 해서 부끄럽게 생각하지 않아. 적어도 내가 그 사람이나 그의 누이들을 나쁘게 생각함으로써 내가 지금 느끼게 될 감정에 비하면 그 편이 훨씬 더 마음이 편해. 이 일에 대해서 내가 좋은 감정을 갖도록 해 줘. 난 이번 일을 가장 좋은 쪽으로 생각하고 싶어. 모두가 납득할 수 있는 쪽으로 받아들일 거야."

엘리자베스는 그러한 바람에 대해서는 반대할 수 없었다. 그 후로 둘이 있을 때 빙리의 이름을 꺼내는 일 자체를 꺼리게 되었다. 베넷 여사는 여전히 빙리 씨가 돌아오지 않는 이유에 대해서 의아해하면서 불평을 해댔다. 엘리자베스가 하루도 빠짐없이 그 문제를 분명하게 설명했지만, 베넷 부인이 이 일을 황당해하지 않고 받아들일 가능성은 희박해 보였다. 엘리자베스는 제인에 대한 빙리의 관심이 일시적인 호감에 불과한 것이었고, 그녀를 더 이상 만나지 않게 되었으니 관심이 사라진 거라고 베넷 여사를 설득했다. 그러나 그것은 엘리자베스 자신도 확신하지 못하는 말이었다. 베넷 여사는 듣는 순간에는 그럴 가능성을 수긍하는 것 같다가도 잠시 후에는 다시 같은 불평을 늘어놓기를 하루도 빠짐없이 되풀이했다. 베넷 여사는 여름이 다가오면 빙리가 다시 시골에 내려올 거라는 희망을 버리지 않고 있었다.

베넷 씨는 다른 각도로 그 일을 바라보았다. 어느 날 그는 이렇게 말했다.

"엘리자베스, 아무래도 네 언니가 실연을 당한 것 같구나. 이건 정말 축하할 만한 일이다. 아가씨들은 때때로 결혼이 성사되는 것 못지않게 결혼이 깨져 버리기를 바라기도 하지. 뭔가 자신에 대해서 생각해 볼 기회도 생기고, 친구들 사이에서 특별한 존재로 떠오르니까 말이다. 너는 언제 차례가 오는 거냐? 제인이 혼자서 역할을 도맡도록 하지는 않을 텐데, 다음엔 네 차례인 것 같구나. 메리튼에는 시골 아가씨들을 실연당하게 할 장교들이 수두룩하지 않니? 위컴을 사귀어 보는 건 어떻겠니? 그만하면 유쾌한 청년이고 너를 차 버린다고 해도 그다지 수치스럽지는 않을 것 같은데 말이다."

"고마워요, 아버지. 하지만 전 그렇게 멋진 남자가 아니라도 만족해요. 언니처럼 멋진 남자를 만나기를 기대한다는 건 제게는 지나친 욕심이죠."

"물론 그렇지. 여하튼 그런 일이 네게 생긴다고 해도, 딸에 대한 정이 넘쳐나는 네 어머니가 실연의 효과를 극대화해 주실 테니 얼마나 다행스러운 일이냐?"

위컴과의 교제는 최근에 일어난 좋지 않은 일 때문에 롱본의 식구들이 울적해져 있는 상태를 바꾸는 데 일조를 하게 되었다. 위컴을 자주 만나면서 롱본의 가족들은 그가 그동안 생각했던 장점 이외에도 스스럼없고 솔직한 성격을 지닌 청년이라는 걸 알게 되었다. 엘리자베스는 이미 그에게 들어서 알고 있었지만, 다아시가 위컴에게 부당한 행동을 해서 고통을 주었던 일이 가족들에게 모두 알려져서 공개적으로 도마 위에 올랐다. 그들은 이런 일에 관해 전혀 모를 때에도 다아시를 얼마나 혐오했는지를 회상하면서 이제 그를 싫어할 분명한 이유가 생겼다며 흡족해했다.

그 일에서 네더필드의 사교계에 알려지지 않은 내막이

있을지도 모른다고 생각한 사람은 제인 사람뿐이었다. 그녀는 온유하고 침착한 성격이었기 때문에 모든 일에서 성급한 판단을 하지 않으려 했다. 하지만 다아시는 제인을 제외한 모든 사람에게 아주 나쁜 인간으로 간주되고 있었다.

제2장

콜린스는 샬럿에게 사랑을 고백하고 행복한 결혼 설계를 하면서 일주일을 보낸 후 토요일에 사랑스러운 샬럿의 곁을 떠나야 했다. 그러나 그는 신부를 맞이할 준비를 하는 것으로 이별의 고통을 잊을 수 있었다. 다음에 그가 다시 하트퍼드셔로 돌아오면 자신을 세상에서 가장 행복한 남자로 만들어 줄 결혼 날짜가 정해질 거라는 희망이 있었기 때문이다. 그는 롱본의 친척들에게 지난번처럼 장황한 작별 인사를 했다. 아름다운 사촌들에게는 건강과 행복을 바란다는 인사를 했고, 베넷 씨에게는 곧 감사 편지를 보내겠다고 약속했다.

다음 주 월요일에 베넷 여사는 예년처럼 자신의 남동생

과 올케를 맞이하는 즐거움을 누리게 되었다. 그들이 크리스마스를 롱본에서 보내기 위해 런던에서 왔기 때문이다. 남동생 가드너는 교육도 많이 받았지만 천성적으로 그의 누나보다 뛰어나고 신사다운 사람이었다. 네더필드의 여자들이 가드너를 직접 만나 보았다면, 상점에서만 오가며 장사로 먹고사는 그가 어떻게 그처럼 예의 바르고 품격이 있을 수 있는지 믿기 어려웠을 것이다. 베넷 여사나 필립스 여사보다 나이가 몇 살 아래인 가드너 여사는 싹싹하고, 지적이며, 우아한 여성이었는데, 그래서 롱본의 조카들은 모두 그녀를 무척 따르고 좋아했다. 특히 맨 위 두 조카들인 제인과 엘리자베스와는 아주 각별한 애정이 있었다. 두 자매는 자주 런던에 가서 그녀와 함께 시간을 보내곤 했다.

가드너 여사가 도착해서 제일 먼저 한 일은 선물을 나누어주고 런던의 최신 유행에 대해서 말해 주는 것이었다. 그 일이 마무리된 후에는 이제 특별히 할 게 없었다. 이제 그녀가 할 일은 베넷 여사의 온갖 원망과 넋두리를 들어주는 것이었다. 베넷 여사는 지난번 올케를 만난 이후 너무 힘든 일을 당했다며 하소연을 늘어놓았다. 두 딸이 결혼할 지경까지 이르렀는데 결국 모든 게 물거품이 돼버렸다고 한숨을 쉬면서 말했다.

그녀가 이야기를 계속했다.

"난 제인은 아무 잘못이 없다고 생각해. 할 수만 있었으면 어떻게든 빙리를 놓치지 않았을 테니. 그런데 글쎄 엘리자베스가 어떻게 했는지 알아, 올케? 그놈의 성질만 아니었다면 지금쯤 콜린스하고 결혼했을 거라고. 그 생각만 하면 지금도 울화통이 터져 죽을 지경이라니까. 바로 이 방에서 그 사람이 청혼을 했는데 그 애가 한마디로 거절한 거야. 그 바람에 루카스 여사가 나보다 먼저 자기 딸을 시집보내게 되었고, 롱본의 재산도 이전처럼 한정 상속으로 넘어가게 생겼어. 루카스 집안사람들은 정말 교활해. 손에 넣을 수 있는 건 무슨 수를 써서라도 차지하는 사람들이라니까. 이렇게 말해서 안 되겠지만 그게 사실인 걸 어떡해? 내 가족들은 나를 배신하고, 이웃이라는 사람들은 자기 잇속만 챙기려 드니 내가 성질이 뻗치지 않을 수가 없지. 때마침 올케가 와 줘서 내 기분이 풀어지는군. 요새 긴 소매가 유행한다며? 세상 돌아가는 소식을 들으니 좀 살 것 같네."

가드너 여사는 제인과 엘리자베스에게서 편지로 대략 소식을 들었기 때문에 시누이에게 그럭저럭 응수를 해준 뒤에 조카들이 곤혹스러워할 것 같아서 화제를 다른 데로 돌렸다.

나중에 엘리자베스와 단둘이 남게 되자 가드너 여사는 화제를 제인 이야기로 돌렸다.

"빙리가 제인에게는 좋은 남편감이었던 것 같은데 일이 그렇게 됐다니 참 안됐구나. 하긴 그런 일이 자주 벌어지긴 하지. 네 얘기를 들어 보니 빙리가 어떤 남자인지 대강 감이 가는 것 같다. 그런 남자들은 예쁜 여자를 만나면 몇 주일 동안 쉽게 사랑에 빠졌다가 부득이하게 떨어져 있게 되면 언제 그랬냐는 듯이 금방 잊어버리는 부류야. 세상에는 그런 남자들이 얼마든지 널려 있단다."

"그렇게 생각하면 좀 위안이 될 수도 있겠네요. 하지만 이번 일은 그런 경우하고는 달라요. 그냥 저절로 이렇게 된 게 아니에요. 생각해 보세요. 젊은 남자가 며칠 전까지

288

만 해도 열렬하게 사랑하던 여자를 주변 사람들의 설득에 넘어가서 포기하는 일이 어떻게 벌어질 수 있느냐고요?"

엘리자베스가 말했다.

"그렇지만 열렬하게 사랑한다는 말은 너무 추상적이어서 나에게는 감이 잘 오지 않는구나. 그런 표현은 변함없는 견고한 애정을 말할 수도 있지만, 고작 30분 만나는 동안 연애를 하고서 느끼는 감정에 갖다 붙이는 표현일 수도 있으니 말이다. 너는 빙리가 제인을 얼마나 열렬히 사랑하고 있었다고 보는 거니?"

"그처럼 전망 있어 보이는 광경은 내가 여태까지 본 적이 없을 정도예요. 빙리는 다른 여자들한테는 눈길 한번 주지 않을 정도로 제인에게 폭 빠져 있었어요. 두 사람이 만날 때마다 그분이 언니를 좋아한다는 게 점점 더 확신이 가더라고요. 그분의 저택에서 무도회를 열었을 때도 다른 여자하고는 춤출 생각도 하지 않았고, 나도 두 번 파트너가 되려고 했는데 아무런 대답도 해주지 않더라고요. 그보다 더 확실한 징후를 찾을 수 있겠어요? 다른 여자들은 완전히 무시해 버리는 게 제인에 대한 애정 때문이 아니라면

뭐겠어요?"

"하긴 그렇지. 그 남자는 진실로 애정을 느꼈을 거야. 제인이 정말 안됐구나. 그 애의 성격으로 봐서 쉽게 극복해 내지 못할 텐데 말이다. 차라리 네게 그런 일이 있었더라면 넌 금방 홀홀 털어 버릴 수 있었을 거야. 내가 런던에 갈 때 제인한테 같이 가자고 하면 어떨까? 환경을 바꿔 보면 기분이 달라질지도 모르니까. 집에서 벗어나 있으면 여러 모로 도움이 될 수도 있을 거야."

엘리자베스는 정말 좋은 제안이라며 기뻐했고 언니가 당연히 동의할 것이라고 말했다.

가드너 여사가 말을 이었다.

"그 남자 때문에 런던으로 가는 데 지장이 없었으면 좋겠구나. 우리는 그 남자가 있는 데서 멀리 떨어진 곳에 살며 우리가 만나는 사람들도 그가 상대하는 사람들과는 다르지. 그리고 너도 알다시피 우리가 밖으로 나돌아 다니는 일도 거의 없고 하니 그 남자가 제인을 만나러 오지 않는 한 마주칠 일은 없을 거다."

"그럴 일은 없을 거예요. 그 남자는 지금 다아시라는 친구의 감시를 받고 있고, 그 친구가 빙리가 외숙모 집으로 언니를 찾아가게 허락하지 않을 거예요. 그러니 그분이 언니를 찾아올 거란 기대는 하기 힘들 것 같아요. 다아시가 그레이스처치 가라는 지명을 들어 보기나 했는지 모르겠네요. 혹시 들어 봤다고 해도 그곳에 발을 들여놓으면 한 달은 부지런히 목욕하면서 씻어내야 거기서 묻은 더러움이 없어진다고 생각할 거예요. 게다가 빙리는 다아시와 동행하지 않으면 집 밖에 한 발도 내밀지 않을 테니 걱정할 것 없어요."

"그럼 잘된 일이로구나. 난 두 사람이 안 만나는 게 낫다고 생각하니까. 그런데 제인이 그 사람의 누이들과 편지를 주고받는다고 하지 않았니? 그럼 제인이 그 여자들을 방문하려고 할 텐데."

"언니는 이제 그 여자들과 완전히 교제를 끊을 거예요."

그런데 빙리가 주변 사람들의 방해로 제인을 만나지 못할 것이고 제인도 그들과 연락을 하지 않을 거라고 말을 하기는 했지만, 엘리자베스는 사실은 마음속으로 그 점에 대해서 의구심을 가졌고 그 반대의 일이 벌어질 가능성이 있다는 생각도 들었다. 제인을 향한 빙리의 애정이 다시 되살아날 수도 있고, 제인의 매력이 친구들의 훼방보다 더 강렬하게 그의 마음을 움직일 수도 있다고 생각한 것이다.

제인은 외숙모의 초대를 기쁘게 받아들였다. 빙리의 가족을 만날 거라는 걱정은 하지 않았다. 캐롤라인이 오빠와 한집에 살고 있는 게 아니니까 가끔 그녀와 함께 아침 시간을 보낸다고 해도 빙리와 마주칠 일은 없을 거라고 생각했다.

가드너 부부가 머무르는 일주일 동안, 롱본에서는 하루도 빠짐없이 필립스 집안과 루카스 집안사람들과 장교들을 초대해서 연회가 벌어졌다. 베넷 여사가 동생과 올케를 위해 파티를 여는 데 세심하게 신경을 써서 사람들을 많이 불러들였기 때문에 한 번도 가족끼리 저녁을 먹을 기회가 없을 정도였다. 집에서 연회가 열릴 때마다 항상 장교들이 참석했고 그중에는 반드시 위컴이 끼어 있었다.

가드너 부인은 엘리자베스가 그를 열심히 칭찬하는 말을 했기 때문에 의심쩍어하면서 두 사람을 유심히 관찰했다. 가드너 여사의 눈에는 두 사람이 깊은 사랑에 빠진 걸로 보이지는 않았지만 서로 좋아하는 광경을 보고는 속으로 불안해지지 않을 수 없었다. 그래서 하트퍼드셔를 떠나기 전에 그 일에 관해 엘리자베스에게 얘기해야겠다고 마음먹었다. 그 남자에게 그런 감정을 키우는 건 신중한 처사가 아니라고 말할 작정이었다.

위컴은 여러 가지 장점 이외에도 가드너 부인을 즐겁게 할 만한 조건을 한 가지 더 가지고 있었다. 10년이나 12년 전, 그러니까 가드너 여사가 결혼하기 전에 그녀는 위컴이 살던 더비셔 지역에서 거주한 일이 있었다. 그래서 두 사람은 공통으로 아는 사람들이 많았다. 위컴은 5년 전에 다아시의 부친이 사망한 이후 그곳에 간 일이 거의 없었지만, 그럼에도 불구하고 가드너 여사가 알고 지내던 사람들에 대한 소식을 어느 정도는 전해줄 수 있었다.

가드너 여사는 펨벌리에 가 본 적이 있었고 다아시 아버지에 대해서도 잘 알고 있었다. 그래서 가드너 여사와 위컴은 그런 이야기를 많이 나누게 되었다. 가드너 여사는 자기의 추억 속의 펨벌리와 위컴이 말하는 펨벌리를 비교해보면서, 이제는 사망한 그 저택 주인의 인격에 대해서 찬양하면서 즐거운 시간을 보낼 수 있었다. 그리고 그녀는 다아시가 위컴한테 한 부당한 처사에 대한 이야기를 들어보고는 다아시가 어렸을 때 들었던 그의 평판 중에서 그런 못된 짓을 할 만한 점이 있었는지 기억을 더듬었다. 그리고 피츠윌리엄 다아시가 아주 거만하고 불량스런 아이였다는 소문을 들어본 적이 있다는 기억을 떠올릴 수 있었다.

제3장

　가드너 여사는 엘리자베스와 단둘이 있게 되었을 때 따뜻한 말투로 그녀에게 충고했다. 그녀는 자신의 생각을 솔직하게 얘기했다.

　"엘리자베스, 넌 누가 반대한다고 해서 더욱 사랑에 빠지는 어리석은 애가 아닐 거라고 난 믿는다. 그래서 안심하고 얘기하는 거야. 잘 생각해서 행동하는 게 좋을 것 같아. 그 사람에 대한 애정에 무조건 휘말려 들어가지 않았으면 좋겠구나. 그 남자의 마음을 끌려는 노력도 그만두었으면 한다. 돈 한 푼 없는 가난뱅이를 사랑하는 건 너무 경솔한 행동이야. 그 남자에 대해서 개인적인 감정은 없어. 오히려 아주 매력적인 남자라고 생각해. 원래 그 사람 몫이었다던 재산만 있다면 그보다 더 나은 상대도 없을 거야. 하지만 현실이 그렇지 못하지 않니? 그러니 공상에 사로잡히지 않도록 조심해라. 넌 분별력이 있는 사람이고 우리는 네가 잘 처신할 것이라고 믿고 있어. 네 아버지도 너의 올바른 성격이나 양심을 믿고 계실 거다. 아버지를 실망시키면 안 되는 거야."

"외숙모, 너무 심각하게 생각하시는 거 아니에요?"

"그래, 난 지금 심각하게 말하는 거야. 그러니까 너도 진지하게 받아들였으면 좋겠구나."

"걱정하실 필요 없어요. 제 일은 제가 잘 처리할 테고 위컴도 잘해 나가도록 할게요. 가능하다면 위컴이 저를 좋아하게 만들지 않으면 되는 거죠?"

"엘리자베스, 넌 지금 심각하게 생각하지 않는 것 같구나."

"죄송해요. 그럼 다시 한 번 말해볼까요. 지금 현재로써는 위컴과 사랑에 빠져 있지 않아요. 그건 확실해요. 하지만 제가 이것저것 따져볼 때 그 사람만큼 마음에 드는 남자를 찾아볼 수가 없어요. 만일 그 사람이 정말로 저를 사랑하게 된다면, 물론 그렇게 되지 않는 편이 제게는 잘된 일이겠지만요. 만일 사랑에 빠지게 된다면 정말 신중하지 못한 일이 될 거예요. 아버지한테 실망감을 안겨드리고 싶지 않아요. 아버지의 신뢰를 잃는 건 견디기 힘든 일일 거예요. 하지만 아버지는 위컴 씨에게 호감을 갖고 계셔요. 아무튼 저는 주위에 있는 사람들 중의 누구도 실망시키고 싶지 않아요. 하지만 당장 재산이 없다고 해도 사랑하기 때문에 결혼을 강행하는 젊은이들도 얼마든지 있지 않은가요? 저 역시 유혹을 받는다면 그런 사람들보다 현명하게 행동할 거라는 장담은 할 수 없어요. 그런 감정을 무시하는 게 과연 현명한 행동인지도 잘 모르겠고요. 그러니 저는 절대로 성급하게 행동하지 않겠다는 것밖에는 외숙모한테 약속드릴 수가 없네요. 그 사람이 바라는 첫 번째 상대가 저라고 섣불리 믿지는 않을 거예요. 그 사람과 함께 있을 때도 그런 감정에 빠지지 않도록 조심할게요. 제 나름대로 최선을 다할 테니 너무 걱정하지 마세요."

"그 사람이 너희 집에 너무 자주 못 오게 하는 것도 좋은 방법이 될 수 있어. 넌 어머니께 그 사람을 초대하자고

297

보채지는 말아야 해."

"지난번에는 제가 어머니를 졸라 댔었죠."

엘리자베스가 그 말의 의미를 아는 듯 미소를 지었다.

"저번에 제가 그러긴 했죠. 물론 그렇게 하지 않는 게 현명한 행동일 거예요. 하지만 그 사람이 우리 집에 자주 오지는 않아요. 이번 주에 자주 온 이유는 외숙모 때문이에요. 어머니는 집안에 손님이 와 있을 땐 다른 사람들도 많이 들끓어야 한다고 생각하시거든요. 하지만 이제 앞으로는 제가 가장 현명한 판단이라고 생각되는 대로 행동하겠다고 약속할 수 있어요. 이제 마음 놓으셨죠?"

외숙모는 마음이 놓인다고 대답했고 엘리자베스는 좋은 충고를 해 줘서 고맙다고 말한 뒤에 두 사람은 헤어졌다. 가드너 부인은 이런 민감한 문제에 있어서 듣는 사람의 기분을 상하지 않고 조언할 수 있는 훌륭한 본보기를 보여 준 셈이었다.

가드너 부부가 제인과 함께 떠난 후에 콜린스가 하트퍼드셔로 왔다. 그러나 그는 루카스의 집에 머물렀기 때문에 베넷 여사에게 짐이 되지는 않았다. 그의 결혼이 빠른 속도로 진행되고 있었기에 베넷 여사는 체념하고 두 사람이 행복하게 잘 살기를 바란다고 말할 수도 있게 되었다.

결혼식은 목요일에 거행될 예정이었고, 그래서 샬럿이 수요일에 작별 인사를 하러 방문했다. 그녀가 떠나려고 자리에서 일어서자 엘리자베스는 어머니의 성의 없는 축하 인사 때문에 민망하기도 하고 친구와 헤어지는 게 서운한 생각도 들어서 방 밖까지 따라 나와 샬럿을 배웅해 주었다. 둘이 함께 계단을 내려가면서 샬럿이 말했다.

"앞으로 자주 편지를 주고받자."

"당연히 그래야지."

"그리고 한 가지 더 부탁할 게 있어. 내가 사는 곳으로 나를 만나러 와줄 수 있지?"

"네가 이쪽으로 자주 올 텐데."

"한동안은 켄트를 떠날 수 없을 거야. 그러니까 네가 헌스포드에 오겠다고 약속해 줘."

엘리자베스는 거기에 가봤자 별로 즐거울 일이 없을 거라고 생각했지만 샬럿의 부탁을 거절할 수 없었다.

"우리 아버지가 3월에 내 동생 마리아를 데리고 그리 오실 거야. 그러니 그때 같이 오겠다고 약속할 수 있지? 네가 와 준다면 우리 식구들이 오는 것만큼 반가울 것 같아."

결국 결혼식이 거행되었다. 신랑 신부는 교회에서 예식을 마친 다음 콜린스가 사는 켄트 주로 출발했다. 사람들은 여느 결혼식처럼 이 결혼식에 대해서 이러쿵저러쿵 말이 많았다.

엘리자베스는 얼마 후에 샬럿에게서 편지를 받았다. 전에 두 사람이 친근하게 지냈기 때문에 서신 왕래도 그런대로 자주 이루어졌다. 그렇지만 이전처럼 속마음을 있는 그대로 털어놓을 수는 없었다. 엘리자베스는 샬럿에게 편지를 쓸 때마다 과거의 친밀하고 편안한 우정을 지속하는 건 불가능하다고 느꼈다. 편지 쓰는 일을 게을리하지 않아야겠다는 다짐도 현재의 우정보다는 과거의 우정을 생각해서 한 결정이었다. 샬럿이 맨 처음으로 보낸 편지를 읽을 때만 해도 가슴이 설레었다. 샬럿이 집을 마음에 들어 하는지, 캐서린 여사에 대해서 무슨 말을 하는지, 거기 가서 얼마나 행복해졌는지 등에 대해서 알고 싶었던 것이다. 그렇지만 편지에는 엘리자베스가 기대하는 것 이상의 내용이 하나도 없었다. 그러나 편지를 읽고 나자 샬럿의 말 한 마디 한마디가 그녀가 예상했던 것과 정확히 일치한다는 걸 알았다. 샬럿은 좋은 일에 대해서만 썼고 칭찬할 만한 일이 아닌 내용은 쓰지 않았던 것이다. 집이며 가구, 이웃 사람들, 심지어 도로까지 그녀의 취향에 딱 맞는다고 했고, 캐서린 여사는 더없이 친절하고 다정하다고 했다. 헌스포드와 로싱스 저택에 대한 샬럿의 묘사는 콜린스의 묘사보다 강도가 약간 낮았을 뿐 전혀 다를 게 없었다. 엘리자베스는 자세한 실상을 파악하려면 직접 샬럿을 방문할 때까지 기다리는 수밖에 없을 것이라고 생각했다.

제인은 엘리자베스에게 무사히 런던에 도착했다는 소식을 몇 자 적어서 보내왔다. 엘리자베스는 다음 편지에는 빙리의 가족에 대해 쓸 이야기가 생겼으면 좋겠다고 내심 기대했다. 그렇지만 두 번째 편지를 기다리는 엘리자베스의 초조한 심정은 대부분의 기다림이 그렇듯 실망감으로 바뀌었다. 제인은 일주일이 지나도록 캐롤라인을 만나지도 못했고 소식조차 듣지 못했다고 했다. 제인은 자기가 롱본에서 마지막으로 보낸 편지가 사고로 분실된 것 같다고 해석했다. 이런 식으로 편지는 이어졌다.

'외숙모가 내일 그 여자가 사는 쪽으로 가시니까 나도 같이 그로스브너 가에 가 볼 참이야.'

제인은 그 일이 이루어진 후에 다시 편지를 보내왔는데, 캐롤라인을 만났다고 했다. 편지는 이런 식으로 이어졌다.

'캐롤라인은 활력이 없어 보였어. 그렇지만 나를 보고는 몹시 반가워하면서 왜 런던에 온다고 미리 알려 주지 않았냐고 책망하더구나. 그러니 내 생각이 맞았던 거야. 내가 마지막으로 보낸 편지가 도착하지 않았던 거야. 당연히 빙리 씨의 소식도 물어봤지. 빙리 씨는 잘 지내고 있다고 하는데, 항상 다아시와 붙어 다녀서 자기네들도 오빠를 볼 시간이 거의 없다는 구나. 그날 저녁에 다아시의 여동생이 거기에서 저녁 식사를 하러 오기로 했대. 나도 만나 봤으면 좋았을 텐데, 캐롤라인과 허스트 여사가 외출할 일이 있다고 해서 난 오래 있지는 못했어. 두 사람이 곧 여기로 날 만나러 올지 모르겠어.'

엘리자베스는 편지를 읽고 실망감을 감추지 못했다. 빙리 양의 태도로 봐서 제인이 런던에 있다는 사실을 빙리가

알게 되는 건 우연에 맡길 수밖에 없다고 생각되었기 때문
이었다.

4주일이 지나갔지만 제인은 빙리의 그림자도 보지 못했
다. 제인은 그 점에 대해서 실망하지 않으려고 애썼다. 하지
만 캐롤라인의 무관심에 대해서는 더 이상 눈감아줄 수가
없었다. 2주 동안 아침마다 오늘은 캐롤라인이 찾아올까 하
는 기대감에 설레고, 저녁이면 그녀가 오지 못한 이유를 혼
자 궁리해 내면서 하루하루를 보냈다. 그러다가 드디어 그
녀가 찾아오기는 했지만, 오자마자 금방 돌아가 버렸고, 자
신을 대하는 태도도 이전과 달라졌다는 걸 분명히 느낄 수
가 있었다. 이번에 동생 엘리자베스에게 보낸 제인의 편지
에는 그녀가 어떤 기분이었는지 잘 표현하고 있었다.

사랑하는 동생 엘리자베스에게.
캐롤라인에 대한 내 판단이 완전히 틀렸다는 걸
인정할게. 네 판단이 옳았다고 우쭐해하지는 않을
테지. 그렇지만 엘리자베스, 내가 지금까지 캐롤
라인의 행동을 놓고 보았을 땐 네가 의심하는 것

만큼 나도 그 여자를 신뢰할 수밖에 없었어. 그 여자가 왜 그렇게 나와 친하게 지내고 싶어 했는지 전혀 이해할 수 없지만, 동일한 상황이 다시 반복된다 해도 나는 역시 속을 수밖에 없을 것 같아. 캐롤라인은 어제까지 나의 방문에 답방하지 않았어. 편지 한 통 없었고. 결국 오늘 방문을 하기는 했는데 즐거운 마음은 전혀 없어 보였어. 진작 방문하지 못해서 미안하다는 말만 짤막하게 했을 뿐 날 다시 보고 싶다는 말 같은 건 한마디도 하지 않았어. 완전히 딴사람이 된 것 같아서 캐롤라인이 외숙모 집을 떠날 때 난 두 번 다시 그녀와 연락하지 않아야겠다는 생각만 하게 됐어. 캐롤라인이 원망스럽기는 하지만 한편으로는 안됐어. 나와 그렇게 친하게 지낸 것이 그 여자 잘못이야. 나와 친해지려고 노력한 건 항상 캐롤라인 편이었어. 그건 누구도 부정할 수 없는 일이야. 하지만 가엾게도 지금은 오빠에 대한 염려 때문에 내게 쌀쌀맞게 구는 걸 테니까, 더 이상 설명이 필요하지 않을 거야. 그건 어쩌면 당연한 일인지도 몰라. 우리는 그런 걱정할 필요 없다고 생각하지만, 캐롤라인의 입장에서는 오빠를 걱정해서 그럴 수밖에 없을 거야. 누이로서 오빠를 걱정하는 건 동기간의 애정에서 비롯된 거니까 자연스러운 일이잖아. 하지만 캐롤라인이 아직도 그런 걱정을 한다는 게 이해가 안 가긴 해. 왜냐하면 빙리 씨에게 나를 좋아하는 감정이 조금이라도 있다면 우리는 벌써 오래전에 만났어야 하거든. 캐롤라인의 말투로 미뤄 볼 때 내가 런던에 있다는 걸 빙리 씨가 알고 있는 게 확실해. 캐롤라인이 다아시의 여동생을 진정으로 좋아하고 있는 게 확실해 보였어. 난 이해할 수가 없어. 좀 심한 말을 한다면 이번 일에는 뭔가 속임수가 개입되어 있는 것 같아. 하지만 이런 안 좋은 생각을 몰아내고 내가 행복해질 수 있는 것들, 말하자면 너의 애정이라든가 외숙이니 외숙모 같은 사람들의 한결같은 사랑만 생각할래. 곧 답장 보내 주기 바란다. 캐롤라인은 이제 자기네들이 다

시는 네더필드에 돌아오지 않고, 그 저택은 포기
할 것이라고 했는데, 확실한 건 아닌 것 같았어.
그 일에 대해서는 더 이상 말하지 않는 게 좋을 것
같다. 헌스포드에 사는 샬럿으로부터 좋은 소식
을 듣고 있다니 기쁘구나. 윌리엄 루카스 경과 마
리아하고 그 집을 방문할 때 너도 꼭 함께 갔으면
좋겠다. 틀림없이 아주 편하고 즐거운 시간이 될
거야.

언니가

이 편지를 읽고서 엘리자베스는 애석해했다. 그러나 제
인이 이제 더 이상 캐롤라인에게 속지 않을 거라는 생각
을 하자 곧 평온한 마음을 되찾았다. 이제 빙리에 대한 모
든 기대감은 사라지고 없었다. 언니에 대한 빙리의 관심이
다시 되살아나기를 바라지도 않게 되었다. 그가 벌을 받고
제인에게 부분적으로 이득이 되는 것은 정말로 다아시의
여동생과 결혼해 버리는 것이라고 여겨졌다. 위컴의 말이

맞는다면 빙리는 그 여자와 결혼함으로써 제인을 놓친 것을 크게 후회할 것이기 때문이었다.

그 무렵 가드너 부인이 엘리자베스에게 위컴의 일에 관해서 약속했던 일이 어떻게 되었는지 묻는 내용의 편지를 보내왔다. 엘리자베스는 외숙모가 좋아할 만한 소식을 전해 주었다. 엘리자베스에 대한 위컴의 애정은 줄어들었고 관심도 사라졌다는 소식이었다. 그는 이제 다른 상대에게 구애하는 중이었다. 엘리자베스는 그런 정황을 주의 깊게 지켜보았지만, 심적인 고통 없이 그 소식을 다른 사람에게 전해줄 수 있었다. 그런 상황을 직접 볼 때나 편지로 옮길 때나 그다지 고통스럽지는 않았다. 그녀는 약간의 충격을 받았고, 자신에게 재산이 있었더라면 위컴이 당연히 자기에게만 구애했을 것이라고 위로를 할 뿐이었다. 위컴이 현재 잘 보이려고 노력하는 여성의 가장 큰 매력은 최근에 갑자기 상속받게 된 1만 파운드의 재산이었다. 그렇지만 이번 경우는 엘리자베스의 판단력이 샬럿의 일을 겪을 때보다 흐려졌는지, 엘리자베스는 위컴이 돈을 보고서 그런 여자에게 기우는 데 대해서 비판적으로 생각하지 않았다.

오히려 당연한 일로 여기기까지 했다. 그리고 위컴이 자기를 포기하면서 마음속으로 많은 갈등을 느꼈을 걸 생각하면 오히려 연민의 감정이 일어났다. 두 사람 모두를 위해서 위컴이 현명한 선택을 했다고 생각하면서 진심으로 그가 행복해지기를 바라게 되었다.

그녀는 이 모든 사연을 가드너 부인에게 적어 보냈다. 모든 상황을 설명한 뒤에 다음과 같은 내용을 덧붙였다.

'존경하는 외숙모, 제가 사랑에 심각하게 빠졌던 건 아니라고 확신할 수 있어요. 왜냐하면 제가 정말 열정적으로 그 남자를 좋아했다면 지금쯤 그 사람의 이름을 듣는 것조차 혐오스러워하면서 그 사람이 불행해지기를 빌어야 하겠죠. 하지만 제 감정은 지극히 우호적이고 담담할 뿐이에요. 킹 양에 대해서도 전혀 나쁜 감정이 없어요. 조금도 미워하는 감정은 없어요. 오히려 아주 훌륭한 아가씨라고 서슴없이 말할 수 있어요. 제가 진실로 그분을 사랑했다면 이럴 수는 없겠죠. 제가 신중하게 처신한 게 효과가 있었던 것 같아요. 그리고 제가 열렬히 사랑에 빠졌다면 지금쯤 모든 사람들에게 흥미 있는 얘깃거리가 되겠지만 별로 주목의 대상이 된 것 같지도 않고요. 그렇게 되기 위해서는 제가 더 많은 대가를 치러야 했을 텐데요. 오히려 키티나 리디아가 그 사람의 변심 때문에 저보다 더 분해하고 있어요. 둘은 아직 세상 물정에 어두워서 잘생긴 남자도 평범한 남자들처럼 먹고살기 위해 돈이 필요하다는 진실을 확실히 모르는 것 같아요.'

제4장

　롱본의 가족에게 그 이상의 큰 사건은 벌어지지 않았다. 가끔씩 진흙탕 길을 걷거나 추운 날씨를 무릅쓰고 메리튼까지 오가며 나들이를 하는 것 외에는 달라진 게 없이 1월과 2월이 지나갔다. 그리고 3월은 엘리자베스가 헌스포드에 가기로 작정한 달이었다.

　엘리자베스는 처음에는 그곳을 방문하는 일을 진지하게 생각하지 않았다. 그러나 샬럿은 큰 기대를 가지고 일을 추진했고, 그래서 엘리자베스도 점점 더 흥미를 갖고서 고려하게 되었다. 떨어져 있는 동안 샬럿을 보지 못했기 때문에 더 보고 싶어졌고 콜린스에 대한 거부감도 다소 누그러져 있었다. 어머니나 동생들과도 대화가 통하지 않아

답답하던 차라 변화가 생긴다는 게 반갑기도 했다. 더구나 그쪽으로 가는 길에 제인을 만날 수도 있었다. 그래서 여행 날짜가 점점 더 가까워짐에 따라 이제 그 여행 날짜가 연기된다면 오히려 짜증이 날 것 같기도 했다. 엘리자베스는 윌리엄 루카스 경, 그리고 그의 둘째 딸과 함께 떠나게 되어 있었다. 런던에서 하룻밤을 보내자는 제안도 더해져서 완벽한 여행 계획이 세워졌다.

한 가지 마음에 걸리는 건 그녀가 없으면 아쉬워할 아버지를 놔두고 떠나는 것이었다. 막상 엘리자베스가 떠나는 날이 되자 아버지는 그녀가 떠나는 걸 못내 섭섭해 하면서 편지를 자주 보내라고 당부하며 자기도 답장을 보내겠다고 약속했다.

엘리자베스와 위컴 사이의 이별은 아주 근사하게 이루어졌다. 위컴이 지금은 다른 여성에게 구애하고 있기는 하지만 엘리자베스가 자신의 관심을 사로잡았던 여성이고, 또 그럴 만한 충분한 자격이 있다는 걸 잊을 수는 없었다. 그는 엘리자베스가 자신의 말을 진지하게 들어 주고, 자신의 처지에 진심 어린 동정을 표현해 준 여성이며, 자신의 흠모의 대상이 되기에 부족함이 없다고 생각했다. 그는 헤어지면서 엘리자베스가 즐겁게 지내기를 진심으로 바란다고 말하고, 캐서린 드 버그 여사를 만나면 어떻게 해야 하는지 알려주었다. 그리고 캐서린 여사나 다른 사람들에 대한 평가가 일치할 거라면서 깊은 관심을 보였다. 그녀는 위컴의 태도에서 진심 어린 관심과 배려를 느꼈다. 그가 결혼을 하든 독신으로 남아 있든 간에 자기에게 항상 상냥하게 굴고 기쁨을 줄 수 있는 사람이라고 간주하게 되었다.

다음 날 그녀와 동행한 사람들은 위컴에 대한 그녀의 호감을 잊게 할 만큼 좋은 사람들이 못되었다. 윌리엄 루카스 경 그리고 마음씨가 선량하기는 하지만 아버지를 닮아서 머리가 텅 빈 그의 둘째 딸 마리아는 들을 만한 가치가 있는 얘기는 하지 않았고 쓸데없는 얘기만 쉴 새 없이 늘어놓아서 덜컹거리는 마차 소리 이상의 기쁨을 주지 못했다. 엘리자베스는 다른 사람들의 잡담을 기꺼이 들어 주는 편이었지만, 윌리엄 경이 늘어놓는 얘기들은 너무 식상하고 진부한 것들뿐이었다. 그는 자기가 국왕을 배알했던 일이나 기사 작위를 받았던 일처럼 전혀 새로운 게 없는 얘기를 따분하게 늘어놓았다. 그런 이야기를 들어 준다는 것은 정말 지루한 일이었다.

그레이스처치 가까지는 겨우 24마일밖에 안 되었다. 게다가 아침 일찍 출발했기 때문에 정오면 그곳에 도착할 수 있었다. 일행이 가드너 씨 댁 문 앞에 도착했을 때, 응접실의 유리 창문으로 그들이 도착하기를 기다리던 제인이 마중을 나와 주었다. 엘리자베스는 언니의 얼굴이 예전과 다름없이 건강하고 아름다운 걸 보고 무척이나 흡족해했다. 계단에는 사내아이들과 여자아이들이 모여 서 있었다. 그들은 응접실에서 사촌 누이가 오기를 기다리다가 빨리 보고 싶은 마음에 밖으로 나와 있었다. 12개월 만에 처음 만나는 거라 쑥스러운 마음에 선뜻 앞으로 나오지는 못하고 머뭇거렸다.

그날 하루는 더없이 유쾌하게 지나갔다. 아침에는 부산하게 쇼핑을 하러 돌아다녔고, 저녁에는 극장에 다녀왔다. 엘리자베스는 일부러 외숙모 옆에 자리를 잡았다. 두 사람이 나눈 첫 번째 화제는 제인에 관한 것이었다. 엘리자베스는 제인이 항상 밝은 모습을 보이려고 애쓰고 있기는 하지만, 가끔씩 의기소침해 한다는 말을 듣자 몹시 마음이 아팠다. 그런 기간이 줄어들었으면 하고 바라는 수밖에 없었다. 가드너 여사는 캐롤라인의 방문과 제인과 나누었던 이야기도 전해 주었다. 대화 내용으로 보아 제인은 캐롤라인과의 교제를 단념한 게 분명했다.

다음에 가드너 부인은 엘리자베스가 위컴에게 버림받았다고 놀려 대면서 그래도 잘 극복하고 있는 것 같다고 농담을 섞어 칭찬하기도 했다.

"그런데 엘리자베스, 킹이라는 여자는 도대체 어떤 아가씨니? 우리 친구인 위컴 씨가 돈에만 관심이 있는 남자라고 생각하고 싶진 않구나."

"그런데 외숙모, 돈만 추구하는 것과 신중하게 선택하는 것의 차이는 뭐지요? 신중함은 어디서 끝나고 탐욕은 어디서 시작되는 거예요? 지난 크리스마스 때 외숙모는 제가 그 남자와 결혼하는 게 경솔한 일이라면서 반대했잖아요? 그런데 지금은 그 사람이 고작 1만 파운드의 재산을 가진 여자와 결혼하려고 한다니까 그 사람을 돈만 밝히는 남자라고 의심쩍게 생각하시나요?"

"네가 그 킹이라는 여자에 대해 말해 주기만 하면 돼. 판단은 내가 알아서 할 테니까."

"아마 아주 좋은 여자일 거예요. 그 여자에 대해서 나쁘게 말하는 얘기는 듣지 못했어요."

"하지만 할아버지의 사망으로 그 여자가 재산을 상속받기 전에는 위컴이 관심도 안 보였잖아?"

"그건 그랬죠. 하지만 그게 뭐 잘못인가요? 제게 돈이 없어서 제 사랑을 지킬 수 없었던 것처럼, 그분도 자기가 좋아하지도 않고 돈도 없는 여자에게 구애할 이유가 없는 거 아닌가요?"

"그렇기는 하다만, 재산을 상속받은 직후에 갑자기 그 여자에게 관심을 갖는 건 좀 천박한 행동이라는 생각이 드는구나."

"궁핍한 처지에 있는 남자는 그렇지 않은 남자들처럼 고상하게 점잔을 뺄 여유가 없는 법이죠. 킹 양이 문제 삼지 않는다면 그걸로 된 거예요. 우리가 왈가왈부할 일은 아닌 것 같아요."

"그 아가씨가 반대하지 않는다고 해서 그의 행동이 정

당화되는 건 아니야. 그건 그 여자의 판단력이나 감정에 어떤 결핍이 있다는 증거밖에 안 돼."

"그럼 외숙모 좋을 대로 생각하세요. 위컴 씨는 돈만 밝히는 사람이고, 킹 양은 아둔한 여자로 알면 되겠군요."

엘리자베스가 큰 소리로 대꾸해 주었다.

"아니다, 리지. 내 마음대로 생각하라고 하면 난 그렇게 생각하고 싶지는 않다. 더비셔에서 그렇게 오래 살았던 청년을 나쁘게 생각하는 건 나로서도 그다지 기분 좋은 일은 아니란다."

"더비셔에서 오래 살았다는 게 문제인가요? 그렇다면 전 더비셔에 살고 있는 젊은 남자들을 아주 좋지 않게 생각하고 있는걸요. 하트퍼드셔에 살고 있는 그 남자들의 친구들 중에도 좋은 사람은 별로 없어요. 모두 역겨운 사람들이에요. 제가 내일 가는 곳에도 좋은 점이라고는 갖추지 않은, 매너도 분별력도 없는 비호감인 남자들만 있을 테니까요. 결국 우리는 멍청한 남자들만 알고 지내야 하는 처지로군요."

"말조심해라. 그런 식으로 세상을 포기하면 안 되는 거야."

연극이 끝나고 두 사람이 헤어지기 전에 외숙모는 그들 부부가 계획하고 있는 여름 여행에 동행해 달라며 엘리자베스가 예기치도 못했던 말을 꺼냈다.

"얼마나 멀리 갈지는 아직 정하지 않았어. 하지만 관광지가 많은 호수 지방까지는 갈 거야."

엘리자베스에게는 그보다 더 반가운 일이 있을 수 없었고, 따라서 고마운 마음으로 기꺼이 그 초대를 받아들였다.

"외숙모, 정말 고마워요! 이렇게 기쁜 적은 없었어요. 외숙모는 제게 새로운 활기와 생기를 선사해 주셨어요. 절망과 우울은 이제 그만 안녕을 고해야죠. 바위와 산 같은 자연에 비하면 남자 따위는 하잘 것 없는 존재예요. 정말 멋진 여행이 될 거예요. 우리는 여행을 해도 아무것도 기억하지 못하는 별 볼일 없는 사람이 되지 말자고요. 우리가 갔던 곳을 생생하게 기억하고 훤히 꿰고 있어야 해요. 호수와 산과 강이 머릿속에서 마구 뒤엉키게 해서는 안 돼요. 어느 곳의 경치를 묘사할 때도 서로 엇갈린 주장을 하면서 말씨름을 해서는 절대 안 되죠. 호수, 산, 강, 그런 것

들을 모두 소중히 머릿속에 간직할 거예요. 오래오래 기억
하면서 얘기하자고요. 한 가지라도 그럭저럭 지나치지 않
을 거예요."

제5장

다음 날의 여행이 엘리자베스에게는 새롭고 흥미로운 일로 다가왔다. 이제 즐거운 일을 받아들일 만큼 마음의 여유가 생겼기 때문이다. 언니가 매우 건강해 보여서 걱정이 사라진 데다가, 북부 지방으로 여행할 것을 생각만 해도 저절로 기분이 좋아지고 기운이 솟구치는 것 같았다.

마차가 큰길을 벗어나 헌스포드로 가는 좁은 길로 들어서자 사람들은 모퉁이를 돌 때마다 목사관이 나타나기를 기다렸다. 마차가 달리고 있는 길의 한쪽 편에는 로싱스 저택에 딸린 긴 울타리가 이어져 나가고 있었다. 엘리자베스는 로싱스 저택에서 사는 사람들에 관해 들었던 이야기를 떠올리며 실제로 어떤 사람들일까 하고 생각해 보았다.

이윽고 목사관이 눈에 들어왔다. 도로 쪽으로 난 경사진 정원과 그 안에 있는 집, 초록색 담과 월계수로 둘러진 담 등 모든 것이 이제 그들이 목적지에 도착했다는 걸 말해주고 있었다. 콜린스와 샬럿이 문 앞에 서 있었다. 마차가 작은 문 앞에 멈춰 섰는데 그 안으로는 자갈길이 이어져 있었다. 모두 마차에서 내렸고 반가운 눈인사가 이어졌다. 샬럿은 친구가 멀리서 와서 기뻐했고, 엘리자베스는 오랜 친구가 그토록 즐거워하는 모습을 보고는 자기가 정말 잘 왔다고 생각했다.

엘리자베스는 콜린스가 결혼 후에도 달라진 모습이 없다는 사실을 알게 되었다. 콜린스는 정중하게 격식을 차려가면서 엘리자베스를 문 앞에 세워둔 채 몇 분 동안 가족들의 안부를 묻고 나서야 만족한 표정을 지었다. 그 다음에 여행객들은 자기 집의 깨끗함에 대해서 설명하는 콜린스에게 인도되어 집 안으로 들어갔다. 응접실에 들어서자 콜린스는 다시 한 번 누추한 집을 방문해 주어서 고맙다는 감사의 인사를 되풀이했고 샬럿은 마실 것을 대접해주었다.

엘리자베스는 콜린스가 의기양양하게 자기들을 대할

것이라고 이미 예상하고 있었다. 그는 방의 훌륭한 배치와 구조와 가구를 자랑할 때 유독 엘리자베스를 쳐다보면서 얘기했다. 엘리자베스가 자신의 청혼을 거절함으로써 이 모든 특권을 놓쳤다는 걸 깨닫게 하려는 속셈이 빤히 들여다보이는 것 같았다. 사실 집 안은 모든 게 깔끔하고 안정되어 보인다는 점은 인정할 수 있었다. 그렇다고 해서 그의 청혼을 거절했던 걸 후회라도 하는 것처럼 한숨을 쉬어서 콜린스를 만족시켜 줄 수는 없었다. 그보다는 이런 남자와 함께 살면서도 쾌활한 성격을 유지할 수 있는 샬럿이 대단해 보였다. 콜린스는 아내를 불쾌하게 만들 수 있는 말을 몇 번 했는데 그럴 때마다 엘리자베스는 자기도 모르게 샬럿에게 눈길이 갔다. 한두 번 샬럿의 얼굴이 살짝 붉어지는 모습이 보였지만, 그녀는 대부분 못 들은 척하고 넘어갔다. 콜린스는 거실에 있는 벽장에서부터 벽난로의 재받이에 이르기까지 방 안에 있는 가구를 한 점도 빼놓지 않고 자랑했고 손님들은 그들이 여행했던 일에 대해서, 그리고 런던에서 벌어진 일에 대해서 이야기했다. 그런 다음에 콜린스가 정원으로 산책을 가자고 요청했다. 정원은 널

찍했고 정리 정돈이 잘 되어 있었다. 콜린스는 정원을 가꾸는 일이 자신의 취미 중의 하나라는 얘기를 해 주었다. 샬럿은 정원을 가꾸기가 운동도 되고 건강에도 좋기 때문에 남편에게 그 일을 자주 하도록 권한다고 말했다. 엘리자베스는 그런 말을 하는 샬럿의 모습에서 안정된 모습을 엿볼 수 있었다. 콜린스는 정원의 이곳저곳을 한 곳도 빠짐없이 안내하면서 손님들이 칭찬의 말을 할 틈도 없이 보이는 것마다 여러 가지 설명해 주었다. 그런 설명 때문에 손님들은 정원의 아름다움을 실질적으로 구경할 겨를이 없었다. 그는 사방에 있는 밭 하나하나에 대해서도 설명해 주었는데 가장 멀리 떨어진 숲에 나무가 몇 그루인지까지 알고 있었다. 그는 자기 집 정원은 말할 것도 없고 이 나라 안에 있는 어떤 고장도 로싱스의 전망과는 비교할 수 없을 거라고 말했다. 그의 집에서 거의 정면에 위치한 장원을 감싸고 있는 나무들 사이로 보이는 로싱스 저택은 언덕배기에 자리 잡은 아주 훌륭하고 웅장한 건축물이었다.

정원을 구경시킨 콜린스는 다음에 두 군데의 목초지까지 손님들을 데려가려고 했지만 하얗게 서리가 내린 길을 걸어 다닐 신발이 없는 여자들은 집으로 되돌아갈 수밖에 없었다.

그래서 윌리엄 루카스만 콜린스를 따라 나섰고, 두 사람이 목초지를 구경하는 동안 샬럿은 자기 동생과 엘리자베스를 집 안으로 데리고 들어갔다. 이제 자기 혼자서 집 안을 구경시켜 줄 수 있어서 샬럿은 기분이 유쾌해 보였다. 집은 자그마했지만 튼튼하고 편리하게 잘 지어져 있었다. 집 안에 있는 모든 살림은 깔끔하고 통일감 있게 잘 배치되어 있었는데 샬럿의 손길이 곳곳에 닿아 있다는 걸 느낄 수 있었다. 콜린스만 마음에 들어 한다면 전체적으로 볼 때 아주 안락한 곳이었다. 그리고 샬럿이 그러한 모든 것을 즐기고 있는 모습에서 그녀는 콜린스에 대해서는 전혀 개의치 않는 듯이 느껴졌다.

엘리자베스는 캐서린 여사가 아직 런던에 가지 않고 이곳에 머물고 있다는 것을 알고 있었다. 저녁 식사 도중에 콜린스가 다시 한 번 그 사실에 대해 알려주면서 말을 이었다.

"엘리자베스 양. 이번 일요일에 교회에서 캐서린 드 버그 여사님을 뵐 수 있는 영광을 얻게 될 거야. 그분을 뵈면 엘리자베스도 분명히 그분을 좋아하게 될 거야. 그분은 정말 자상하신 분이시니 예배가 끝난 뒤에 그분과 만나는 영예를 가질 수 있을 거야. 여기 머무는 동안 우리를 초대하실 때마다 처제와 엘리자베스 양을 함께 초대해 주실 거라고 자신 있게 말씀드릴 수 있어. 그분께서는 내 아내 샬럿에게도 무척 친절하게 대해 주신다고. 우리는 매주 두 번씩 로싱스 저택에서 식사를 하는데 그때마다 여기까지 걸어서 가지 못하게 하시지. 우리를 위해서 항상 그분의 마차를 내주시는 거야. 마차가 여러 대 있으니까 그중에서 하나를 내주시는 거라고."

"캐서린 여사님은 정말 존경할 만하고 사려 깊으신 분이야. 이웃 사람들에게도 자상하게 신경을 써 주시지."

샬럿이 남편의 말을 거들었다.

"그렇지. 그게 내가 매번 하는 말이라고. 우리가 아무리 칭송해도 모자랄 분이지."

콜린스가 거들었다.

그날 저녁은 주로 편지로 주고받았던 하트퍼드셔에 관

련된 소식을 전하면서 보냈다. 이야기가 끝나자 엘리자베스는 자기에게 배정된 방으로 돌아가 샬럿이 얼마나 행복한지에 대해서 혼자 생각해 보았다. 집 안을 안내하며 했던 말과 남편을 대하는 차분한 태도를 생각하면 모든 일을 아주 훌륭하게 해내고 있다는 걸 인정하지 않을 수 없었다. 엘리자베스는 또한 앞으로 이 집에서 머무는 동안 어떻게 시간을 보내게 될지에 대해서도 생각해 보았다. 대부분의 시간은 이 집 사람들의 조용한 일상 속에 지나갈 것이고, 그 시간 사이사이에 콜린스가 불쑥 끼어들어 당혹스러운 상황을 만들어낼 것이 분명했다. 그리고 로싱스 가의 사람들과의 요란한 만남이 기다리고 있을 것이다. 그녀는 풍부한 상상력을 발휘해서 앞으로 일어날 상황을 머릿속으로 미리 그려 보았다.

다음 날 정오 무렵 엘리자베스가 방에서 산책 나갈 준비를 하고 있을 때 갑자기 아래층이 요란해지며 무슨 소동이 벌어진 듯했다. 그녀가 잠시 듣고 있으려니 누군가 급하게 계단을 올라오면서 크게 자기의 이름을 불렀다. 엘리자베스가 문을 열자 계단 중간에 서 있던 마리아가 무척 흥분한 것처럼 숨을 헐떡거리며 소리쳤다.

"엘리자베스, 어서 식당으로 가 봐. 볼만한 구경거리가
있어. 무슨 일인지 내 입으로 얘기하지 않을 거야. 빨리 내
려가 봐."

엘리자베스는 무슨 일이냐고 물었지만, 마리아는 아무
것도 말해 주지 않았기 때문에 아래층으로 급히 내려가서
오솔길로 이어져 있는 식당으로 들어가 무슨 일인지 보려
고 했다. 정원 문 앞에 나지막한 사륜 쌍두마차가 멈춰 있
고 그 옆에는 두 여자가 있었다.

"이것 때문에 그렇게 난리를 피운 거야? 난 돼지가 정원
으로 침입이라도 한 줄 알았잖아. 고작 캐서린 여사와 그
분의 딸이잖아."

엘리자베스가 어이없다는 듯이 말했다.

"아냐, 캐서린 여사가 아니야. 나이 많은 여자는 그 저택
에 살고 있는 젠킨슨 여사래. 다른 한 여자는 캐서린 여사
의 딸이야. 체구는 조그마하군. 저렇게 작고 깡마른 여자
인 줄 누가 알았겠어?"

마리아가 말했다.

"바람이 심하게 부는데 샬럿을 밖에 서 있게 하는 건 무례한 일 아니야? 왜 집 안으로 들어오지 않는 거지?"

"샬럿이 그러는데 그 여자들은 집 안에 들어오는 일이 거의 없대. 캐서린 여사의 딸이 집 안에 들어오는 건 굉장한 호의를 베푸는 거래."

"난 저 아가씨의 외모가 마음에 드는걸."

엘리자베스는 한 남자를 떠올리며 말했다.

"병약하고 신경질이 많을 것 같아. 맞아. 그 남자하고 꽤 잘 어울리겠어. 그 남자하고 결혼하면 제격일 거야."

엘리자베스는 무슨 생각인가 나서 이렇게 말했다.

콜린스와 샬럿은 문 옆에 서서 마차 안에 앉아 있는 여자들과 이야기를 나누고 있었다. 그리고 윌리엄 경은 현관에 서서 드 버그 양을 황송한 표정으로 바라보다가 그녀가 자기 쪽으로 고개를 돌릴 때마다 연신 굽실대며 인사를 했다. 엘리자베스는 속으로 웃음이 나오는 걸 막을 수가 없었다.

마침내 더 이상 할 말이 없게 되었다. 두 여자는 마차를 타고 떠났고 콜린스 부부는 집 안으로 들어왔다. 콜린스는 엘리자베스와 마리아를 보고서는 불쑥 두 사람은 정말 운이 좋다고 말했다. 샬럿이 하는 말에 따르면 거기에 있는 사람들 모두가 다음 날 로싱스 저택에서 식사를 하도록 초대받았다는 것이었다.

제6장

  캐서린 여사의 초대를 받은 콜린스는 기분이 매우 고조
되어 있었다. 손님들에게 자신의 후견인의 위대함을 보여
줌으로써 감탄사를 유도해내고, 그 귀하신 분이 자기 부부
를 얼마나 정중하게 대하는지 보임으로써 자신의 능력을
과시하는 것이 그가 바라던 소망이었다. 그리고 그런 기회
가 빨리 다가왔다는 것은 그가 아무리 칭송해도 모자라는
캐서린 여사의 배려가 얼마나 깊은지를 증명하는 실제적
인 예가 될 것이었다.

  콜린스는 이렇게 말해 주었다.

  "솔직히 말해서 캐서린 여사님이 일요일 저녁에 로싱스
에 와서 차나 한잔 하면서 저녁을 보내자고 하셨다면 내가

놀라지 않았을 거야. 그분의 상냥하신 성품을 알고 있기에 그런 초대를 예상하고 있었다고. 하지만 이렇게까지 신경을 써 주실 줄은 몰랐어. 손님들이 도착하자마자 이렇게 초대해 주실 줄 누가 상상이나 할 수 있었겠어? 게다가 일행을 전부 초대해 주시다니!"

그의 말에 루카스 경이 옆에서 듣고 있다가 끼어들었다.

"내겐 그다지 놀랄 일이 아니라네. 난 신분이 높은 분들의 예의범절이 어떤지 접할 기회가 많았으니까 말일세. 궁정에서는 그처럼 호의를 베푸는 게 일상적인 일이거든."

그날 온종일 그리고 다음 날까지도 그곳 사람들은 로싱스 저택을 방문하는 일 외의 다른 얘깃거리를 찾지 못했다. 콜린스는 로싱스에서 보게 될 것을 미리 알려 주는 자상함을 잊지 않았다. 그 저택에 있는 방의 규모나 수많은 하인들, 그리고 거창한 만찬을 보고 손님들이 압도당하지 않도록 배려한 행동이었다.

숙녀들이 몸단장을 하기 위해 자리에서 일어서자 콜린스가 엘리자베스에게 말했다.

"옷차림에 대해 너무 걱정하지 마. 캐서린 여사께서는

우리가 자기 자신이나 따님과 같은 수준으로 우아하게 옷을 입어야 한다고 생각하지는 않으시니까. 엘리자베스 양이 가지고 있는 옷 중에서 가장 나은 옷을 입으면 돼. 그보다 더 좋은 옷을 입을 필요는 없어. 캐서린 여사께서는 검소한 옷차림을 했다고 엘리자베스 양을 좋지 않게 생각하시지 않을 거야. 그분은 신분이 드러나도록 옷을 차려입는 걸 좋아하셔."

여자들이 옷을 갈아입고 있는 동안에도 콜린스는 이곳 저곳 방문을 노크하며, 캐서린 여사가 손님이 늦게 와서 저녁 식사가 지연되면 아주 싫어한다며 빨리 옷을 입으라고 독촉했다. 부인의 성품과 생활 방식에 대한 그의 위협적인 설명은 사교계에 익숙하지 않은 마리아 루카스를 잔뜩 주눅 들게 했다. 그녀가 로싱스 저택에 들어서는 것은 자기 아버지가 국왕을 알현하기 위해 세인트 제임스 궁으로 들어갈 때만큼이나 떨리는 일이었다.

그날은 날씨가 유난히 화창해서 정원을 가로질러 반마일 정도 이동하는 걸음걸이가 유쾌했다. 정원은 각각 나름대로의 아름다움을 자랑하고 있었다. 콜린스가 입에 침이 마르도록 자랑한 것처럼 황홀할 만큼 아름다운 건 아니었지만, 엘리자베스도 꽤 마음에 드는 곳이었다. 콜린스는 저택 정면에 있는 유리창의 개수를 일일이 세어 가며 루이스 드 버그 경이 그 유리창을 끼울 때 얼마나 많은 돈을 썼는지 말해 주었다. 그러나 엘리자베스에는 그런 말을 듣고도 크게 감탄하지는 않았다.

그들이 현관으로 이어진 계단을 하나씩 올라갈 때마다 마리아의 감탄은 더해졌고 윌리엄 루카스 경도 당황하는 기색이 역력했다. 그러나 엘리자베스만은 압도되지 않았다. 엘리자베스는 캐서린 여사가 특별한 지성이나 존경할 만한 미덕을 지녔다는 말을 들은 적이 없었다. 캐서린 영부인의 위엄이 단지 돈과 지위 덕택에 위세를 얻고 있다면 크게 찬양할 만한 인물이 못된다고 생각되었던 것이다.

콜린스가 그토록 칭찬하던 멋진 구조와 우아한 장식을 갖춘 현관에 도착하자, 하인의 안내를 받아 대기실에 앉아 있다가 캐서린 여사와 그의 딸과 젠킨슨 부인이 앉아 있는 방으로 들어갔다. 여사가 자리에서 일어나 그들을 맞아 주는 예를 베풀어 주었다. 샬럿은 남편과 의논하여 자신이 소개하는 역할을 맡았기 때문에, 콜린스라면 당연히 필요하다고 생각했을 장황한 감사의 말은 생략하고 적당한 예절을 갖춰 소개하는 절차가 이루어졌다.

윌리엄 루카스 경은 세인트 제임스 궁에서 국왕을 알현한 경험이 있었음에도 불구하고, 주위의 분위기에 완전히 압도되어 깊이 허리를 굽혀 인사를 하고는 아무 말 없이 자리에 앉을 뿐이었다. 그의 딸 역시 정신이 나갈 정도로 주눅이 늘어서 간신히 의자 끝에 걸터앉은 채 시선을 어디로 둬야 할지 몰라 두리번거리고만 있었다. 그러나 엘리자베스는 전혀 당황한 기색 없이 침착하게 앞에 앉아 있는 세 여인을 살펴보고 있었다. 캐서린 여사는 키가 크고 체격도 컸으며, 얼굴 윤곽이 상당히 강한 편이었다. 젊었을 때는 꽤 아름다웠을 거라는 생각이 들 만큼 잘생긴 얼굴이었다. 그녀의 태도는 따뜻하고 온화한 편은 아니었고, 그들을 대하는 예절 또한 방문한 사람들이 자신의 낮은 신분을 의식하지 않을 만큼 정중한 것은 아니었다. 그녀가 입을 다물고 있을 때는 별로 위엄이 느껴지지 않았지만, 말을 할 때는 항상 자신의 높은 신분을 의식하는 것처럼 위압적인 어조였기에 엘리자베스는 이전에 위컴이 했던 말을 떠올렸다. 그날 관찰한 결과 엘리자베스는 캐서린 여사가 위컴의 말과 정확히 들어맞는 사람이라고 느꼈다.

엘리자베스는 용모나 태도가 다아시와 닮아 보이는 캐서린 여사를 관찰한 후에 그녀의 딸을 바라보았다. 그들 모녀는 용모나 자태에 닮은 데가 없었다. 그 딸의 모습은 창백하고 병에 걸린 것처럼 보였다. 얼굴은 범상해 보이지 않았지만 특별히 내세울 데라고는 없었다. 그녀는 젠킨슨 부인에게 귓속말을 하는 것 이외에는 거의 말을 하지 않았다. 젠킨슨 여사의 외모는 특별히 눈에 띄는 점 없이 평범했는데, 그녀는 드 버그 양의 말에 귀를 기울이면서 아가씨가 햇빛에 눈이 부실까 봐 햇빛 가리개를 적당한 위치에 놓는 데만 신경을 쏟고 있었다.

모두들 몇 분 동안 어색하게 자리에 앉아 있었는데 부인이 일행에게 창가로 가서 훌륭한 전망을 감상하라고 권했다. 콜린스는 그들 옆에 붙어 서서 아름다운 전망을 가리키며 이번에도 역시 칭찬을 아끼지 않았다. 캐서린 여사는 여름에는 훨씬 더 경치가 아름답다고 거들었다.

저녁 식사는 과연 훌륭했다. 콜린스의 말처럼 여러 명의 하인들이 식사 시중을 드는 가운데 수많은 요리가 나왔다. 그리고 그는 캐서린 여사의 권유에 따라 식탁의 맨 끝자리에 주빈인 것처럼 앉게 되었는데, 자기 생애에 그토록 영광스러운 순간은 없는 듯하다는 태도를 보였다. 그는 기쁨에 겨워 능숙하게 음식을 썰기도 하고 먹기도 하고 요리에 대한 감탄도 연발했다. 음식이 나올 때마다 콜린스가 먼저 칭찬을 하면, 그다음에는 윌리엄 경이 칭찬을 하는 게 정해진 순서였다. 윌리엄 루카스 경은 이제 마음이 진정되었는지 사위가 한 말을 앵무새처럼 따라 하고 있었는데, 캐서린 여사가 영 듣기 괴롭지 않을까 걱정이 될 정도였다. 그러나 캐서린 여사는 오히려 그들의 과장된 찬사를 흡족해하며 미소를 지으면서 만족해했고, 특히 테이블에 나온 요리를 보고 손님들이 처음 보는 음식이라고 할 때마다 더할 수 없이 너그럽고 자애로운 미소를 지어 보였다. 식탁에 둘러앉은 사람들은 별로 대화를 나누지 않고 식사에만 열중하고 있었다.

엘리자베스는 가능하면 대화에 참여할 생각이었지만,

샬럿과 드 버그 양 사이에 앉아 있어서 그럴 수가 없었다. 샬럿은 캐서린 여사가 하는 말에만 정신을 쏟고 있었고, 드 버그 양은 저녁을 먹는 내내 엘리자베스에게 한마디도 말을 걸지 않았다. 젠킨슨 부인은 드 버그 양이 너무 적게 먹는다고 걱정하며 다른 음식도 먹어 보라고 권유하기에 바빴다. 아가씨가 식욕이 너무 없다면서 걱정이 이만저만이 아니었다. 마리아는 분위기에 압도되어 아무 말도 할 수 없었고, 남자 두 사람은 음식을 먹으면서 연신 칭찬하는 일에만 열중했다.

여자들이 응접실로 들어간 뒤로는 거기서 캐서린 여사의 이야기를 듣는 것 이외에는 할 일이 없었다. 여사는 커피가 나올 때까지 쉴 새 없이 이런저런 이야기를 했는데, 다른 사람들이 하는 이야기를 듣는 데에는 소질이 없는 것처럼 위압적인 태도였다. 그녀는 샬럿의 집안일들을 상세히 물어보고, 그 일을 처리하는 방법에 대해 충고했다. 샬럿네 집처럼 규모가 작은 가정에서는 어떻게 살림을 꾸려야 하는지, 암소와 닭은 어떻게 돌봐야 하는지까지 등에 대해서도 알려주었다. 엘리자베스는 이 귀부인이 남들에게 간섭할 수 있는 기회만 주어진다면 어떤 일이든 마다 하지 않을 거라고 생각했다. 여사는 샬럿과 대화를 나누는 도중에 마리아와 엘리자베스에게도 여러 가지 질문을 던졌는데, 마리아보다도 잘 모르고 있던 엘리자베스를 품위 있고 아름답다고 샬럿에게 얘기하는 것이었다. 그녀는 엘리자베스에게 자매들이 모두 몇이나 되며 그 자매들이 엘리자베스보다 나이가 많은지 적은지, 그중에서 누가 결혼할 예정은 없는지, 그 자매들이 아름다운지, 교육은 잘 받았는지, 아버지가 어떤 마차를 소유하고 있는지, 어머니의 원래 성은 무엇이었는지 등에 대해서 물었다. 엘리자베스는 그렇게 묻는 태도가 무례하고 오만하다고 느꼈지만 기죽지 않고 대답해 주었다. 그러자 캐서린 여사가 말했다.

"아버지의 재산이 콜린스에게 가게 된다고 들었는데."

그러고 나서 샬럿을 돌아보며 말했다.

"자네한테는 잘된 일이로군. 하지만 난 여자들이 상속에서 빠져야 하는 이유를 납득할 수가 없어. 우리 집안하고는 상관없는 일이지만 말이야. 엘리자베스 양, 악기도 다룰 줄 알고 노래도 할 줄 아나?"

"조금은 합니다."

"아, 그래? 그럼 아무 때나 연주와 노래를 들어 보면 되겠군. 우리 집에 있는 피아노는 아주 좋은 거야. 어디서도 쉽게 구경할 수 없을 거라고. 그런데 자매들도 연주와 노래를 할 줄 아나?"

"한 명은 합니다."

"왜 모두 다 배우지 않았을까? 당연히 모두 다 배웠어야지. 여기 웨브 씨 집안 딸들은 모두 악기를 다룰 줄 알지. 그 집의 재산은 아가씨의 아버지만큼도 못할 텐데 말이야. 그림은 그리나?"

"그림은 그릴 줄 모릅니다."

"뭐라고? 자매들 다 못 그린단 말인가?"

"네, 다 못 그립니다."

"그건 정말 이상한 일이로군. 그런 기회를 가질 수 없었던 게로군. 어머니께서 매년 봄마다 런던으로 딸들을 데리고 가서 훌륭한 선생님의 지도를 받았어야 하는데."

"어머니는 그렇게 하고 싶어 하셨지만, 아버지께서 런던을 싫어하셔서요."

"가정교사가 나가버렸나?"

"가정교사는 둔 적이 없습니다."

"가정교사가 없었다고? 어떻게 그럴 수가 있지! 딸이 다섯이나 되는데 가정교사도 없이 집에서 교육하다니! 난 그런 얘기를 들어본 적이 없어. 어머니께서 자식들을 교육하느라고 완전히 노예처럼 사셨겠네."

엘리자베스는 그렇지 않았다고 말하면서 속으로 너무 어이가 없어서 웃음이 터질 것 같았다.

"그럼 누가 딸들을 가르쳤지? 누가 돌봐 주었느냐고? 가정교사가 없었다면 아무도 돌봐주지 않았을 텐데."

"일부 집안과 비교하면 그랬다고 할 수도 있죠. 하지만 우리가 배우고 싶어 할 땐 얼마든지 배울 수 있었습니다. 부모님께서 항상 독서를 권고하셨고 훌륭한 가르침을 주는 사람들을 만날 수 있었어요. 게으름을 피우려고 들면 그럴 수도 있었겠지만 그렇지는 않았답니다."

"맞아, 그런 게으름을 막아 주는 역할을 하는 게 바로 가정교사지. 내가 아가씨의 어머니를 알고 지냈더라면 가정교사를 두라고 열심히 권고했을 거야. 꾸준히 가르침을 받

339

아야만 사람의 구실을 할 수 있고, 그런 가르침을 주는 사람이 가정교사지. 내가 가정교사를 구해 준 집이 얼마나 많은지 그걸 생각하면 뿌듯하다니까. 젊은 사람에게 좋은 일자리를 구해 주는 건 정말 흐뭇한 일이지. 젠킨슨 부인의 조카딸 네 명도 내가 좋은 자리에 소개해 줬지. 며칠 전만 해도 우연한 기회에 소개받은 청년을 추천했는데 가족들이 아주 대만족이라더군. 콜린스 부인, 어제 멧칼프 여사가 나한테 고맙다는 인사를 하러 들렀다는 얘기를 내가 했었나? 포프 양이 보물이라고 말하더군. '캐서린 여사님께서 제게 보물을 찾아 주셨어요.' 이렇게 그 여자가 말하더군. 엘리자베스 양, 자네 동생들은 사람들을 사귀고 다니나? 동생들 중에 사교계에 나온 아가씨가 있나, 베넷 양?"

"예, 모두 다 나다니고 있습니다."

"뭐라고? 다섯 명 전부가 나다니고 있다고? 정말 이상한 일이로군. 아가씨가 겨우 둘째인데 말이야. 언니들이 아직 결혼도 안 했는데 동생들이 밖으로 나돌아 다니면서 남자들을 만나고 있다니. 동생들은 아직 아주 어릴 텐데."

"네, 막내가 열여섯 살이에요. 아직 남자들을 사귈 나이는 아니죠. 그렇지만 여사님, 언니들이 결혼할 의향이나 수단이 없는데 동생들까지 남자들과 사귈 기회를 놓쳐 버린다면 너무 가혹하지 않을까요? 늦게 태어나는 사람도 일찍 태어난 사람과 마찬가지로 인생을 즐길 권리가 있잖아요? 그런 구속을 받을 필요는 없지요. 그런 구속을 받는다고 해서 형제자매의 우애가 더해지는 건 아니니까요."

"아가씨는 젊은 사람이 자기 생각을 꽤 당당하게 말하는군. 나이가 몇 살인가?"

캐서린 여사가 물었다.

"성인이 된 동생이 세 명이나 있는데 제 입으로 나이를 말할 거라고 기대하시지는 않겠죠."

엘리자베스가 미소를 지으며 대답했다. 캐서린 여사는 즉답을 듣지 못한 사실에 대해서 당황스러워하는 눈치였다. 엘리자베스는 그런 높은 신분의 사람에게 그처럼 당돌하게 말한 첫 번째 인물이 바로 자신일 거라고 생각했다.

"내 생각엔 스무 살은 넘지 않았을 것 같군. 그러니 나이를 감출 필요는 없을 것 같은데."

"스물한 살은 됐지요."

이어서 남자들이 함께 차를 마시러 왔다. 그들이 차를 다 마시고 나자 카드 테이블이 준비되었다. 캐서린 여사, 윌리엄 루카스 경, 콜린스 부부가 하나의 테이블을 차지했다. 캐서린 여사의 딸은 다른 방식의 카드놀이를 선택했기 때문에 엘리자베스와 마리아, 젠킨슨 여사가 캐서린 여사의 딸과 한 팀을 이루게 되었다. 그 팀의 카드놀이는 재미가 없었다. 게임과 관련된 말 이외의 다른 말은 한마디도 하지 않았다. 다만 젠킨슨 여사가 캐서린 여사의 딸에게 너무 덥거나 춥지 않은지, 혹은 불빛이 너무 많이 비치거나 적게 비치지 않는지를 물어보는 정도였다. 다른 쪽 카드놀이에서는 훨씬 더 많은 이야기들이 오고갔다. 주로 캐서린 여사가 말을 많이 했는데, 다른 사람들의 카드놀이 실수를 지적해 주거나 자기 자신의 신상 이야기를 했다. 콜린스는 캐서린 여사가 무슨 말을 하든지 맞장구를 치면서 자기가 점수를 딸 때마다 고맙다는 말을 빼놓지 않았고, 너무 많이 땄을 때는 사과하는 것 또한 잊지 않았다. 윌리엄 루카스 경은 별로 말을 많이 하지 않았다. 단지 캐서린 여사의 일화와 귀족들의 이름을 머릿속에 집어넣는 데만 정신을 쏟고 있었다.

캐서린 여사와 그의 딸이 싫증이 날 때까지 게임을 즐기고 나자 테이블이 모두 치워졌다. 여사가 콜린스에게 마차를 내주겠다고 제안하자, 사람들은 감사하게 받아들였고 여사는 즉시 지시를 내렸다. 그들은 벽난로 주위에 둘러선 채 다음 날 날씨에 관한 캐서린 여사의 얘기를 들었다. 그러는 동안 마차가 도착해서 손님들을 불렀다. 그들이 떠날 때 콜린스는 다시 감사의 인사를 반복했고, 윌리엄 루카스 경은 여러 차례 절을 했다. 마차가 문 앞을 출발하자마자 콜린스는 엘리자베스에게 로싱스 저택에서 본 것에 대한 그녀의 감상을 물어 왔다. 그녀는 샬럿을 배려하는 마음에서 자신의 본심보다 과장되게 칭찬을 해 주었다. 그러나 그녀가 상당히 호의적으로 힘겹게 꾸며 낸 칭찬의 말도 콜린스를 만족시킬 수는 없었다. 그래서 그는 결국 캐서린 여사에 대한 찬사를 자신이 직접 늘어놓게 되었다.

제7장

　윌리엄 루카스 경은 헌스포드에 1주일밖에 머무르지 않
았지만, 딸이 안락하게 자리를 잡았으며 좋은 남편과 훌륭
한 이웃들을 확보하게 되었다는 사실을 충분히 감지할 수
있었다. 콜린스는 윌리엄 경이 머무르는 동안 아침마다 이
륜마차를 타고 함께 다니면서 주변 지역을 구경시켜 주었
는데, 그가 떠나고 나자 온 가족은 다시 일상적인 삶으로
돌아왔다. 엘리자베스는 사촌이 한가해져서 더 자주 마주
치게 될까 봐 걱정했지만, 다행스럽게도 그런 일은 일어나
지 않았다. 왜냐하면 콜린스는 아침 식사를 하고 나서 저
녁을 먹을 때까지 대부분의 시간을 정원에서 일을 하거나
책을 읽거나 편지를 쓰거나 도로 쪽으로 나 있는 서재에서

창문으로 바깥 풍경을 내다보며 시간을 보냈던 것이다. 숙녀들이 사용하는 방은 집 뒤편에 있었다. 엘리자베스는 샬럿이 평상시에 식당을 겸한 응접실을 사용하지 않는 걸 보고 처음에는 의아하게 생각했다. 이 방은 훨씬 더 넓고 전망도 좋은 방이었는데 그녀는 친구가 그렇게 하는 이유가 있다는 걸 알게 되었다. 그들이 콜린스의 서재처럼 쾌적한 방에서 시간을 보낸다면, 틀림없이 콜린스가 자기 서재에서 보내는 시간이 줄어들고 그 방에서 보내는 시간이 많아질 것이었다. 엘리자베스는 샬럿이 무척 지혜롭다고 감탄했다.

응접실에서는 집 앞에 난 좁은 길이 잘 보이지 않았지만, 콜린스가 알려 준 덕분에 무슨 마차가 지나갔는지, 특히 드 버그 양의 이륜마차가 몇 번이나 지나갔는지 알 수 있었다. 드 버그 양은 거의 매일같이 그 길을 지나갔는데도 콜린스는 한 번도 빠뜨리지 않고 그때마다 와서 알려 주곤 했다. 드 버그 양은 목사관 앞에 마차를 세우고 샬럿과 잠시 얘기를 주고받기는 했지만, 한 번도 마차에서 내려서 집 안으로 들어오라는 권유를 받아들이지 않았다.

콜린스는 거의 하루도 빠짐없이 로싱스 저택을 방문했고 그의 아내 역시 마찬가지였다. 엘리자베스는 그쪽에서 어떤 혜택을 줄 것이라고 생각하기까지는 두 사람이 그 집을 위해 그렇게 많은 시간을 할애하는 이유를 이해할 수가 없었다. 이따금 캐서린 여사가 목사관을 방문해 주었는데, 그 방문이 이루어지는 동안에는 방 안에 있는 어떤 물건도 그녀의 관찰력에서 벗어나지 못했다. 물건들을 한 가지도 놓치지 않고 자세히 살펴보면서 살림살이를 점검하고, 일하는 모습을 눈여겨보고, 가구 배치가 잘못되었다고 트집을 잡거나 가정부가 소홀하게 처리한 일을 찾아내기도 했다. 어쩌다가 간단히 음식을 먹을 때도 있었지만, 그것은 단지 콜린스가 먹는 고깃덩어리가 그 집 형편에 맞지 않게 너무 크다는 걸 지적하기 위한 것처럼 보였다.

엘리자베스는 얼마 안 가서 이 대단한 귀부인이 이 구역의 치안 담당을 위임받은 건 아니지만, 자기 교구 안에서 적극적으로 치안 판사의 역할을 맡고 있다는 걸 알게 되었다. 이 지역에서 일어나는 모든 일들이 사소한 것까지 포함해서 콜린스를 통해 캐서린 여사에게 전달된다는 사실을 이내 알게 되었다. 마을 사람들 중에서 누군가 싸움을 벌이거나, 불만을 갖고 있거나, 가난해서 곤란한 지경에 처할 때마다 그녀가 항상 마을로 달려가서 싸움을 중재하고, 불만을 잠재우고, 훈계해서 서로 화해할 수 있도록 만들었다.

로싱스 저택에서 만찬을 즐기는 일은 매주 두 번 정도 계속 반복되었다. 그리고 윌리엄 루카스 경이 가버려서 이제 카드 테이블이 하나밖에 차려지지 않는다는 점만 빼면 그러한 식사가 가져다주는 즐거움이 맨 처음과 별반 다르지 않았다. 그 이외에는 달리 할 일이 없었다. 캐서린 여사의 생활수준은 콜린스 부부가 따라갈 수 없는 것이었기 때문이다. 그러나 엘리자베스는 그러한 생활수준의 차이에 별로 개의치 않고 대체로 편안하고 여유로운 시간을 보냈다. 이따금 샬럿과 반시간 정도 대화를 나눌 수 있었고, 3월치고는 날씨가 아주 화창했기 때문에 가끔 산책하는 것도 큰 즐거움이 되었다. 다른 사람들이 캐서린 여사의 집에 가 있을 때면 엘리자베스는 자기가 좋아하는 길을 거닐었다. 그 길은 정원의 한쪽 가장자리를 둘러싸고 있는 키

작은 나무들로 이루어진 넓은 숲을 따라 나 있었는데 그곳에 산책하기 좋은 길이 있었던 것이다. 그곳은 그녀 외에는 아무도 그 가치를 발견하지 못한 것 같았다. 캐서린 여사의 호기심도 이곳까지는 미치지 못한 모양이었다.

그렇게 조용한 생활을 즐기는 가운데 벌써 2주일이 지났다. 부활절이 다가오면서 부활절 전주에는 로싱스 저택에 손님 한 사람이 더 오기로 되어 있었다. 교제하는 사람이 워낙 적은 로싱스에 새로운 손님이 온다는 건 매우 중요한 사건이었다. 엘리자베스는 다아시가 몇 주 내로 방문할 거라는 얘기를 헌스포드에 도착하고 얼마 있다가 알게 되었다. 엘리자베스로서는 다아시만큼 반갑지 않은 사람이 있을 수 없었지만, 그의 등장은 로싱스 저택에 그나마 새로운 구경거리가 될 것 같았다. 또 캐서린 여사가 조카를 자기 딸과 결혼시키려고 점찍어 놓은 상황에서 그네들의 태도를 보고 있노라면 캐롤라인이 속으로 다아시를 자기 배필로 생각하고 있는 게 얼마나 어리석은 짓인지 깨닫게 될 것이었다. 캐서린 여사는 다아시를 자신의 사윗감으로 점찍어 놓은 게 분명했다. 여사는 다아시가 올 거라며 대단히 흡족해했고, 최고의 찬사를 동원해서 그를 칭찬했다. 샬럿과 엘리자베스가 이미 그를 몇 번이나 만났다는 얘기를 듣고는 어쩐지 화가 난 것처럼 보였다.

다아시가 도착했다는 소식은 곧 목사관에 전해졌다. 왜냐하면 콜린스가 누구보다 먼저 그의 도착을 확인하기 위해 오전 내내 로싱스 저택으로 통하는 길 쪽에서 왔다 갔다 하면서 걸어 다니고 있었기 때문이다. 그는 마차가 정원에 들어서자마자 마차를 향해 절을 하고 이 굉장한 소식을 전하기 위해 부리나케 집으로 들어왔다. 다음 날 오전에 콜린스는 문안 인사를 드리기 위해 서둘러 로싱스 저택으로 향했다. 그가 인사를 드려야 할 대상은 캐서린 여사의 조카 두 사람이었다. 왜냐하면 다아시가 자기 숙부의 둘째 아들인 피츠윌리엄 대령을 대동하고 왔기 때문이었다. 콜린스가 목사관으로 돌아올 때 그 두 사람이 따라와서 모두가 놀라게 되었다. 샬럿은 남편의 서재에서 그들이 길을 가로질러 오는 모습을 보자 곧장 엘리자베스와 마리아가 있는 방으로 달려와 그들이 보게 될 영광스러운 광경을 미리 알려 주었다. 그리고 이렇게 덧붙였다.

"이분들이 방문하신 건 네 덕분인 것 같아. 다아시 씨가 나한테 인사하기 위해서 이렇게 서둘러 오실 리는 없으니까 말이야."

엘리자베스가 자기는 그런 인사를 받을 이유가 없다는 말을 했는데, 곧이어 벨이 울려서 그들이 도착했다는 걸 알려 주었다. 그리고 곧바로 세 사람의 신사가 방으로 들어섰다. 가장 먼저 들어온 사람은 피츠윌리엄 대령이었다. 그는 서른 살 정도 되어 보였고, 잘생긴 편은 아니지만 풍기는 분위기나 말하는 태도가 점잖고 신사다웠다. 다아시는 하트퍼드셔에서 보았던 모습과 전혀 달라진 게 없었다. 그는 평소처럼 격식을 갖춰서 샬럿에게 인사를 하고, 엘리자베스에게는 속으로 그녀를 어떻게 생각하든 간에 아주 침착한 태도로 인사를 건넸다. 엘리자베스는 말없이 고개만 약간 숙여 보였을 뿐이었다.

피츠윌리엄 대령은 교양 있는 사람답게 자연스럽고 편안하게 대화를 이끌어 갔다. 그러나 다아시는 샬럿에게 집과 정원에 대해 간단한 칭찬을 건네고 나서 한참 동안 아무에게도 말을 걸지 않았다. 그렇지만 결국 어떤 격식을 차려야겠다고 생각되었는지 엘리자베스에게 가족들의 안부를 물었다. 엘리자베스는 평소의 방식대로 대답해 주었고, 잠깐 사이를 두었다가 이렇게 물어보았다.

"언니가 석 달째 런던에 머물고 있어요. 혹시 런던에서 언니를 만나지 않으셨나요?"

그녀는 다아시가 언니를 만난 적이 없을 것이라고 확신하고 있었지만, 그가 빙리 집안의 사람들과 제인 사이의 일에 대해서 알고 있음을 내비치지 않을지 떠보고 싶었던 것이다. 그런데 다아시가 언니를 만날 기회를 갖지 못했다고 말할 때 다소 당황하는 모습을 볼 수 있었다. 그들은 그 문제에 대해서 더 이상 말하지 않았다. 그리고 두 남자는 잠시 후 그곳을 떠났다.

제8장

목사관의 사람들은 모두 피츠윌리엄 대령의 훌륭한 매
너에 대해 칭송했고, 여자들은 그 사람 덕분에 로싱스 저
택의 파티에 활기가 넘쳐흐를 것이라고 느꼈다. 하지만 그
곳으로부터 초대가 오기까지는 며칠이 걸렸다. 왜냐하면
그 집에 손님들이 있는 동안에는 굳이 다른 손님들을 초대
해야 할 필요를 느끼지 못했기 때문이다.

신사들이 도착한 지 일주일이 지난 부활절이 되어서야
그들은 초대를 받을 수 있었고, 그것도 교회에서 예배가
끝난 뒤 저녁을 함께 보내자고 초대를 받았을 뿐이었다.
지난 일주일 동안 그들은 캐서린 여사나 그녀의 딸을 좀처
럼 볼 수 없었다. 그동안에 피츠윌리엄은 목사관에 한 번

들렀지만, 다아시는 교회에서만 볼 수 있었다.

목사관의 사람들은 당연히 초대에 응했고 적절한 시간에 캐서린 여사의 저택으로 간 그들은 응접실에서 그곳 사람들과 어울리게 되었다. 캐서린 여사는 목사관의 사람들을 예의를 갖추어서 맞이하기는 했지만 그 전에 집에 손님이 없을 때에 비하면 덜 반가워하는 기색이 역력했다. 사실상 그녀는 조카들하고만 대화를 했고 그중에서도 다아시와 주로 말을 했다.

피츠윌리엄 대령은 목사관의 사람들을 진심으로 반기는 것으로 보였다. 그는 누구든지 환영해 주었다. 그중에서도 샬럿의 어여쁜 친구는 특별히 그의 마음을 끌었다. 피츠윌리엄 대령이 옆에 앉아서 켄트와 하트퍼드셔에 대해, 여행이나 집 안에서 시간을 보내는 것에 대해, 그리고 책이나 음악에 대해서 얘기했는데, 엘리자베스는 그 어느 때보다 즐겁게 시간을 보낼 수 있었다. 그들이 쾌활하고 활기 있게 대화를 나누는 모습은 다아시뿐 아니라 캐서린 여사의 관심까지 끌게 되었다. 다아시는 자주 호기심에 가득 찬 시선을 보냈고, 캐서린 여사도 잠시 후에 호기심이 생겨서 두 사람을 향해 말했다.

"피츠윌리엄, 지금 무슨 얘기를 하고 있는 거지, 대화의 주제가 뭐야? 베넷양에게 하고 있는 얘기가 무슨 얘기냐? 나도 좀 들어 보자."

"음악에 관해서 얘기를 하고 있었습니다, 이모님."

더 이상 대답을 회피할 수 없게 된 피츠윌리엄이 대답했다.

"아, 음악. 그럼 크게 얘기해 봐. 나도 음악을 아주 좋아하지. 음악에 관해서라면 나도 좀 끼어들자고. 영국에서 나만큼 음악을 좋아하고 진정으로 감상할 수 있는 사람은 몇 안 될 거야. 내가 제대로 음악을 배우기만 했더라면 아주 훌륭한 음악가가 되었을 텐데. 내 딸도 건강만 허락했다면 그렇게 되었을 거고. 조지아나는 요즘 실력이 많이 늘었니, 다아시?"

다아시는 자기 동생의 연주 실력이 늘었다면서 애정이 담긴 말로 칭찬했다.

"그렇게 칭찬하는 말을 들으니까 기쁘구나. 내가 연습을 부지런히 하지 않으면 뛰어난 실력을 갖출 수 없다고 하더라고 전해 주렴."

"걱정 마세요, 그 아이한테는 그런 말이 필요하지 않을 거예요. 그렇게 충고하시지 않아도 꾸준히 연습하고 있어요."

"연습은 많이 할수록 좋은 법이지. 아무리 해도 과하지 않아. 다음에 내가 그 아이에게 편지를 쓸 때는 어떤 이유로든 연습을 게을리하지 말아야 한다고 말해주겠어. 난 젊은 아가씨들에게 항상 꾸준한 연습이 없으면 음악에서 훌륭한 솜씨를 낼 수 없다고 말해 주지. 엘리자베스 양에게도 더 많이 연습하지 않으면 제대로 된 연주를 할 수 없다고 여러 번 얘기해줬지. 그리고 콜린스 부인에게는 집에 악기가 없기는 하지만 매일 로싱스에 와서 젠킨슨 부인 방에 있는 피아노를 연주해도 좋다고 말했단다. 그 방에 있으면 다른 사람들에게 방해가 되지 않으니까 말이다."

다아시는 자기 이모가 너무 간섭해서 다소 기분이 상했지만 아무 말도 하지 않았다.

커피를 다 마신 다음에 피츠윌리엄 대령은 엘리자베스에게 연주를 들려주기로 한 약속을 지켜 달라고 말했다.

그녀는 곧바로 피아노 앞으로 가서 앉았다. 그러자 대령은 의자를 그녀 가까이 당겨 앉았다. 캐서린 여사는 피아노 연주를 반 정도 듣다가 다시 다아시에게 말을 걸었다. 나중에 다아시는 캐서린 여사 곁에서 일어나 평소처럼 조심스런 태도로 아름다운 연주자의 얼굴을 정면에서 바라볼 수 있는 자리로 옮겨 앉았다. 엘리자베스는 그가 자리를 옮겨 앉는 걸 알았고, 연주 중간에 쉬는 틈을 타서 짓궂은 미소를 지으며 그를 돌아보고 말했다.

"이렇게 가까이 다가오셔서 제 연주를 들으시면 제가 겁낼 거라고 생각하셨나 보죠? 하지만 전 선생님의 동생분이 아무리 훌륭한 연주를 하신다고 해도 전혀 기죽지 않아요. 저는 고집이 있어서 다른 사람이 고의로 저를 겁주려고 하면 절대로 못 참거든요. 남이 저를 겁주려고 하면 오히려 용기가 솟는 답니다."

"엘리자베스 양이 오해했다고 말하지는 않을 겁니다. 왜냐하면 제가 일부러 엘리자베스 양을 겁주려 한다고 믿지는 않으실 테니까요. 난 엘리자베스 양을 꽤 오래 알고 지낸 터라 이따금 본인의 진심과는 다른 말을 하는 걸 큰 즐거움으로 삼으신다는 걸 알고 있습니다."

엘리자베스는 그렇게 자기를 평가하는 말을 듣고는 큰 소리로 웃었다. 그리고 피츠윌리엄 대령을 보면서 말했다.

"대령님의 사촌께서는 저를 아주 좋게 말씀해 주시면서 제가 하는 말은 한마디도 믿지 말라고 말씀을 해주셨군요. 제 본색을 이렇게 잘 폭로하는 분을 만나다니 정말 운이 없네요. 이곳에서는 사람들에게 꽤 괜찮은 평판을 얻고 싶었는데 말이죠. 다아시 선생님, 정말 너무 잔인하신 거 아닌가요? 하트퍼드셔에서부터 알고 있던 제 약점을 모두 드러내 보이다니 말이에요. 그러니 나도 복수를 안 할 수가 없네요. 저도 선생님의 친척 분들이 깜짝 놀라실 만한 얘기를 하지 않을 수 없게 됐네요."

"저는 조금도 두렵지 않습니다."

다아시가 미소를 지으며 말했다.

"다아시가 무슨 잘못을 했는지 들어 봅시다. 다아시가 낯선 사람들 사이에서 어떻게 행동하는지 저도 무척 궁금하군요."

피츠윌리엄 대령이 큰 소리로 말했다.

357

"아주 충격적인 얘기를 들으실 각오를 하셔야 할 거예요. 내가 처음으로 다아시 선생님을 만난 건 하트퍼드셔의 무도회에서였는데 그때 저분이 어떻게 행동했는지 아세요? 무도회에는 남자 분들이 너무 부족했는데도 겨우 네 번밖에 춤을 추지 않으셨답니다. 기분 상하게 해 드려서 죄송하지만 그게 사실인걸요. 제가 분명히 기억하는데 파트너가 없어서 춤을 추지 못하고 자리에 앉아 있어야 하는 젊은 아가씨들이 한두 명이 아니었어요. 다아시 선생님, 이런 사실을 부인하지는 않으시겠죠?"

"그 파티장에는 제 일행 이외에는 제가 아는 숙녀분이 한 분도 없었습니다."

"그랬겠죠. 무도회에서 사람을 소개받으면 안 된다는 법이라도 있나요? 피츠윌리엄 대령님, 다음엔 무슨 곡을 연주할까요? 제 손가락이 대령님의 명령을 기다리고 있군요."

다아시가 말했다.

"제가 그 자리에서 다른 사람들을 소개받는 것이 현명한 처사였겠죠. 하지만 저는 이방인들 앞에 나서는 데는 워낙 소질이 없습니다."

"이번에는 대령님의 사촌께 그 이유를 여쭤 볼까요?"

엘리자베스는 여전히 피츠윌리엄 대령을 쳐다보며 말했다.

"교양과 학식을 갖추시고 세상 경험도 할 만큼 하신 분이 어째서 이방인들 앞에 나서는 게 그렇게 소질이 없는지를."

"다아시에게 물어보지 않아도 그건 제가 대답해 드릴수 있습니다. 그건 다아시가 굳이 그런 노력을 하지 않으려고 하기 때문이죠."

피츠윌리엄이 말해 주었다.

"다른 사람들에게는 쉬운 능력이 제게는 없지요. 전에만나 본 적이 없는 사람들하고 스스럼없이 대화할 수 있는능력 같은 것 말입니다. 그런 사람들과 대화를 맞추어 나갈 수가 없고 그런 사람들이 하는 말에 일부러 귀를 기울이는 척할 수도 없죠. 다른 사람들은 그렇게 잘합니다만."

다아시가 말했다.

"제 손가락은 이 피아노 건반 위에서 다른 여자들처럼

능수능란하게 움직이지 못해요. 그런 여자들만 한 힘도 없고 속도감도 없고 그만한 효과음도 낼 수가 없어요. 그럴 때마다 난 내가 부족해서 그런다고 생각해 버려요. 그만큼 열심히 연습하지 않았으니까요. 그렇지만 제 손가락이 다른 여자들의 손가락보다 훌륭한 연주를 할 수 있는 능력이 없다고 생각하지는 않아요."

엘리자베스가 응수했다.

다아시가 미소를 지으며 말했다.

"아주 바른 말씀을 하셨어요. 엘리자베스 양은 자신의 시간을 훨씬 더 효과적으로 사용하신 거지요. 당신의 연주를 듣는 특권을 누린 사람들 중에서 그 연주가 부족하다고 생각할 사람은 없을 테니까요. 엘리자베스 양도 이방인 앞에서는 연주하지 않았고, 저도 이방인들과는 대화하지 않는다는 공통점이 있네요."

그들의 대화는 캐서린 여사가 무슨 얘기를 하고 있느냐고 물어 오는 바람에 중단되고 말았다. 엘리자베스는 곧바로 다시 연주를 시작했다. 캐서린 여사가 다가와서 한참동안 그녀의 연주를 듣고 있다가 다아시에게 말했다.

"엘리자베스는 좀 더 연습하고 런던에 있는 지도자들에게 가르침을 받으면 더 잘 칠 수 있을 거야. 손가락 움직임이 좋군. 물론 내 딸 앤의 음악적인 감각은 따라가지 못하겠지만. 앤이 건강하기만 했다면 아주 좋은 연주자가 될 수 있었을 텐데."

엘리자베스는 다아시가 자기 사촌인 앤에 대한 칭찬에 얼마나 동의하는지 그의 동태를 살펴보았다. 그러나 그에게서 사촌 누이에 대한 사랑의 징후는 전혀 찾아볼 수 없었다. 그러한 다아시를 보면서 엘리자베스는 나름대로 결론을 내렸다. 다아시와 캐롤라인 양이 연애를 하거나 결혼하게 될 가능성이 높아졌다고 말이다. 그것은 캐롤라인 양이 들었다면 무척 위안이 되었을 만한 결론이었다.

캐서린 여사는 엘리자베스의 연주를 듣는 내내 연주 방법과 표현 방식에 대해 자신의 견해를 늘어놓았다. 엘리자베스는 예의를 지키기 위해 그녀의 잔소리를 끝까지 참고 들어 주었다. 그리고 캐서린 여사의 마차가 그들을 집으로 데려다 주기 위해 저택 현관 앞에 대기할 때까지 그녀는 피아노 앞에 계속 앉아 있었다.

제9장

　다음 날 아침, 샬럿과 마리아는 읍내로 볼일을 보러 나가고 엘리자베스는 혼자서 제인에게 편지를 쓰고 있었다. 그때 갑자기 현관에서 초인종 소리가 들렸다. 마차 소리는 들리지 않았지만 캐서린 여사일지도 모른다는 생각이 들어서 엘리자베스는 쓰던 편지를 얼른 치워 버렸다. 그녀가 편지 쓰는 걸 보면 또 무례하게 캐 물으며 성가시게 할까 봐 걱정스러웠다. 그러나 문이 열리자 들어선 사람은 뜻밖에도 다아시였다. 다아시 역시 엘리자베스가 혼자 있는 것을 보고 깜짝 놀랐고, 숙녀 분들이 모두 집에 계시는 줄 알았다고 말하며 불쑥 방으로 들어온 걸 사과했다.

　두 사람은 자리에 앉았다. 엘리자베스가 먼저 로싱스 가

족의 안부를 물었고, 다시 깊은 침묵 속에 빠져들 것 같은
어색한 순간이 흘렀다. 뭔가 할 말을 생각해 내야 할 것 같
은 부담스러운 상황에서 엘리자베스는 하트퍼드셔에서 다
아시를 마지막으로 만났던 때를 기억해 냈다. 그녀는 그들
이 그렇게 갑작스럽게 떠난 이유에 대해 알아보려고 이렇
게 물었다.

"작년 11월에 왜 그렇게 갑자기 네더필드를 떠나셨나
요? 빙리 씨는 그로 인해 당신들을 빨리 만나게 되어 반갑
기는 했겠지만 말이에요. 제 기억으론 빙리 씨는 그 전날
떠나셨던 것 같은데. 런던에 계시는 동안 빙리 씨와 누이
분들 모두 잘 지내고 계시던가요?"

"네, 아주 잘 지내고 있었습니다. 감사합니다."

다른 말이 이어지지는 않았고, 그래서 약간 시간이 흐른
뒤에 엘리자베스는 다시 입을 열었다.

"제 생각엔 빙리 씨는 다시 네더필드에 돌아올 생각이
없으신 것 같더군요."

"그가 직접 그렇게 말하는 건 듣지 못했지요. 하지만 앞
으로 네더필드에서는 별로 시간을 보낼 가능성이 희박해

보이는군요. 지금 런던에 많은 친구들이 있고, 빙리 나이에는 친구들이나 다른 볼일들이 늘어날 테니까요."

"네더필드에 머물 생각이 없으시다면 아예 그 집을 포기하는 게 이웃을 위해 좋은 일 아닌가요? 그러면 다른 가족이 그 집에 눌러서 살 수도 있을 테니까요. 하지만 빙리 씨가 그 집에 세를 드신 건 이웃을 위해서가 아니라 자신의 편의를 위해서 한 일일 테니까 그 집을 떠나든 계속 살든 그건 그분이 결정할 일이겠죠."

"적당한 임자가 나타나기만 하면 빙리가 그 집을 포기한다고 해도 우리가 놀랄 일은 아니죠."

다아시가 말했다.

엘리자베스는 그 말에 대답을 하지 않았다. 빙리에 대해 더 많은 얘기를 듣는 게 두렵기도 했고 더 할 얘기도 없었다. 화제를 찾는 부담을 다아시에게 넘겨주는 게 나을 것 같았다.

다아시는 그녀의 그런 생각을 눈치채기라도 한 것처럼 이내 말을 꺼냈다.

"이 집은 참 아늑해 보이는군요. 콜린스 씨가 처음 헌스포드에 오셨을 때 캐서린 여사님이 신경을 많이 써 주신 것 같습니다."

"그런 것 같아요. 그리고 그분의 은혜를 콜린스 씨보다 더 감사하게 받아들이는 사람도 없을 거예요."

"콜린스 씨는 아내를 아주 잘 만난 거 같더군요."

"정말 그래요. 그분의 친구들도 그가 자신을 행복하게 해 줄 수 있는 아내를 갖게 되어서 덩달아 기뻐할 거예요. 샬럿은 정말 이해심이 많은 친구죠. 샬럿이 콜린스 씨와 결혼한 게 현명한 일이었는지는 잘 모르겠지만, 어쨌든 샬럿은 무척 행복해 보이는 것 같았어요. 현실적인 면에서 보면 꽤 신중한 선택을 한 걸로 보여요."

"그녀로서는 자기 가족들이나 친구들과 가까운 거리에서 살게 돼서 마음이 아주 흡족할 테지요?"

"이게 가까운 거리라고요? 거의 50마일이나 되는데요."

"길이 좋은데 50마일이 그렇게 먼 거리인가요? 반나절이면 올 수 있는 거리인데요. 전 가까운 거리라고 생각합니다만."

"거리가 가깝다는 게 이 결혼의 장점 중 하나라고 생각되지는 않아요."

엘리자베스가 목소리를 높였다.

"저는 샬럿이 친정과 가까운 곳에 살게 되었다고 말할 수는 없다고 생각해요."

"그건 엘리자베스 양이 하트퍼드셔에 강한 애착을 갖고 있기 때문이죠. 롱본에서 조금만 벗어나도 멀게 느껴질 거예요."

그 말을 하면서 다아시의 입가에 미소가 머금어졌는데, 엘리자베스는 그 의미를 알 수 있을 것 같았다. 그는 엘리자베스가 제인과 네더필드를 염두에 두고 그런 말을 했다고 생각했을 것이다. 그런 생각이 들자 자기도 모르게 얼굴이 붉어졌다.

"전 여자가 결혼해서 자기 가족들 옆에서 살아야 한다는 뜻으로 말씀드린 게 아니에요. 멀고 가까운 건 여러 가지 상황에 따라 달라지죠. 돈이 많아서 여행 비용이 부담되지 않는다면 거리는 전혀 중요한 문제가 아니죠. 하지만 샬럿의 경우는 그렇지 않잖아요. 콜린스 씨 부부는 안정적인 수입이 있기는 하지만 자주 여행을 할 수 있을 정도로

여유가 있는 건 아니에요. 제 친구가 지금 거리의 반도 안
되는 곳에 산다고 해도 분명 친정과 가까운 곳에 산다고
여기지 않을 거예요."

다아시는 의자를 그녀에게로 약간 끌어당겨 앉으며 말
했다.

"엘리자베스 양은 그처럼 자기 고향에 대해서 강한 집
착을 갖지 않으면 좋을 것 같은데요. 평생 롱본에서 살 수
는 없는 일 아니겠어요?"

엘리자베스는 그 말에 놀라는 듯했다. 다아시도 역시 어
떤 감정의 변화를 느꼈는지 다시 의자를 뒤로 빼고 탁자에
서 신문을 집어 들어서 훑어보면서 다소 침착한 목소리로
물었다.

"켄트 지방은 마음에 드시나요?"

두 사람은 마음을 가라앉히고 조용하고 간략한 말투로
지금 그들이 있는 잉글랜드 남동부에 소재하는 주(州)의
명칭인 켄트 지방에 대한 이야기를 했다. 얼마 지나지 않
아서 샬럿과 그녀의 여동생이 산책을 마치고 들어서자 두
사람의 대화가 중단되었다. 샬럿과 마리아는 그들이 단둘

만 있는 모습을 보자 깜짝 놀란 표정을 지었다. 다아시는 자기가 실수로 엘리자베스가 혼자 있는 걸 모르고 들어왔다고 변명을 하고는 아무에게도 말을 건네지 않고 몇 분간 앉아 있다가 방에서 나갔다.

"이게 모두 무슨 의미겠니?"

다아시가 나가자마자 샬럿이 말했다.

"엘리자베스, 다아시 씨가 네게 반한 게 틀림없어. 안 그러면 이렇게 친한 척하면서 우리 집을 찾아올 리가 없어."

그러나 다아시가 내내 침묵만 지키고 앉아 있었다는 말을 엘리자베스에게서 들었고, 샬럿은 자신의 바람과는 달리 다아시가 엘리자베스를 좋아하는 게 아닐 수도 있다고 생각했다. 이런저런 추측이 나온 끝에 다아시가 달리 할 일이 없어서 왔을 거라고 간주해 버렸다.

지금은 계절상으로 1년 중에서 가장 할 일이 없는 때이기도 했다. 야외에서 운동할 수 있는 계절도 끝나 있었다. 집 안에 캐서린 여사의 책과 당구대가 있었지만 남자들이 항상 집 안에만 있을 수도 없는 노릇이었다. 목사관이 가까운 거리에 있어서인지, 목사관으로 가는 길이 산책하기에 좋아서인지, 아니면 그 집에 묵고 있는 사람들이 마음에 들어서였는지 로싱스 저택에 머물고 있는 두 사촌은 거의 매일 목사관 쪽으로 걷고 싶은 기분을 느꼈다. 그들은 오전 중 아무 때나 목사관을 찾아왔다. 어떤 때는 따로따로 오기도 했고 함께 오거나 이모를 모시고 오기도 했다. 피츠윌리엄 대령은 그들과 만나는 일이 즐거워서 찾아오는 것을 알았으므로 그곳 사람들은 그가 오는 것을 반겼다. 엘리자베스는 피츠윌리엄 대령이 자신을 흠모하고 있다는 걸 느꼈고, 그에게 호감을 가졌다. 이전에 호감을 가졌던 조지 위컴과 피츠윌리엄 대령을 비교해 보면, 사람의 마음을 사로잡는 부드러운 태도는 피츠윌리엄 대령이 위컴보다 부족하지만, 풍부한 식견으로는 그가 훨씬 더 우월했다.

그러나 다아시가 그렇게 빈번하게 목사관에 드나드는 이유는 이해가 되지 않았다. 사람들과 어울리기 위해서 오는 것 같지는 않았다. 그는 10분 동안 입 한 번 열지 않고 가만히 앉아 있을 때가 많았고, 어쩌다 말을 할 때도 좋아서 하는 게 아니라 어쩔 수 없어서 하는 것처럼 보였다. 말하자면 대화가 그에게는 즐거움이 아니라 예의를 차리기 위한 희생과도 같은 것이었다. 그가 정말 활기 있고 명랑하게 보이는 때는 거의 없었다.

샬럿도 그의 태도를 어떻게 받아들여야 할지 황당해했다. 피츠윌리엄 대령이 이따금 멍청하게 앉아 있는 다아시를 보고 왜 그렇게 멍하니 있느냐고 놀려 대는 걸 보면, 그가 평상시에는 그런 태도를 보이지는 않는다는 걸 알 수 있었다. 샬럿은 그의 변화가 사랑으로 인한 것이고, 그 사랑의 대상이 자신의 친구인 엘리자베스라고 믿고 싶었다. 그래서 그 증거를 찾아 내야겠다고 단단히 벼르고 있었다. 그녀는 그들 일행이 로싱스 저택을 방문했을 때나 다아시가 헌스포드에 왔을 때 줄곧 그를 주의 깊게 지켜보았지만 별다른 성과를 얻어 내지는 못했다. 다아시가 엘리자베스를 자주 쳐다보는 건 확실했지만, 그의 표정으로는 속마음을 알아낼 수가 없었다. 그는 한결같이 진지하고 심각한 표정으로 엘리자베스를 바라보았지만 그 눈길 속에 열렬한 흠모의 감정이 담겨 있는지는 확실하게 알 수 없었다. 어떤 때는 단순히 그가 정신이 나간 상태로 보이기도 했다.

370

샬럿은 엘리자베스에게 다아시가 그녀에게 애정을 품고 있는 것 같다는 말을 한두 번 꺼냈지만, 엘리자베스는 말도 안 되는 소리라며 웃어넘겼다. 그래서 샬럿은 더 이상 그녀에게 그런 얘기를 하는 건 좋지 않다고 생각했다. 공연히 기대에 부풀게 했다가 실망하게 만들지도 모르는 일이었다. 게다가 엘리자베스는 다아시에게 혐오감을 가지고 있어서 다아시가 그녀를 사랑한다 하더라도 다아시에 대한 그런 마음이 사라질 리가 없기 때문이기도 했다.

샬럿은 엘리자베스가 행복하기를 바라는 마음에서 그녀가 피츠윌리엄 대령과 결혼하는 모습을 그려 보기도 했다. 피츠윌리엄 대령은 다른 어떤 남자와도 비교할 수 없을 만큼 유쾌한 사람이었다. 게다가 엘리자베스를 흠모하는 게 분명했고, 사회적인 지위로 보아도 충분히 그녀의 짝이 될 만한 자격이 있었다. 그러나 다아시에게는 피츠윌리엄 대령의 모든 장점을 상쇄할 만한 특별한 능력이 있었다. 바로 그가 교회의 성직자들을 임명할 수 있는 권리를 아주 많이 갖고 있다는 점이었다.

제10장

엘리자베스는 정원을 거닐다가 다아시와 우연히 마주치는 일이 잦아졌다. 그녀는 지금까지 그런 길로는 아무도 오지 않았는데 자꾸만 그런 일이 일어나자 자기의 운이 나쁜 것이 아닌가 하고 생각하게 되었다. 그리고 그처럼 마주치는 일이 없도록 하기 위해서 그 길은 자기가 가장 좋아하는 길이라는 점을 다아시에게 알려주었다. 그런데 어떻게 그런 일이 계속 일어날 수 있는지 알 수가 없었다. 그런 일이 두 번씩 일어나는 것도 묘한데 세 번까지도 일어났다. 그것은 다아시가 고의로 부리는 심술이거나, 아니면 고행 의식 같은 걸로도 보였다. 왜냐하면 그는 엘리자베스와 마주칠 때마다 몇 마디 형식적인 인사말을 건네고 어색하게 침묵을 지키다가 가는 게 아니라 자기가 가던 방향을 돌려서 그녀와 함께 걸어갔기 때문이다.

그가 말을 많이 하는 편이 아니었고 엘리자베스 역시 힘들게 말을 받아 주거나 귀를 기울여 듣지 않으려고 했다. 그러나 그들이 세 번째 마주쳤을 때 다아시는 서로 연관성도 없는 엉뚱한 질문을 해서 그녀를 곤혹스럽게 했다. 헌스포드에 머물러 있는 게 즐거운지, 혼자서 산책하는 일이 좋은지, 그리고 콜린스 부부의 행복에 대해서는 어떻게 생각하는지 등등의 질문을 해댔다. 그리고 그가 로싱스 저택에 대해서 이야기하고 엘리자베스가 그 저택에 대해 모르는 점이 많을 거라고 얘기할 때는 다음에 그녀가 다시 그곳에 오면 그 저택에서 머물러 주기를 바란다는 의미가 함축된 말을 하는 것이었다. 그가 피츠윌리엄 대령을 염두에 두고 있는 것일까? 뭔가 의미가 담긴 말이라면 자기와 대령의 관계가 진전될 수도 있다는 것을 암시하는 것이 분명했다. 그러자 갑자기 견딜 수 없을 정도로 피곤하다는 생각이 들었다. 목사관 맞은편에 있는 울타리 문이 보이자 그렇게 반가울 수가 없었다.

어느 날 그녀가 제인이 최근에 보낸 편지를 읽으며 산책을 하고 있었다. 제인이 쓴 편지 중 몇 구절이 우울한 그녀의 심경을 나타내는 것 같아서 그 구절에 대해 곰곰이 생각하며 걷고 있을 때였다. 이번에는 다아시가 자기를 놀라게 하는 것이 아니고 피츠윌리엄 대령이 눈앞에서 인사를 해오는 것이었다. 그래서 엘리자베스는 얼른 편지를 접어 두고서 미소를 지어 보이며 말했다.

"전에는 이쪽 길로 산책하시지 않으시던데."

"전 해마다 정원을 한 바퀴 둘러보죠. 마지막으로 목사관을 둘러볼 생각이었습니다. 더 멀리까지 걸어가실 생각인가요?"

"아뇨, 방금 돌아가려던 참이었어요."

그리고 그녀는 발길을 돌렸고 두 사람은 함께 목사관을 향해 걸어갔다.

"토요일에 켄트를 떠나기로 결정하셨나요?"

엘리자베스가 물었다.

"네, 다아시가 떠날 날짜를 연기하지만 않는다면요. 저는 다아시가 결정하는 대로 따를 겁니다. 그가 자기 의향

대로 계획을 짤 거예요."

"그렇다면 일이 제대로 풀리지 않을 경우에도 그분은 자기가 선택권을 가지고 있다는 데 만족할 수가 있겠군요. 그런 권리를 그분만큼 즐기는 사람도 없을 테니까요."

"그는 무슨 일이든 자기 방식대로 하는 걸 좋아하죠. 하지만 사람들이 다 그렇지 않은가요? 단지 그 친구에게는 다른 사람들보다 그렇게 할 수 있는 능력이 더 많은 것뿐이죠. 그 친구는 부자니까 다른 가난한 사람들과는 다르죠. 난 내 생각대로 말하는 거예요. 다시 같은 입장이 아닌 사람들은 자기 마음대로 할 수 없는 환경에 익숙해져야 해요. 솔직하게 말씀드리면 차남들은 자신을 죽이고 남에게 의존하는 생활에 익숙해져야 한답니다."

"내 생각에는 선생님처럼 백작의 차남이라면 그런 점에 대해서 잘 모르실 것 같은데요. 이제 솔직히 말씀해 보세요. 자기 마음대로 할 수 없는 입장에 처해 보셨나요? 돈이 없어서 가고 싶은 곳에 가지 못했다거나 돈이 없어서 갖고 싶은 걸 갖지 못했다거나 한 경우가 있으세요?"

"날카로운 질문이로군요. 그런 문제로 고생한 적이 많

다고 할 수는 없을 것 같습니다. 하지만 그보다 더 중요한 일에서는 나도 돈이 없어서 고통을 겪은 일이 있었습니다. 장남이 아니라면 결혼도 자기가 원하는 대로 하지 못하죠."

"재산이 많은 여자를 바라지만 않는다면 쉽게 결혼할 수 있을 것 같은데요."

"돈을 쓰는 습관도 우리 같은 남자들을 의존적으로 만들죠. 저 같은 처지에 있는 남자들치고 돈에 신경 쓰지 않고 결혼할 수 있을 만큼 경제적으로 여유 있는 사람은 많지 않을 겁니다."

'나를 염두에 두고 하는 말일까?'

엘리자베스는 속으로 그런 생각을 해보고는 얼굴이 달아오르는 것을 느꼈다. 그러나 곧 침착하게 쾌활한 목소리로 이렇게 물어 보았다.

"그럼 백작의 차남이라면 여자한테 값을 얼마나 매기는 건가요? 장남이 아주 병약하지 않다면 5만 파운드 이상 요구하지는 않을 것 같은데요."

남자는 그런 질문에 대수롭지 않게 대답했고 그다음에

그런 내용의 대화는 마무리되었다. 엘리자베스는 자기가 괜한 말을 해서 대화가 중단되었다는 느낌을 상대방이 가질까 봐 이런 말로 관심을 돌렸다.

"사촌께서 대령님을 이곳으로 데려온 것도 자기 뜻대로 따라 줄 사람이 필요하기 때문인 것 같군요. 그런 사람을 계속 옆에 두려면 결혼하는 게 좋으실 텐데. 하기는 지금 당장은 그분의 누이동생으로 충분하겠군요. 자기가 동생의 유일한 후견인이니까 동생에 대해서는 마음대로 할 수 있겠지요?"

"아니 그렇지 않아요. 그건 나하고 같이 누려야 하는 권리예요. 나도 그 동생의 후견인이거든요."

피츠윌리엄 대령이 말해 주었다.

"그러시군요. 어떤 후견인 역할을 하시나요? 그녀가 귀찮게 하진 않나요? 그 나이 또래 아가씨들은 다루기 힘든데다 그녀가 다아시 씨와 성격이 비슷하다면 자기 멋대로 하는 걸 좋아하겠네요."

그 말을 하면서 그녀는 피츠윌리엄 대령이 자기 얼굴을 뚫어지게 쳐다보는 걸 느꼈다. 그리고 그가 왜 다아시의 여동생이 자기를 귀찮게 할 거라고 생각하느냐고 물었을 때 그녀는 앞에서 자기가 제대로 짐작했다고 느끼게 되었다. 그녀는 즉시 대답해 주었다.

"놀라실 필요는 없어요. 그녀에 대한 나쁜 말은 들어본 적이 없어요. 오히려 아주 온순한 분이라고 들었어요. 아마도 이 세상에서 가장 온순한 사람인지도 모르죠. 허스트 여사나 캐롤라인은 그녀를 매우 좋게 생각하고 있더군요. 선생님도 그녀를 알고 계신다고 했죠?"

"네, 좀 아는 사이죠. 그분들의 오빠 되시는 빙리 씨는 정말 서글서글하시고 신사다운 분이죠. 다아시하고는 둘도 없는 친구이기도 하구요."

"맞아요. 다아시 씨는 빙리 씨에게 특별히 친절하게 대하시더군요. 무척 신경을 써 주시는 것 같기도 하고."

"그건 맞는 말입니다. 제가 보기에도 다아시는 그 친구의 중요한 문제에 대해서 관심이 많더군요. 여기로 오는 길에 다아시에게서 들은 얘긴데, 빙리가 다아시에게서 신세를 진 일이 있는 것 같아요. 그분에게 실례가 될지도 모르는 일이라 조심스럽기는 합니다만, 제게 다아시가 말한 사람이 빙리 씨라고 단정할 수는 없으니까요. 이건 제 추측일 뿐입니다."

"무슨 말씀이신지 궁금하군요."

"다아시는 이런 얘기가 다른 사람들 귀에 들어가지 않기를 바랄 겁니다. 그 숙녀분의 가족들이 알게 되면 불쾌하게 생각하실 테니까요."

"난 다른 사람에게 절대로 말하지 않겠다고 맹세할 수 있어요."

"그리고 그 사람이 반드시 빙리라고 생각할 이유도 없다는 사실을 알아야 해요. 다아시가 제게 한 얘기는 이것뿐입니다. 최근에 자기 친구가 경솔하게 결혼을 할 뻔했는데 천만다행으로 자기가 나서서 그 친구를 곤경에서 구해 주었고, 그렇게 한 걸 만족하게 생각한다는 거였어요. 그 사람의 이름이나 다른 상세한 내용은 다아시가 말해 주지 않았기 때문에 저는 그 남자가 빙리일 거라고 추측했을 뿐입니다. 빙리 같은 남자라면 그런 곤경을 자초할 수도 있을 것 같았고, 두 사람이 작년 여름 내내 함께 지냈다는 사실도 알고 있었으니까요."

"다아시 씨가 왜 그런 개입을 하게 되었는지 그 이유도 말해 주던가요?"

"그 아가씨 쪽에 몇 가지 결격 사유가 있었던 것으로 알아들었습니다."

"그럼 그 두 사람을 갈라놓기 위해 어떤 방법을 쓴 거죠?"

"그 방법은 제게 얘기하지 않았죠. 지금 얘기해준 것 외에 다른 말은 하지 않았어요."

피츠윌리엄이 미소를 지으면서 말했다.

엘리자베스는 아무 대답도 하지 않으면서 걸어갔다. 그녀는 분노로 인해 가슴이 터질 것만 같았다. 잠시 그녀를 지켜보던 피츠윌리엄이 왜 그렇게 표정이 심각해졌냐고 물었다.

"선생님이 방금 하신 말씀에 대해서 생각하고 있었어요. 전 사촌분의 행동이 정말 이해가 되지 않네요. 그 사람이 왜 함부로 남의 일에 간섭하는 거죠?"

"다아시가 친구의 일을 간섭하는 걸 주제넘은 행동이라고 생각하시나요?"

"그 사람이 친구의 감정에 대해 이래라저래라 할 자격이 있는지 모르겠어요. 그리고 자기 판단에 따라 친구가 행복해질 수 있는 길을 결정하고 지시할 수 있는 건가요?"

엘리자베스는 잠시 정신을 가다듬고 말을 이었다.

"자세한 내막은 우리도 잘 모르니까 그분을 비판하는 건 올바른 일이 아니겠죠. 적어도 두 사람의 애정이 그렇게 깊었던 건 아니라는 생각이 드네요."

"그럴 가능성도 충분히 있죠. 그런데 나도 내 사촌이 아주 잘했다고 생각되지는 않는군요."

피츠윌리엄 대령이 말했다.

피츠윌리엄은 농담조로 대꾸했지만, 엘리자베스는 다아시를 잘 판단한 말이라고 생각했기 때문에 다른 대꾸는 하지 않았다. 그녀는 그 주제에 대해서는 더 이상 말하지 않고 다른 문제에 대해 이야기하면서 목사관까지 갔다.

이윽고 방문객이 목사관을 떠나자마자 엘리자베스는 자기가 머무는 방으로 들어가서 다른 사람의 방해를 받지 않고 곰곰이 생각해 보았다. 피츠윌리엄 대령이 한 이야기의 주인공이 자신이 알고 있는 사람이 아닌 다른 사람일 가능성은 전혀 없었다. 이 세상에 다아시가 그렇게 막강한 영향력을 행사할 수 있는 사람이 빙리 이외에 또 있을 리가 없었다. 엘리자베스는 다아시가 빙리와 제인을 갈라놓기 위한 방해 공작에 가담했을 거라고 확신하고 있었지만, 주로 계략을 세우고 실행에 옮긴 사람은 캐롤라인이라고 생각하고 있었다. 그런데 다아시가 자신의 허영심 때문에 그런 야비한 행동을 했다는 걸 알게 되었다. 그의 오만과 변덕이 제인이 지금까지 겪어 왔고 지금도 역시 당하고 있는 모든 고통의 원인이었던 것이다. 그는 세상에서 더없이 착하고 선량한 마음씨를 지닌 한 여자의 행복과 희망을 깨뜨리는 역할을 했던 것이다. 그리고 그가 이루어 놓은 해악이 얼마나 오래 지속될지 알 수 없는 일이었다.

'반대할 만한 몇 가지 결격 사유가 있었다는 걸로 알아들었다'는 게 피츠윌리엄 대령의 말이었는데, 그 결격 사유라는 건 아마도 제인의 두 삼촌 중에서 한 사람이 시골에서 변호사 일을 하고 다른 한 사람은 런던에서 장사를 한다는 점일 것이다. 그녀는 혼자 속으로 생각했다.

'제인 언니 하나만 놓고 본다면 반대할 이유가 없을 테지. 매력도 있고 선량하기도 하니까. 머리도 좋고 매너도 좋고 그리고 아버지 때문에 반대할 이유도 없지. 좀 괴팍한 데가 있으시긴 하지만 다아시가 경멸할 수 없는 능력도 갖추시고 다아시가 따라갈 수 없는 인품도 있으시니까.'

그러나 어머니를 생각하자 갑자기 자신감이 사라졌다. 그렇다고 해서 이런 것들 때문에 다아시가 결혼을 반대할 리는 없다고 생각되었다. 다아시가 반대를 하는 이유는 친구가 결혼하려는 여자 집안사람들의 교양이 부족하기 때문이 아니라 지위와 신분이 낮기 때문일 것이다. 그래서 엘리자베스는 다아시가 친구의 결혼을 훼방한 것은 그 잘난 자존심과 자기 여동생을 위해 빙리를 붙잡아 두려는 욕심 때문이라고 결론을 내리게 되었다.

이런 생각을 하면서 너무 흥분된 그녀의 감정은 눈물이 나오면서 두통으로 이어졌다. 저녁이 되자 두통이 더욱 심해져서진 그녀는 사촌들과 함께 로싱스에 가서 차를 마시기로 한 일정에 참가하지 않기로 했다. 샬럿은 엘리자베스가 심하게 상태가 좋지 않을 걸 보고 굳이 가자고 졸라 대지 않았다. 남편에게도 강요하지 말라고 간곡하게 설득했다. 그러나 콜린스는 엘리자베스가 혼자 집에 남아 있게 되면 캐서린 여사가 기분 나빠할 것이라면서 우려하는 모습을 감추지 않았다.

제11장

그들이 집을 나간 뒤에 엘리자베스는 마치 다시에 대한 분풀이라도 하려는 듯이 그녀가 켄트 지방에 머문 뒤로 제인이 보내온 편지를 모두 꺼내서 자세히 훑어보았다. 거기에는 어떤 불평의 언사나 과거를 회상하는 어떤 구절도 없었고 현재의 고통을 전해주는 말도 없었다. 그렇지만 그 모든 편지에서 그리고 모든 구절에서 언니의 스타일이었던 쾌활함이나 자신에 대해서 아무런 불평도 늘어놓지 않는 소박한 마음에서 우러나오는 활달함을 찾아볼 수 없었다. 그러한 편지를 처음 읽었을 때보다 더 자세히 읽자 모든 글귀에서 근심이 배어나오는 점을 느낄 수 있었다. 다아시가 언니에게 안겨 준 고통을 자랑삼아 떠들어 댔다는 게 참을 수 없이 화가 났다. 이런 얘기를 들으면 언니의 마음이 얼마나 아플지 짐작이 가고도 남을 일이었다. 다아시가 이제 모레가 되면 떠난다는 게 그나마 다행한 일이었다. 엘리자베스는 보름 후에 다시 제인을 만나면 따뜻하게 위로해 주고 기운을 북돋아 줘야겠다고 마음먹었다.

다아시가 켄트 지방을 떠날 때 그의 사촌도 함께 떠나게 될 것이라는 말을 엘리자베스는 생각하지 않을 수 없었다. 그렇지만 피츠윌리엄은 그녀에게 관심이 없다는 점을 분명히 했고 그녀도 그가 괜찮은 사람이긴 하지만 쓸데없는 고민을 하지 않기로 마음먹고 있었다.

그녀가 이런저런 생각을 하고 있을 때 초인종 소리가 울려서 퍼뜩 정신을 차렸다. 피츠윌리엄이 찾아왔을지도 모른다는 생각에 그녀는 잠시 가슴이 설렜다. 전에도 그가 저녁 늦게 방문한 적이 있어서 어쩌면 그녀가 아프다는 말을 듣고 들렀는지도 모른다고 생각했다. 그러나 뜻밖에도 방으로 걸어 들어온 사람은 다아시였다. 피츠윌리엄을 생각하고 있던 그녀의 기분은 돌변했다. 다아시는 서둘러서 그녀에게 몸이 어떠냐고 물어보면서 그녀의 병문안을 왔다고 말했다. 엘리자베스는 그의 말에 예의는 갖췄지만 냉랭하게 대답해 주었다. 다아시는 잠시 동안 자리에 앉아 있다가 곧 다시 일어나서 방 안을 이리저리 돌아다녔다. 엘리자베스는 그런 그의 태도에 당황했지만 아무런 말도 하지 않았다. 잠시 침묵이 흐른 뒤 다아시가 감정이 실린 목소리로 이렇게 말했다.

"애를 써봤지만 소용이 없더군요. 어떻게 해볼 수가 없어요. 감정을 억제할 수가 없습니다. 아무 소용이 없었어요. 제가 얼마나 당신을 흠모하고 사랑하는지 말씀드리지 않을 수가 없군요."

엘리자베스는 너무 놀라서 아무 말도 할 수가 없었다. 그녀는 멍하니 그를 쳐다보다가 자기도 모르게 얼굴이 붉어졌다. 그녀는 자기가 잘못들은 게 분명하다고 생각하며 침묵만 지키고 앉아 있었다. 다아시는 그녀의 이런 반응을 자신을 격려하는 뜻으로 받아들였는지 주저하지 않고 그녀에 대해서 오랫동안 마음속에 품어 왔던 감정을 고백하기 시작했다. 그는 말을 조리 있게 잘했지만, 가슴으로 느끼는 감정보다는 다른 것들에 대해서 이야기를 해야 했고 자신의 자존심에 대해서 이야기할 때는 더 조리 있게 말하지 못했다. 그는 자신의 집안에 불명예가 될 엘리자베스의 열등한 신분이 그의 애정을 가로막는 방해물이 되었다고 장황하게 설명을 늘어놓았다. 그의 웅변은 상처받은 자신의 자존심을 변호하기 위한 것이었지만, 엘리자베스의 마음을 얻는 데는 오히려 더 큰 걸림돌이 되었다.

엘리자베스는 다아시를 마음속 깊이 혐오하고 있었지만 그런 지위의 사람에게서 애정을 고백받는 것이 그녀에게는 찬사가 된다는 점에 대해서는 부인할 수가 없었다. 그러므로 그녀의 생각이 변한 것은 아니었지만 그가 받았을 마음의 고통을 생각하면 연민이 느껴지기도 했다. 그러나 그가 다음에 이어진 말 때문에 그나마 싹트던 그에 대한 동정심을 모두 잊어버리게 되었다. 그녀는 그가 말을 마친 다음에 좀 있다가 차분하게 자기의 말을 하려고 작정하고 있었다. 다아시는 아무리 안간힘을 써도 자신의 사랑을 억누를 수 없었다면서 자신의 마음을 받아 주는 것으로 자신의 애정에 보답해 주길 바란다는 말로 끝을 맺었다. 엘리자베스에게는 그가 그렇게 말하면서 자신의 구애가 받아들여질 것을 조금도 의심하지 않는 것처럼 자신만만해 보였다. 입으로는 걱정스럽고 불안하다고 말했지만 그의 표정은 확신에 차 있었다. 이런 태도는 그녀를 더욱 더 분개하게 만들었다. 그런 모습이 엘리자베스에게는 화를 치밀어 오르게 할 뿐이었고, 그가 말을 끝내자 그녀는 얼굴이 붉어지면서 이렇게 말했다.

"이런 경우라면 상대방이 원하는 답변을 드릴 수 없더라도 구애해 주신 데 대해 감사의 마음을 표현하는 게 관례라고 알고 있어요. 고마움을 느껴야 당연한 일이겠고, 고마움을 느꼈다면 선생님께 감사를 표시해야 한다는 걸 알고 있어요. 하지만 그렇게 할 수가 없네요. 저는 당신이 절 좋게 봐 주시길 원한 적이 한 번도 없었고, 당신 역시 원하지 않았지만 어쩔 수 없이 저에게 애정을 갖게 되신 걸로 보이네요. 내가 선생님께 고통을 드렸다면 미안한 일입니다. 하지만 그건 제가 전혀 모르는 상태에서 일어난 일이고, 그러니 그 고통이 오래가지 않았으면 해요. 그 고통이 당신의 애정을 인정하는 데 오랫동안 방해가 되었다면, 이제 제 설명을 들으셨으니 그 고통을 극복하기가 쉬

389

워질 거예요."

다아시는 벽난로 선반에 몸을 기대고 선 채 그녀의 얼굴을 뚫어지게 응시하며 그녀의 말을 듣고 있었다. 그는 그녀의 말을 들으며 놀랍기도 하고 분하기도 한 것처럼 보였다. 그의 얼굴은 화가 나서 창백해졌고 당혹스러워하는 기색이 역력했지만 태연하게 보이려고 무진 애를 쓰는 것 같았다. 그렇게 있는 동안 엘리자베스도 놀라지 않을 수 없었다. 겨우 냉정을 되찾았다고 생각하자 그가 입을 열었다.

"이게 내가 바라던 답인가 보군요. 그런데 이렇게 예의도 갖추려고 하지도 않은 채 그렇게 단호하게 거절하시는 이유가 뭔지 알고 싶군요. 그게 중요하지는 않겠지만."

그녀는 이렇게 대답해주었다.

"저도 묻고 싶네요. 난 왜 다아시 씨가 저를 불쾌하게 하고 모욕감을 느끼게 할 걸 알면서도, 자신의 의지에 어긋나고, 이성에도 어긋나고, 심지어 자신의 인격에도 어긋나지만 저를 좋아한다고 고백하시는 이유를 말이에요. 제가 무례하게 보였다면 그게 이유가 되지 않을까요? 제가 당신의 구애를 거절하는 데는 다른 이유도 있어요. 당신도

390

알고 계실 거예요. 제가 만일 다아시 씨를 싫어하지 않았다고 하더라도, 아니 무관심하거나 설사 호감을 갖고 있었다고 하더라도, 제가 세상에서 가장 사랑하는 언니의 행복을 망쳐 버리고 어쩌면 영원히 망쳐 버릴 수도 있는 사람의 구애를 받아들일 거라고 생각하세요?"

이 말을 할 때 다아시의 안색은 붉어졌다. 그러나 그것은 잠깐 동안이었고, 그녀가 얘기하는 동안에 그는 그녀의 말을 중단시키려하지 않고 듣고 있었다.

"난 다아시 씨를 나쁘게 생각할 이유가 충분히 있다고 생각해요. 어떤 동기가 있었다고 할지라도 다아시 씨가 저지른 행동의 이유가 될 수 없어요. 당신은 두 사람을 갈라놓았어요. 친구 분은 변덕스럽고 줏대 없는 사람이라는 세상의 비난을 받게 하고, 제 언니는 남자에게 차였다는 세상의 조롱을 당하게 하셨어요. 다아시 씨는 결국 두 사람을 모두 비참한 지경으로 몰아간 거예요. 비록 당신이 혼자서 하지는 않았다고 하더라도 그 일을 주도했다는 것을 부인하지는 않으시겠지요?"

여기서 엘리자베스는 말을 멈추었는데, 다아시가 자책

감을 느끼고 동요하는 기색이 전혀 없는 걸 보자 화가 약간 치밀어 올랐다. 그는 심지어 그녀의 말을 믿을 수 없다는 표정으로 알 수 없는 미소까지 띠운 채 그녀를 쳐다보고 있었다.

"그런 행동을 하셨다는 걸 부인할 수 있으신가요?"

그녀가 다시 물었다. 그러자 다아시는 침착한 표정으로 이렇게 말했다.

"제 친구를 엘리자베스 양의 언니에게서 떼어 놓기 위해 내가 할 수 있는 모든 일을 했고, 그런 노력이 성공한 걸 다행으로 여긴다는 점을 부인하지는 않겠습니다. 난 내 자신보다도 내 친구를 위해서 모든 일을 했어요."

엘리자베스는 그 말을 무시하는 척했지만, 그 의미를 알아차릴 수는 있었다. 그렇다고 그녀의 감정이 누그러진 것은 아니었다. 그녀는 이렇게 말했다.

"내가 다아시 씨를 싫어하는 감정을 갖게 된 건 비단 이 일 때문만은 아니에요. 이 일이 있기 오래전부터 나는 다아시 씨가 어떤 사람인지 저 나름대로 결론을 내렸어요. 몇 달 전에 위컴 씨에게서 들은 이야기로 다아시 씨가 어떤 사람인지 밝혀졌으니까요. 이 일에 관해서는 어떻게 말씀하실 건가요? 이번엔 어떤 우정을 가장해서 자신을 변명하실 거죠? 아니면 어떻게 사실을 왜곡해서 사람들을 기만하실 건가요?"

"엘리자베스 양은 그 사람이 한 말에 대해 관심이 많으시군요."

다아시가 얼굴이 상기된 채 약간 흥분한 어조로 말했다.

"그분이 겪은 고통에 대해서 아는 사람이라면 그런 관심을 갖지 않을 수 있겠어요?"

"그 사람의 고통? 하긴 그가 고통을 많이 받기는 했을 겁니다."

다아시가 빈정대듯이 그녀가 한 말을 반복했다.

"그럼요, 정말 엄청난 불행을 겪으셨죠. 그렇게 만든 사람이 바로 다아시 씨 아닌가요?"

엘리자베스가 소리를 높여 말했다.

"다아시 씨가 그분을 지금의 가난한 형편으로 몰아넣으셨죠. 그 사람이 받게 돼 있는 재정적인 자립을 빼앗았다죠. 그 사람이 인생의 황금기일 때 모든 걸 박탈해 버렸어요. 그 사람이 받을 자격이 있다는 것을 알면서도, 그런 파렴치한 짓을 다아시 씨가 했잖아요. 그러면서도 그분의 불행을 경멸하고 비웃는 말투로 얘기할 수 있는 사람이 바로 다아시 씨예요."

다아시는 방 안을 빠른 걸음으로 서성거리며 큰 소리로 말했다.

"엘리자베스 양이 저를 이렇게 생각하고 계신 줄은 몰랐습니다. 저를 이렇게 형편없는 사람으로 평가하고 계셨군요. 제가 알아들을 수 있도록 충분히 설명해 주신 걸 감사드려야겠네요. 그렇게 생각하신다면 제 잘못이 정말 큰 것 같습니다. 그렇지만……."

그가 걸음을 멈추더니 엘리자베스를 보고 다시 말을 이었다.

"제가 이런저런 이유로 진지하게 청혼하지 못한 점을 솔직하게 고백하여 엘리자베스 양의 마음에 상처를 주지만 않았더라도 그런 잘못은 눈감아 주셨을지도 모르지요. 제가 청혼을 오랫동안 망설였던 이유를 솔직하게 고백해서 당신의 자존심을 건드리지 않았다면 말입니다. 만일 제가 좀 더 머리를 써서 제 마음속의 갈등을 숨기고, 이성적으로나 현실적으로나 어떤 면으로든 전혀 흠잡을 데 없는 완전한 사랑 때문에 당신에게 청혼하는 거라고 말씀드려서 당신의 자존심을 만족시켜 드렸다면 이렇게 혹독한 비난은 면할 수 있었을 겁니다. 하지만 전 어떤 종류의 가식적인 것이든 혐오합니다. 제가 말씀드렸던 감정에 대해서 수치스럽게 생각하지도 않습니다. 그런 감정을 갖는 건 자연스럽고 정당한 일이니까요. 내가 나보다 못한 집안과 결혼하게 됨을 기뻐할 거라고 생각하셨나요?"

엘리자베스는 그런 말을 듣는 순간 화가 더 치솟는 것을 느꼈지만 그런 기분을 최대한 억제하려고 노력하면서 이런 말을 했다.

"다아시 씨, 당신은 오해하고 계십니다. 좀 더 신사적으로 행동했더라면 내가 청혼을 거절할 때 미안한 감정을 느꼈을지도 모르지요. 하지만 다아시 씨가 청혼한 방식 때문에 내가 다르게 생각한 건 아니에요."

그녀는 그 말을 듣고 그가 놀라는 모습을 볼 수 있었지만, 그는 아무 말도 하지 않았고 그녀는 이야기를 계속했다.

"당신이 다른 어떤 방식으로 청혼을 하셨더라도 제 마음을 움직이지는 못했을 거예요."

그 말에 그가 다시 놀라는 표정을 지었다. 그는 믿을 수 없다는, 울분이 섞인 표정으로 그녀를 바라보았다. 그녀는 그런 다아시의 표정을 무시하고 이야기를 계속했다.

"처음부터, 그러니까 다아시 씨를 알게 된 그 순간부터 저는 당신의 태도를 보고 오만하고 잘난 척하고 다른 사람의 감정을 무시하는 사람이라고 확신할 수 있었어요. 그런 거부감이 바탕에 깔려 있는 데다 그 후에 일어난 일들이 당신에 대한 혐오감을 굳어지게 했죠. 그래서 당신을 알게 된 지 한 달도 되지 않아서 저는 당신하고는 어떤 일이 있어도 결혼하지 않을 거라는 생각을 갖게 되었어요."

"이제 충분히 알아들었습니다. 당신이 제게 어떤 감정을 갖고 계신지 충분히 이해했고 내가 얼마나 어리석은 일을 했는지 부끄러워할 일만 남은 것 같군요. 너무 많은 시간을 많이 뺏은 걸 용서해 주십시오. 부디 건강하시고 행복하시길 빌겠습니다."

그는 그 말을 마치고 황급히 방을 빠져나갔다. 다음 순간 그가 현관문을 열고 집을 떠나는 소리가 들렸다.

그녀가 느끼는 마음의 동요는 이제 고통스러울 정도로 커졌다. 몸을 제대로 가눌 수 없을 정도로 기운이 빠져서 그녀는 그 자리에 주저앉은 채 반 시간 동안이나 흐느꼈다. 자신에게 일어난 일을 이리저리 생각해 보면 놀랍고 당황스럽기만 했다. 그녀가 다아시로부터 청혼을 받은 사실! 그가 여러 달 동안 자기를 그토록 사랑해왔다는 사실! 그러한 사랑이 너무나 강렬하여 그는 어떠한 이유에도 불구하고, 그가 자기 친구를 제인과 결혼하지 못하게 했음에도 불구하고, 그가 자기의 친구만큼 부정적으로 느껴졌을 그런 가능성에도 불구하고 그녀에게 그처럼 애정을 품고 있었다니 믿어지지 않았다. 그녀 자신이 그처럼 다아시의 애정을 불러일으킨 것은 축복할 만한 일이었다. 다아시에게서 청혼을 받다니! 그가 그렇게 여러 달 동안 자신을 사랑하고 있었다니. 집안이 좋지 않다는 이유로 친구와 제인의 결혼을 반대했던 그가 똑같이 힘든 조건이 분명한데도 그런 모든 불리한 조건을 극복하고 그녀에게 그처럼 애정을 품고 있었다니 도저히 믿을 수 없는 일이었다. 그러나 그의 오만하고 가증스러운 성격과 제인에 관한 일을 당당하게 인정하고 변명조차 하지 않는 뻔뻔함과 자만심, 그리고 위컴에 관한 일을 얘기할 때의 냉정하고 무자비한 태도를 생각하면 그의 애정이 잠시 불러일으켰던 동정심은 한순간에 사라져 버렸다. 그녀는 격앙된 감정에 휩싸여 한참 동안 깊은 생각에 빠져 있었는데 그때 캐서린 여사의 마차가 오는 소리가 들렸고, 그녀는 샬럿이 그런 처지에 놓인 자신의 모습을 보면 안 될 것 같아 급히 자기 방으로 들어가 버렸다.

제12장

　다음 날 아침 엘리자베스는 지난밤 잠을 이루지 못하고
뒤척일 때와 같은 생각을 하면서 잠이 깨었다. 아직도 어
제의 충격에서 벗어날 수 없었다. 다른 생각은 할 수도 없
었고, 아무 일도 손에 잡히지 않을 것 같았다. 그녀는 아침
식사를 한 다음에 밖으로 나가 바람을 쏘이며 산책을 하기
로 했다. 좋아하는 산책로로 걸어가다가 다아시가 가끔 그
곳에 온다는 생각이 들자 엘리자베스는 걸음을 멈추었고,
정원 쪽으로 들어서는 대신 나선형의 길에서 떨어져 오솔
길을 따라 걸어갔다. 그 길의 한쪽은 아직도 정원의 울타
리로 둘러싸여 있었고 그녀는 문 하나를 가로질러서 뜰로
들어갔다.

오솔길을 걸으면서 상쾌한 아침 공기를 쐬다 보니 기분이 좀 나아지는 것 같았다. 그녀는 상쾌한 풍경에 유혹되어 입구에 멈추어 선 채 그 안을 들여다보았다. 그녀가 켄트에서 5주를 지내는 동안 주변의 자연 경관은 많이 달라져 있었다. 철 이른 나무들에는 매일 푸름이 더해가고 있었다. 엘리자베스가 막 다시 산책을 계속하려고 할 때 정원 가장자리를 에워싸고 있는 키 작은 나무들 사이로 한 남자의 모습이 언뜻 스쳐 갔다. 그녀는 그 사람이 다아시일지도 모른다는 생각에 곧 돌아서 나왔다. 하지만 그녀를 향해 다가오는 남자는 이미 그녀를 충분히 알아볼 수 있을 만큼 가까운 거리에서 빠른 걸음으로 다가오며 그녀의 이름을 부르고 있었다. 그녀는 이미 돌아서 있는 상태였지만, 자기를 부르는 사람이 다아시라는 걸 알고 못 들은 척하며 공원 입구를 향해 계속 걸어갔다. 그러나 두 사람은 동시에 문 앞에 이르렀다. 그때 다아시가 불쑥 엘리자베스에게 편지 한 통을 내밀었다. 그녀가 얼떨결에 편지를 받아 들자 그는 담담하고 침착한 표정으로 말했다.

"엘리자베스 양을 만나려고 한참 동안 숲속을 걷고 있

었습니다. 이 편지를 읽어 주시는 영광을 베풀어 주시면 감사하겠습니다."

그러고는 가볍게 목례를 하고 돌아서서 숲 속으로 향했고, 잠시 후 보이지 않게 되었다. 엘리자베스는 편지 내용이 결코 기분 좋은 것은 아닐 거라고 생각했지만, 강렬한 호기심이 일어났다. 놀랍게도 봉투 안에는 빽빽하게 글씨를 채운 두 장의 편지지가 들어 있었고, 봉투에도 마찬가지로 많은 글씨가 쓰여 있었다. 그녀는 좁은 길을 따라 걸으면서 글을 읽기 시작했다. 편지는 로싱스 저택에서 아침 8시에 쓴 걸로 되어 있었고 다음과 같은 내용이 적혀 있었다.

이 편지를 읽고서 지난밤에 엘리자베스 양을 그처럼 혐오스럽게 만들었던 그런 불쾌한 감정이 다시 되살아나게 하거나 그런 청혼을 다시 할 것이라는 염려를 하지 않으셔도 될 것입니다. 제가 편지를 쓰는 의도로, 우리 두 사람이 각자의 행복을 위해서 될 수 있는 한 빨리 잊어버리는 편이 좋을 점에 대해서 길게 얘기함으로써 엘리자베스 양에게 고통을 주려고 한다거나 나 자신을 초라하게 만들려는 것과는 다르다는 걸 알려드립니다. 저의 성격상 어쩔 수 없는 게 아니었다면 내가 이 편지를 쓰고 엘리자베스 양이 읽어야 하는 수고도 없었을 것입니다. 제 마음대로 당신께 읽어 주시길 요구하는 무례함을 용서해 주시기 바랍니다. 당신이 이 편지를 읽을 기분이 아니라는 건 알지만 부디 관용을 베풀어 주시길 부탁드립니다.

지난밤에 당신은 제가 본질적으로 아주 다르고 그 중대성에서도 전혀 다른 두 가지 잘못을 저질렀다고 저를 나무라셨습니다. 먼저 당신이 언급하신 것은 제가 당사자들의 감정을 무시한 채 빙리를 언니에게서 떼어 놓았다는 것이었고, 다른 한 가지는 제가 명예와 신의를 저버리고 위컴에게서 여러 가지 권리를 빼앗아 그의 행복을 짓밟고 미래의 희망마저 망쳐 버렸다는 것이었습니다. 위컴은 제 친구이자 제 부친께서 무척이나 아끼시던 청년이었습니다. 그는 우리가 후원하지 않으면 의지할 곳이 없는 입장이었기에 오직 우리의 후원만을 기대하며 성인으로 자라났습니다. 그런 친구를 타당한 이유 없이 고의적으로 내팽개쳐 버렸다면 그야말로 패륜이라고 할 수밖에 없을 것입니다. 그런 행동은 고작해야 몇 주 동안 애정을 품어 온 두 젊은이를 헤어지게 만든 것과는 비교할 수 없을 만큼 악랄한 행위일 것입니다.

그렇지만 제 행동과 동기를 설명한 편지를 읽으시고 두 가지 문제에 관해 당신이 지난밤 제게 하셨던 통렬한 비판을 거두어 주셨으면 하는 것이 저의 바람입니다. 저의 입장에서 얘기하다 보면 당신의 기분이 어쩔 수 없이 나빠질 수밖에 없지만, 거기에 대해서는 양해를 구하는 바입니다. 저로서는 불가피한 일이니 더 이상 사과를 드리는 것도 적절치 못한 것 같습니다. 빙리가 롱본의 아가씨들 중에서 엘리자베스 양의 언니를 가장 좋아한다는 건 저 역시 하트퍼드셔에 간 지 얼마 안 되어서 알게 되었습니다. 하지만 제가 그러한 감정이 진정한 사랑인지도 모른다는 걱정을 하게 된 것은 네더필드에서 열린 무도회 날 저녁이었습니다. 저는 전에도 그가 종종 사랑에 빠진 걸 보았습니다. 그 무도회에서 제가 영광스럽게도 당신과 춤을 추고 있는 동안, 우연히 윌리엄 루카스 경에게서 언니에 대한 빙리의 관심이 결혼에 대한 기대로까지 발전했다는 것을 처음 알게 되었습니다. 그분은 두 사람의 결혼을 기정사실로 생각하면서 결혼 날짜를 잡을 일만 남았다고 하시더군요. 그때부터 저는 제 친구의 행동을 주의 깊게 관찰했습니다. 그리고 제가 보았던 다른 경우보다 훨씬 더 제인 양을 좋아하고 있다는 걸 느끼게 되었습니다. 그래서 저는 엘리자베스양의 언니도 유심히 지켜보았습니다. 그런데 그분의 외모와 몸가짐은 더없이 솔직하고 명랑하고 매력적이었지만, 특별히 제 친구를 좋아한다는 느낌은 받지 못했습니다. 그날 저녁, 언니를 자세히 살펴본 결과, 저는 그분이 빙리의 관심을 기쁘게 받아들이기는 하지만 특별한 감정을 갖고 있는 건 아니라고 확신하게 되었습니다. 이 점에 대해 당신이 잘못 아신 게 아니라면 분명 제가 잘못 본 거겠죠. 언니에 대해서 당신이 저보다 더 잘 아실 테니까 제가 잘못 봤을 가능성이 더 높을 것입니다. 그렇다면 제 잘못으로 인해 언니께 고통을 안겨 드렸다는 점에서 당신이 노여워하는 것도 당연한 일입니다.

그러나 제가 확실하게 말씀드릴 수 있는 건, 언니분의 태도가 워낙 담담했기 때문에 가장 올바르게 판단할 수 있는 사람이라도 그분이 쉽게 마음을 열어 주지 않으리라는 점을 확신했을 겁니다. 저는 그분이 제 친구에게 관심이 없다고 믿고 싶었던 건 사실이지만, 감히 말씀드릴 수 있는 건 제 탐색과 결정이 제 바람이나 염려의 영향을 받지는 않는다는 겁니다. 제가 그러길 바랐기 때문에 그분이 무관심하다고 믿은 게 아니라, 객관

적인 확신과 합리적인 근거가 있어서 그렇게 믿
었던 것입니다. 제가 결혼을 반대했던 이유는 어
제 저녁 제가 말씀드린 신분의 차이 때문만은 아
니었습니다. 저는 강렬한 사랑의 감정으로 그 장
애를 물리칠 수 있었지만, 제 친구에게는 언니의
집안이 좋지 않다는 점이 제 경우처럼 큰 악조건
은 아니었습니다. 제가 반대한 데에는 또 다른 이
유가 있었습니다. 그 이유는 제게도 똑같이 관련
되는 문제이고 아직도 해결되지 않은 문제입니
다. 그러나 제가 당장 직면한 일이 아니기에 저로
서는 간과하려고 노력했습니다. 간략하게라도 이
문제를 짚고 나가지 않을 수 없군요. 엘리자베스
양 어머니의 동기간의 신분이나 지위도 결혼을
반대할 만한 사유가 되지만, 그건 다른 문제에 비
하면 지극히 사소한 문제입니다. 당신의 어머니
와 세 명의 여동생들은 빈번하게 전혀 교양을 찾
아볼 수 없는 행동을 하였고, 때로는 당신의 아버
지께서도 무례함을 드러내 보이셨습니다. 용서하

시기 바랍니다. 당신의 기분을 상하게 할 수밖에 없다는 건 저에게도 고통입니다. 당신 가족의 결함을 제게서 듣는다는 것이 무척 속이 상하고 불쾌하시겠지만, 당신과 언니는 그런 비난을 받을 만한 행동을 전혀 하지 않으시기 때문에 모든 사람에게 훌륭한 성품과 교양을 인정받고 있다는 걸로 위안을 삼으셨으면 합니다.

그날 저녁에 일어난 일을 보면서 저는 당신 가족에 대한 견해를 굳히게 되었고, 제 친구를 최악의 불행한 결혼에서 구해 내야겠다는 마음이 점점 절박해졌다는 것까지만 말씀드리겠습니다. 엘리자베스 양도 기억하시겠지만 그다음 날 빙리는 곧 돌아올 계획을 갖고 런던으로 떠났습니다. 이제는 제가 했던 일에 대해 설명해 드려야겠군요. 빙리의 누이들도 저와 마찬가지로 두 사람의 관계를 불안하게 생각했습니다. 우리는 곧 서로의 생각이 일치한다는 걸 알게 되었고, 하루빨리 두 사람을 떼어 놓기 위해서 그를 뒤따라 런

던으로 가기로 결정했습니다. 그렇게 돼서 우리
는 런던으로 갔고 저는 제 친구에게 그 결혼의 나
쁜 점을 지적해 주는 역할을 떠맡았습니다. 저는
그 결혼을 해서는 안 되는 이유를 진지하게 설명
하고 설득했습니다. 제 설득이 그의 결심을 흔들
리게 하고 지연시킬 수 있었는지는 모르지만, 제
가 주저 없이 당신의 언니가 그를 좋아하지 않는
다는 사실을 강조하지 않았더라면 결국 그 결혼
을 막을 수 없었을 거라고 생각합니다. 그는 자
신과 똑같은 감정은 아니더라도 언니 역시 자신
의 애정에 진실하게 반응할 거라고 믿고 있었습
니다. 그러나 빙리는 천성이 겸손한 친구여서 자
신의 판단보다는 제 판단을 더 의지하는 편입니
다. 그가 자신을 기만하고 있다고 설득하는 건 그
다지 어려운 일이 아니었습니다. 일단 그런 확신
을 주고 나자 그를 설득해서 하트퍼드셔로 돌아
가지 않게 하는 건 아주 쉬운 일이었습니다. 저는
이런 행동을 한 것에 대해 그다지 저 자신을 비난

하지 않습니다. 그 사건에서 마음에 걸리는 것이 한 가지 있다면, 그것은 당신의 언니가 런던에 있다는 사실을 빙리에게 감추려고 했다는 사실입니다. 캐롤라인처럼 저도 그 사실을 알고 있었지만, 빙리는 아직 모르고 있습니다. 그 둘이 서로 만난다면 결과가 달라졌을 수도 있겠지요. 제가 보기에 빙리의 애정이 언니를 만나도 전혀 동요하지 않을 만큼 완전히 식어 버린 것 같지는 않았습니다. 그래서 그 사실을 빙리에게 감추고 속인다면 제 품위를 손상시키는 비겁한 행동이 될 겁니다. 하지만 저는 그렇게 했고 그것이 최선의 방법이라고 생각했습니다. 그 문제에 대해서는 더 이상 드릴 말씀도, 더 사과드릴 것도 없습니다. 제가 만약 엘리자베스 양의 언니를 비통하게 만들었다면 그건 고의가 아니었습니다. 그리고 저의 행동이 엘리자베스 양이 보기에는 당연히 이해되지 않을 수 있겠지만, 저로서는 비난받을 이유가 없다고 생각합니다. 제가 위컴한테 해를 끼쳤다는 비난에 대해서는 그 사람과 내 가족의 내면 관계를 밝혀야만 반박할 수 있습니다. 그 사람이 특별히 어떤 문제로 저를 비난했는지는 모르겠지만, 제가 하려는 얘기가 사실이라는 건 진실성을 확신할 수 있는 증인을 몇 사람이라도 불러서 증명할 수 있습니다. 위컴의 부친은 매우 훌륭한 분이셨고 오랫동안 펨벌리의 재산을 관리해 주셨습니다. 그분은 자신이 맡은 일을 매우 성실하게 해주셔서 제 부친께서는 그분에게 보답하기를 바라고 있었습니다. 그래서 우리 아버님은 조지 위컴을 자식같이 여기며 많이 돌봐주셨던 것입니다. 위컴의 고등교육과 케임브리지 대학의 학업까지도 지원해 주셨습니다. 그런 교육이 그에게는 아주 소중한 것이었습니다. 왜냐하면 그의 부친은 아내의 낭비벽 때문에 항상 가난하셨기 때문에 아들을 신사로 교육시킬 능력이 없었습니다. 제부친께서는 항상 예의 바르고 쾌활한 그 청년을 매우 좋아하셨고, 그를 아주 높게 평가하셔서 성직을 직업으로 삼기를 바라셨고, 그런 자리를 마련해 줄 생각도 하셨습니다. 그러나 저는 오래전부터 그를 전혀 다른 관점으로 보기 시작했습니다. 그는 자신의 무절제한 생활을 가장 친한 친구인 저에게도 조심스럽게 숨겨 왔습니다. 그러나 그와 같은 연배이고 그의 적나라한 모습을 볼 기회가 많았던 제 눈을 피해 갈 수는 없었습니다. 제 부친은 당연히 그럴 기회가 없으셨죠. 다시 한 번 엘리자베스 양에게 고통을 드리게 되겠군요. 그 고통이 어느 정도일지는 엘리자베스 양 당신만이 알 수 있겠지만요. 위컴이 엘리자베스 양의 마음에 어떤 감정을 불러일으켰는지 모르겠습니다만 그 사람의 본성에 대해서 말씀드리지 않을 수 없습니다. 그 사람의 나쁜 점이 또 하나 추가될 것입니다. 제 존경하는 부친께서는 5년 전쯤에 돌아가셨습니다. 위컴에 대한 그분의 애정은 마지막까지 변함이 없으셔서 저에게 남긴 유언장에 그의 여건이 허락하는 한 성직에서 최고의 자리에 오를 수 있도록 도와주고, 그가 성직자가 되면 상당한 수입이 보장되는 목사직이 나오는 대로 그를 임명하라는 내용을 명시하셨습니다. 그리고 1,000파운드의 유산까지 남기셨죠. 제 부친께서 돌아가신 지 얼마 안 되어 위컴의 부친께서도 돌아가셨습니다. 그리고 이런 일이 일어난 지 반년도 못 되어서 위컴은 제게 성직자가 되지 않기로 결심했다는 편지를 보내왔습니다. 그는 자신이 받을 수 없게 된 성직 우선 임명권 대신 당장 금전적인 혜택을 받을 수 있게 해달라면서 자신의 요구를 부당하게 생각하지 말아 달라고 부탁했습니다. 그리고 법학을 공부할 의향이 있는데 1,000파운드의 이자로는 충분하지 않다는 걸 저도 알 거라고 덧붙였습니다. 저는 그의 말이 진실이라고 믿기보다는 진실이길 바라는 심정이었습니다. 어쨌든 저는 그의 제안에 따를 용의가 충분히 있었습니다. 위컴은 성직자가 되어서는 안 될 사람이라는 걸 알고 있었으니까요. 그 문제는 곧 해결되었습니다. 그는 목사직을 받을 수 있는 상황이 된다고 해도 성직에 관한 권리를 모두 포기하겠다는 조건으로 3,000파운드를 받았습니다.

그렇게 해서 우리 사이의 관계는 모두 해결되었다고 생각했습니다. 저는 그를 좋게 생각하지 않았기 때문에 펨벌리로 초대하거나 런던에서 교제하는 걸 허용하지 않았습니다. 제가 알기로는 그는 주로 런던에서 생활했지만 법학을 한다는 건 구실에 지나지 않았고, 모든 속박에서 자유로워지자 나태하고 방탕한 생활을 했습니다. 저는 3년 정도 그의 소식을 듣지 못하고 있었습니다. 그런데 그가 성직자가 되면 계승하기로 되어 있던 교회의 목사가 돌아가시고 나자, 그는 그 자리를 자신이 맡게 해 달라는 편지를 보내왔습니다. 그는 자신이 무척 곤궁한 처지에 빠졌다고 말했습니다. 저는 당연히 그럴 거라고 생각했죠. 그는 법학이 자기에게는 맞지 않는 학문이라는 걸 깨달았고, 제가 그 자리에 자신을 임명해 준다면 다시 목사가 되기로 굳게 결심했다고 말했습니다. 달리 추천할 만한 사람도 없고, 존경하는 제 부친의 유지를 잊었을 리도 없기 때문에, 제가 당연히 그를 그 자리에 임명할 거라고 믿는다고 했습니다. 제가 그의 부탁을 거절했고 여러 번 간청하는데도 물리쳤다고 저를 비난하시지는 않을 거라고 생각합니다. 저에 대한 그의 원망은 그의 처지가 곤궁할수록 더 심해졌죠. 그리고 저를 혹독하게 비난하는 것만큼 다른 사람들에게도 저를 나쁘게 말하고 다녔습니다. 그 이후로 그와 저 사이에는 모든 관계가 단절되었습니다.

그가 어떤 생활을 했는지 저는 모릅니다. 그런데 지난해 여름에 그는 다시 제 삶에 끼어 들어서 제게 큰 고통을 안겨 주었습니다. 저는 지금 기억하고 싶지 않은 일을 말씀드리지 않을 수 없습니다. 현재와 같은 상황만 아니라면 누구에게도 밝히고 싶지 않은 일입니다. 이렇게까지 말씀드렸으니 비밀을 반드시 지켜 주실 거라고 믿습니다. 제게는 저보다 열 살 이상 차이가 나는 여동생이 한 명 있습니다. 그 아이는 제 어머니의 조카인 피츠윌리엄 대령과 제가 함께 후견인을 맡게 되어 있습니다. 1년쯤 전에 제 동생이 학교를 마치자 런던에 살 집을 구했습니다. 지난해 여름 제 동생은 교육을 맡아 주는 욘지라는 부인과 함께 램스게이트로 갔습니다. 그런데 그곳에 위컴 씨가 나타난 겁니다. 그것이 계획적인 일이었다는 건 그와 욘지 부인이 이전부터 아는 사이였다는 사실로 발각이 났습니다. 안타깝게도 우리가 욘지 부인에게 완전히 속았던 겁니다. 그 부인은 위컴이 조지아나에게 접근하는 걸 묵인하고 도와주기까지 했습니다. 조지아나는 어릴 때 자신에게 친절하게 대해 주던 그의 기억을 간직하고 있었고, 그와 사랑에 빠졌다고 믿어 둘이 함께 도망치기로 했습니다. 그때 조지아나가 겨우 열다섯 살이었다는 게 변명이 될지 모르겠습니다. 어쨌든 그 애가 어리석었던 겁니다. 다행스럽게도 그들의 도피 행각을 미리 제게 알려 준 사람은 바로 제 동생이었습니다. 두 사람이 도망가기로 한 이틀 전에 저는 갑자기 동생이 살고 있는 집에 들르게 되었습니다. 조지아나는 아버지처럼 존경하던 오빠를 슬프고 화나게 할 거라는 부담감을 견디지 못하고 모든 사실을 저에게 털어놓았습니다. 그때 제 기분이 어떠했고 제가 어떤 행동을 했을지 상상하실 수 있을 겁니다. 제 동생의 명예와 감정을 다치지 않기 위해서 이 사실을 공개적으로 폭로하지는 않았지만, 위컴에게 편지를 써서 그곳을 당장 떠나게 했습니다. 그리고 윤지라는 여자의 가정교사 자리를 당연히 파면했습니다. 위컴의 주된 목적은 의심할 것도 없이 3만 파운드인 제 동생의 재산이었습니다. 저에 대한 복수심 또한 강한 동기가 되었을 거라고 짐작합니다. 그의 계획이 이루어졌더라면 정말 완벽한 복수가 되었겠죠.

위컴과 저 사이에 있었던 모든 일들을 충실하

게 설명해 드렸습니다. 제 애기가 사실이라는 걸 완전히 부인하시지 않는다면, 위컴에게 제가 비열한 행동을 했다는 혐의에 대해 무죄 판결을 내려 주시길 바랍니다. 그가 당신에게 어떤 방법으로 어떤 거짓말로 속임수를 썼는지는 모르겠지만, 그가 당신을 속이는 데 성공한 것도 놀랄 일은 아니라고 생각합니다. 당신은 그 문제에 대해 전혀 아는 게 없는 상황에서 그의 거짓을 간파할 수 없었을 것이고, 당신의 성격상 의심할 수도 없었을 것입니다. 제가 어젯밤에 왜 이런 애기를 하지 않았는지 의아해하실지도 모르겠습니다. 저는 어제 자신을 통제할 수가 없어서 어디까지 진실을 밝혀야 하는지 판단이 서질 않았습니다. 제가 지금 말씀드린 모든 것의 진실은 피츠윌리엄 대령의 증언을 통해 더 자세히 확인하실 수 있을 겁니다. 그는 저희하고 가까운 친척이며, 오랜 친구이고, 더욱이 제 부친의 유언 집행자의 한 사람으로서 불가피하게 이 일의 모든 전말을 상세히 알고 있습니다. 저에 대한 반감 때문에 제 말을 고려할 만한 일말의 가치도 없는 얘기로 간주하신다고 하더라도, 제 사촌과 허심탄회한 대화를 나누는 것까지 마다하지는 않으시겠지요. 그의 얘기를 들으실 수 있도록 이 편지가 오늘 오전 중으로 엘리자베스 양의 손에 넘겨지기를 바라고 있습니다. 엘리자베스 양에게 신의 은총이 있기를 빕니다.

                              피츠윌리엄 다아시

제13장

엘리자베스는 다아시가 편지를 주었을 때 다시 청혼하
는 내용이 들어있을 거라고 기대하지는 않았지만 사실 어
떤 내용이 적혀 있는지 짐작조차 할 수 없었다. 그녀가 얼
마나 진지하게 편지를 읽어 내려갔고, 얼마나 복잡한 감정
을 느꼈을지는 충분히 짐작할 수 있는 일이다. 편지를 읽
어 내려가는 그녀는 말할 수 없이 복잡한 감정을 느꼈다.
처음에는 그가 변명할 무엇이 있다고 생각한다는 데 놀랐
고, 수치감을 느낄 줄 아는 사람이라면 어떤 설명도 하지
못할 것이라고 생각했다. 그녀는 그가 무슨 소리를 하려
는지 알아보기 위해 네더필드에서 있었던 일에 관한 설명
을 읽어 나갔다. 그녀는 읽는 데 너무 열중한 나머지 문장

의 내용이 이해되지 않았고, 다음 문장에서 나올 말이 너무 기다려져서 앞의 문장에서 하는 말을 제대로 파악할 수도 없었다. 그녀의 언니가 빙리에게 무관심했다는 말은 읽자마자 아무런 근거가 없는 것으로 치부해 버렸고, 그것이 두 사람의 결혼을 반대한 진짜 이유라는 말을 읽자 너무 화가 치밀어서 그를 공정하게 판단하겠다는 의지마저 사라졌다. 다아시는 자신이 한 행동에 대해서 그녀가 납득할 만큼 어떤 유감의 말도 하지 않았다. 그의 문장에서는 반성의 기미라고는 찾아볼 수 없었고 오히려 거만해 보였다. 오만과 무례함으로 범벅이 되어 있었던 것이다.

그리고 위컴에 대한 설명이 이어졌는데, 그녀는 이제 비교적 덜 흥분된 상태에서 일련의 사건에 대한 설명을 읽어나갈 수 있었다. 만약 그것이 진실이라면 위컴의 인격에 대한 그녀의 생각을 완전히 뒤집어엎을 만큼 놀라운 일이 아닐 수 없었다. 또한 그것은 위컴이 스스로 밝혔던 정황과 너무도 정확하게 들어맞았기 때문에 그녀는 말로 표현하기 어려운 감정에 휩싸이게 되었다. 놀라움, 두려움, 심지어 공포감까지 그녀에게 몰려들었다.

'이건 분명 거짓말이야! 그럴 리가 없어. 이건 터무니없는 모함이야.'

그녀는 편지를 다 읽고 난 다음에도 마지막 한두 페이지에는 무슨 말이 적혀 있는지 제대로 읽지도 않은 채 편지를 황급히 접어 버리고 다시는 그것을 읽지도 신경 쓰지도 않겠다고 다짐했다. 그녀는 이처럼 흥분된 상태에서 생각의 갈피를 잡지 못한 채 무작정 걷기 시작했다. 아무리 걸어도 마음을 안정시킬 수가 없었다. 편지를 접은 지 30분도 지나지 않아서 엘리자베스는 다시 편지를 펼쳐 들었고, 최대한으로 마음을 가라앉힌 채 위컴과 관련된 내용을 꼼꼼히 읽어 내려가면서 문구 하나하나의 의미를 음미해 보았다. 펨벌리가와 위컴의 관계에 대한 설명은 그가 했던 말과 정확하게 일치했다. 그리고 돌아가신 다아시의 부친이 위컴을 친절하게 배려해 주었다는 사실도 위컴이 했던 말과 다르지 않았다. 물론 그분이 얼마나 관대하게 배려해 주었는지는 알 수 없는 일이었다. 거기까지는 두 사람의 진술이 일치하고 있었다. 그러나 유언장에 관한 대목에 이르자 두 사람의 말이 엄청나게 차이가 있었다. 그녀는 위컴이 목사직에 관해 했던 말을 단어 하나까지 정확하게 기억하고 있어서 두 사람 중 어느 한쪽이 비열한 거짓말을 하고 있다고 생각할 수밖에 없었다. 그녀는 잠시 지금까지 자신이 알았던 게 진실일 거라고 생각하고 싶었다. 그러나 바로 다음에 나오는 자세한 정황을 다시 정신을 집중해서 읽고 나자 그런 확신이 다시 흔들리기 시작했다. 위컴이 목사직에 대한 모든 권리를 포기하는 대신 3,000파운드라는 거액을 받았다는 대목에서 엘리자베스는 편지를 내려 놓고 최대한 공정하게 모든 상황을 가늠하고 어느 편의 주장이 옳은지 꼼꼼하게 따져 보았다. 그러나 그녀로서는 판단할 수 없는 일이었다. 두 사람의 말 중 누구의 말이 맞는지 근거를 확인할 수 있는 방법이 없었다.

엘리자베스는 다시 편지를 읽어 내려갔다. 한 줄 한 줄 읽을수록 점점 더 분명해지는 사실이 한 가지 있었다. 그 것은 다아시가 어떤 비열한 계략을 쓴다고 해도 결국 그의 파렴치한 행동이 만천하에 드러나게 될 거라고 생각했던 자신의 생각이 이전과는 달라졌다는 사실이었다. 오히려 그가 결백할지도 모른다는 생각이 들었다. 다아시가 거침없이 비난했던 것처럼 위컴이 정말 그렇게 사치스럽고 방탕한 생활을 했다면 그것은 엘리자베스에게는 충격적인 일이었다. 하지만 그런 비난이 부당하다는 증거도 없었다. 위컴이 부대에 들어가기 전에 어떤 생활을 했는지 알려진 게 전혀 없었다. 그 부대에 입대한 것도 런던에서 우연히 만나서 알게 된 어떤 청년의 권유를 따른 것이라고만 했다. 하트퍼드셔에서는 그 이전에 그가 어떤 생활을 했는지 본인이 한 얘기 이외에는 전혀 알려진 게 없었다.

위컴이 진짜 어떤 사람인지 알아볼 방법이 있었다고 하더라도 엘리자베스는 그렇게 하지 않았을 것이다. 그는 용모와 목소리와 몸가짐만으로 상대방에게 모든 미덕을 갖춘 사람으로 믿어 버리게 만드는 능력이 있었다. 엘리자베스는 다아시의 공격에서 위컴을 방어할 만한 그의 행동을 기억해 내려고 애썼다. 위컴이 특별히 정직하고 훌륭한 일을 한 적이 있다면, 다아시가 비난한 것처럼 그가 오랫동안 나태하고 방탕한 생활을 했다는 사실을 일반적인 작은 실수로 돌릴 수도 있을 것이다. 그러나 그런 기억이 떠오르지 않았다. 그녀는 매력적이고 유쾌한 위컴의 몸가짐이나 언변은 금방 떠올릴 수 있었고, 뛰어난 사교성으로 사람들에게 인기가 많다는 건 인정할 수 있었지만, 그 이외에 실제적인 미덕이나 미담은 생각나지 않았다. 엘리자베스는 이 부분에서 읽는 것을 중단하고 잠시 생각에 잠겼다가 다시 편지를 읽어 나가기 시작했다. 그가 재산을 노리고 다아시의 여동생을 꾀어냈다는 내용은 바로 어제 아침에 피츠윌리엄 대령과 나누었던 대화의 내용과 일치했다. 그리고 다아시는 피츠윌리엄 대령에게 모든 사실을 확인해 보라고 요청하고 있었다. 피츠윌리엄 대령이 다아시 자신의 일에 깊이 관여하고 있다는 말을 전에 했었는데, 그의 인격에 대해서 그녀는 아무런 의심을 품을 수가 없었다. 그녀는 잠시 피츠윌리엄 대령에게 사실을 확인해 봐야겠다고 생각했지만, 그런 질문을 한다는 게 너무 황당하게 보일지도 모른다는 생각이 들었다. 게다가 사촌이 자신의 말을 증명해 줄 거라고 확신하지 않았다면 다아시가 섣불리 그런 제의를 했을 리도 없었다.

엘리자베스는 필립스 씨 댁에서 위컴을 처음 만난 날 그와 나누었던 대화의 내용을 모두 기억하고 있었다. 그가 했던 말들이 아직도 그녀의 기억 속에 생생하게 남아 있었던 것이다. 그제야 처음 만나는 사람과 그런 대화를 나눴다는 게 부적절한 일이었다는 걸 깨달았다. 그런 사실을 이제야 깨달았다는 것 또한 놀라운 일이었다. 위컴이 자신을 내세운 것도 황당한 일이었고 지금 생각해 보면 그의 말과 행동이 일치하지 않는 점이 한두 가지가 아니었다. 위컴은 다아시를 만나는 게 전혀 두렵지 않고 다아시가 그 고장을 떠날지는 몰라도 자기는 절대 그곳을 떠나지 않을 거라고 장담했다. 그런데 그는 바로 그다음 주에 네더필드에서 열렸던 무도회에 참석하지 않았다. 네더필드 사람들이 그곳을 떠날 때까지는 자신의 이야기를 그녀에게만 하다가, 그들이 떠나고 나자 아무 데서나 떠들어 댔다는 것도 생각하면 이상한 일이었다. 그가 다아시의 인격을 모욕하는 말을 할 때도 전혀 거리낌이 없었다. 그런 행동은 그의 아버지에 대한 존경심 때문에 그 아들의 치부를 드러내는 게 고통스럽다고 했던 자신의 말과 모순되는 것이었다.

위컴과 관련된 모든 일이 전혀 다른 시각으로 보이기 시작했다. 생각해 보니 그가 킹이라는 여자에 대해서 관심을 보인 것은 오직 돈 때문이었던 것 같았다. 그녀의 유산이 그다지 많지 않다는 사실을 통해 위컴이 욕심이 별로 없는 것이 아니라 급박한 상황에서 아무나 붙잡으려는 조급함 때문이었다는 사실도 드러났다. 킹 양에 대한 그의 행동은 참을 수 없을 만큼 저급한 동기에서 나온 것이었다. 그녀의 재산이 많은 걸로 오해했거나, 그녀가 경솔하게 내비친 호감을 부추겨서 자신의 허영심을 만족시키려고 했던 행동이었다.

위컴의 행동을 그에게 유리한 쪽으로 해석하려는 엘리자베스의 노력은 점점 기운이 빠져 갔다. 시간이 지날수록 다아시의 말이 옳다는 걸 증명하는 사례가 더 많이 생각났다. 오래전에 제인이 빙리에게 다아시에 관해서 물어보았을 때, 빙리는 이 문제에서 다아시는 전혀 잘못한 일이 없다고 분명하게 말했다. 그는 지금까지 오랫동안 다아시를 만나 왔고, 근래에는 같이 지내는 시간이 많아서 그를 가까운 곳에서 살펴볼 기회가 많았지만, 다아시가 자존심이 유난히 강하고 무뚝뚝한 면은 있지만 원칙에서 어긋나거나 부당한 행동을 하는 건 한 번도 본 적이 없다고 말했다.

다아시는 종교적으로나 도덕적으로 벗어나는 행동을 절대로 하지 않는 사람이라고 했다.

다아시는 주변 사람들에게 신뢰와 존경을 받고 있었고, 위컴도 그가 오빠로서는 훌륭하다는 사실을 인정했다. 엘리자베스도 다아시가 자기 누이에 대해서 무척 애정이 담긴 말투로 얘기하는 걸 들은 적이 있었다. 그가 그렇게 다정한 감정을 가질 수 있다는 데 놀랐던 기억도 났다. 만일 그가 위컴이 말한 것처럼 그렇게 비열한 행동을 했다면 사람들이 전혀 모르고 있을 수는 없었다. 그렇게 졸렬한 인간과 빙리처럼 훌륭한 인격을 가진 사람이 친구로 오랜 시간 우정을 나눈다는 것도 말이 안 되는 일이었다.

엘리자베스는 점점 자신이 부끄럽게 여겨졌다. 다아시든 위컴이든 생각하면 할수록 맹목적이고 편파적이고 어리석었던 자신에 대해 후회와 자책이 몰려들었다.

"내가 정말 어리석었군! 너무 경솔하고 천박하게 행동했어."

그녀는 큰 소리로 중얼거렸다.

"내 판단력을 너무 과신했어. 내 지성을 너무 과대평가

했어. 관대하고 솔직한 언니의 성품을 은근히 비웃고, 근거 없이 남을 의심하는 걸로 내 허영심을 만족시켰던 거야. 이제야 모든 걸 알게 되었으니 얼마나 창피한 일이야. 정말 부끄럽고 수치스러워서 견딜 수가 없어. 내가 남자와 사랑에 빠졌다고 해도 이처럼 눈이 멀지는 않았을 거야. 하지만 내 어리석음은 사랑 때문이 아니라 허영심 때문이었어. 두 남자를 처음 알았을 때부터 난 너무 분별력이 없었어. 한 사람이 내게 호감을 표시하는 데 기분이 우쭐했고, 다른 한 사람이 나를 무시하는 게 불쾌해서 참을 수가 없었던 거야. 그래서 두 사람의 일에 관해서 편견과 무지에 사로잡혀 있었어. 이성은 발로 차버렸던 거지. 지금 이 순간까지도 나는 나 자신에 대해서 모르고 있었던 거라고."

그녀의 생각은 자신에게서 제인으로, 제인에게서 빙리에게로 옮겨 갔다. 그러다가 최소한 이 부분에서는 다아시의 설명이 불충분하다고 생각했다. 그래서 그녀는 편지의 그 부분을 다시 읽어보았다. 그러자 결과는 아주 달라졌다. 언니가 빙리에게 애정을 가지고 있다는 걸 전혀 느

428

끼지 못했다는 다아시의 주장에 대해서 엘리자베스는 샬럿이 언니에 대해서 했던 말을 떠올리고 다아시의 설명이 맞는다는 걸 부정할 수 없었다. 제인은 감정은 열렬했지만 겉으로는 전혀 그런 감정을 드러내지 않았고, 워낙 누구에게든 상냥하게 대하는 성품이었기 때문에 특정한 사람에게 특별한 감정을 가지고 있다는 걸 알기 어려웠다.

자기의 가족이 언급된 부분에 이르자 엘리자베스는 극도의 수치심을 느꼈다. 굴욕적이기는 하지만 그의 비난이 타당한 것이어서 부인할 수가 없었고, 네더필드 무도회에서 있었던 일들을 다아시로서는 받아들일 수 없다고 했는데, 사실 그녀 자신도 그것이 문제라고 생각했던 것이다. 그녀와 언니에 대한 다아시의 칭찬은 기쁘게 받아들일 마음이 아니었다. 그나마 위안이 되지 않는 건 아니었지만, 그렇다고 다른 가족들 때문에 받은 자존심의 상처가 회복될 수는 없었다. 제인이 실연하게 된 것도 결국은 가족들 때문이라는 걸 알게 되자 엘리자베스는 전에 없이 우울하고 낙심이 되었다. 가족들의 경솔한 행동 때문에 자신과 언니의 평판이 심각한 타격을 입을 수밖에 없다는 게 억울하기도 하고 자신의 처지가 한심하기도 했다.

엘리자베스는 두 시간 동안 오솔길을 따라서 헤매고 다녔다. 그동안 있었던 일들을 머릿속으로 다시 정리해 보고, 타당성을 가늠해 보기도 하면서 마음을 가라앉히려고 노력했다. 갑작스럽게 너무 많은 생각을 한 탓에 심한 피로감이 몰려들었다. 그러다가 너무 오랫동안 집을 비웠다는 생각이 들어서 엘리자베스는 집으로 돌아가기로 했다. 집으로 들어서면서 그녀는 평소와 다름없이 유쾌한 모습을 보여야겠다고 마음먹었다. 복잡한 생각은 접어 두고 사람들의 대화에 방해가 되지 않도록 자연스럽게 행동해야겠다고 생각했다.

집 안에 들어서자 그녀가 집을 비운 사이에 로싱스의 두 신사가 따로 그녀를 찾아왔었다는 소식이 기다리고 있었다. 다아시는 겨우 몇 분 동안만 기다리다가 돌아갔고, 피츠윌리엄 대령은 그녀가 돌아오기를 한 시간이나 기다리다가 그녀를 찾아 나서려고까지 했다는 것이었다. 엘리자베스는 그를 만나지 못한 것이 애석하다는 표정을 지었지만, 속으로는 잘되었다고 생각했다. 이제 피츠윌리엄 대령은 그녀에게 있어서 전혀 관심의 대상이 아니었던 것이다. 그녀는 오직 편지에 대해서만 생각하고 있었다.

제14장

두 신사는 다음 날 아침에 로싱스 저택을 떠났다. 콜린
스는 그들에게 작별 인사를 하기 위해 소작인들의 오두막
옆에서 기다리고 있었다. 그는 두 사람이 방금 전에 밝고
건강한 모습으로 그곳을 떠났다는 소식을 갖고 집으로 돌
아왔다. 다음에 그는 캐서린 여사와 그의 딸을 위로해 주
기 위해서 로싱스 저택으로 갔다. 그리고 집에 돌아올 때
는 캐서린 여사가 기분이 우울하셔서 그들과 함께 저녁 식
사를 하고 싶어 하신다는 소식을 자랑스럽게 전했다.

엘리자베스는 자신이 다아시의 청혼을 받아들였더라면
지금쯤 캐서린 여사에게 미래의 조카며느리로 소개되었을
거라는 생각을 하지 않을 수 없었다. 또한 그녀가 그 말을

들은 캐서린 여사가 분해서 어쩔 줄 몰라 하는 모습을 상상하면 저절로 웃음이 나왔다.

'뭐라고 말했을까? 저 사람이 어떻게 말했을까?' 등등의 생각을 하지 않을 수 없었던 것이다. 사람들의 첫 번째 화제는 로싱스의 식구들이 줄어들어서 쓸쓸하다는 푸념이었다. 캐서린 여사는 이렇게 말했다.

"사람들이 가 버리니 집 안이 텅 빈 것 같군. 나만큼 사람들이 없는 것을 아쉬워하는 사람도 없지. 두 젊은이는 내가 특별히 아끼는 사람들이었고 그들도 나를 무척 따랐는데, 우리 집을 떠나는 걸 못내 섭섭해했지. 늘 그러긴 했지만. 대령은 그래도 겉으로는 끝까지 명랑한 척했지만 다아시는 작년보다 더 서운해 하는 것 같더군. 로싱스에 대한 애착이 더 깊어진 게 분명해."

콜린스가 그녀의 말에 맞장구를 치면서 거들었고 캐서린 여사와 그 딸은 친절한 미소로 답해 주었다.

저녁 식사가 끝난 후에 캐서린 여사는 엘리자베스가 기분이 안 좋아 보인다면서 빨리 집에 돌아가기 싫어서 그럴 거라고 자기 나름대로 해석했다.

"그 일 때문이라면 어머니께 편지를 써서 좀 더 머물겠다고 말씀드리지 그러나? 콜린스 여사도 엘리자베스 양이 더 있겠다가 가기를 바랄 테니까."

"그렇게 말씀해주시니 감사합니다. 하지만 그렇게 할 수 없는 형편이에요. 다음 토요일에는 런던에 도착해 있어야 한답니다."

엘리자베스가 대답했다.

"그럼 고작해야 6주 동안 있다가 가는군. 두 달 정도는 머물 거라고 생각했었는데. 엘리자베스 양이 오기 전에 내가 콜린스 씨에게 그렇게 말했지. 그렇게 빨리 가야 할 필요는 없을 거야. 아가씨의 어머니도 한 2주간 더 있다가 와도 된다고 할 텐데."

"하지만 아버지는 그렇지 않으실 거예요. 지난주에도 빨리 돌아오라고 재촉하는 편지를 보내셨어요."

"어머니가 허락하시면 아버지도 분명 동의하실 거야. 아버지에게는 딸이 그렇게 중요한 존재가 아니니까. 만약 한 달 동안 더 머문다면 두 사람 중 한 명을 내가 런던까지 태워다 줄 수도 있어. 6월 초에 런던에 가서 한 일주일 있다가 올 예정이니까. 도슨이 마부 석에 누군가 앉아서 가는 걸 반대하지만 않으면 두 사람 중 한 명이 탈 자리는 충분해. 그리고 날씨가 서늘하면 두 사람 모두 태워 갈 수도 있을걸. 두 사람 다 체격이 별로 크지 않으니까."

"친절한 말씀 감사합니다. 하지만 저는 원래 계획대로 해야 할 것 같습니다."

그제야 캐서린 여사는 단념한 것 같았다.

"콜린스 여사, 하인을 하나 딸려 보내도록 해. 두 젊은 여자가 대동하는 사람도 없이 이동하는 건 옳지 않다는 게 내 지론이야. 어떻게든 사람을 딸려 보내라고. 내가 세상에서 가장 싫어하는 게 그런 일이니까. 젊은 아가씨들은 항상 자신의 지위에 맞게 적절한 보호와 시중을 받아야 하는 법이지. 작년 여름에 내 조카 조지아나가 램스게이트에 갈 때도 나는 남자 하인 두 명을 대동해 보내야 한다고 했지. 돌아가신 펨벌리의 다아시 부부의 고명한 딸이 아무런 격식도 갖추지 않고 사람들 앞에 나타나면 안 된다고 했지. 나는 이런 일들에 지나치게 신경을 쓰는 편이지. 이 아가씨들에게 존을 딸려 보내요, 콜린스 부인."

"제 외삼촌께서 하인을 보내 주실 거예요."

"아, 아가씨 외삼촌께서? 그분에게도 하인이 있나 보군. 이런 일을 신경 써줄 분이 있다니 다행이로군. 그런데 말은 어디서 바꿔 갈 건가? 아! 당연히 브롬리에서 바꿔야겠군. 거기 벨 식당에 가서 내 이름을 대면 특별히 신경을 써줄 거야."

캐서린 여사는 그들의 여행에 관해서 이것저것 간섭하며 질문했다. 그녀는 자신이 한 질문에 대부분 스스로 대답했지만, 가끔씩 대답을 요구하기도 했기 때문에 엘리자베스는 주의를 집중하고 있어야 했다. 그녀는 캐서린 여사의 질문에 신경을 쏟는 동안 다른 일들을 잊어버릴 수 있어서 오히려 다행이라고 생각했다. 혼자 있을 때면 엘리자베스는 겨우 안도감을 느끼며 깊은 생각에 빠져들었다. 그녀는 하루도 빠짐없이 혼자 산책을 하며 괴로운 기억을 다시 떠올리고 상념에 잠겼다.

다아시의 편지는 이제 훤히 외울 정도가 되었다. 그녀는 문장 하나하나를 뜯어보았다. 그럴 때마다 편지를 쓴 사람에 대한 감정이 달라졌다. 자신에게 청혼할 때의 다아시의 태도를 생각하면 아직도 화가 밀려왔다. 하지만 자신이 그를 얼마나 부당하게 비난하고 질책했는지 생각하면 자신에 대한 반감이 밀려왔다. 청혼을 거절당한 다아시에 대해 약간의 연민의 감정도 느꼈다. 그가 자신에게 청혼했다는 사실이 고맙게 여겨지기도 했고, 그의 인품에 대해 존경심마저 들었다. 그렇다고 해서 그의 청혼을 받아들이겠다는 마음이 생긴 것은 아니었다. 그녀는 단 한순간도 그의 청혼을 거절한 자신의 결정을 후회하지 않았다. 그를 다시보고 싶은 생각도 없었다. 그러나 자신의 행동을 되돌아볼 때마다 여러 가지로 후회가 몰려드는 건 어쩔 수 없었다. 가족들의 치명적인 결함을 생각하면 수치스럽고 속이 상해 견딜 수가 없었다. 앞으로도 가족들의 행실이 나아질 거라는 희망은 가질 수 없었다. 아버지는 늘 어린 딸들의 경거망동을 대수롭지 않게 웃어넘기기만 했고, 그들의 행동을 시정하려는 노력은 전혀 하지 않았다. 그리고 경박스러운 그녀의 어머니는 애초에 예의범절과는 거리가 먼 사람이어서 자식들의 어떤 점이 잘못된 건지도 인식하지 못했다. 엘리자베스와 제인은 여러 번 캐서린과 리디아의 철

없는 행실을 고쳐 주려는 시도를 했다. 하지만 어머니가 무조건 그들의 응석을 받아 주는 한 그들이 개선될 기회는 주어지지 않을 것이었다. 의지가 약하고 성질이 급한 캐서린은 항상 리디아의 행동을 그대로 따라 하면서 언니들이 충고라도 하려고 하면 어김없이 화를 내곤 했다. 그리고 워낙 천방지축인 데다 조심성이라고는 전혀 없는 리디아는 언니들의 충고를 귓등으로도 들으려고 하지 않았다. 두 동생은 무식하고 방탕에 빠졌으며 허영심에 가득 차 있었다. 메리튼에 장교가 한 명이라도 있으면 그들은 서슴없이 그곳으로 가서 장교에게 추파를 던질 것 같았고, 롱본에서 메리튼까지는 걸어서도 충분히 갈 수 있는 거리였기 때문에 그들은 아무 때나 마음만 먹으면 그곳으로 쏘다닐 것이었다.

다른 한 가지 걱정거리는 제인의 일이었다. 다아시의 설명을 듣고 나자 빙리에 대해 예전에 가졌던 호의적인 감정이 다시 되살아나는 것 같았다. 제인이 그런 사람을 놓쳤다는 게 더욱 아쉽게 느껴졌다. 제인에 대한 그의 감정이 진실한 애정이었다는 사실이 증명된 지금, 친구의 말을 무

438

조건 신뢰하고 따른다는 점만 제외하면 그의 행동은 비난할 만한 점이 없었다. 제인의 입장에서 보면 모든 점에서 훌륭한 조건과 행복할 수 있는 가능성을 갖춘 언니의 결혼이 가족들의 어리석고 교양 없는 행실 때문에 깨졌다는 걸 생각하면 억울해서 견딜 수가 없었다.

그런 생각에다가 위컴에게 철저히 속아 넘어갔다는 배신감까지 겹쳐서 평소에 좀처럼 우울해본 적이 별로 없는 엘리자베스로서는 이제 명랑한 기분을 내보일 수도 없게 되었다. 마지막 한 주 동안 그들은 여느 때와 다름없이 로싱스 저택으로의 빈번한 방문이 이어졌다. 떠나기 전날 밤도 거기서 보냈다. 캐서린 여사는 그들의 여행에 대해서 이것저것 캐 물었고 짐을 가장 효과적으로 싸는 방법을 알려주었으며 야회용 드레스를 꾸리는 단 한 가지 좋은 방법에 대해서도 일러주었는데, 그래서 마리아는 집으로 돌아가면 오전에 쌌던 짐을 다시 싸야겠다는 생각을 갖게 되었다. 헤어질 시간이 되자 캐서린 여사는 그들에게 잘 떠나라고 얘기했고 내년에 다시 헌스포드로 오라고 초대해 주었다. 그녀의 딸인 드 버그 양도 기운을 내서 무릎을 구부려 인사를 하고 두 사람에게 작별의 악수를 청했다.

제15장

토요일 오전에 엘리자베스와 콜린스는 다른 사람들이 나타나기 몇 분 전에 식당에서 만났다.

"엘리자베스, 내 아내가 별도로 고맙다는 말을 했는지 모르겠군. 우리 집을 떠나기 전에 분명히 내 아내에게서 감사하다는 말을 들을 거야. 우리와 함께 있어 준 것을 무척 고맙게 생각하고 있어. 이런 누추한 곳에 오고 싶어 하는 사람은 별로 없을 거야. 살림살이도 별로 없고 방도 작고 하인도 별로 없는 데다 잘 나다니지도 않으니, 엘리자베스 같은 젊은 여자들은 헌스포드가 몹시 지루한 곳일 것이 틀림없겠지. 그런데도 우리 집에 머무는 호의를 베풀어 준 데 대해 감사하게 생각하고 있고, 우리도 엘리자베스가 즐겁게 지내도록 최선을 다했다는 점을 알아줬으면 좋겠군."

콜린스는 그것이 작별 인사를 하기에는 더없이 좋은 기회라고 생각했는지 장황하게 인사말을 늘어놓았다. 엘리자베스는 자기가 매우 감사하게 생각하고 있으며 행복했다고 말했다. 지난 6주 동안 무척 즐거웠고 샬럿과 함께 지내게 되어서 그리고 온갖 보살핌을 받아 고마움을 어떻게 표현해야 좋을지 모르겠다고 이야기했다. 콜린스는 그 말에 흡족해하며 좀 더 진지하게 말했다.

"즐겁게 시간을 보냈다니 내 기분이 좋군. 사실 우리는 최선을 다했어. 그리고 운 좋게도 귀하신 분들께 엘리자베스를 소개시켜 줄 수 있었다는 점이야. 로싱스와 우리의 인연 덕분에 자주 로싱스를 방문할 수 있어서 헌스포드를 방문한 것이 따분하지만은 않을 것이라고 자부해. 캐서린 여사와 우리의 관계는 다른 사람이 누릴 수 없는 특별한 혜택이고 축복이야. 우리가 그 댁과 얼마나 가깝게 지내는지 직접 봐서 알겠지. 솔직히 말하자면 초라한 내 목사관이 불편한 점도 많지만 우리가 이처럼 계속적으로 그 댁과 이처럼 친분을 유지하고 있으니 다른 사람들이 우리를 측은하게 여기는 동정의 대상은 되지 않을 거라고 생각해."

그는 자신의 격앙된 감정을 말로 제대로 나타낼 수가 없는 모양이었다. 그래서 식당 안을 이리저리 걸어 다니고 있었는데, 엘리자베스는 짤막한 말로 그의 말에 대답해 주었다.

"잘 알고 있어."

"하트퍼드셔에 돌아가면 그분들께 우리가 아주 잘 지내고 있다는 얘기를 해도 좋을 거야. 꼭 그렇게 해줄 거라고 생각해. 캐서린 여사께서 내 아내에게 아주 잘해준다는 것도 보아서 잘 알 거야. 엘리자베스의 친구가 불행한 결혼을 했다고 생각하지는 않을 거야. 하지만 이 점에 대해서는 더 이상 얘기하지 않겠어. 내가 말할 수 있는 건 친애하는 엘리자베스도 이렇게 행복한 결혼을 하기를 진심으로 바란다는 것뿐이야. 사랑하는 샬럿과 나는 한마음이고 사고방식도 똑같아. 모든 일에서 성격이나 생각이 놀랄 정도로 비슷해. 우리는 그야말로 천생연분인 것 같아."

엘리자베스는 두 사람이 그렇게 잘 어울려서 정말 행복

해 보이며 자신도 그 집안이 행복하기를 진심으로 바란다는 말을 해 주었다. 콜린스가 자신이 얼마나 행복한지 일일이 열거하려는 찰나에 그 행복의 원천인 샬럿이 등장하자 엘리자베스는 안도의 한숨을 내쉬었다.

가엾은 샬럿! 그런 사람들 속에 샬럿을 혼자 두고 떠나는 건 슬픈 일이었다. 하지만 이 모든 것은 그녀가 어떤 결과를 초래할지 뻔히 알면서 스스로 선택한 일이었다. 그런데 샬럿은 손님들이 떠나는 것을 서운해하기는 했지만, 동정이나 연민을 바라는 모습으로 보이지는 않았다. 그녀는 자신의 집과 살림살이와 교구와 닭과 오리 그리고 여기에 수반되는 여러 가지 자질구레한 일들에 재미를 붙이고 있는 것처럼 보였다.

드디어 마차가 도착했다. 커다란 가방은 마차에 매달고, 작은 가방은 마차 안에 집어넣고, 짐을 모두 싣고 나자 하인이 출발 준비가 끝났다고 알렸다. 엘리자베스는 샬럿과 다정하게 작별 인사를 나누고 콜린스의 안내를 받으며 마차로 향했다. 그들이 정원을 걸어 걸어가는 동안에도 콜린스는 그녀의 가족들에게 안부를 전해 달라고 부탁하면서 지난겨울 동안에 롱본에서 받았던 친절에 대한 감사와 직접 잘 알지는 못하지만 가드너 부부에게도 안부를 전해 달라는 말을 했다.

그리고 나서 그는 그녀가 마차에 올라타는 것을 도와주었고 그다음엔 마리아를 도와 마차에 타게 했다. 그리고 막 마차의 문이 닫히려는 순간, 그가 황급히, 엘리자베스와 마리아가 로싱스의 귀부인들에게 전할 인사말을 남기지 않았다는 걸 상기시켰다.

"그분들에게 여기 계시는 동안 베풀어 주신 친절에 대한 감사와 경의를 표하시길 당연히 바라겠지?"

엘리자베스는 그의 말대로 인사말을 전해 달라고 했다. 그제야 문이 닫혔고 드디어 마차가 출발했다.

마차를 타고서 몇 분을 가다가 마리아가 갑자기 말했다.

"우리가 여기에 온 지 하루 이틀밖에 안 지난 것 같은데 그동안 정말 많은 일이 있었네."

"그래, 정말 많은 일이 있었어."

엘리자베스가 한숨을 내쉬며 대꾸했다.

"로싱스의 만찬에 아홉 번이나 참석했고, 두 번이나 차를 마시러 갔지. 사람들에게 얘기해줄 거리가 많이 생겼군."

그러고 나서 엘리자베스는 속으로 덧붙였다.

'난 숨겨야 할 얘기가 너무 많은걸.'

가는 동안 그들은 많은 대화를 나누지도 않았고, 특별한 일도 일어나지 않았다. 헌스포드를 떠난 지 네 시간 만에 그들은 가드너 씨 댁에 도착했다. 그들은 그곳에서 며칠 동안 머무를 작정이었다.

제인은 상태가 좋아 보였다. 엘리자베스는 외숙모가 미리 준비한 사교적인 모임들에 참석하느라 언니의 기분을 자세히 살펴볼 기회가 없었다. 그러나 제인도 그 두 여자와 함께 롱본으로 돌아갈 예정이었기 때문에 그때 충분히 여유 있게 언니의 상태를 알아볼 수 있을 거라고 생각해서 별다른 말은 하지 않았다.

엘리자베스는 롱본으로 돌아갈 때까지 다아시가 자신에게 청혼했다는 얘기를 언니에게 털어놓지 못하는 것이 여간 고역이 아니었다. 제인이 들으면 깜짝 놀라면서 엘리자베스 자신의 허영심을 부추길 수 있을 테지만 어디까지 얘기를 전해 주어야 할지 판단이 서지 않았다. 또한 그 얘기를 하다 보면 어쩔 수 없이 빙리의 일을 다시 들춰내서 언니를 더 우울하게 만들 것 같다는 생각이 들었기 때문이다. 그래서 엘리자베스는 그 말을 할 수가 없었다.

제16장

　세 명의 젊은 여자들이 그레이스처치 가를 출발하여 하트퍼드셔의 작은 읍에 도착한 것은 5월의 둘째 주였다. 베넷의 마차가 마중 나오기로 한 여관으로 다가갔을 때 2층 식당에서 밖을 내다보고 있던 키티와 리디아의 모습이 눈에 보였다. 그녀들의 마부가 제때 당도하도록 시간을 잘 지켜준 것이다. 두 명의 여자들은 한 시간 넘게 그 여관에서 기다리며 건너편에 있는 모자 가게에 들러 보기도 하고, 보초를 서고 있는 군인을 쳐다보기도 하고, 오이 샐러드를 만드는 등으로 시간을 보내고 있었다.

　그녀들은 언니들을 반갑게 맞이하고 나서는 여관 식당에서 차가운 고기가 올려져 있는 식탁을 자랑스럽게 가리키며 소리 질렀다.

"정말 대단하지 않아? 굉장한 선물이지?"

"언니들한테 우리가 한턱내는 거야."

리디아가 거들었다.

"하지만 우리한테 돈을 빌려 줘야 해. 방금 전에 저기 있
는 상점에서 돈을 다 써 버렸거든."

그러고는 언니들에게 상점에서 산 물건들을 자랑했다.

"이것 봐, 내가 산 모자야. 별로 예쁘지는 않지만 그래도
아무것도 사지 않는 것보다는 나을 것 같아서 샀어. 집에
가면 다시 뜯어서 예쁘게 고쳐 볼래."

언니들이 모자가 별로 예쁘지 않다고 말하는데도 리디
아는 전혀 신경 쓰지 않고 말했다.

"그 가게에 이 모자보다 더 보기 싫은 모자가 두세 개는
있더라고. 하지만 예쁜 색깔로 수를 놓으면 그런대로 봐
줄만 할 거야. 하긴 이번 여름에 군부대가 메리튼을 떠나
고 나면 무슨 모자를 쓰든지 상관없게 될 텐데 뭘. 보름 후
면 떠날 거래."

"정말 떠나는 거니?"

엘리자베스가 듣던 중 반가운 소식이라는 듯 소리쳤다.

"브라이턴 근처로 옮기려는 모양이야. 이번 여름에 아빠가 우리를 거기로 데려가 주시면 좋겠어. 정말 근사한 계획 아냐? 돈도 거의 들지 않을 거야. 엄마도 열 일 젖혀 놓고 가시겠다고 할걸. 안 그러면 이번 여름이 얼마나 따분해지겠어."

엘리자베스는 속으로 생각했다.

'그래, 정말 근사한 계획이로구나. 우리 모두한테 즐거운 일이지. 세상에! 브라이턴이라니. 사방이 군인 캠프인 그곳에 간다고? 군부대가 겨우 하나뿐인 메리튼에서도 한 달에 한 번 열리는 무도회 때문에 그렇게 난리법석을 피웠는데.'

"언니들한테 들려줄 새로운 소식이 있어."

식탁에 앉자 리디아가 말했다.

"무슨 소식일 것 같아? 엄청난 소식이야. 중대 발표라고. 우리 모두가 좋아하는 사람에 관한 아주 좋은 뉴스라고!"

제인과 엘리자베스는 서로 얼굴을 바라보았고, 그러고 나서 웨이터에게 그만 나가도 된다고 말했다. 리디아가 이렇게 말하는 것이었다.

"언니들은 언제나 격식을 차리고 너무 조심하는 게 탈이야. 웨이터가 들을까 봐 그러는 거지? 그 남자가 우리 얘기에 신경이나 쓰겠어? 내가 지금 하려는 얘기보다 더 나쁜 얘기도 자주 들을 텐데 뭘. 하긴 그 웨이터는 너무 못생기긴 했어. 가버려서 속이 시원하긴 해. 내 생전에 그렇게 긴 턱을 가진 사람은 처음 봤어. 그건 그렇고 이제 소식을 전해야지. 위컴에 관한 거야. 웨이터가 듣기엔 너무 아까운 얘기 아니야? 이제 위컴이 킹 양과 결혼할 가능성이 없어져 버렸어. 어때, 언니? 그 여자가 리버풀에 있는 삼촌 집으로 내려갔다지 뭐야. 거기서 계속 살 생각이래. 이제 위컴은 안전한 상태야."

"그리고 킹도 안전하겠지!"

엘리자베스가 덧붙였다.

"자기 재산을 날려버릴 경솔한 결혼을 하지 않게 됐으니 말이야."

"위컴을 정말 좋아했다면 그렇게 가 버리는 건 바보 같은 짓이야."

"내가 보기에 양쪽 다 애정이 별로 없었던 것 같아."

제인이 말했다.

"위컴 편에서는 애정이 없었다고 봐야겠지. 그건 내가 장담할 수 있어. 위컴은 그 여자한테 손톱만큼도 관심이 없었어. 그렇게 성격이 고약한 데다, 왜소하고, 주근깨투성이인 여자를 누가 좋아하겠어?"

엘리자베스는 동생의 말을 듣고 충격을 받았다. 자신의 입으로 그런 저속한 말을 한 건 아니지만, 그런 감정이 자기 마음속에서도 멋대로 돌아다니고 있다고 생각했다.

모두들 식사를 마치고 나자 언니들은 돈을 지불하고 마차를 불렀다. 모두가 자리를 잡고 박스나 바느질 도구 주머니, 작은 짐 꾸러미와 키티와 리디아가 산 달갑지 않은 물건들을 요령껏 다 싣고 나자 마차가 출발했다.

"아주 꽉 들어찼네."

리디아가 말했다.

"난 모자를 산 게 그래도 다행이야. 모자 상자 하나를 더 수집하는 재미 밖에 없다고 해도 안 산 것보다는 훨씬 낫잖아. 이제 집까지 가는 동안 편안하게 웃고 떠들어 보자.

먼저 언니들이 집을 떠난 후로 무슨 일이 있었는지 들어 봐야지. 괜찮은 남자라도 물색해 봤어? 시시덕거릴 남자는 없었냐고? 난 언니들이 한 명이라도 남편감을 물고 오길 기대하고 있었다고. 큰언니는 이제 곧 노처녀가 될 거 아냐. 벌써 스물세 살이 다 됐잖아. 어쩜 좋아. 난 스물세 살이 되기 전에 결혼하지 못하면 창피해서 죽어 버릴 거야. 필립스 이모도 언니들이 남편감을 얻기를 얼마나 바라고 있는지 언니들은 모를걸. 이모는 엘리자베스 언니가 콜린스 씨와 결혼했으면 좋았을 거라고 하셨어. 하지만 난 그런 결혼을 해도 별로 좋은 일은 없을 거라고 생각하고 있어. 난 언니들보다 먼저 결혼하고 싶어. 그러면 내가 언니들을 무도회장마다 데리고 다닐 수 있을 텐데 말이야. 아참! 지난번에 포스터 대령네 집에 갔을 때 재미있는 일이 벌어졌어. 그날 낮에 키티와 내가 거기에 갔었는데 포스터 부인이 저녁에 작은 무도회를 열어 주겠다고 약속한 거야. 포스터 부인하고 내가 그렇게 친한 사이가 된 거라고! 그런데 포스터 대령 부인이 해링튼 식구네 두 딸에게 무도회에 오라고 초대했는데 해리엇이 아파서 펜이 혼자만

오게 됐지 뭐야. 그래서 우린 할 수 없이 챔벌레인에게 여자 옷을 입혀서 여자 행세를 하게 했다니까. 얼마나 웃겼는지 몰라. 대령하고 포스터 부인, 키티하고 나만 빼놓고 아무도 그런 사실을 감쪽같이 몰랐다니까. 참 이모도 알고 있었구나. 이모한테서 드레스 하나를 빌려 입어야 했거든. 그 남자가 얼마나 멋지게 변장을 했는지 어떻게 표현할 수가 없어. 데니, 위컴, 프랫 외에 남자들 두세 명이 더 왔는데 아무도 챔벌레인을 전혀 못 알아봤어. 난 얼마나 웃었는지 몰라. 포스터 대령 부인도 마찬가지였지. 그 바람에 남자들이 눈치를 채고 무슨 일인지 알아차리게 된 거야."

리디아는 파티에서 생겨난 일이나 거기서 벌어진 재미있는 농담 같은 것으로 롱본으로 가는 길을 즐겁게 해주려고 했고, 키티도 옆에서 리디아가 하는 이야기를 거들어주었다. 엘리자베스는 될 수 있는 대로 동생의 얘기를 흘려버리려고 했지만 위컴의 이름이 자주 언급되는 데 신경이 쓰였다.

집에서는 식구들이 반갑게 그들을 맞아 주었다. 베넷 여사는 제인의 미모가 여전한 걸 보고 기뻐했고, 베넷은 저녁 식사를 하는 동안 엘리자베스에게 두 번 이상 똑같은 말을 해주었다.

"네가 돌아와서 정말 기쁘구나."

루카스네 식구들이 마리아를 만나 소식을 들으려고 했기 때문에 식당에는 꽤 많은 사람들이 모여 있었다. 그리고 사람들은 여러 가지 화젯거리를 놓고서 말을 늘어놓았다. 루카스 부인은 식탁 맞은편에 앉아 있는 마리아에게 샬럿의 안부와 닭과 오리를 키우는 일에 대해서 물었다. 베넷 여사는 자기보다 좀 아래쪽에 앉아 있는 제인에게 요사이 런던에서 유행하는 패션이 뭔지 루카스네 젊은 여자들도 듣도록 알려달라고 했다. 그리고 리디아는 다른 사람들보다 큰 목소리로 모든 사람들에게 그날 오전에 있었던 즐거운 일들에 대해서 떠들어댔다.

"메리 언니! 언니도 우리랑 같이 갔으면 좋았을 텐데. 얼마나 재미있었다고! 키티하고 나하고 마차를 타고 거기까지 갈 때 차양을 내리고 갔지 뭐야. 마차 안에 아무도 안 탄 것처럼 보이게 했지. 키티 언니가 멀미만 하지 않으면 끝까지 그러고 갔을 거야. 조지 여관에 도착했을 때 우리는 정말 멋지게 행동했지. 세 언니들한테 세상에서 가장 맛있는 냉육 요리를 대접했다니까. 언니도 같이 갔더라면 그런 대접을 받을 수 있었을 텐데 말이야. 여관에서 나왔을 때도 얼마나 웃었는지 몰라. 마차 안에 다 못 들어갈 줄 알았는데. 너무 웃다가 죽는 줄 알았다니까. 집에 올 때도 너무 재미있었어. 너무 큰 소리로 웃고 떠들어서 10마일 떨어진 곳에서도 들렸을 거야."

리디아의 말을 듣고 나자 메리가 엄숙한 태도로 대답했다.

"난 그런 즐거움을 격하시킬 의도는 없어. 그런 것들은 보통 여성들의 일반적인 성향에 부합되는 일이 틀림없으니까. 하지만 난 그런 것에 대해서는 별로 관심이 없어. 난 책만 있으면 모든 것이 해결돼."

하지만 그런 말을 리디아는 전혀 귀담아 듣지 않았다. 그녀는 다른 사람의 말을 30초 이상 듣는 일이 거의 없었다. 더구나 메리가 하는 말은 아예 들으려고도 하지 않았다.

오후에 리디아와 다른 아가씨들은 메리튼으로 놀러가서 사람들을 만나보자고 했지만 엘리자베스는 반대했다.

베넷 집안 딸들이 집에 온 지 반나절도 되지 않았는데 벌써 장교들을 쫓아다닌다는 얘기를 듣고 싶지 않았던 것이다. 그녀가 반대하는 데에는 또 다른 이유가 있었다. 위컴을 만나는 것이 두려웠고 될 수 있는 한 오랫동안 그와의 만남을 피하려고 했다. 부대가 메리튼에서 떠난다는 것은 그녀에게 매우 반가운 뉴스였다. 2주일만 있으면 무대는 떠나게 되어 있었고, 일단 떠나 버리면 이제 위컴 때문에 성가신 일은 벌어지지 않을 것이라고 생각하며 속으로 좋아하고 있었다.

집에 온 지 몇 시간이 지나지 않아서 엘리자베스는 리디아가 여관에서 언급해 주었던 브라이턴으로 여행을 간다는 계획에 대해서 부모가 자주 의논하고 있다는 사실을 알게 되었다. 그녀는 아버지가 승낙할 의도를 조금도 가지고 있지 않다는 것을 알았지만 아버지의 말이 너무나 모호했기 때문에 어머니는 낙심을 했다. 하지만 결국에는 성공할 것이라는 희망을 버리지 않았다.

제17장

    엘리자베스는 그동안 일어났던 일을 제인에게 말하고
싶은 마음을 더 이상 억제할 수가 없었다. 그래서 다음 날
아침, 언니에게 놀라지 말라고 미리 마음의 준비를 시킨
다음 제인과 연관된 세세한 부분은 빼놓고 다아시와 자기
에게 있었던 일을 요약해서 얘기했다.

    제인은 엘리자베스의 말을 듣고 놀라움을 감추지 못했
다. 그러나 동생을 남달리 아끼는 마음에서 어떤 남자라도
엘리자베스를 흠모하는 건 당연한 일이라고 생각했고 곧
놀란 마음을 진정시켰다. 그녀의 놀라움은 다아시가 자신
의 감정을 엘리자베스에게 전달하는 방법이 적절하지 못
했다는 안타까움에 묻혀 버렸다. 그리고 동생에게 거절당

한 다아시의 심정이 얼마나 비참했을까를 생각하며 안쓰러워했다.

"다아시 그 사람이 자신의 성공을 확신한 것이 잘못이었어. 너한테 절대 그렇게 생각한다는 걸 드러내서는 안 되었는데 말이야. 하지만 그랬기 때문에 실망이 얼마나 컸겠니?"

제인이 말했다.

"사실 그렇지. 나도 다아시에게 미안한 마음이 들어. 하지만 그 사람은 내게 애정만 느꼈던 게 아니야. 그런 감정 때문에 나에 대한 관심을 쉽게 잊을 수 있을 거야. 그분의 청혼을 거절했다고 나를 책망하는 건 아니지?"

"널 책망한다고? 아냐!"

"그렇지만 내가 위컴에 관한 일을 그렇게 흥분해서 얘기했던 건 잘못이라고 생각하지?"

"그렇지 않아. 난 네가 뭘 잘못했다는 건지 잘 모르겠어."

"바로 그다음 날 있었던 일을 얘기해 줄게. 그럼 무슨 말인지 알게 될 거야."

그러고 나서 엘리자베스는 제인에게 다아시가 전해준 편지에 대해서 얘기했고 특히 위컴과 관련된 부분은 반복해서 말해 주었다. 제인은 그 말을 듣고 놀라지 않을 수 없었다. 그녀는 위컴 같은 사람에게 그러한 사악함이 숨겨져 있으리라고는 전혀 생각해보지 않았던 것이다. 다아시가 자기 입장을 해명한 점이 그녀는 다행이라고 생각했지만 그렇다고 해서 위컴의 사악함에 대한 발견과 관련된 충격을 완화시켜 주지는 못했다. 제인은 뭔가 잘못된 점이 있었을 것으로 생각하고서, 다른 한쪽을 개입시키지 않고 한 사람의 입장을 이해하려는 노력을 해보았다.

"언니, 아무리 그래도 소용없는 일이야. 두 사람 다 좋은 사람으로 볼 수는 없는 거야. 언니는 언니대로 선택을 해봐. 그렇지만 한 사람의 편을 드는 걸로 만족해야지. 두 사람 사이에는 충분한 미덕이 없어. 그건 한 명만 선한 사람으로 만들 수 있는 분량이야. 그런 미덕이 방향을 잃고 헤매기는 했지만, 지금은 그 미덕이 모두 다아시의 몫이라는 쪽으로 생각이 기울었다고 보는데. 하지만 언니는 언니 좋을 대로 선택하라고."

제인은 한참 후에야 억지로 미소를 지어 보였다.

"이런 충격적인 일이 있을 수 있는 거니? 위컴이 그처럼 나쁜 사람이었다니. 믿을 수가 없어. 불쌍한 다아시! 그 사람이 많은 고통을 받았겠구나. 그렇게 실망감을 느낀 데다 네가 자기를 그렇게 나쁜 사람으로 생각하고 있었다는 걸 알았으니 말이야. 그리고 그 사람 동생한테 벌어진 일까지 감당해야 했으니. 정말 너무 안됐어. 너도 나랑 같은 심정이겠지?"

"아니, 난 그렇지 않아. 언니가 그렇게 안타까워하고 불쌍해하는 걸 보니까 난 오히려 그런 감정이 모두 사라지는 것 같아. 언니가 그 사람의 심정을 충분히 동정해 줄수록 난 더 무관심하고 흥미가 없어져. 언니가 후하게 동정심을 베푸는 만큼 난 좀 아껴 둬야겠어. 언니가 다아시를 불쌍해하면 할수록 내 마음은 더 가벼워지는 것 같아."

"위컴도 가엾은 사람이야. 얼굴은 그렇게 선량해 보이는데, 활달한 성격에 신사고."

"두 사람 중 누가 교육을 잘못 받는 걸로 보는데, 한 사람은 모든 선함을 갖추고 있고, 한 사람은 단지 외양만 그렇게 보이니 말이야."

"난 네가 생각하는 것처럼 다아시에게 외적인 미덕이
부족하다고 생각하지는 않았어."

"지금 생각해 보면 나는 다아시를 특별한 근거도 없이
극단적으로 싫어했던 것 같아. 그걸로 스스로 비범한 척하
고 싶었던 거겠지. 어떤 사람을 지독히 싫어하게 되면 천
재성이 발휘되고 위트가 샘솟거든. 올바른 말은 한마디도
안 하면서 누군가를 계속 비난할 수는 있어. 하지만 어떤
사람을 계속 비웃다 보면 가끔씩 재치 넘치는 말이 얻어걸
리기도 하는 법이거든."

"엘리자베스, 너도 이 편지를 처음 읽었을 때는 지금 같
은 마음을 갖지는 않았을 거야. 그렇지?"

"물론이야. 아주 불안하고 울적했어. 내 기분을 이야기
할 사람도 없고, 내가 생각하는 것처럼 나 자신이 그렇게
나약하고 허영심 덩어리에다 형편없는 사람이 아니라고
위로해 줄 사람도 없었어. 얼마나 언니가 그리웠는지 몰
라!"

"다아시에게 위컴에 대한 얘기를 할 때 그렇게 거칠게

다아시 그 사람을 비난하는 말을 했다니, 그건 잘한 일이
아니야. 지금 생각하면 그런 말들이 모두 부당한 비난이었
잖아."

"물론 그래. 하지만 내가 그렇게 혹독한 말을 퍼부은 건
그분에 대한 편견 때문이었어. 언니, 그것 말고도 언니의
조언을 들어야 할 것이 있어. 우리가 알게 된 위컴의 정체
를 폭로하는 게 옳은 일일까 아니면 그냥 묻어 둬야 하는
걸까?"

제인은 잠시 사이를 두었다가 대답했다.

"그 사람을 그렇게 나쁜 쪽으로 드러낸다고 해서 무슨
이득이 있겠니? 넌 어떻게 생각하니?"

"나도 그런 짓은 하지 않는 게 좋을 것 같아. 다아시
도 다른 사람들한테 그 사실을 말하지 말라고 했어. 오히
려 자기 동생과 관련된 일은 가능한 한 나만 알고 있으라
고 했어. 그 일을 빼놓고 위컴의 행실을 사람들에게 알리
면 누가 내 말을 믿으려고 하겠어? 대부분의 사람들은 다
아시에 대해 심한 편견을 갖고 있잖아. 내가 그 사람을 좋
은 쪽으로 이해시키려고 한다면 메리튼에 사는 선량한 주

민들 대부분이 나한테 달려들 거야. 난 그걸 감당할 능력이 없어. 위컴은 곧 이곳을 떠날 테고 그러면 그 사람이 어떤 인간이었는지는 별로 중요하지 않게 되지. 결국 언젠가는 모든 사실이 밝혀지고 그제야 사람들은 왜 진작 몰랐을까 하고 자신들의 어리석음을 탓하게 되겠지. 현재로선 나는 아무 말도 하지 않을 거야."

"네 생각이 맞는 것 같아. 지금 위컴의 비열한 행동이 사람들에게 알려지면 그의 인생은 영원히 매장되고 말 거야. 지금쯤은 그 사람이 자기가 한 행동에 대해서 후회할 수도 있고, 자기의 성격을 고치려고 노력할 수도 있어. 우리가 그 사람을 절망 속에 가두어 버리면 안 돼."

엘리자베스의 마음의 동요는 이 대화로 누그러지게 되었다. 그녀는 2주일 정도 그녀의 마음을 무겁게 짓누르고 있던 두 가지 비밀을 홀가분하게 털어 버릴 수 있었고, 다시 그 문제에 대해 얘기하고 싶어질 때면 언제라도 기꺼이 들어줄 수 있는 제인이 옆에 있었다. 하지만 워낙 심각한 문제라 아직 언니에게 얘기하지 못하고 마음 한구석에 묻어 둔 한 가지 일이 남아 있었다. 다아시의 편지 중 나머지 절반의 내용은 도저히 언니에게 말할 용기가 나지 않았다. 다아시의 친구가 언니를 얼마나 사모했었는지도 말해 줄 수 없었다. 그것은 아무에게도 말할 수 없는 비밀이었다. 두 사람이 완전히 서로의 마음을 이해하게 되는 날이 올 때까지 엘리자베스는 이 비밀을 지켜야 하는 무거운 짐을 덜어 버릴 수 없을 것 같았다. '그런 일은 결코 일어나지 않겠지? 하지만 만일 그렇게 된다면 그땐 굳이 내가 얘기할 필요도 없을 거야. 빙리가 언니에게 나보다 훨씬 설득력 있게 얘기할 수 있을 테니까. 내가 자유롭게 얘기할 수 있는 기회가 주어질 때면, 결국 그럴 필요성이 없어지게 되는 거로군.'이라고 그녀는 속으로 생각했다.

이제 엘리자베스는 집에 머물러 있으므로 자기 언니의 실질적인 정신 상태를 잘 관찰할 수 있었다. 제인은 결코 행복해 보이지 않았다. 그녀는 아직도 빙리에 대해 깊은 애정을 가지고 있었다. 그녀는 전에는 한 번도 자신이 사랑에 빠졌다고 생각해 본 적이 없었다. 빙리에 대한 그녀의 감정은 첫사랑의 열정이었고, 나이와 타고난 성품 탓에 그녀의 첫사랑은 다른 사람들의 첫사랑보다 더 견고하고 변함없는 것이었다. 빙리에 대한 기억을 너무나 소중하게 마음속에 간직하고 있어서 다른 남자들은 안중에도 없었다. 엘리자베스는 주위 사람들을 생각해서 지나치게 비탄에 빠지지 않도록 주의하라고 언니의 감정을 견제하지 않을 수 없었다. 그러다가는 언니의 건강도 해치고 다른 가족들도 힘들어질 게 뻔히 내다보였다.

어느 날 베넷 여사가 엘리자베스에게 말했다.

"이제야 하는 얘긴데 넌 언니에 대해서 어떻게 생각하니? 나로서는 이제 누구한테도 그 얘기는 다시 꺼내지 않기로 마음먹었다만, 저번에 필립스 이모한테도 그렇게 말했고. 제인이 런던에서 그 남자를 보기나 했는지 모르겠구나. 그 사람 정말 못돼먹은 사람이야. 이젠 모두 끝났어. 여름에 다시 네더필드로 올 거라는 말도 전혀 못 들었어. 알 만한 사람에게는 다 물어봤는데도 말이야."

"앞으로 네더필드에서 더 이상 살지 않을 것 같아요."

"그래, 그거야 그 사람 마음이지. 이제 아무도 그 사람이 이쪽으로 오는 걸 바라지 않아. 난 그 인간이 내 딸을 자기 마음대로 이용해 먹었다고 두고두고 말할 거야. 내가 제인이라면 도저히 그냥 참고 있지 않았을 거다. 제인이 상심해 가지고 죽어 버리기라도 한다면 오히려 다행일지 모르겠구나. 그러면 그 사람이 자기가 얼마나 궂은 짓을 했는지 알 수 있을 테니까."

그러나 엘리자베스는 그처럼 제인이 죽어 버린다고 해서 자기가 위안을 받을 수 없을 거라고 생각했기 때문에 거기에 대해서는 아무 대답도 하지 않았다.

그러자 베넷 여사가 말을 이었다.

"그건 그렇고, 콜린스 내외는 잘 살고 있든? 그런 생활이 오래 가야 할 텐데. 식탁은 어떻게 차렸든? 샬럿이 살림은 잘할 거야. 자기 어머니를 조금만 닮았다면 살림을 알뜰하게 하고 있겠지. 흥청망청 돈을 쓰고 다니지는 않겠지?"

"낭비라고는 모르는 것 같아요, 전혀."

"살림은 틀림없이 야무지게 할 거다. 그건 분명해. 수입보다 많이 쓰지 않으려고 알뜰살뜰 살겠지. 앞으로도 돈 때문에 궁색한 일은 없을 거야. 자기들한테는 잘된 일이지. 그런데 그 사람들이 매일 네 아버지가 돌아가시면 롱본이 자기네 것이 될 거라는 얘길 주고받을걸."

"내가 있는 데서는 그런 말을 할 수가 없죠."

"당연하지. 그랬다면 걔네들이 제정신이 아닌 거지. 그렇지만 자기네들끼리 있을 때는 자주 그런 말을 할 거야 실지로 자기들 것이 아닌 재산이 들어오니 얼마나 횡재하는 거냐. 나라면 그런 식으로 재산을 받는 걸 수치스럽게 생각할 거다."

제 18장

　그녀들이 집으로 돌아온 뒤 일주일이 금방 지나가 버렸다. 그리고 둘째 주가 시작되었다. 그 주는 군부대가 메리튼에 주둔하는 마지막 주였고, 그래서 그 근처의 젊은 여자들은 이제 풀이 죽은 상태가 되었다. 그런 현상은 광범위하게 발생하고 있었는데 베넷 집안의 가장 나이 많은 첫째 딸과 둘째 딸만은 여전히 평상시대로 먹고 자면서 자신들의 일과를 수행하고 있었다. 키티와 리디아는 언니들이 너무 무신경하다며 불평을 해댔다. 자기네들은 깊은 실의에 빠져 있는데 제인이나 엘리자베스가 그처럼 무관심한데 대해서 이해할 수가 없었다.

　"이제 우린 어떻게 되는 거지? 앞으로 어떻게 살아가는 거냐고?"

"엘리자베스 언니는 어쩜 그렇게 히죽히죽 웃고 다닐 수가 있지?"

실의에 빠져 있는 키티와 리디아가 두 언니를 책망했다. 그녀들의 어머니도 딸들을 동정하여 같이 슬픔을 나누었다. 베넷 여사도 25년 전 쯤에 비슷한 상황이 발생하여 낙담에 빠진 적이 있었던 것이다.

"그때 밀러 대령이 있던 부대가 떠나 버린 뒤로 난 이틀 내내 울기만 했단다. 정말 가슴이 터져 버릴 것 같았지."

베넷 여사가 말했다.

"지금 내 가슴도 터져 버릴 것 같아."

리디아가 대꾸했다.

"브라이턴으로 갈 수만 있다면 얼마나 좋을까!"

"맞아요! 브라이턴으로 갈 수만 있다면 이렇게 걱정할 필요가 없어. 하지만 아버지께서 마다하시니……"

"거기서 해수욕만 해도 기운이 날 텐데 말이야."

"필립스 이모도 나한테 해수욕이 좋을 거라고 하셨어."

키티가 맞장구를 쳤다.

롱본 저택에서는 그런 식으로 끊임없이 한탄하는 소리가 들려왔던 것이다. 엘리자베스는 그런 말을 듣고서 그들의 기분을 이해해 보려고 했다. 하지만 창피스러움만 밀려왔고, 그래서 우울해지기만 했다. 식구들의 그런 처량한 행태를 보고 있자니 이제 다아시가 자기와 결혼하는 걸 망설였던 이유가 타당했다는 생각이 들었다. 그들에게 신경을 쓰지 않으려고 애썼지만, 너무 한심하고 창피해서 견디기 힘들었다. 이제 언니에 대한 빙리의 감정을 간섭하고 결혼을 막았던 다아시의 행동을 용서할 수 있을 것 같았다.

그런데 리디아의 앞날에 드리워졌던 먹구름을 한순간에 거두어줄 일이 곧 일어났다. 그 부대에 주둔하던 포스터 대령의 부인이 리디아에게 브라이턴으로 함께 가자고 권유한 것이다. 그 포스터 여사는 아주 젊은 여자였고 최근에 결혼했다. 쾌활하고 명랑한 성격이 리디아와 비슷해서 빠르게 가까워졌고, 두 사람은 만난 지 석 달 만에 절친한 사이가 되어 있었다.

이 소식을 들은 리디아는 기쁨에 넘쳐 포스터 부인을

찬양했고, 베넷 여사도 덩달아 기뻐했다. 키티는 분통이 터져서 어쩔 줄 몰라했다. 그 광경은 표현하기 힘들 정도로 가관이었다. 리디아는 언니의 기분은 아랑곳하지 않고 온 집안을 뛰어다니면서 기쁨에 겨워 가족들에게 축하해 달라고 소리를 지르면서 자기 혼자서 웃고 떠들어 댔다. 거기에 반해서 키티는 실망에 빠져서 응접실에 앉아 말도 안 되는 불평을 늘어놓고 있었다.

"포스터 부인은 왜 리디아만 초대하고 나는 부르지 않는 거지? 내가 아주 친한 친구는 아니지만 그렇게 하면 안 되지. 나도 리디아처럼 초대받을 권리가 있다고. 내가 두 살 더 많으니까 당연히 내가 먼저 초대받아야 하는 거 아냐?"

엘리자베스는 키티가 이성을 찾도록 노력했고 제인도 그렇게 했지만 소용이 없었다. 엘리자베스는 어머니나 리디아처럼 이 초대를 흥분하며 기뻐할 수 없었다. 오히려 그녀는 이 일이 리디아의 파멸을 자초하는 일이 될 것 같아 걱정스러웠다. 그래서 자신이 한 짓이 리디아나 어머니에게 알려지면 엄청난 항의를 받을 게 뻔했지만, 아버지에게 리디아를 브라이턴으로 가지 못하게 말려 달라고 얘기하지 않을 수 없게 되었다. 엘리자베스는 리디아의 못된 성질에 대해서, 리디아가 포스터 대령의 부인을 따라가면 아무런 이익이 되지 않는 점에 대해서 이야기하며 브라이턴으로 함께 가면 안 된다고 말했다. 베넷은 엘리자베스의 말을 주의 깊게 듣고 나서 말했다.

"리디아는 그처럼 사람들하고 요란하게 어울려야만 직성이 풀리는 애다. 이번처럼 별로 비용도 들지 않고 리디아가 즐길 수 있는 기회가 어디 흔하겠니?"

"사람들이 리디아가 멋대로 경솔하게 노는 걸 보면 우리 가족이 얼마나 큰 피해를 입을지 한번 생각해 보세요. 이미 그 피해를 우리가 보고 있다고요. 그러니 이번만은 다르게 생각해 보세요."

"이미 피해를 입었다고?"

베넷이 놀라서 물었다.

"리디아 때문에 네가 사귀던 남자들이 놀라서 도망치기라도 했다는 거냐? 불쌍한 엘리자베스! 하지만 낙심하지는 말아라. 그런 사소한 일로 달아날 정도라면 사귈 가치도 없는 사람이야. 리디아 때문에 너한테서 달아난 남자들이 몇이나 되는지 알아보자꾸나."

"제가 그랬다는 게 아니에요. 저한테 그런 피해는 없었어요. 제가 불안해하는 건 어떤 특정한 일 때문이 아니고 일반적인 문제예요. 리디아가 저렇게 못되게 굴고 다니면 우리 가족들 우리 가족들 위신을 완전히 떨어뜨리는 거라고요. 간단하게 말씀드려야겠어요. 리디아가 막돼가는 걸 고치지 않고 제멋대로 살아가도록 놔둔다면 이제 머지않아 걷잡을 수 없는 상태가 될 거예요. 그런 성향이 굳어지면 열여섯 살밖에 안된 어린 나이에 바람둥이라는 딱지가 붙어서 집안을 웃음거리로 만들게 될걸요. 리디아에게 지금처럼 사는 건 올바른 생활 태도가 아니라고 가르쳐 주세요. 안 그러면 리디아는 아주 천박한 여자가 될 거예요. 리디아는 나이도 어리고 몸매가 약간 있는 것 빼고는 아무런 매력도 없는 애인데 저렇게 천방지축으로 놀아 버리면 사람들이 조롱하고 난리가 나겠죠. 그걸 감당해낼 수 있겠어요? 머리가 텅 비어 있는 데다가 생각도 짧아서 남자들한테 인기 얻는 데만 관심이 있으니 사람들의 손가락질을 받게 될 것이 뻔해요. 키티도 그런 위험이 있어요. 그 애는 무슨 일이든 생각 없이 리디아가 하는 대로 따라 하니까요. 허영심도 많고, 아는 것도 없고, 게으른 데다 전혀 통제가 안 되는 애잖아요. 제발, 아버지, 생각 좀 해 보세요. 그 애들이 가는 곳마다 욕을 먹고 무시당할 거라고 생각하지 않으세요? 게다가 언니인 저희들이 당할 수치와 치욕도 생각해 주셔야죠."

베넷은 엘리자베스가 그 문제에 완전히 집착하고 있다는 것을 알게 되었다. 그래서 그녀의 손을 잡으며 말했다.

"너무 걱정하지 않아도 될 것 같구나. 너나 제인은 사람들에게 좋은 소리만 들을 수 있을 거야. 철딱서니 없는 동생 두 명, 아니 세 명이라고 해야 하나? 어쨌든 그 애들 때문에 너희들이 피해를 볼 것 같지는 않다. 리디아가 브라이턴으로 가지 않으면 우리 집안에서 평화가 없을 거다. 그러니 가도록 내버려 두는 게 나을 것 같구나. 포스터 대령은 지각이 있는 사람이니까 리디아가 해로운 길로 빠지지 않게 해줄 수 있을 거야. 그리고 리디아는 돈도 별로 없으니 남들이 거들떠보지도 않을 거야. 브라이턴에 가면 여기서만큼 바람둥이 축에 끼지도 못할 거야. 장교들도 여기서 보던 것보다 더 눈에 확 뜨이는 여자들을 보게 될 것이니. 리디아가 거기 가서 자기가 얼마나 보잘것없는 존재인지 스스로 깨달을 수 있게 해 주자. 지금보다 더 나빠진다면 붙들어 평생 이곳에 가두어도 할 말이 없겠지."

엘리자베스는 그러한 아버지의 대답으로 만족할 수밖에 없었다. 그러나 그녀의 생각은 아버지에게 말하기 전과 전혀 달라진 게 없었다. 그녀는 아버지에게 실망해서 그 자리를 물러났다. 그런데 엘리자베스는 어떤 일에 대해서 곰곰이 생각함으로써 자기의 괴로움을 증폭시키는 사람이 아니었다. 자신이 해야 할 몫은 다했다고 생각했으며, 어쩔 수 없는 해악으로 계속 걱정하는 건 그녀의 성품이 아니었던 것이다.

만약 엘리자베스가 아버지와 나눈 밀담을 리디아와 그녀의 어머니가 들었더라면 두 사람의 분노를 어떤 말로도 표현할 수 없었을 것이다. 리디아의 상상 속에서 브라이턴은 세상에서 누릴 수 있는 모든 행복을 누릴 수 있는 곳이었다. 그녀는 머릿속에서 멋진 장교들로 붐비는 해수욕장을 그려 보았다. 자기가 이름도 얼굴도 모르는 수십 명의 젊은 장교들의 선망의 대상이 되어 있었다. 질서 정연하게 열을 맞춰 늘어선 멋진 막사들과 그 안에 가득 들어찬 눈부신 붉은색 군복을 입은 젊고 쾌활한 군인들, 이 그림을 마지막으로 완성해 주는 것은 막사 아래서 적어도 여섯 명이 넘는 장교들과 즐겁게 대화를 나누고 있는 자신의 모습이었다.

만약 엘리자베스가 이런 황홀한 즐거움을 자기한테서 빼앗아 버리려 했다는 걸 알았다면 그녀는 어떻게 생각했을까? 그 심정은 같은 꿈에 들떠 있던 어머니만이 이해할 수 있었을 것이다. 남편이 브라이턴에 갈 의향이 전혀 없다는 걸 알고 맥이 빠진 베넷 여사에게 리디아가 브라이턴으로 간다는 소식은 유일한 위안거리였다. 그들은 베넷과 엘리자베스 사이에 있었던 얘기를 전혀 알지 못했고, 리디아가 집을 떠나는 날까지 두 사람만의 환희는 그칠 줄 몰랐다.

엘리자베스는 마지막으로 위컴을 보게 되었다. 집으로 돌아온 후 여러 차례 위컴과 자리를 함께할 기회가 있었다. 때문에 지금은 마음속의 혼란과 동요도 가라앉았고 그에 대한 설레는 감정과 호감도 완전히 사라져 버렸다. 처음에 호감을 느꼈던 위컴의 점잖고 예의 바른 매너도 지금은 위선으로 보여졌고 지루하게 느껴질 뿐이었다. 게다가 그는 처음으로 그녀를 만났을 때처럼 다시 그녀의 관심을 불러일으키려는 태도를 보였다. 그 이후로 여러 가지 일을 겪고 위컴에 대해 많은 걸 알게 된 엘리자베스에게는 그런 위컴의 태도가 성가시고 불쾌할 뿐이었다. 자신이 위컴의 무책임하고 경박한 관심의 대상으로 선택되었다는 사실이 오히려 수치스럽게 느껴졌다. 어떤 이유로든 위컴이 자기가 마음만 먹으면 아무리 오랫동안 관심을 끊고 있었어도 언제든 다시 그녀의 애정을 얻고 자신의 허영심을 만족시킬 수 있다고 생각하는 데는 엘리자베스 자신의 책임도 있을 것이라는 생각을 하지 않을 수 없었다.

군부대가 메리튼에 머무는 마지막 날, 위컴은 다른 몇 명의 장교와 함께 롱본에서 그 집안 식구들과 함께 식사를 하게 되었다. 엘리자베스는 그와 좋은 기분으로 헤어지고 싶은 마음이 전혀 없었다. 위컴이 헌스포드에서 어떻게 지냈느냐고 묻자, 그녀는 피츠윌리엄 대령과 다아시가 로싱스에서 3주 동안 지냈다고 대답했고, 이어서 위컴에게 피츠윌리엄 대령을 아느냐고 물어보았다.

위컴은 그녀의 말에 깜짝 놀라면서 불쾌한 표정을 지었다. 그러나 잠시 뭔가 생각하다가 다시 미소를 지으며 전에 자주 만났었다고 말했다. 그리고 그 대령이 무척 신사적인 사람이라고 하면서 그를 어떻게 생각하느냐고 물었다. 엘리자베스가 아주 좋은 사람인 것 같았다고 대답하자 그는 무관심한 척하면서 물어보았다.

"그 사람이 로싱스에서 얼마나 머물렀다고 그러셨죠?"

"거의 3주 동안 있었어요."

"그분을 자주 봤나요?"

"네, 거의 매일 만났어요."

"그 사람은 자기 사촌과는 아주 다른 사람이죠."

"네, 아주 달랐어요. 하지만 다아시도 알고 보니 좋은 사람이더군요."

"그랬군요!"

위컴이 이렇게 말할 때 엘리자베스는 그의 당혹스러워

하는 표정을 놓치지 않고 보고 있었다.

"그런데 한 가지 여쭤 봐도 될까요?"

그는 한결 가벼워진 표정으로 물었다.

"그의 태도가 좋아졌던가요? 공손하게 바뀌어졌던가요?"

그러고는 더 낮고 무거운 목소리로 말을 이었다.

"하지만 그가 본질적으로 나아졌을 거라고는 생각하지 않습니다."

"아, 그건 맞는 말씀이에요."

엘리자베스가 말했다.

"본질적으로는 예전과 그리 달라진 게 없었어요."

엘리자베스가 말하는 동안에 위컴은 그녀의 말에 기뻐해야 할지 아니면 그 의미를 불신해야 하는지 몰라 혼란스러워했다. 그녀의 표정에는 그로 하여금 불안하고 두려운 마음을 갖게 만드는 무엇인가가 있었다. 그녀는 이렇게 말을 이어나갔다.

"그가 좋은 사람이라는 말은 그의 태도가 실제로 좋아졌다는 뜻이 아니라, 그 사람을 알고 보니 이제 그의 성격에 대해서 더 잘 이해하게 되었다는 의미예요."

위컴은 이제 놀라움이 더해져 얼굴색이 달라졌고 표정도 바뀌었다. 그는 한동안 침묵 상태로 있었다. 결국 그는 자신의 당혹감을 떨쳐버리고 그녀를 돌아보면서 부드러운 목소리로 이렇게 말했다.

"다아시에 대한 제 감정을 잘 아실 테니까 그가 겉으로나마 옳은 태도를 보이는 걸 제가 진심으로 기뻐한다는 말을 충분히 이해하실 거라고 생각합니다. 그의 오만한 성격도 그렇게 표현된다면 자기 자신한테는 아니라도 다른 사람들에게는 다행스러운 일일 겁니다. 제가 겪었던 그런 몰염치한 행동은 하지 않을 테니까요. 그런데 엘리자베스 양에게 보인 그런 조심스러운 태도를 그의 이모님 댁을 방문할 때만 의도적으로 사용하는 건 아닌지 모르겠군요. 그는 이모님의 견해와 판단을 무척 두려워하거든요. 이모님과 함께 있을 때는 그분을 어려워하는 게 눈에 분명히 보였습니다. 드 버그 양과 결혼하고 싶은 마음이 큰 작용을 하는 거겠지요. 그 결혼을 염두에 두고 있는 게 분명합니다."

이 말을 듣고 저절로 쓴웃음이 나왔지만 엘리자베스는

고개를 약간 끄덕이는 걸로 대답을 대신했다. 지금까지 몇 번이나 우려먹은 자신의 케케묵은 원한을 주제로 그녀를 대화에 끌어들이려는 속셈이 분명했다. 그러나 그녀는 전혀 그에게 말려들고 싶은 기분이 아니었다. 그날 저녁 남은 시간 동안 위컴은 평소대로 명랑한 외양을 유지했지만, 엘리자베스에게 특별한 관심을 보이지는 않았다. 그들은 마지막에 서로 예의를 갖춰 작별했고 가능한 한 다시는 서로 만나지 않게 되기를 속으로 바랐다.

파티가 끝나자 리디아는 포스터 부인과 함께 메리튼으로 가게 되었다. 다음 날 아침 거기서 출발할 예정이었기 때문이다. 리디아와 가족들의 이별은 슬프기보다는 요란스러웠다. 눈물을 보인 사람은 키티뿐이었다. 그녀가 운 것은 서운함 때문이 아니라 분노와 시샘 때문이었다. 베넷 여사는 딸에게 즐겁게 지내기를 바란다고 온갖 수다를 늘어놓으면서 그 기회를 마음껏 즐기고 오라고 당부했다. 이 충고는 리디아가 충분히 마음에 새겼을 것이 분명했다. 리디아가 요란하게 작별 인사를 하는 바람에 더 작은 소리로 하는 자매들의 인사는 잘 들리지도 않았다.

제19장

엘리자베스의 사고방식이 단지 그녀의 가족들을 토대로 형성된 것이었다면 그녀는 결혼의 행복이라든지 가장의 안락함 같은 것에 대해서 좋은 견해를 갖지 못했을 것이다. 그녀의 아버지는 어머니의 젊음과 아름다움을 보고 결혼했다. 그러나 남자들의 눈에 젊고 아름다운 여성은 당연히 온순하고 착하게 보이게 마련이어서, 막상 결혼하고 보니 머리도 좋지 않은 데다 교양도 없는 여자라는 걸 알게 되었다. 그는 결혼한 지 얼마 지나지 않아서 그녀에 대한 모든 애정을 일찌감치 잃고 말았다. 그녀에 대한 공경심이나 신뢰감이 사라졌고 행복한 가정에 대한 기대도 완전히 깨져 버렸다. 그러나 베넷은 자신의 우매함과 잘못으로 인한 결과로 일어난 사태를 두고 다른 어리석은 사람들처럼 놀러나 다니면서 유쾌한 기분을 유지하는 그런 사람이 아니었다. 그는 전원과 책을 사랑하는 취미 생활에서 즐거움을 찾았다. 그의 아내는 무식하고 어리석은 행동으로 그에게 재밋거리를 제공하는 것 이외에는 다른 행복을 줄 수 없는 여자였다. 그런 것은 남편이 아내에게서 기대할 유형의 행복감이 아니란 것을 알았지만 다른 재미있는 소재가 없는 이상 그런 데서나마 조금이라도 즐거움을 얻지 않을 수가 없었던 것이다.

그러나 엘리자베스는 남편으로서 보이는 아버지의 적절치 못한 행동에 대해서 눈감아줄 수가 없었다. 그녀는 늘 그런 사실에 안타까워했다. 그렇지만 아버지의 능력을 존중했고 아버지가 자신에게만은 애정을 가지고 있는 점에 감사하고 있었기 때문에, 그녀 자신이 눈감아줄 수 있는 부분은 망각해 버리려고 노력했다. 아내에 대한 의무와 예의를 소홀히 해서 아내를 자식들에게 무시당하는 존재로 만드는 아버지의 태도를 비난하지 않으려고 애썼다.

그러나 엘리자베스는 잘못된 결혼이 자식들에게 얼마

나 나쁜 영향을 줄 수 있는지, 그리고 아버지가 판단을 잘못하여 얼마나 나쁜 해악을 줄 수 있는지를 지금처럼 심각하게 느끼는 때도 없었다. 아버지가 자신의 능력을 올바르게 사용했다면 아내의 인격을 고양시키지는 못했다고 하더라도 딸들의 품격은 지킬 수 있었을 것이었다.

엘리자베스는 위컴이 떠나 버린 건 반가운 일이었지만, 군부대가 이전한 것은 별로 좋아할 일이 아니었다. 파티에 초대받는 일이 전처럼 많지 않았고, 집에서는 어머니와 동생이 만사가 지루하다며 끊임없이 불평을 늘어놓아 집안 분위기를 어둡게 만들었다. 키티는 그녀의 머릿속을 어지럽게 하던 장교들이 사라지고 나자 원래의 모습으로 돌아온 것처럼 보였지만, 리디아는 오히려 더 큰 사고를 칠 위험이 있었다. 바닷가와 군부대라는 이중의 유혹이 도사리고 있는 곳에 가면 아둔하고 대담한 성격이 더 자극을 받을 게 뻔히 내다보였다. 엘리자베스는 이전에도 종종 느꼈지만 가슴을 졸이며 기다렸던 일이 정작 이루어지고 나면 기대했던 것만큼 만족감을 가져다주지 못한다는걸 깨달았다. 진정한 기쁨을 누리려면 자신의 소망과 희망이 이루어질 수 있는 또 다른 시간을 정하고 기다림의 즐거움을 누리는 것으로 현재의 자신을 위로하고 다시 실망할 순간에 대비해야 했다. 현재 엘리자베스에게 가장 행복한 상념은 호수 지방으로 떠날 여행에 대한 상상이었다. 그런 상상은 어머니와 키티의 불평불만 때문에 불편한 집안 분위기에서 그녀가 얻을 수 있는 최고의 위안이었다. 만약 제인이 그 여행에 동참하게 된다면 모든 것이 완벽해질 것으로 보였다.

그녀는 속으로 이렇게 생각하고 있었다.

'그래도 내가 기대할 수 있는 게 있어서 다행이야. 만일 모든 계획이 완벽했다면 틀림없이 실망할 일이 생겼을 거야. 하지만 언니와 함께 가지 못한다는 아쉬움이 남아 있으니까 다른 즐거움은 모두 이루어지겠지. 모든 점에서 완벽한 계획이란 생각대로 이루어질 수 없는 거니까. 마음에 들지 않는 구석이 조금은 있어야 철저하게 실망하게 되는 상황을 미리 막을 수 있는 법이야.'

리디아는 집을 떠날 때 어머니와 키티에게 자세하게 쓴 편지를 자주 보낼 것이며 아주 자세히 모든 일에 대해서 알려주겠다고 약속했다. 그러나 그녀의 편지는 항상 오래 기다려야 도착했고 내용도 너무 짧았다. 어머니에게 보낸 편지를 보면 방금 도서관에서 돌아왔는데, 그곳에 이런저런 장교들이 함께 갔었고, 넋이 나갈 정도로 아름다운 장식품들을 보았다거나, 드레스와 파라솔을 새로 샀는데 거기에 대해서 더 자세하게 설명하고 싶지만, 지금 포스터 부인이 불러서 급하게 같이 군부대로 가 봐야 된다는 것 이외에는 별다른 내용이 없었다. 그리고 그녀가 키티에게 보낸 편지는 볼 것이 없었다. 왜냐하면 그 내용이 더 길기는 했지만 다른 사람에게 알리지 못하도록 줄을 그어 놓은 것이 대부분이었기 때문이다.

리디아가 집을 떠난 지 이삼 주가 되자, 롱본에는 건강과 활기와 명랑함이 다시 감돌기 시작했다. 모든 것이 더 행복한 모습을 띠었다. 겨울 동안 런던에 가 있던 가족들이 돌아왔고, 여름에 입을 옷이나 여름에 벌어질 이벤트에 대한 얘기가 오갔다. 베넷 여사도 예전의 수다스러운 모습을 되찾았고, 6월 중순이 되자 키티는 더 이상 눈물을 보이지 않고 메리튼에 갈 수 있을 만큼 마음이 진정되었다. 그래서 엘리자베스는 이제 어떤 재수 없는 일이 생겨서 군대가 다시 메리튼에 주둔하지만 않는다면 키티가 크리스마스 전까지는 하루에 한 번 이상은 장교들의 이름을 들먹거리지 않을 만큼 차분해질 거라고 기대할 수 있었다. 물론 그건 육군성이 심술을 부려서 메리튼에 또 다른 군부대를 주둔시키지 않는다는 걸 전제로 한 소망이었다.

북부 지방으로 여행을 떠나기로 한 날짜가 하루하루 다가오고 있었고 이제 겨우 보름밖에 남지 않았는데, 가드너 여사가 보낸 편지가 도착했다. 여행 출발 일자가 연기되었고 일정도 단축되었다는 내용이었다. 남편인 가드너의 일 때문에 7월에 보름이나 늦게야 떠날 수 있고, 그것도 한 달 이내에 다시 런던으로 돌아와야 한다는 것이었다. 여행 기간이 너무 짧아서 먼 곳까지 갈 수도 없고, 예정했던 것만큼 많이 구경할 수 없고, 본다고 해도 여유 있게 즐길 수 없으니 호수 지방은 포기하고 대신 더 가까운 곳으로 갈 수밖에 없다고 했다. 현재 일정에 따르면 더비셔 지방보다 더 북쪽으로는 갈 수 없을 것 같다는 것이었다. 그 지방에도 볼거리가 많아서 꼬박 3주가 다 걸릴 테고, 가드너 여사는 그 지방에 특별한 애정을 가지고 있었다. 그녀는 예전에 몇 년 동안 그곳에서 살았던 적이 있어서 이번에 며칠 동안 묵게 될 그곳이 매틀록이나 채스워스나 도브데일이나 피크 같은 유명한 명소보다 그녀의 매력을 더 많이 끌어당긴다는 설명이었다.

엘리자베스는 그 편지를 받고 크게 실망하지 않을 수 없었다. 그녀는 호수 지방을 보고 싶은 생각으로 가득 차 있었고, 일정이 단축된다고 해도 거기까지 갈 시간이 충분하다고 생각했다. 그러나 그녀로서는 받아들일 수밖에 없는 일이었고 금방 포기하고 다시 즐거운 기대를 하는 게 그녀의 긍정적인 성격이었다.

모든 일이 순조롭게 진행되었다. 더비셔라는 고장에 대해서 많은 일들이 연상되었다. 엘리자베스는 더비셔라는 말을 들을 때마다 펨벌리와 그곳의 주인인 다아시를 떠올리지 않을 수 없었다.

'그렇지만 그 사람과 상관없이 그가 사는 주(州)를 구경할 수 있겠지. 그리고 내가 그곳에 있는 돌을 몇 개 주워 온다고 하더라도 그 사람하고는 아무 상관도 없을 거야.'

그녀는 혼자서 생각했다. 기대에 부풀어 기다리는 시간은 두 배로 길어졌다. 외삼촌과 외숙모가 도착하려면 4주나 더 기다려야 했다. 그러나 그 시간은 지나갔고, 가드너 부부는 드디어 네 명의 아이들을 거느리고 롱본에 모습을 나타냈다. 여섯 살, 여덟 살인 두 여자아이와 어린 두 남동생은 집에서 제인의 보살핌을 받기로 했다. 아이들은 모두 제인을 무척 따랐고, 상냥하고 차분한 그녀의 성품은 아이들을 가르치고 돌봐 주는 데 적격이었다.

가드너 부부는 롱본에서 하룻밤을 묵고, 다음 날 아침 엘리자베스와 함께 새롭고 즐거운 일을 찾아 출발했다. 이 여행에서 확실하게 보장된 즐거움은 마음이 꼭 맞는 동반자와 함께한다는 점이었다. 마음이 맞는 동반자란 여러 가지 불편을 참아 낼 수 있는 건강과 성품, 즐거움을 배로 만들어 줄 수 있는 명랑한 성격, 그리고 외지에서 힘든 일이 생겼을 때 서로 힘을 보태 줄 수 있는 애정과 현명함을 내포하는 말이었다. 여기서 더비셔나 그들이 들러 볼 관광지에 대해 설명하는 것은 별로 필요한 일이 아닐 것이다. 옥스퍼드나 블레넘, 워릭, 케닐워스, 버밍엄 등의 도시들에

490

대한 언급도 피할 것이다. 우리가 관심을 가져야 할 곳은 더비셔의 작은 지역이다. 그 지방의 주요한 명승지를 모두 둘러보고 나서 일행은 가드너 여사가 예전에 살았던 램턴이라는 작은 도시로 향했다. 가드너 부인은 최근에 그녀가 알고 지냈던 사람들이 아직도 몇 명이나 그곳에 살고 있다는 소식을 들었다고 했다. 그리고 램턴에서 펨벌리까지 거리가 5마일밖에 안 된다고 말했다. 그곳은 그들이 가는 길 도중에 있는 곳은 아니었지만 1, 2마일 이상 떨어진 곳에 있는 것도 아니었다.

그 전날 저녁 행선지에 대한 얘기를 나누면서 가드너 여사는 펨벌리에 다시 가 보고 싶다고 말했다. 가드너도 선뜻 찬성했고 엘리자베스에게 동의를 구했다.

"엘리자베스, 그렇게 귀가 아프게 들어온 곳에 가 보고 싶지 않니? 네가 아는 사람들과 연고가 있는 곳이기도 하잖아. 위컴도 거기서 어린 시절을 보냈다며?"

엘리자베스는 대답하기가 곤란했지만 그곳에 가고 싶지 않다고 말했다. 대저택들을 보는 것도 싫증이 났고 훌륭한 양탄자나 비단 커튼 같은 건 이미 많이 보아서 전혀 보고 싶은 생각이 없다고 했다. 가드너 여사는 엘리자베스의 생각이 틀렸다면서 나무랐다.

"값비싼 가구가 가득 들어찬 훌륭한 저택밖에 볼거리가 없다면 나도 별로 관심이 없을 거야. 하지만 정원이 정말 멋진 곳이야. 이 나라에서 가장 훌륭한 숲도 있는 곳이지."

엘리자베스는 더 대꾸하지 않았지만 마음속으로 그 말에 따르기가 싫었다. 펨벌리를 구경하는 동안 다아시를 만날 수도 있다는 생각이 즉시 떠올랐다. 그건 생각만 해도 얼굴이 화끈 달아오를 만큼 창피한 일이었다. 그런 위험을 감수하는 것보다는 차라리 외숙모에게 솔직하게 털어놓는 편이 나을 것 같았다. 그러나 그러기에는 마음에 걸리는 문제가 한두 가지가 아니었다. 그래서 엘리자베스는 다른 사람에게 펨벌리에 가족들이 있는지 물어보고, 만일 그들이 집에 있다고 하면 그때 최후 수단으로 외숙모에게 털어놓는 방법을 택하기로 마음먹었다.

모두들 잠자리에 들고난 후에 엘리자베스는 여관의 하녀에게 펨벌리가 아주 훌륭한 곳인지, 주인의 이름은 무엇인지, 그리고 조마조마한 심정으로 가족들이 여름 동안 내려와 있는지 시치미를 떼고 물어보았다. 다행히도 마지막 질문에 대한 대답은 가족들이 없다는 것이었다. 이제 간신히 걱정을 덜게 되자 엘리자베스는 그 집을 직접 볼 수 있다는 호기심이 발동했다. 다음 날 아침에 거기에 가고 싶은지 가드너 부부가 다시 물었을 때 그녀는 무표정한 모습으로 그 계획에 굳이 반대할 생각은 없다고 대답할 수 있었다.

『오만과 편견』 1894년 초판본 표지

제인 오스틴